Impressum:

PF 1609, D-72006 Tübingen - ++49 (0) 7071 66551 - Fax ++ 63539
E-mail: office@konkursbuch.com - Internet: www.konkursbuch.com

Umschlagbilder: Bert A.
Druck: TZ-Verlag und PrintGmbH, Roßdorf
Herausgegeben und grafisch gestaltet von Anja Müller & Mathias Trostdorf, Berlin.
Grafisches Konzept (G.H. Seidel) von "Mein heimliches Auge. Das Jahrbuch der Erotik", hrsg.von Claudia Gehrke, Tübingen & Uve Schmidt, Frankfurt.

Die Autoren sind für ihre eingesandten Beiträge und Materialien rechtlich selbst verantwortlich.

Anmerkungen: Für einige der Bilder auf den Bildzitatseiten (S. 104-107) konnten die Rechteinhaber nicht ermittelt werden. Wir bitten Sie freundlich, sich bei uns zu melden. Danke. Und: aufgrund eines kleinen pdf-technischen Fehlers in der Seitennummerierung fehlen die Zahlen 94 und 95. Aber keine Sorge, im Buch fehlt nichts!

Wir freuen uns über die Zusendung von Texten und Bildern, können aber aufgrund der Menge der Zusendungen nicht für Rücksendung garantieren.
Redaktionelle Nachfragen an: gehrke@konkursbuch.com

Falls Sie unser Verlagsprogramm interessiert, fordern Sie bitte unser Gesamtverzeichnis an. Unser Programm und Hinweise auf Verlagsveranstaltungen finden Sie auch im Internet unter: www.konkursbuch.com

ISBN 3-88769-391-4

Anja Müller + Mathias Trostdorf

Mein schwules Auge

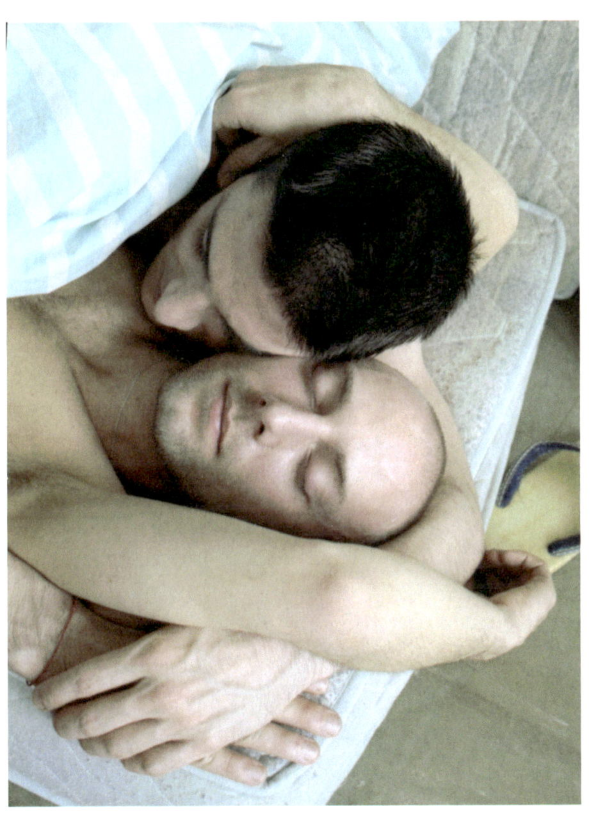

Mathias Trostdorf / Anja Müller

Das Vorwort Zu

intellektuell?
schwanzlastig?
klischeehaft?
künstlerisch?
billig?
polemisch?
bunt?
metromännlich?
politisch?
sexuell?
banal?
humorlos?
privat?
arschdominiert?
pansexuell?
artig?
unpolitisch?
versaut?
eingleisig?
erotisch?
unüblich?
durcheinander?

Jonathan Weinberg

Jonathan Weinberg

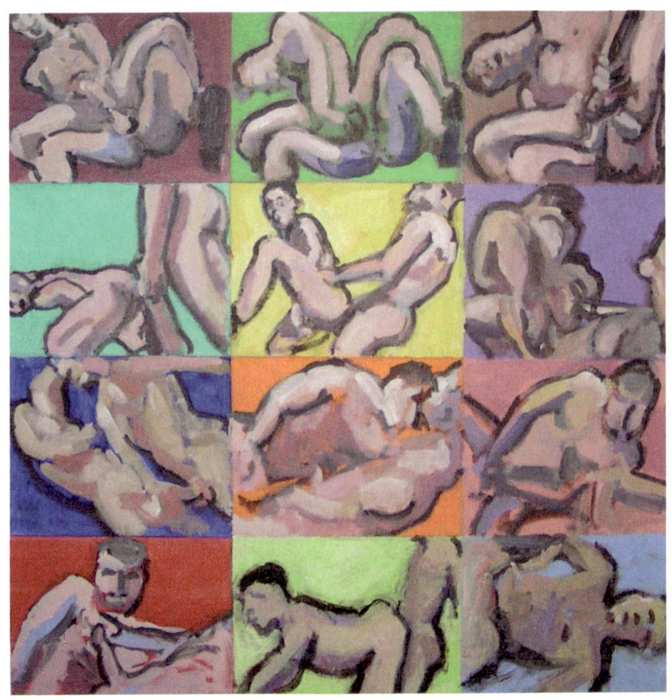

Rinaldo Hopf

Jochen Weeber

Mein Vetter

Mein Vetter. Mit dreizehn ohne Führerschein, heimlich über die Feldwege gebrettert, auf geliehenen Mopeds. Und mich hinten drauf mitgenommen. Mein Vetter. Der Kippen aus der Tasche zog, wie ein Filmstar. Lässig, während wir nebeneinander auf dem Jägersitz saßen. Um sieben, um acht, um kurz vor neun, immer hätte ich längst zuhause sein müssen. Aber ich konnte nicht anders, ich wollte auch nicht anders. Wegen ihm. Mit zwölf und dreizehn ständig Hausarrest gekriegt, mit sechzehn die Martina nicht küssen wollen, mit zwanzig zum Metallica-Konzert gegangen, weil er hinging.
Mein Vetter. Liegt drüben in Zimmer 34 und ist sturzbetrunken. Eine 4-Sterne-Wand liegt zwischen uns. Und ein paar Jahre, in denen wir uns aus den Augen verloren haben. Er hatte sein Leben, ich meines, ich hatte fast vergessen, wie verrückt ich nach ihm war.
Ich kann seine Stimme hören von drüben, er ist laut, er ist besoffen, er darf das, an einem Tag wie heute. Ihre Stimme höre ich nicht. Ein paar Mal hat er sie geküsst, unten bei der Feier. Um neun, um zehn, um kurz vor elf. Ich denke an Hausarrest und daran, dass das nie schlimm war für mich. Oder nur deshalb, weil ich nicht in seiner Nähe sein konnte. Jetzt bin ich nah, fast schon eng, lediglich ein bisschen Beton liegt dazwischen.
Vater, der alte Heuchler, hat ein paar Dias gezeigt, zwischen Kaffee und Kuchen. Schnappschüsse einer Kindheit, gespickt mit Kommentaren von Mutter. Unglaublich, der Neffe; erwachsen sei er jetzt, seit ein paar Stunden verheiratet, wie die Zeit vergehe, sie sähe in ihm doch immer noch den Rotzlöffel von damals. Der den Stefan hinten auf dem Moped mitgenommen habe. Mutter und Vater ahnen, dass ich nicht der Sohn bin, den sie gerne hätten, aber so richtig wissen, woran das liegt, das tun sie nicht. Sie wissen nicht, mit was es zu tun hat, dass ich es schön fand, von meinem Vetter auf dem Moped mitgenommen worden zu sein. Sie wissen nicht, dass ich generell gerne hinter Männern auf einem Motorrad sitze. Und erst recht wissen sie nicht, dass bislang keiner dabei war, bei dem ich mich so wohl gefühlt habe, wie bei ihm.
Die komplette Hochzeitsgesellschaft hat sich Vaters Dias ange-schaut, ohne von all dem etwas zu ahnen. Manche haben geschmunzelt, zwischendurch entfuhr vielen ein „Oooh“ oder ein „Ach herrje, das bin ja ich“, als sie sich wiedererkannten. In Schlaghosen. Im Urlaub an der Adria. Mit vollem Haar. Schlankem Bauch.
Es ist komisch, in einem 4-Sterne-Hotel Champagner zu trinken und zu merken, wie die halbe Verwandtschaft weggeschleppt wird in eine andere Zeit. Sehen zu müssen, dass viele andere mit eintauchen – obwohl man da gerne alleine wäre. Allein mit seiner Jugendliebe. Einem Mann, bei dem man nicht wusste, ob man ihm lieber in die braunen Augen starrt oder auf den Hintern. Vor allem im Sommer im Freibad, wo dieser Hintern besonders gut zur Geltung kam. Wenn

der nasse Stoff der Badehose eng auf der Haut klebte, die Konturen sich abzeichneten und dabei glänzten. Während er oben auf dem Dreier stand und sich konzentrierte auf den bevorstehenden Sprung. Ein paar Sekunden, in denen ich merkte, wie sehr mich dieser Anblick durcheinander brachte.
Mein Vetter, ab heute verheiratet. Mit einer Krankengymnastin.
Bei der Feier saß ich günstig, schräg gegenüber, immer wieder habe ich hinübergeblickt und ihn beobachtet: während er ausgelassen einen Schluck Kaffee trank, ausgelassen Kuchen aß, ausgelassen die Nase schneuzte, und ich habe mich gefragt, ob er noch manchmal unterwegs ist mit seiner Maschine, ob er die Krankengymnastin hinten drauf mitnimmt, und ob sie Schiss dabei hat oder sich fallen lässt.
Ab und zu hat er mir Blicke zugeworfen. Beim Torte anschneiden. Beim Tanzen. Seltsame Blicke. Vor einer halben Stunde im Aufzug, zwischen dem ersten und zweiten Stock, auch da, während sie ihm verheiratet an der Schulter hing.
Mein Vetter. Ist vor Kurzem dreißig geworden, ich neunundzwanzig. Wir sind auf den Tag genau ein Jahr auseinander, es ist Sonntag früh und draußen auf dem langen Gang torkeln die Letzten in ihre Zimmer. Man hört Türschlösser auf- und zuschnappen, dann ist es wieder still.
Ich öffne das Fenster. Vorstadtwind, den ich versuche, mir in Gedanken zurecht zu riechen, dreizehn, vierzehn Jahre zurück. Ich versuche, die Luft im Inneren des Helmes zu riechen. Ich weiß noch, wie das war: Beim Aufsetzen des Helmes roch es immer, als betrete man die Stube unserer Großeltern, wenn sie wieder mal vergessen hatten, zu lüften. Leicht modrig, und doch süß und heimelig. Die Worte dafür kann ich noch finden. Aber trotz aller Anstrengung und der Gewissheit, dass sämtliche Helme meines Vetters rochen, wie die ungelüfteten Wohnzimmer alter Leute - den Geruch kriege nicht wieder hin. Hier oben riecht es einfach nur nach Vorstadt, mehr nicht. Ich ziehe die Kippenschachtel aus der Tasche. Drüben ist es still.
Mein Vetter. Er wird mittlerweile schlafen. Ganz bestimmt. Früher, wenn er besoffen war, ist er immer ziemlich schnell eingeschlafen. Nach dem Metallica-Konzert musste ich die fünf Kilometer vom Bahnhof zurückfahren. Er saß hinten, ich hatte die ganze Zeit „Nothing else matters“ im Ohr, während er seine Arme um mich schlang, und ich daran dachte, wie schön es wäre, diesen Moment einzufrieren, so wie er war. Zuhause angekommen, heimlich die Stufen nach oben geschlichen, konnte sich mein Körper nicht zurückhalten. Ich zog mich aus, ich warf die Bettdecke zur Seite, ich legte mich auf die Matratze. Die Jahre davor hatte ich mich unter Kontrolle, alles war gut so, wie es war. Aber in dieser Nacht war das anders. Meine Phantasie rannte eine Böschung hinunter, die bislang nicht zu mir gehörte. Ich wollte ihn hier haben, ich wollte ihn auf mir spüren, stellte mir vor, dass seine Hände meinen Nacken umfassten und mir den Kopf auf seine Brust schoben. Ich wollte alles, ich rannte und rannte und keuchte, wie einer, der ein einziges Mal darauf scheißt, was falsch oder richtig ist, und sich dann, als es hell wird, nicht mehr auskennt in seinem Leben.
Ein paar Monate später bin ich zum Studium nach Hamburg gezogen. Es hat eine Weile gedauert, vielleicht ein oder zwei oder auch drei Jahre, aber irgendwann

war er einfach nicht mehr in meinem Kopf. Es gab zweieinhalb Typen seither, ich war nie wirklich allein, aber hier oben am Fenster im dritten Stock, irgendwann zwischen Walzer und Sonnenaufgang, kommt es mir so vor, als sei ich auch nie wirklich zu zweit gewesen.

Ich drehe mich um und schließe das Fenster. Auf dem Gang ist es still. Auch drüben in Zimmer 34. Ich werfe die Decke von der Matratze und auch das Kissen, und dann lege ich mich aufs Bett und mache nichts. Ich ziehe bloß eine Zigarette aus der Tasche, wie ein Filmstar, und dabei tue ich so, als könne er mich beobachten. Aber selbst wenn er das durch die Wand hindurch könnte, er würde das jetzt wohl nicht tun; er würde nicht sehen wollen, dass ich wieder anfange, mich nach ihm zu sehnen.

Bert A.

Felix Drobek-Truesdale / Manopoly

Felix Drobek-Truesdale / Manopoly

Peter Nathschläger

Winterbettler

I

Daniel stand am Fenster und hauchte Frostblumen an die Scheibe. Seine Haut war noch vom Duschen feucht und obwohl ihm fröstelte, zog er sich nicht den alten Bademantel an, der vor der Dusche auf dem Boden lag. Daniel stand nackt am Fenster und atmete langsam und bewusst. Mit seinen Fingern streichelte er die von der Kälte des Zimmers steifen Brustwarzen. Dann leckte er die Scheibe ab und grinste wie ein Kind, das beim Naschen erwischt wurde. – Ist eine Spucke da am Fenster, das wird eine besonders schöne Blume – Daniel drehte sich um und sah gelangweilt auf das Teelicht, das sachte flackerte. Bis auf das Kerzenlicht war es dunkel in dem fast leeren Raum. Leise Klaviermusik perlte aus den Boxen – Debussys „Gärten im Regen", wie passend.
Daniel wusste, dass Leute Vorhänge zur Seite schoben oder zwischen den Lamellen von Jalousien durchblinzelten, wenn er sein samstagabendliches Ritual vollzog. Anders als die meisten Jungs in seinem Alter wusste Daniel nicht nur, dass er schön war, sondern er setzte sein Wissen auch ein. Er war neunzehn Jahre alt und Balletttänzer in einem Jazzmusical. Und das war er nicht, weil er das Tanzen so liebte, sondern weil er es liebte, mit welch verzweifelter Gier ihn die Leute, die Männer anstarrten, wenn er auf der Bühne tanzte, wenn er verschwitzt zur Dusche ging, wenn er frisch duftend und lächelnd beim Bühnenportier vorbeihuschte und in der Dunkelheit verschwand.
Und was er auf der Bühne nie zuende bringen konnte, setzte er hier in dieser großen leeren alten Wohnung fort.
Die Spitze der Provokation, Brot für die Winterbettler, für die einsamen weißen Gesichter in der Dämmerung der Stadt.
Die alte Wohnung umfasste ihn wie ein Lebewesen, wie ein Geschlechtsorgan, in dem er ruht, Ruhe findet. Daniel schaffte es, selbst aus diesen alten, feuchten Wänden seinen Reiz zu ziehen, er streichelte seinen flachen Bauch und weiter runter, zwischen seine Schenkel.
Ich mach euch geil, ich werfe mich euch zum Fraß vor, eure Augen haben Zähne und eure Zähne bluten... Ich suhle mich in euren gierigen Blicken, ich salbe mich mit euren Tränen – ach Debussy, hast du das gewusst?
Ich werde mich rausstehlen und durch die Nacht driften wie ein schwarzer Wind, ein Hauch der süchtig macht nach mehr, das nie kommt.
Daniel ging zum Rauchtisch, der Parkettboden knarrte unter seinen bloßen Schritten, und nahm sich eine Zigarette aus der Porzellanschale und zündete sie sich an der Flamme des Teelichts an. Dabei bückte er sich so, dass er mit dem Rücken zum Fenster stand. Die alte Lady mit den zwei bunten Dackeln, eine verzweifelte Verehrerin... der Mann vom Taxifunk, der immer die Wochenendschicht schob und sich minderjährige

Burschen in Leder aus dem Internet zog. Daniel hatte ihn oft genug beim Wichsen beobachtet; der Trottel saß dabei immer so, dass das Licht des Monitors seinen halbnackten Körper anstrahlte. Und hin und wieder empfand Daniel so was wie irrationale Eifersucht auf die Bilder aus dem Internet.
Ich bin aus Fleisch und Blut! Ich bin da! Ich bin wirklich da! Aber auch nur hinter einer Scheibe. Flach. Und inszeniert.
Ich werde mich durch die Nacht fräsen wie ein durchdringender Schrei und meine Spur ziehen. Ich werde verletzen und geben und heilen und wehtun und mich hingeben... und ich werde für einen fremden Kerl meine Schenkel spreizen und mich ficken und vollspritzen lassen. Und wenn er gekommen ist, werde ich mich umdrehen und gehen, abgehen, wie nach einem Solotanz von der Bühne. Jeder Fick mit mir ist wie eine perfekte Performance, mein Tanz, mein Rhythmus. Und der Mann wird mir nachsehen und sein Blick wird wehmütig sein, weil er weiß, dass er mich nicht halten kann, weil er weiß, dass mich nichts halten kann und am allerwenigsten ich selbst...
Daniel klaubte seine Lederhose vom Boden und schlüpfte mit gezierten Bewegungen rein. Sie passte sich wie ein zweite Haut an, die im matten Licht der Kerze ein eigenes Leben führte; natürlich war er sich der Wirkung von Leder bewusst, dass im Zwielicht schimmerte... wie viele Zungen haben sie so glatt gemacht, dass die Blicke regelrecht darauf ausrutschen?
Und wenn ihr noch keine Bettler seid, weil ihr es nicht wahrhaben wollt oder weil noch ein Quäntchen Stolz in euch ist, macht nichts. Ich hol den Stolz aus euch raus wie euer Sperma, wie eure altersbedingte Keuschheit. Wo ich bin, ist nur wenig Platz für Weisheit und tapfere Mienen. Süßere Verderbnis als mich werdet ihr nie wieder antreffen.
Daniel zog das Leder T-Shirt über und steckte es akkurat in die Hose. Dann angelte er den schwarzen langen Ledermantel von der Vorzimmerwand und setzte sich auf den Boden, um sich die dicken, schwarzen Socken anzuziehen. Dabei achtete er immer penibel darauf, dass sein Profil von der Kerze schön ausgeleuchtet wurde.
In der Küche sprang die Therme an und übertönte kurz die einsame Klaviermusik. Daniel empfand einen Hauch der Enttäuschung, weil die Perfektion des Moments von so etwas trivialem gestört wurde. – Vielleicht reiß ich mir heute einen ganz jungen Burschen auf, einen, der seine ersten, tapsigen Schritte in die Szene wagt. Dann verschlinge ich ihn mit Haut und Haaren und das, was übrigbleibt, darf mich verzweifelt lieben und weinen. Nun, der Gedanke gefiel Daniel so gut, das sein Schwanz Blut kriegte. Normalerweise sind es die Blicke der Freier, der älteren Männer, die ihn nach Hause begleiten. Daniel geht nämlich immer allein nach Hause. Es sind diese Blicke der einsamen Männer, die ihre Chancen schon vor undenklichen Zeiten vertan haben: Die Chancen auf einen Freund, auf einen Lebensgefährten, auf bizarren Sex... die Blicke jener Männer, die die wichtigsten Momente ihres Lebens in einem Blinzeln versäumt hatten. Hier arbeitete Daniel mit fast chirurgischer Präzision. Er lockte, verführte und bot sich an. Vollmundige Versprechungen. Und dann der Bruch. Brüsk abwenden und gehen; hören, wie Sehnen quietschen und Herzen reißen; in Daniels Kopf klingt es wie das Schnalzen von reißendem Gummi; dann, wenn er sie

Felix Drobek-Truesdale / Manopoly

stehen lässt und die Bühne verlässt, die seine Präsenz errichtet hatte.
Ich bin eine Hure. Ich bin eine Lederhure voller Glanz und Versprechungen in fremden Sprachen. Ich bin feucht und glitschig. Ich bin geil. Ich bin fauliges Brot für die Zahnstummel der Winterbettler. Die sich hinter den Gardinen und Jalousien verstecken, in den dreckigsten Winkeln der Stadt oder den nobelsten Toiletten der Welt.
Daniel ging zum großen Standspieel und musterte sein Ebenbild. Blaue Augen, tief wie Bergseen, ein mädchenhaft hübsches Gesicht und kurze, pechschwarze Haare; ein paar Locken ringelten sich widerspenstig in die glatte Stirn. Dichte, schwarze Augenbrauen wie mit dem Lineal gezogen und lange gebogene Wimpern. Ein Gesicht, das angebetet wurde. Ein Blick voll wilder Unschuld und doch jugendlichem Sadismus, volle Lippen, die Zärtlichkeit versprechen und verrucht wirken können, wenn es sein soll...
Daniel wandte sich ab und streichelte abermals seinen Körper. Diesmal über das hauteng anliegende Leder. Seine Brustwarzen waren winzige Hügelchen im schwarzen Glanz, der Gürtel war breit und knarrig... dann schlüpfte er in die Schnallenstiefel mit den hohen Gummisohlen und testete seinen Gang aus. Zweimal im Zimmer auf und ab. Noch mal zum Fenster, als Nachspeise für die Bewohner des Blocks, dann knarrten seine Schritte uber das Parkett, das Leder knirschte und der Hauch seiner unfassbaren Persönlichkeit eilte voraus, die Treppen hinunter, durch den kalten Gang, raus auf minus 5 Grad; die richtige Temperatur für einen fickrigen Skorpion, dessen süßestes Gift seine matte Schwärze ist.

Daniel trat ins Freie und schloss sacht die Haustür. Er schlug den Kragen hoch und sah auf die Uhr: Halb Eins. Bald würde der erste Nachtbus kommen. Und die Kids im ersten Nachtbus waren immer ein guter Anfang, um sich auszutesten. Er schlug den Kragen des Mantels hoch und blies sich eine Strähne aus der Stirn. Und obwohl ihm eiskalt war, ging er langsam, geradezu bedächtig Richtung Busstation. Dort in der Ferne sah er ein paar Schatten um das Glimmen von Zigaretten stehen. Seine Statisten. Wie fein.
Als ihn die Dunkelheit entgültig verschlang... oder er entgültig mit ihr verschmolz, schlossen sich Vorhänge und Jalousien klapperten, kaltes Essen wurde vom Tisch geschoben und Plastikblumen wurden abgestaubt. Die Winterbettler kehrten hungriger als zuvor zu ihren Routinen zurück und von einer der zahllosen Fensterscheiben troff Sperma; ein einsamer Mann wandte sich wieder seinem Computer zu, eine Frau weckte ihren Hund und erzählte ihm von der Kälte des Alters, ein sechzehnjähriger Junge sackte auf sein Bett und schlug die Hände vor die Augen ohne zu weinen. Und irgendwo, gerade in Hörnähe, kratzten gefrorene Zweige an einer Scheibe.
Dann kam der Nachtbus.
Und der Schlaf für die Winterbettler, für die Leute, die im Schlaf Sättigung erfuhren.

2

Daniel kam um fünf Uhr morgens nach Hause. Er stieg aus dem überfüllten Nachtbus, steckte die paar sehnsüchtigen Blicke einiger Mädchen und Jungs weg wie nichts und rauschte wie eine Fledermaus, lange vor dem Morgengrauen über die leere Strasse. Es war stockdunkel und

über Nacht war die Kälte noch griffiger geworden.
War ein kurzer Ausflug, was? Hast Dich ein wenig in den Blicken der Jungs verheddert und dann den Boden unter den Füßen verloren? Ja ja: Die Mischung machts: Ein halbes Extasy, zwei Line Koks, fünf Cola Barcardi und nichts ist mehr so, wie es mal war.
Das Ritual zu Hause, ja, das Ritual. Hat doch alles so gut angefangen. Hast Dich selbst neu definiert, machst Du doch immer so. Nackt ausziehen. Duschen und einölen. Teelicht im Wohnzimmer und Debussy rieselt aus den Boxen. Dein Leib leuchtet wie eine Fata Morgana durch die Gardinen, Brot für die Bettler und einsamen Wichser. Dann anziehen. Die enge Lederhose, das Ledershirt, den Matrix-Revolutions-Mantel, die Schnürstiefel. Du kennst Deine Gäste und Du kennst ihre Blicke. Aber diesmal kam es anders, was?
Daniel ging langsamer und beschloss, wenigstens die Kälte zu genießen. Das Leder wärmte ihn nicht mehr. Die Kälte war umfassend. Die Kälte drang in ihn ein. Die Kälte war wie ein Finger in seinem Arsch.
Er blieb verblüfft stehen und fragte sich zum ersten Mal in seinem Leben, ob diese Art von Stimmung anhalten könnte. Länger als ein Moment Weltschmerz, länger als gerade eben. Könnte dieses Gefühl von Trauer ein Begleiter werden? Jemand, den man nie wollte und doch nie mehr los wird? Um ihn herum war es totenstill. Der Nachtbus war an ihm vorbeigerauscht und brachte die anderen Russpartikel der Nacht nach Hause. In ihre Betten, zum letzten Drink vor dem Nachhausegehen, zu einem verzweifelten Fick auf dem Bahnhofsklo bei der Endstation.
Die ganze Nacht hatte sich Daniel durch und durch geil gefühlt. Und oh ja: Da waren Blicke. Direkt und über Bande. Sie waren da und schickten ihre protoplasmatischen Finger nach ihm aus, tasteten sich zwischen seinen schwarz umspannten Schenkel vor bis zu seinen Eiern, Blicke zogen ihn aus, Blicke bemaßen seinen Schritt, Blicke hungerten und wollten ihn. Das Problem an diesem Abend war, dass Daniel selbst auch wollte. Er wollte befingert, angerührt, an den Haaren gerissen und gestopft werden. Und je mehr Koks er in sich reinschaufelte, desto deutlicher wurde sein Begehren, genommen zu werden. Er fühlte sich anfangs wie ein schwarzer Schwan unter zerzausten Entchen. Später fühlte er sich müde und zum Schluss wie eine räudige Hündin. Er hatte sich einen Jungen ausgesucht und wollte ihm eine echte Chance auf Zärtlichkeit einräumen. Ok, diesmal kein böses Spiel mit fremden Träumen. Ein bisschen verstrahltes Rumknutschen auf dem Klo, ein paar Griffe in die Dunkelheit, Knarren von Leder, Silberring schimmert irritierend. Und plötzlich war er weg, der Junge. Ohne ein Wort. Nur mit diesem Blick: Halt die Füße still Kumpel, ich bin `ne Nummer zu heiß für Dich. Und Daniel dachte nach, ob seine Perfektion in Sachen Standing & Modeling nicht zu Lasten seiner körperlichen Leidenschaft errichtet war. War es denn so? Die ganze Energie da rein gesteckt und wenn es nun zur Sache ging, ein halbwarmer Versager? Von wegen Plutonium hinter den Augen, von wegen Strontium in den Eiern, Kumpel! Du siehst lecker aus. So wie die David-Statue. Und ehrlich, der Statue würde ich auch keinen blasen.
Daniel seufzte und ging langsam weiter. Die Schritte, die Schritte. Die Stiefel

knarrten wie immer. Es hallte von den Wänden, die Strasse lag windstill da und rührte sich nicht. Sie hörte ihm zu. Beim gehen und denken.
Daniel hatte die ganze Disco nach dem Jungen durchsucht; Treppauf, treppab, hin und her. Kein cooles Gesicht mehr, der Kerl war zu schön und es war eine zu fiese Aktion, ihn da einfach mit pochenden Eiern stehen zu lassen, nur weil er nicht mehr wusste wie…
„Was wusste ich denn nicht? Ich hab doch alles richtig gemacht. Ich hab ihm erlaubt, mich anzugreifen…"
„Drauf geschissen, du Penner. Er wollte von Dir erobert werden. Du hättest Dich um ihn bemühen sollen und nicht wie ein durchgeknalltes Model auf dem Waschtisch vor dem Spiegel am Herrenklo sitzen und dich so endlos passiv ausgreifen lassen. Du hättest etwas tun sollen. Kannst Du Dich denn nicht mehr erinnern, wie das geht? Zärtlich sein? Küssen? Am Hals knabbern und lieb lächeln, wenn's ihm kommt?"
Daniel blieb noch mal stehen und spürte einen Kloß im Hals.
„Ich habs gewusst. Ich habs doch mal gewusst."
Die Straße schwieg. Daniel hustete und spuckte aus. Er ging langsam weiter und bog in seine Gasse ein.
Was für ein Januar. Was für eine erstaunlich klare Kälte! Daniel sperrte das schwere Tor auf und trat in den dunkeln Flur. Hier drinnen war es genauso kalt wie draußen. Nur die Finsternis war umfassender. Die durchdringende Kälte versteifte seine Brustwarzen. Und die Brustwarzen rieben innen am engen Ledershirt. Daniel stellte verblüfft fest, dass er alles überdeutlich hörte: Sein Atmen, das Knirschen seiner Lederkleidung, das Pochen des Blutes in seinen Ohren, das Geräusch, das seine Daumen verursachten, als sie über die Hügelchen rieben, die die Brustwarzen durch das Leder drückten.
Daniel wurde grausam geil. Er wimmerte und riss sich zusammen. Er ging weiter, rechts hinauf über die weit geschwungene Treppe in den ersten Stock. Gleich zu Hause, bin gleich da… Mit einer Hand kramte er den Schlüssel aus der Manteltasche, mit der anderen Hand griff er sich schmerzhaft brutal aus. Er sperrte die Wohnung auf und schloss die Tür hinter sich. Daniel hängte den Mantel auf und zog sich die Schnallenstiefel aus. In der Küche blieb er ein paar Minuten bewegungslos stehen und lauschte. Der einsame Sound der Therme. Wusch, wenn sie ansprang. Zuerst: zk zk zk, dann Wusch. Daniel zerrte das Ledershirt aus der Hose und verrenkte sich, während er es auszog. Er ließ es achtlos zu Boden fallen und schnappte sich zwei Teelichter vom Küchenboard.
„Seht mich an.", dachte er wütend und verzweifelt, „Schaut mir zu, Bettler!"
Er stellte die Teelichter im Wohnzimmer auf den Tisch, zündete sie an und wiegte sich lasziv zu einer unhörbaren Musik. Die Musik war das Rauschen seines Blutes, der Takt war sein Puls.
Er öffnete den Gürtel, zog ihn aus den Schlaufen und wickelte ihn sich um den Hals. Geübt, professionell. Er knöpfte die Lederhose auf und zog sie langsam herunter; ein paar Augenblicke später stand er nackt und erregt, zitternd vor Kälte und frustrierter Lust im Wohnzimmer und streichelte sich. Die selbstsicheren, selbstverliebten Berührungen hatten sich im Lauf dieser Nacht verwandelt. Daniel spürte, während er sich streichelte und zornerfüllt in Lust versetzen wollte, dass die laszive Schönheit seiner Selbstsicher-

heit erheblichen Schaden genommen hatte. „Seht mir zu“, flüsterte er zum Wohnzimmerfenster, „Seht mir bitte zu.“, wimmerte er der Gasse zu. Er nahm seine linke Brustwarze zwischen Daumen und Zeigefinger, drehte dran, zupfte dran. Er griff zwischen seine Beine und fummelte lustlos an sich rum: „Seht mich an.“
Es stellte sich nicht die geringste sexuelle Erregung ein. Nicht einmal ein Echo der Glorie. Die Wände seiner Wohnung atmeten ihn abwartend und lauernd an: „Na? Wer ist jetzt ein Winterbettler?“
Daniel umfasste sich und setzte sich auf die Kante der Couch. Er wiegte sich. Vor und zurück. Vor und zurück. Die Teelichter flackerten in seinem Atem. Er starrte abwechselnd auf die Teelichter und raus zum Fenster. Dorthin, wo die Dunkelheit dem Katzengrau des Wintermorgens wich.
Und er konnte nicht aufhören zu betteln bis ihn die Müdigkeit übermannte.

Felix Drobek-Truesdale / Manopoly

Mathias Trostdorf

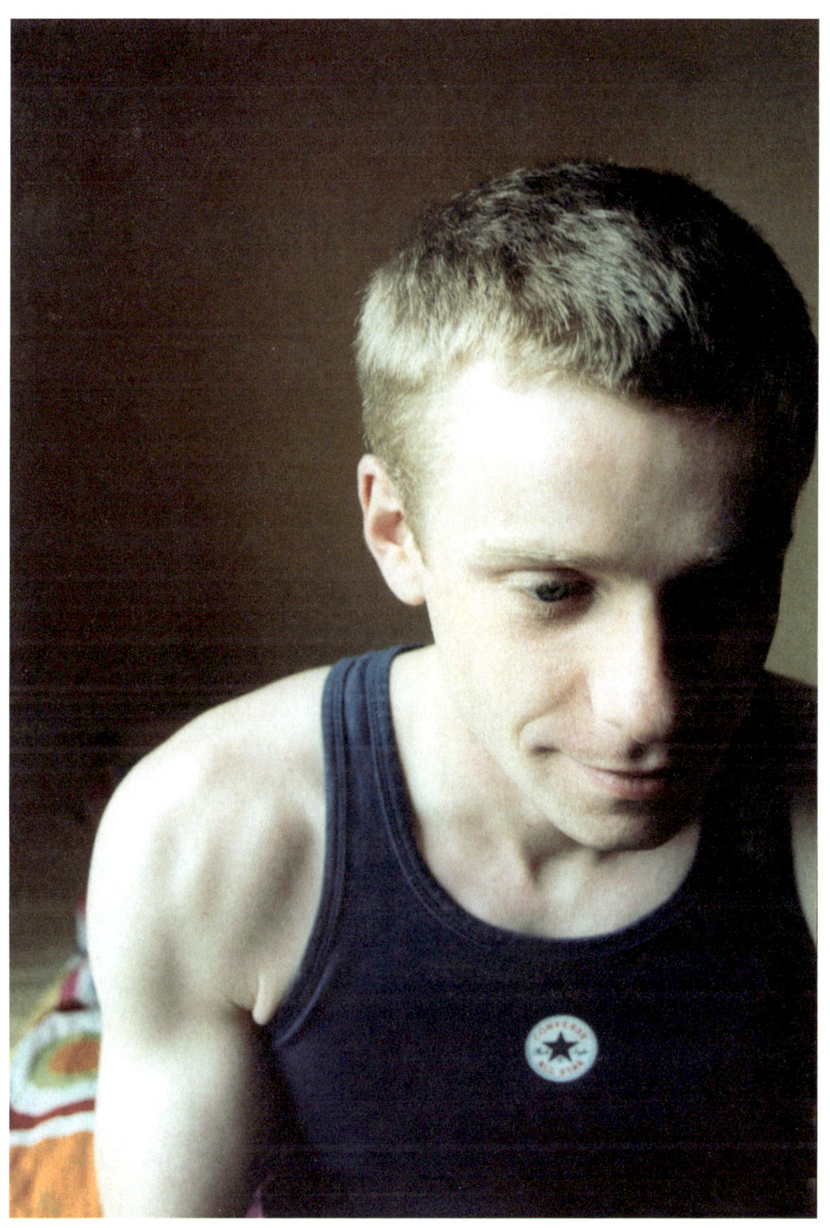

Clemens Ismann

Ein Blick genügt

»Zurückbleiben!« Als Kind hab ich das nicht verstanden. »Warum sollen wir zurückbleiben?« hab ich meinen großen Bruder gefragt. »Dich meinen sie nicht, Murkel«, hat er gesagt. »Du bist schon zurückgeblieben!« Und dann hat er gelacht. Kein Mensch denkt daran zurückzubleiben, sie quetschen sich erst recht rein.

Hier im Bahnhof Alexanderplatz ist ja sonst schon viel Betrieb, aber jetzt im Berufsverkehr ist die Hölle los. Ich werde in die Mitte des Wagens geschoben, wo ich zwischen den Leuten hin- und herschwanke wie ein Grashalm. Ich bin nicht lang genug, um mich oben festhalten zu können. Und jetzt bedrängt mich auch noch diese Käte. Autsch, verdammt, jetzt hat sie mir auf den Fuß getreten. Sie dreht sich um, glotzt mich vorwurfsvoll an. »Entschuldigung«, murmele ich und wende ihr den Rücken zu. Nun knallt sie mir ihre Tasche ins Kreuz. »So bist du, Mäuschen«, hätte Friedo jetzt gesagt. »Du bist und bleibst ein Mäuschen.« Sagt die Frau Mühlen auch immer. »Wenn Sie piepsen wie ein Mäuschen, wird man Sie auch behandeln wie ein Mäuschen. Denken Sie an die LSD-Regel.« Nein, meine Therapeutin empfiehlt mir keine Drogen. LSD heißt laut, sicher, direkt. Gerade vor zwanzig Minuten hat sie es mir wieder gesagt, zum Abschluss unserer Stunde.

Luxemburgplatz. Hier steigen viele aus. Die Käte mit der Tasche nicht, immerhin rückt sie mir von der Pelle. Jetzt kann ich bis zur Tür rüber sehen. Großer Gott! Das gibt es nicht. Komm, dreh dich ein bisschen. Ich will dich von vorn sehen. Guck mal her. Ja, gut so. Ein Blick genügt, klick! Ich hab ihn im Kopf und gucke weg, bevor er mich ansieht. Zum Glück kann ich mich jetzt an einer Stange festhalten, kann die Augen zumachen und ihn betrachten. Großer Gott, das ist kein Mann, das ist ein Traum!
Oft denk ich, es gibt nur noch Mittelmaß, alle schönen Männer waren einmal. Es war einmal Horst Buchholz, der war schön und ist tot, es war einmal Alain Delon, der war schön und ist verlebt. Und dieser Pole, der den jungen Pharao gespielt hat, der war schön, nur eine Spur zu feminin. Mein Traum dort an der Tür ist ein romanischer Typ mit dunklem Teint. Pechschwarzes Haar. Blaue Augen. Welcher Schauspieler hatte nur diese unwahrscheinlich blauen Augen? Franco Nero? Der war hübsch, aber nicht wirklich schön.
Er sieht einfach perfekt aus. Lange gerade Nase. Und die Lippen, guter Gott, diese vollen geschwungenen Lippen! Ich bilde mir das nur ein. Ich guck schnell noch einmal hin. Stopp, die Show ist zu Ende, er schaut her. Hat er's mitbekommen?
Ich hab mal versucht, das Friedo zu erklären. »Ein Blick genügt«, hab ich gesagt, »klick! Und ich hab jemanden im Kopf.« – »Ist bei mir genau so«, hat Friedo gelacht, »ein Blick, und ich wusste, dass du gut zu vögeln bist.«

Friedo hat immer erst mal auf die Hose geguckt. Dabei ist nichts so sexy wie ein Gesicht. Die Schwulen kaufen Bücher voller Ärsche und Schwänze und wichsen darauf, am liebsten, wenn der eine gerade im anderen steckt. Schön war Friedo nicht. Beim Sex hab ich Friedo nie angesehen, während er auf mir rammelte. Ich hab die Augen zugemacht und eines meiner schönen Gesichter angeguckt.

Anja Müller

Senefelderplatz. Hier hat Friedo mich angeuatscht. Er steigt ein und quatscht mich sofort an, ich wünschte, ich könnte so was. Was hat er damals gesagt? Vergessen. Eine Stunde später lagen wir im Bett.
In seinem Bett natürlich. Ob mein Traum hier aussteigt? Großer Gott! Er guckt her. Er guckt mir genau in die Augen. Wenn er doch einen Makel hätte, und sei er noch so winzig! Schnell wegschauen, das gibt noch Ärger. *Ich werde jetzt wegschauen!* Jetzt lächelt er, eigentlich lächelt er gar nicht, jedenfalls verzieht er nicht den Mund. Er strahlt. Mein Traum muss kein Lächeln aufsetzen, er *ist* das Lächeln. Gott sei Dank, jetzt hab ich es geschafft, woanders hinzugucken. Ich war kurz davor, zurückzulächeln. Da hätte er sich gefragt, was grinst der so? Will der was von mir? Was für ein mickriger kleiner Kerl, denkt er sicher, sieht aus

wie ein Schluck Wasser und glotzt mich an, dass ihm die Augen rausfallen. Wer mich anguckt, muss schön sein, denkt er, der muss groß sein und aussehen wie Horst Buchholz als Felix Krull.
Friedo hat damit kein Problem. Sein neuer Lover ist größer, sieht aber auch nicht besser aus als ich. Ich hab nie kapiert, was Friedo an mir gefunden hat. Trotzdem war ich völlig fertig, als er gesagt hat: »Mir reicht's, Mäuschen.« Ich konnte nicht mal mehr zur Arbeit gehen. Meine praktische Ärztin hat mich gleich zu Frau Mühlen geschickt. Die versucht nun, eine Maus in einen Macho zu verwandeln. Immerhin arbeite ich wieder.

Eberswalder Straße. Ich müsste was machen. Dort drüben steht mein Traum, und ich werde ihn nie wieder sehen. Frau Mühlen würde mir jetzt mit ihrer LSD-Regel kommen. Ich müsste hingehen, und ich schaffe es nicht mal, ihn anzugucken! Bestimmt guckt er längst nicht mehr. Oder er ist ausgestiegen. Großer Gott! Er guckt immer noch her. Er senkt die Augen nicht, zwinkert nicht mal, er strahlt mich an auf diese unerklärliche Art. Da brauche ich kein Buch mit tausend Männern - eines mit tausend Fotos von ihm, das würde mir fürs Leben reichen. Wer den als Freund hat, der hat ausgesorgt. Ich kann doch nicht die ganze Zeit hingucken! Ich hab schon ganz weiche Knie. Jetzt mache ich die Augen zu, so, und nun schaue ich aus dem Fenster. Für solche Fälle sollte ich einen Fotoapparat bei mir haben. Geht natürlich nicht. Was, wenn ich ihn knipse und er merkt es? Dann schlägt er mir den Apparat aus der Hand. Oder die Zähne aus. Sein Bild in meinem Kopf muss genügen.

Schönhauser Allee. Hier muss ich raus. Ob ich einfach weiter fahre? Vielleicht kann ich meinen Traum noch mal angucken vor Pankow. Nein. Es würde nur noch mehr weh tun. Ich steig aus. »Heul nicht, Mäuschen«, hör ich Friedo sagen, »es lohnt nicht, Männer gibt es mehr als genug.« Männer vielleicht, aber meinen Traum gibt es nur einmal, und der fährt gerade mit der U-Bahn weg. »Zurückbleiben!« Jetzt muss ich erst mal mein Taschentuch herausholen, sonst laufe ich noch irgendwo gegen. Und prompt laufe ich wo gegen. Gegen einen Mann.. Großer Gott! *Gegen meinen Traum!*
»Hast du was?«, fragt er. »Mm.« – »Du hast mich so angeguckt vorhin in der Bahn.« – »Mm.« – »Willst du was?«
Jetzt wird er mir eins auf die Nase geben. Egal, was ich sage, er wird mich verprügeln. LSD-Regel, sagt Frau Mühlen in meinem Kopf, laut, sicher und direkt. Leise und unsicher sage ich: »Mm. Dich angucken. Morgen früh, wenn du aufwachst, dann will ich dich angucken.«
Ich guck lieber nicht hin. Doch, ich guck hin, das letzte Mal, das hab ich mir verdient, da er ja sowieso zuschlägt. Er strahlt nicht mehr, jetzt lächelt er richtig.
»Ist ja sehr direkt. Hätte ich nicht gedacht von dir, du siehst so … ängstlich aus. Und in wessen Bett wachen wir morgen früh auf?«

Dietmar F. König

Rinaldo Hopf

Alfredo und Hüseyin, Berlin 2003

Sven, Berlin 2002

Antony Rizzi

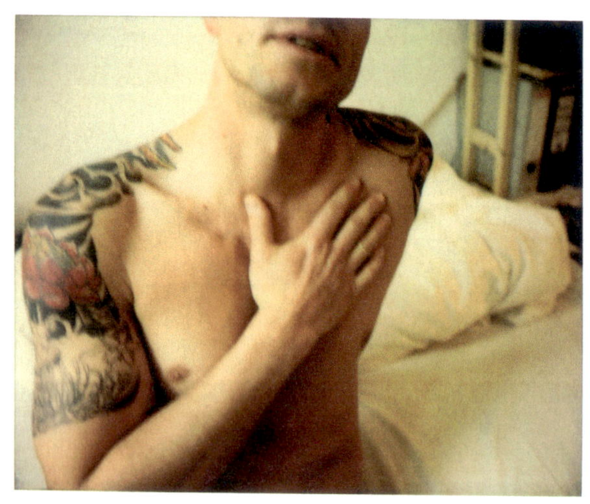

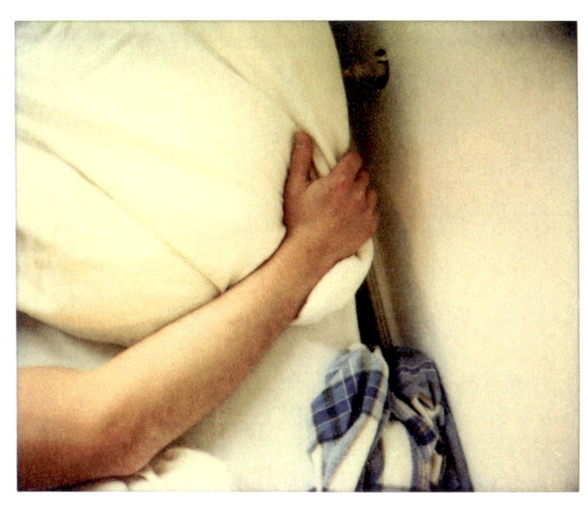

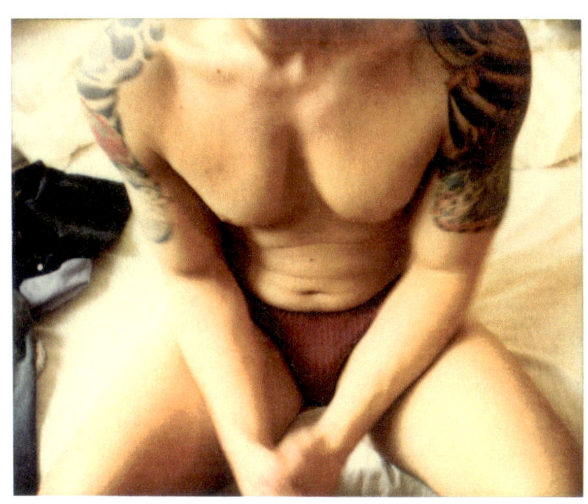

Andy Claus

Herr der Ringe

Es war einer dieser nasskalten Tage im November. Über die Straßen Hamburgs liefen nur Menschen, die ihrem Gesichtsausdruck zufolge scheinbar ein sehr schweres, persönliches Schicksal zu tragen hatten. Ich sah auch nicht viel besser aus, denn ich erschrak, als ich mein Gesicht in der Schaufensterspiegelung dieses Tattoo-Ladens sah und mehr aus Langeweile las, was dort angeboten wurde.
Gerade dachte ich darüber nach, dass wohl erst der Himmel zusammenbrechen müsste, ehe ich mir für ein Piercing ein Körperteil durchstechen lassen würde, als sich die Tür des Ladens öffnete.
Ein schwarzhaariger, über 1,90 m großer Leder-Kerl stapfte auf seinen langen, hauteng von Leder umschlossenen Beinen die feuchten Stufen des Kellerladens hoch. Den Kragen seiner Lederjacke hatte er hochgeschlagen, wodurch sein Kreuz wirkte, als könne er ohne Probleme einen Ochsen auf die andere Seite der Elbe werfen. Mir verschlug es kurzzeitig den Atem, als er mit gesenktem Kopf direkt auf mich losstürmte und mich scheinbar schlicht übersah.
Schnell wollte ich zur Seite ausweichen, aber da rammte er mich auch schon. Ich kippte über den Fahrradständer hinter mir. Dann saß ich verdattert auf den Steinplatten und grinste dümmlich. Mein Blick suchte ihn, aber eigentlich wollte ich nur, dass er weiter ging. Man wusste ja, dass solche Typen nicht gerade die freundlichsten waren, wenn es nicht nach ihrer Nase ging. Er stand direkt neben mir, zog mich in die Senkrechte, als jongliere er mit Tischtennisbällen und lächelte. Ja, tatsächlich... dieser Bär von einem Mann lächelte mich mit seinen schwarzen Augen entschuldigend an, obwohl ich unvorsichtigerweise seinen Weg gekreuzt hatte.
Ehe ich wusste, wie mir geschah, saß ich mit ihm auf ein Entschädigungs-Jever in der kleinen Eckkneipe. Es musste nicht viel Zeit vergehen bis ich wusste, dass Christoph wie ich auf Männer stand. Und er stand auf mich, woran er nicht den geringsten Zweifel ließ. Er war niemand, der viele unnötige Worte verlor, wenn es sich anbot, gleich zum Punkt zu kommen. Schon nach zehn Minuten lud er mich in seine Wohnung ein.
Ich muss zugeben, dass ich zu diesem Zeitpunkt nicht recht wusste, ob ich seiner Einladung folgen sollte. Ich schaute auf seinen Bizeps, der sich unter der dicken Büffellederjacke spannte und stellte mir vor, was er mit meiner schmalen, gerade mal 1,70 m großen Figur anstellen würde. Aus dem einen Bier wurden fünf und mit jedem Schluck wurde ich mutiger. Wollte ich nicht schon immer einen solchen Burschen? Jemanden, der dafür geschaffen war, das Universum auf seinen Schultern zu tragen?
Ich ging mit. Natürlich ging ich mit.
In seinem Apartment warf er ein paar Sachen von der Ledercouch, wies mich an, es mir bequem zu machen und entledigte sich dann seiner Jacke.
„Bier?“
Ich nickte nur. Er öffnete die Flaschen

an seinem Gürtel und als er sich neben mir auf die Couch fallen ließ, erinnerte mich das an ein mittelschweres Erdbeben. Er erzählte von seinen Tattoos und den diversen Piercings, während ich keinen Blick von ihm ließ. „Neugierig?“ fragte er, grinste und zog seinen Pulli aus.
Sein muskulöser Oberkörper ließ mich meine Unsicherheit vergessen. Zum Glück musste ich zum Anschauen der Tattoos, die sich über Arme und Rücken erstreckten, näher rücken. Auch die Ringe durch die Brustwarzen nahm ich genau in Augenschein und hing, ehe ich es mich versah, mit den Zähnen daran. Eine leichte Ahnung von Leder mischte sich mit dem Geruch seines Körpers und ich wurde endgültig geil. Unser erster Kuss war etwas hektisch, das Klicken seines Zungenpiercings gegen meine Zähne für mich doch einigermaßen ungewohnt.

Während wir uns ineinander verbissen, fielen nach und nach unsere Hemden und Hosen zu Boden. Dann sah ich seinen Schwanz. Auch der war gepierct; hart und groß reckte er sich mir entgegen und mir kam schlagartig Ingo Appelts Song über die Rosettenzerrung in den Kopf. Aber Christoph ließ mir keine Zeit, darüber nachzudenken. Er ließ sich nieder und zog mich über sein Gesicht, und ich glaube, das war das erste Mal, dass ich ein Zungenpiercing zu schätzen begann. Ich versuchte, an hundert Nonnen beim Gebet zu denken, während er mich blies, meine Eier und den Damm massierte und schließlich mit einem Finger in mich eindrang. Dann war der Gedanke wieder da - der Gedanke an Ingo Appelt und die Rosettenzerrung.
Um wieder auf passende Gedanken zu kommen, wandte ich mich Christophs Schwanz zu. Allerdings bekam ich ihn mit meinem Mund allein wegen seiner Ausmaße nur sehr unzureichend unter Kontrolle, deshalb wurde auch eher ein Wichsen daraus. Dick traten die Adern am Schaft hervor und ich wusste, lange konnte es sich nicht mehr hinziehen, bis er zum Finale kommen würde. Feige abhauen war nicht mehr, dazu hatte ich es zu weit kommen lassen. Jetzt musste ich durch, egal wie. Aber Christoph überraschte mich erneut, weil er sich mir nicht aufdrängte. Er rollte zur Seite, bot sich mir an. Während ich in ihm war, strichen meine Hände immer wieder über sein festes Fleisch, über die Tattoos von Drachen, gefesselten Jünglingen und Rosenranken. Ich spielte mit den Ringen, die seine harten Nippel durchbohrten und stieß immer wieder zu. Ich war wie in einem Rausch, er stöhnte dunkel auf, während ich mich in ihm austobte. Dabei hätte nur ein unbedachter Tritt seinerseits ausgereicht, mich gegen die nächste Wand und ins Land der Träume zu schleudern. Aber er wichste und der Blick auf seinen pulsierenden, herrlichen Schwanz gab mir den Rest. Leicht entkräftet, aber immer noch geil verhalf ich auch ihm zum Höhepunkt. Als es ihm schließlich kam, übertraf die Heftigkeit bei weitem noch das, was ich erwartet hatte.
Dann rollte er sich zusammen, sein schwarzes Haar klebte in seinem schweißnassem Gesicht. Langsam entspannten sich seine Muskeln, aber er blieb mit geschlossenen Augen weiter schweigend liegen. Ich kam mir etwas überflüssig vor. Ich dachte, dass es wohl am besten war, wenn ich mich leise verdrückte!
„Wo willst du hin?"
Seine Worte hörten sich herrisch an, wieder hatte er nur das Nötigste gesagt. Aber da war was in seiner Stimme. Ich glaubte, etwas herauszuhören, das ich so einfach nicht akzeptieren konnte. Das konnte doch jetzt nur ein Irrtum sein! Im nächsten Augenblick grapschte er nach mir wie nach einem Kuscheltier und zog mich an sich. Aber dann kam das dritte Mal, dass dieser Christoph mich überraschte. Ich lag in seinem Arm und er küsste mich. Seine Berührungen waren sanft, keine Spur von Härte oder Ruppigkeit, wie ich es von einem Kerl wie ihm erwarten würde.

So war es also, wenn David und Goliath in der Neuzeit aufeinander trafen!

Stefan Zeh

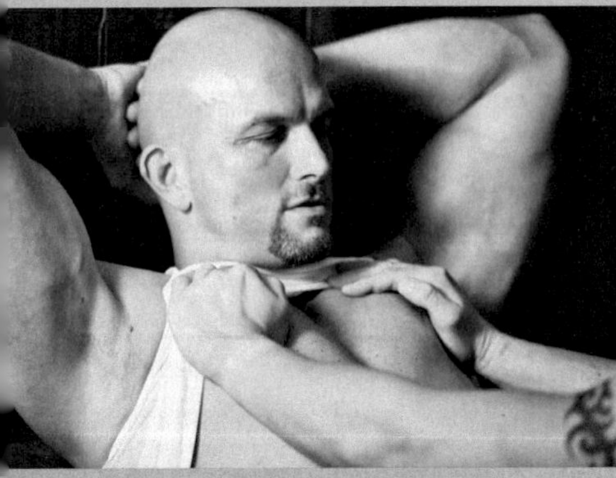

Raymond Angeles

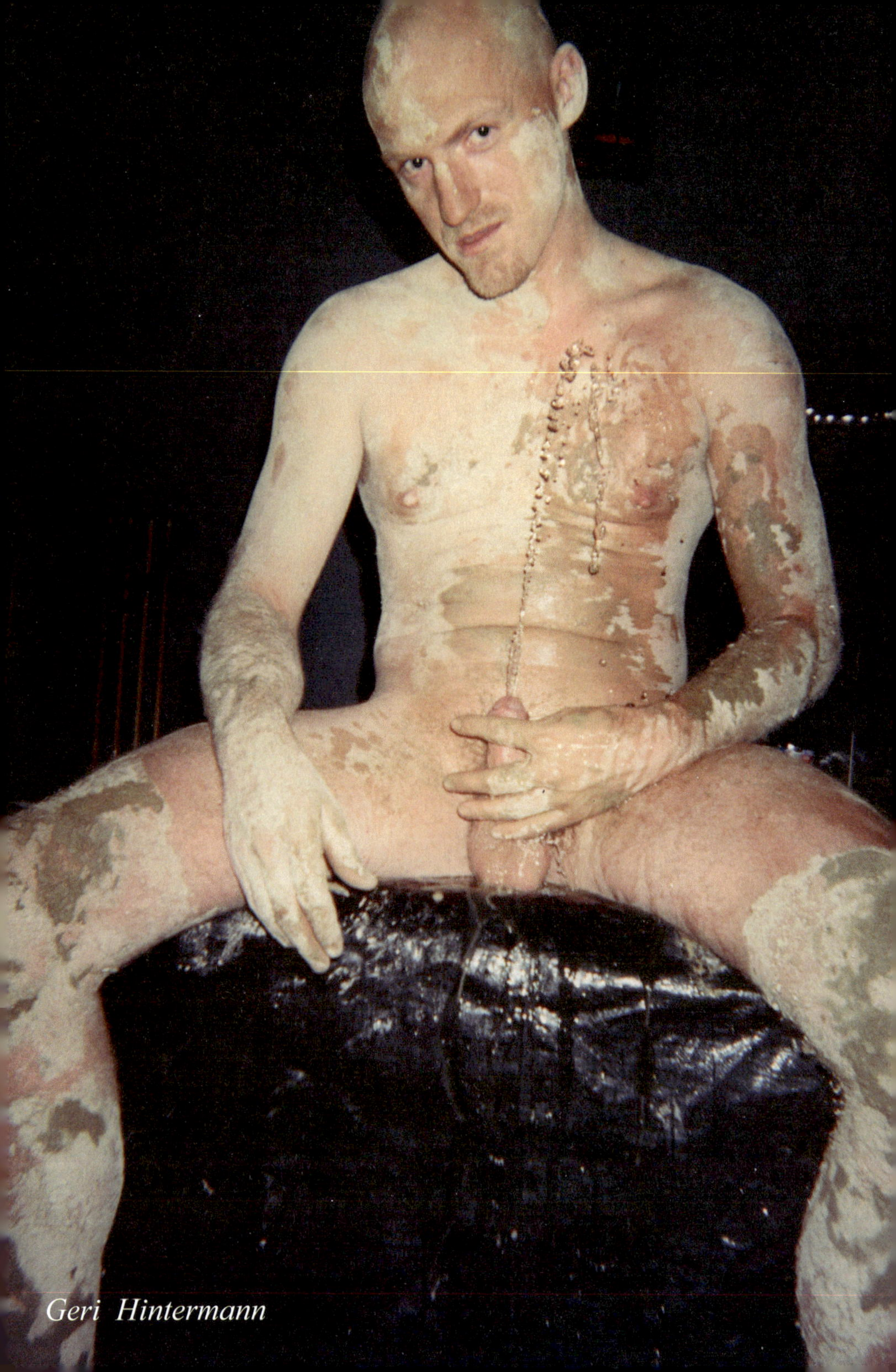

Geri Hintermann

Markus Baaken

Klaus zum Nikolaus

Kürzlich erst habe ich eine neue sexuelle Präferenz an mir entdeckt. Ich stehe jetzt auf langes, tiefes eindringen lassen in meinen Arsch. Von Freunden und Kunstgegenständen gleichermaßen. Ich habe zuvor fast ein Jahr lang eine buddhistische Atemgruppe besucht und bin nicht sicher, ob beides miteinander in Verbindung steht. Ich hatte genug gehabt vom stupiden Rumficken in S/M-Anonymitäten.
So habe ich ein Jahr lang Entspannung geübt und mich dabei unbemerkt innerlich geräumiger gemacht. Ich atme mein Männerloch jetzt um Gefäße herum. In warmen Räumen am liebsten und mit anregenden Gerüchen und entspannenden Essenzen, mit Marihuana etwa und GHB. Manchmal benutzte ich special-k. Das k steht für Ketamin. Wenn Sie es nicht kennen, macht nichts. Sexdrogen intensivieren das subjektive Empfinden beim Verkehr. Ob man so etwas braucht, sollte jeder selbst mit ja beantworten. Es herrscht die Zeit und es ist der Ort für eine Ketaminrevolution der Geschlechtsorgane, wenn Sie mich fragen.
Seit inzwischen fast einem Jahr ejakuliere ich nur noch, wenn ich auch gleichzeitig etwas im Loch habe. Das ist mein derzeitiges Prinzip. So halte ich meine Präferenz am Leben und bleibe ein selbstbestimmtes Individuum.
Im Laufe der letzten Wochen hatte ich so ziemlich jeden großen Schwanz in dieser Stadt kennengelernt. Ich war neu und galt als Frischfleisch, da hat man es leicht.
So war ich jedesmal bemüht, meinem Partner einen Ständer zu lutschen, um mich dann auf seinen Schoß zu setzen. Ich leckte ihnen jeweils das Maul aus, während sie mich fickten. Hatten sie sich als heterosexuell erklärt, stöhnte ich mädchenhaft, weil ich weiß, daß sie sich dann etwas heimischer fühlen. Ich hätte mir auch gerne an die Titten fassen lassen. Meistens taten sie aber gar nichts, die großschwänzigen Männer.
Ich legte eine gehörige Sammlung an und sortierte sie nach den Zeiten ihrer Erreichbarkeiten. Am wertvollsten waren die Saftständer, die sich mir schon nach dem Frühstück entgegenrecken konnten. Außerdem stellte ich rasch Regeln auf. Je größer der Schwanz, umso inaktiver sein Träger. Wer Sprüche macht, löst sie nie ein. Nie über den Kram reden, den Du beim Sex machen möchtest. Priestern mit koprophagischen Spielchen kommen ist immer eine gute Idee und so weiter. Aber meistens ging es nur darum, wer wen fickte.
Klaus hatte ich schon einmal im cruise club gesehen. Seinen Namen kannte ich noch nicht. Gleich am Eingang zum Dunkelbereich hing er seine Riesenbeule ins Licht der Lampe. Wirklich unverschämt, weil er sonst nicht viel zu bieten hatte. Eine vor Langeweile eingefallene Fresse und so weiter. Einfach nicht der Brüller, nur eine Megabeule, die er entsprechend unverschämt präsentierte. Seitdem ging er mir nicht mehr aus dem Kopf.
Gemacht hatte ich natürlich nichts mit ihm. Er war älter und leicht dicklich und ich hatte fast freie Auswahl gehabt

in dieser Nacht. Ich wichste allerdings drei oder viermal in den nächsten Tagen, indem ich an ihn dachte. Ich spielte diese Daddy Nummer mit ihm durch. Ich war früher katholisch. Ich hätte niemals zugegeben, daß ich gerne eine Beziehung hätte mit jemand, der mein Vater sein könnte und sich auch so benehmen würde. Und zwar am liebsten mit ungerechter körperlicher Ertüchtigung. Dann sah ich ihn eines nachts im Stadtpark. Es war ruhig, wir waren die einzgen im Umkreis und so ging ich ohne Umschweife zu ihm hin. Ich baute mich vor ihm auf. Klassisch. Er ging mir gleich an den Hosenlatz. Ebenso klassisch. Ich schlug vor, zu mir zu gehen. Das war gewagt. Meistens rennen sie einem davon, wenn du ihnen größere Nähe anbietest. Es war merklich kühl hier draußen, war Dezember.

Er willigte ein, verdutzt zunächst und schlug dann vor, zu ihm zu gehen. Er hatte ein derart dreistes Lächeln. So eines, das ihn nun wie einen sechszehnjährigen erscheinen ließ, das Bübchen. Ich beschloß auf weitere Fragen zu verzichten und begann, nervös zu werden. Ich dachte an Gipfelstürme. Es war gegen halb zwei nachts. Sein Gemächte müßte dem äußeren Anschein nach aus zehn Kilo Fleisch bestehen. Speichel sammelte sich in meinem Maul, als ich in sein großes Auto stieg.

Bei sich fuhr er das Fahrzeug gleich in das Gebäude hinein. Da mochte ich die Schweizer. Non chalant. Wir waren rund zwanzig Minuten beinahe wortlos am See entlang gefahren. Noch bevor wir die Garage verlassen hatten, knetete er uns beiden die Eier, das Schwein. Zu früh, zu feist, nicht schlecht. Noch hatte ich ihn nicht angefaßt.

Klaus stellte er sich auf einmal vor, als ob das von irgendeiner Bedeutung wäre. Er schien sich an seine Erziehung zu erinnern. Als ich meinen Namen nannte, sah ich ihm in den Schritt. Nun schien Klaus sich an meine Erziehung zu erinnern. Klaus hatte einen Ständer, oder er transportierte Feuerholz in seiner Hose. Klaus hatte einen unglaublich großen Ständer. Ich bekam Schweißtropfen auf die Stirn. Zum ersten Mal. Also war das wirklich sein Schwanz gewesen, damals im club, keine reingestopfte Socke. Ich liebte Klaus schon jetzt und ordnete alle meine Begierden ihm unter.

Klar wollte ich auch Poppers, als er mir vier Minuten später seinen Schwanz vor die Nase hielt. Wir bedienten uns beide ordentlich. Klaus hatte Riesen Nüstern und setzte sich die Flasche immer wieder an den Kopf. Poppers ist Amylnitrit, es regt den Blutkreislauf an und bringt dich in Schwung. Du fühlst dich geiler, tust mehr schweinische Dinge und wenn du kommst, scheint das Spritzen `ne halbe Stunde zu dauern. Du saugst so zwei, drei Züge Poppers durch die Nase, bevor sich ein warmes Gefühl über deine Blutbahnen ausbreitet.

Nach zwanzig Minuten zuckte mein Ficker wie ein Besessener. Er hatte mich gefickt und dann den Präser runtergezogen und mir seinen Schwanz ins Maul gestopft. Ich saugte an seiner Eichel, mehr paßte nicht rein. Dabei lutschte ich ihm die leckere Vorflüssigkeit aus dem Ende seines Schwanzes. Ich war seelig, ich nuckelte wie ein Baby.

Auf einmal spürte ich eine ruckartige Bewegung, etwas wie einen Riß durch seinen Körper. Was für eine Art zu Kommen! Das hatte ich noch nicht erlebt. Aber ich stand auf diese heftige Körperlichkeit beim Sex mit richtigen Männern. Ich schaute mit verklärten

Jonathan Weinberg

Pupillen hoch in sein Gesicht. Dann sah ich sofort, daß Klaus im Begriff war zu sterben.
Ich war daran nicht beteiligt, blieb ohne Emotion. Ich schaute mit einer gewissen Faszination zu. Schließlich stirbt einem nicht jeden Tag jemand vor der Fresse weg. Ich erhob mich und hielt mit meinen Armen fest, was noch zu halten war. Er schien keine Luft zu kriegen und erstickte in Panik, wild gestikulierend, ohne Laut.
Sein Körper erbrach gerade die Geschichten, die er Zeit seines Lebens für sich behalten hatte. Zwanzig Zentimeter von mir entfernt. Klaus mußte sterben, schnell und schmerzhaft. Er

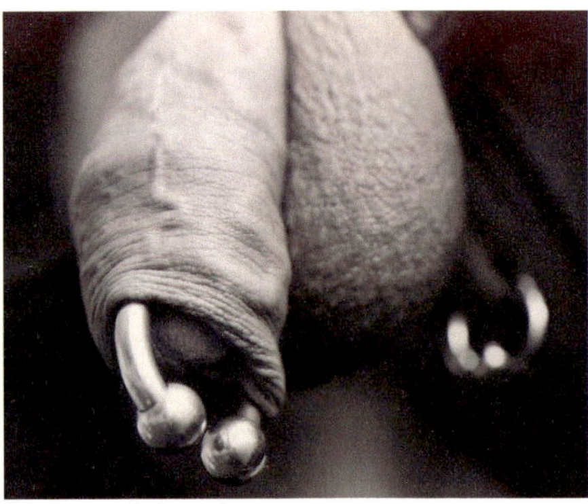

Raymond Angeles

schien völlig überfordert, quatschte mich voll mit seinem irren Blick und zerstörte Möbel, die er nicht mehr begriff. Ich war ebenso überfordert, war hilflos und schockiert, wie es sich gehört. Es dauerte nur wenige Minuten, zwei vielleicht oder drei. Dann war Klaus mit seinem Leben fertig, hatte alles zu Ende verarbeitet und war unterwegs zu den Jagdgründen der Ewigkeit.
Ich ließ seinen reglosen Körper zu Boden rutschen. Tote sind schwer. Ihm fiel eine leere Viagraschachtel aus der Tasche. Viagra versorgte die Szene seit zwei Jahren mit Dauererektionen. Herrlich zu Speed und Kokain anzuwenden, niemals Viagra und Poppers gemeinsam benutzen, fiel mir schematisch ein. Da verstand ich plötzlich, welcher Szene Zeuge ich geworden war. Ich wollte mir das Döschen noch genauer ansehen und ließ meine Finger stattdessen die Spurensicherung anrufen.
Ich wußte, daß ich nur benutzt worden war. Ich hatte sofort Verständnis für Klaus. Er hätte es mir sogar sagen können. Ich hätte mich dann so gerne auf ihn gesetzt, mich von ihm vögeln lassen dabei und noch ein paar Minuten länger als das Leben um ihn herum sein können. Und es heißt, daß Du pissen mußt, wenn du verreckt bist. Was wäre das für eine Dusche geworden. Ich wurde wieder scharf, war noch nicht gekommen. Ich wollte in seinen Arsch ficken, oder in sein inzwischen versabbertes Maul. Ich ließ es. Stattdessen hörte ich in die Stille der Nacht hinein und wartete gelassen auf die Beamten.
Und als die Erde sich einfach weiter drehte, als ob nichts sei, da nahm ich seinen halbsteifen Schwanz noch einmal in mein Maul und ich sog ein, was sich mir aus Sperma, Pisse und Vorflüssigkeit zusammenbraute. Gegen halb vier traf die Stadtpolizei ein.
Klaus hatte mir den größten Schwanz gehabt. Er hatte sich letzte Nacht vorsätzlich tot gefickt in mich. Ich merkte, daß mich das ehrte. Ich war stolz darauf. Es war der Morgen des sechsten Dezembers. Ich würde es nicht vergessen können, dieses Schwein. Sein Name reimt sich sogar auf seinen Todestag.

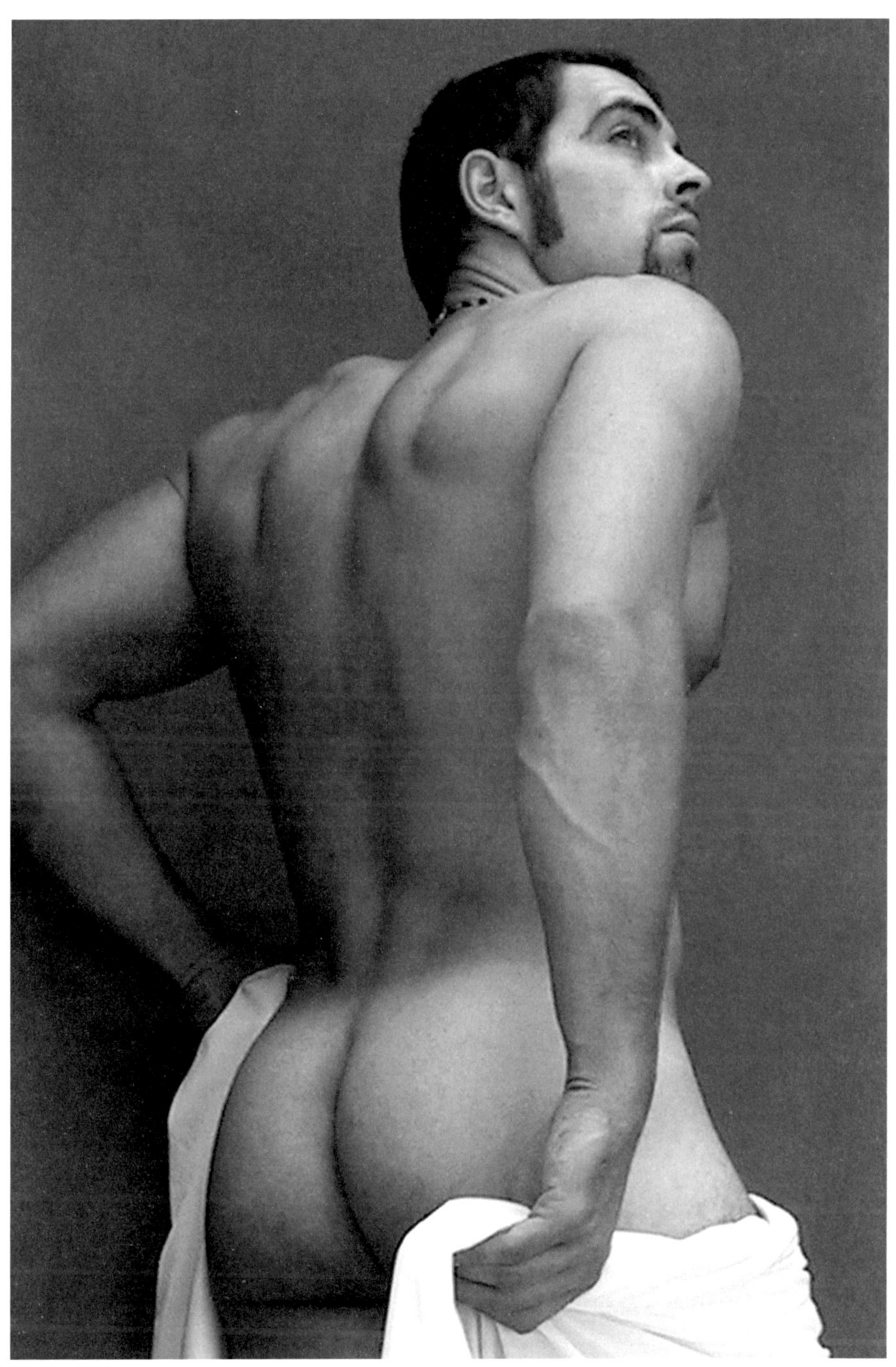

Rinaldo Hopf

Pushaun, London, 2003

Pushaun, London, 2003

Wayne Moraghan

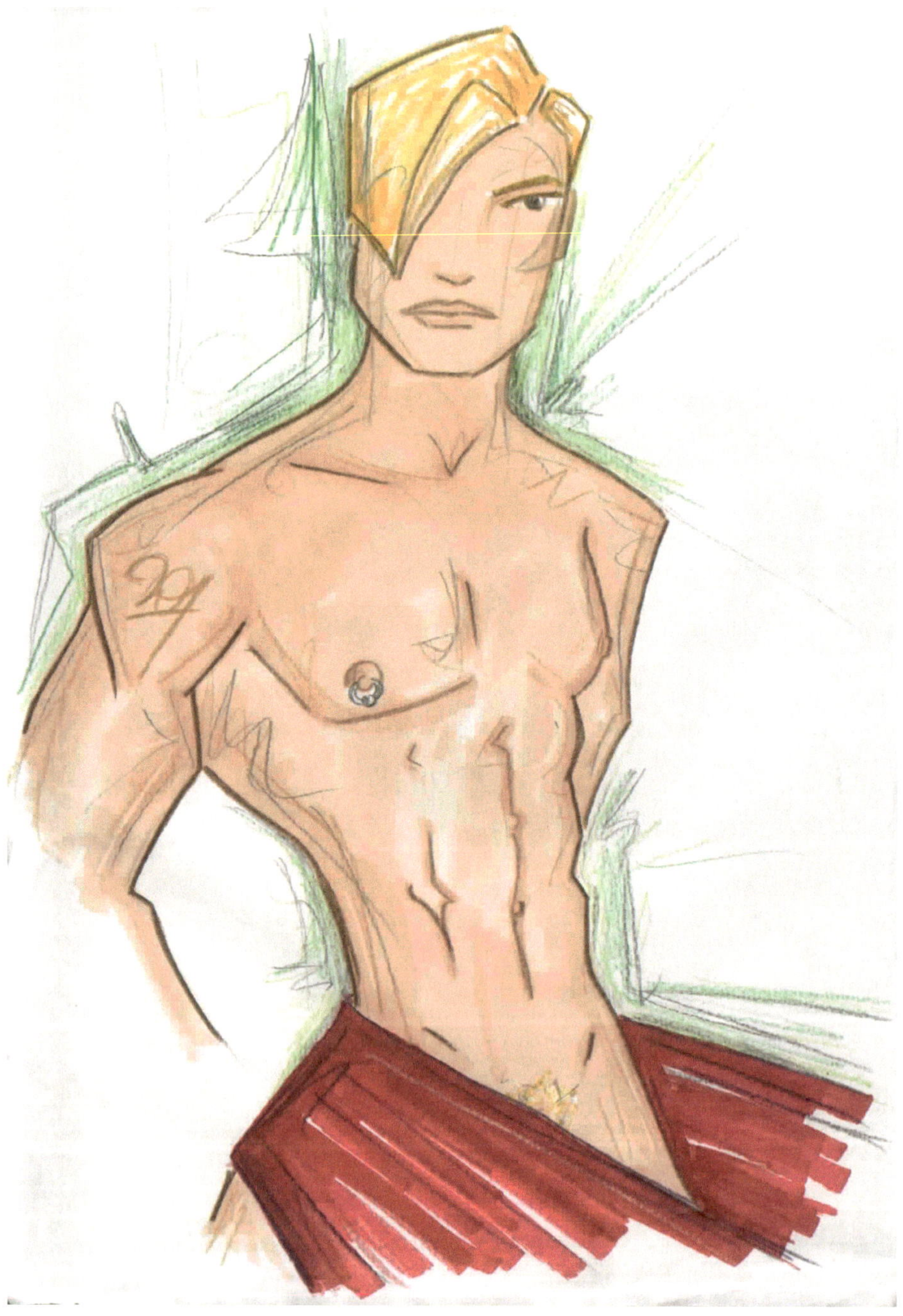

Philipp Tingler

Fleisch

Die Liebe läßt uns verlegen, ungeschickt und wenig einnehmend erscheinen. Auch, wenn sie uns am Wurststand trifft. So wie ich Herrn Hess, der als Metzger in der Migros City in Zürich arbeitete. Herr Hess ist der schönste Schlachter der Erde, und ich liebte ihn sofort. Eine Welt, die Schöpfungen hervorbringt wie den Apollo vom Belvedere oder Herrn Hess, ist noch nicht ganz verdorben. Herr Hess ist ein unglaublicher Glücksfall von einem Geschöpf, ein Wunder an allseitiger Ausbildung, ein erreichtes Ideal. Als Phänomen ist er ohnegleichen. Herr Hess ist zuhause im Leben und ohne Scheu vor seinen Einrichtungen und Gewalten; er selbst gehört zu diesen Gewalten. Durch sein bloßes Dasein wiegt Herr Hess die kulturelle Tätigkeit von fünfzehn professionellen Samba-Tänzern oder dreihundert Museumskuratoren oder fünfundzwanzigtausend Konzeptkünstlern und praktisch sämtlichen lebenden zeitgenössischen deutschsprachigen Schriftstellern auf. Allein sein Unterarm wiegt eine zwanzigbändige Kulturgeschichte auf. Herr Hess hat in seinem ganzen Leben noch nie einen Pickel gehabt, und da ist nur etwas, was an der Beziehung zwischen mir und Herrn Hess nicht stimmt: Wir hatten nie eine.

Tag 1: Herr Hess ist am Wurststand. Sterne regnen vom Himmel, Blütenkelche öffnen sich, gefärbte Fontänen steigen in die Wolken. Mein eigens für ihn erschaffenes Herz erbebt von einem Jubelschrei. Außerdem höre ich *Love's Theme* von Barry White's Love Unlimited Orchestra, aber das kommt womöglich aus den Deckenlautsprechern, da bin ich jetzt nicht sicher. Fest hingegen steht: Wenn Gott jemals Sex hätte, würde er dabei den Namen von Herrn Hess brüllen. Fest steht darüber hinaus: Ich stelle mich an. Am Wurststand. Als ich an die Reihe komme, bin ich ein Fall für Dr. Freud. Mein Blick mäandert zwischen Dürrfleisch und Dauerwurst, durch Rollschinken und Rindsrouladen, und schließlich zeige ich auf das erstbeste Stück Fleisch. Es handelt sich zufällig um Kaninchen-Filet.

ICH *[heiser]:* Davon. Sechs.

DER SCHÖNSTE SCHLACHTER DER SCHWEIZ *[freundlich]:* Na, dann werd' ich mal sechs besonders schöne raussuchen.

Herr Hess sucht und wiegt die Filets. Noch seine kleinste Bewegung schüttet ein Füllhorn herzraubender Reize über mich aus. Noch in seiner kleinsten Bewegung liegt ein Rhythmusgefühl, wie es allen edlen Seelen und vornehmen Körpern eingeschrieben ist. Ganz von ihm eingenommen und nicht vorsichtig genug, eine aufkeimende Neigung zu verbergen, betrachte ich seine Unterarme, welche zweifellos Berge versetzen, Sterne aus ihrer Bahn reißen, Bäume entwurzeln und Armeen aus dem Boden stampfen können. In Herrn Hess wirkt nämlich das kraftvolle Mark der Titanen. Ja.

ICH *[betäubt]:* Ja, das ist nett ... hihi. Sonst sage ich keinen Ton. Was hätte ich auch sagen sollen? — „Dein Name ist wie eine ausgeschüttete Salbe!"?

Tag 2: Herr Hess fragt mich, was ich gerne hätte. Diese Erkundigung ist zweifellos auf Fleisch- und Wurstwaren zu beziehen. Sein Mund ist von überaus gefälliger Schwingung, und von seinen quellenden Rosenlippen tropfen die Worte wie weicher Rindertalg, wenn der Vergleich gestattet ist. Ich höre die leisen Atemzüge des Engels, welcher sich in ihm verhüllt. Nebenbei stehen seine makellosen Zähne ein wenig auseinander, was überaus sexy ist, jedenfalls bei Herrn Hess.
Indessen starre ich auf Berge von rohem, blutigem Fleisch und bringe nur etwas hervor wie: „Kaninchenfilets ... ? Wo sind eigentlich die Kaninchenfilets, die ich das letzte Mal kaufte?"

Tag 3: Heute soll alles anders werden. Das kann doch nicht so schwer sein. Nicht für mich. Ich hab' immerhin zirka 187 Beziehungen hinter mir. Und nun stehe ich Herrn Hess gegenüber, der über Rehrücken und Hasenpfeffer thront wie ein Gipfel über unklaren Nebelschichten, mit jener schweigenden Majestät der gigantischen Bergriesen des Berner Oberlandes, die empfänglichen Menschen eine tiefe Andacht ins Herz zaubert. Unbezwingliche Sehnsucht macht mich rasen. Meine leidenschaftliche Zuneigung und das glühende Verlangen, das seit dem ersten Augenblick unseres Sehens in mir aufgebrannt, lassen mich im Schweinsgalopp das Ziel anrennen. Jetzt. Jetzt. Oder. Nie. Doch zwischen Koteletts und Fleischsalat versagt mir der Heldenmut wie dem Petrus beim Hahnenschrei. Sprachlos vor Schreck und Sürprise kann ich nur keuchen: „Was soll ich kaufen?"
Herr HESS *[betrachtet mich zweifelnd]*
Ich *[übereifrig]:* Ich habe nämlich nur noch ungefähr fünf Franken, müssen Sie wissen ...
Herr HESS *[betrachtet mich mit der freundlichen Nachsicht, die man einem Kinde entgegenbringt, welches soeben einen Erdklumpen für ein Goldstück erklärt hat]*
Ich *[verzweifelnd]:* Vielleicht ... Kaninchen-Filets? Hm?
Herr HESS *[unerschütterlich wie das Jungfrauenmassiv]:* Vielleicht versuchen Sie es besser oben am Gourmessa-Stand. Sie könnten dort ein halbes Poulet kaufen. Das kostet nur vier-sechzig.
Ich *[mit einer leidenschaftlichen Hingabe, die nichts auszudrücken vermag]:* Aber ... aber das ist doch so fürchterlich schwer zu essen ...
Nie ist man so lächerlich wie aus Liebe. Aus Liebe, die man dann findet, wenn man sie am wenigsten braucht. Nie blamiert man sich so. Muss ich den Fehlschlag meiner Hoffnungen einsehen? Herr Hess denkt jetzt sicher, ich sei irre. Vielleicht sollte ich Vegetarier werden. Andererseits ist es meiner konzilianten Natur zuwider, mit einem Ausblick auf endlosen Jammer zu schließen. Und weiterhin hätte ich als Vegetarier niemals die Gelegenheit, den Zipfel einer riesigen Wurst zu erhaschen, eines Tages. Eines Tages wird er mich beachten. Und dann sehen wir zusammen die Sonne aufgehen. Über zwei dampfenden Tassen Kakao. Oder Bouillon.

Mike Stead

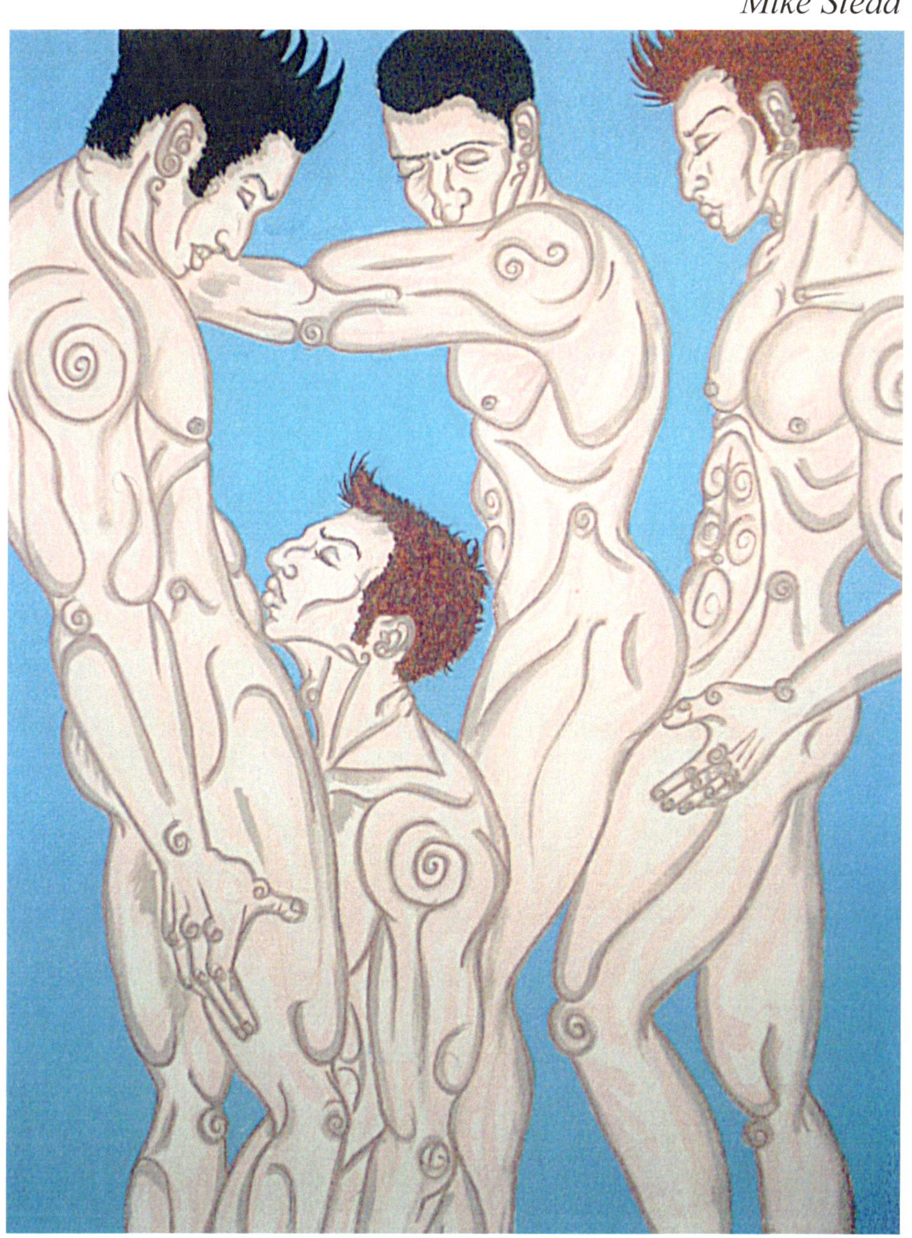

Bodo Tüngler

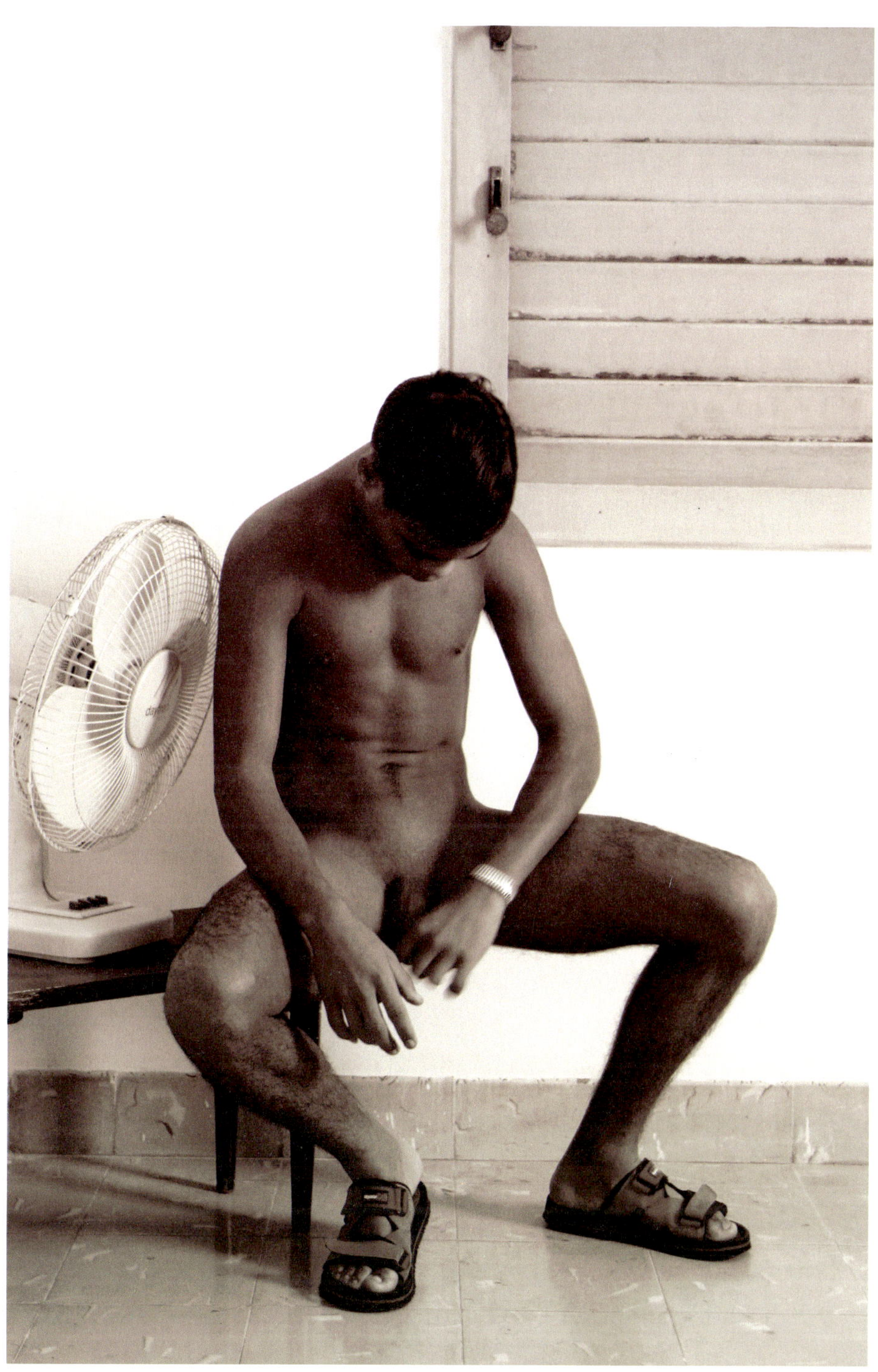

Leonard Zett

Carsten Heider

Sex am Strand

47% aller Männer träumen davon: wilder oder romantischer Sex am Strand. Über das Stadium des Träumens sind schwule Männer längst hinaus.

Leo ist 23 Jahre alt, fährt Motorrad und wohnt in der südfranzösischen Stadt Aigues Mortes nahe der Mittelmeerküste. Viele schwule Männer wohnen nicht in dieser Gegend. „Aber sie kommen alle," sagt Leo und breitet sein Handtuch auf einer kleinen Erhebung in den Dünen aus. „Von Nimes und Arles an den Wochenenden und in den Ferien sogar aus ganz Frankreich und dem restlichen Europa." An manchen Tagen scheint es in der Tat eine Art Völkerwanderung zu sein, die sich aus dem Landesinneren an die Strände wälzt. Ein kleiner Teil davon fährt die Stichstraße bis zu ihrem Ende, dem schwulen Strand von L'Espiguettes. Und dort wartet Leo.

„Ich hatte schon mit Männern aus 14 Nationen Sex am Strand und in den Dünen," sagt er nicht ohne Stolz. Was nicht immer einfach war, denn Leo spricht nur Französisch. Sprachkenntnisse sind jedoch kaum erforderlich, wenn man auf der Suche nach einem Abenteuer am Strand ist. Wichtiger ist es, die relevanten Signale zu erkennen und zu senden:

Zeigen Sie sich am Strand von ihrer besten Seite. Wer sich erst nach dem Tag am Wasser rasiert oder an der Badehose spart und statt dessen einen Liebestöter zur Schau stellt, verschlechtert seine Chancen. Und verstecken Sie sich vor allem nicht den ganzen Tag auf ihrem Badetuch. Wenn Sie das Angebot am Strand sondiert haben, geben Sie auch dem Objekt Ihrer Begierde die Gelegenheit, Sie ausgiebig zu betrachten. Wie wäre es mit etwas Sport? Wenn Sie nicht allein sind, spielen Sie doch eine Runde Frisbee oder Federball mit Ihrer Begleitung. Leicht verschwitzt und in Bewegung am Strand; das ist besonders sexy. Und wenn Sie allein auf der Jagd sind, haben Sie mit Ihrer Frisbee eine gute Begründung, um mit anderen Männern Kontakt aufzunehmen.

Haben Sie Ihren Favoriten inzwischen erkoren? Dann warten Sie, bis er ins Wasser geht und folgen Sie ihm. Nasse Körper machen die meisten Männer besonders wild. Außerdem können Sie nun aus der Nähe kontrollieren, ob er bereits angebissen hat.

Im Urlaub können Sie es sich auch mal erlauben, besonders forsch zu sein. Denn, mal ehrlich, die Abfuhr eines anderen Touristen schmerzt doch weit weniger, als die eines bekannten Gesichts aus der heimischen Szene. Wenn Sie also glauben, dass er Ihren Blickkontakt erwidert, sollten Sie ihn ansprechen oder frech mit etwas Wasser bespritzen. Er wird sich kaum die Blöße geben, mit einem Kreischen zu reagieren.

Ernst wird es am Strand jedoch meist erst dann, wenn die Sonne bereits tiefer steht. Wer seine Sachen packt, ist nicht unbedingt auch schon auf dem Heimweg. Beobachten Sie sorgfältig, ob er nicht noch einmal auf den Dünen stoppt und ein paar auffordernde Blicke zurück an den Stand wirft. Spätestens jetzt sollten Sie ihm folgen. Nehmen Sie Ihr Badetuch mit, falls Sie ein wenig Privatsphäre bevorzugen. Dann können Sie es sich auch im hohen Dünengras gemütlich machen.

Es ist übrigens ratsam, bei einem süßen Abenteuer am Strand auf etwas Privatsphäre zu achten. Denn zu indiskreter Sex in der Öffentlichkeit kann auch die Ordnungshüter und eine saftige Geldstrafe nach sich ziehen. In fast allen Ländern der Welt gilt Sex in der Öffentlichkeit als Straftat:
Spanien: Das heißt für die meisten Schwulen Gran Canaria, Sidges bei Barcelona oder Ibiza. Und oft spielt auch der Gedanke an Sex in den Dünen sofort eine Rolle. Zurecht! Die so genannte sexuelle Provokation, Sex in der Öffentlichkeit, kann zwar mit 5.000 bis 75.000 Euro Strafe belegt werden. In der Regel drücken die Gesetzeshüter jedoch ein Auge zu. Vorausgesetzt die Liebenden verhalten sich nicht zu provozierend.
Frankreich: Weniger locker sehen das die Kollegen im Mutterland der Liebe. Wer beim Sex am Strand erwischt wird, kann bis zu ein Jahr Haft aufgebrummt bekommen und zahlt bis zu 15.000 Euro. Zum Glück hat Frankreich fast endlose Küsten, die sich kaum kontrollieren lassen. Die schwulen Strandabschnitte liegen außerdem meist recht abgelegen.
Griechenland: Obwohl bis zu zwei Jahre Haft verhängt werden können, sieht die Polizei auf Mykonos, der schwulen Ferieninsel, meist weg. Vorausgesetzt man treibt es nicht zu öffentlich.
Ägypten: Die Küste des Roten Meeres bei Hurghada ist bekannt für eine rege schwule Urlauberschar. Auf Sex am Strand sollte man trotzdem verzichten. Ein bis drei Jahre Haft oder hohe Geldstrafen warten auf jeden, der bei „Handlungen, die das Schamgefühl verletzen“, erwischt wird.
USA: Sex am Strand ist auch in der Vereinigten Staaten eine Straftat. Das Strafmaß variiert innerhalb der Bundesstaaten. „In Florida hat die Polizei jedoch die Möglichkeit, den konkreten Fall individuell zu behandeln,“ sagt Steve Torrence, Officer im Key West Police Department. Key West hat eine der größten schwulen Szenen der USA. Er spreche in der Regel nur eine Verwarnung aus, könne aber auch eine Verhaftung herbeiführen, so Torrence.
Thailand und die Strände bei Pattaya sind auch für schwule Touristen ein Begriff. Da die Kultur der Thai sexuellen Handlungen in der Öffentlichkeit jedoch sehr empfindlich gegenübersteht, sollte man auf Sex am Strand verzichten. Die Polizei ist angewiesen, hart durchzugreifen und verhängt 500 Euro Geldstrafe.
Deutschland: Auch zuhause ist es am Strand offiziell nicht erlaubt! „Wer öffentlich sexuelle Handlungen vornimmt und dadurch absichtlich oder wissentlich ein Ärgernis erregt, wird mit Freiheitsstrafe oder Geldstrafe belegt,“ droht das deutsche Strafgesetzbuch.
Die Extreme: Mit vier und sieben Jahren können in Dänemark und Rumänien besonders lange Haftstrafen für Sex am Strand verhängt werden. Mit 75.000 Euro ist Spanien an der Spitze der möglichen (aber selten verhängten) Geldstrafen. Am billigsten wird Sex am Strand in Norwegen, Bulgarien oder Jamaika, die nur eine Verwarnung jedoch keine Geldstrafen vorsehen. Finnland verlangt für den öffentlichen Orgasmus zehn Prozent des Netto-Monatseinkommens.

Raymond Angeles

Dietmar F. König

Achim Schmacks

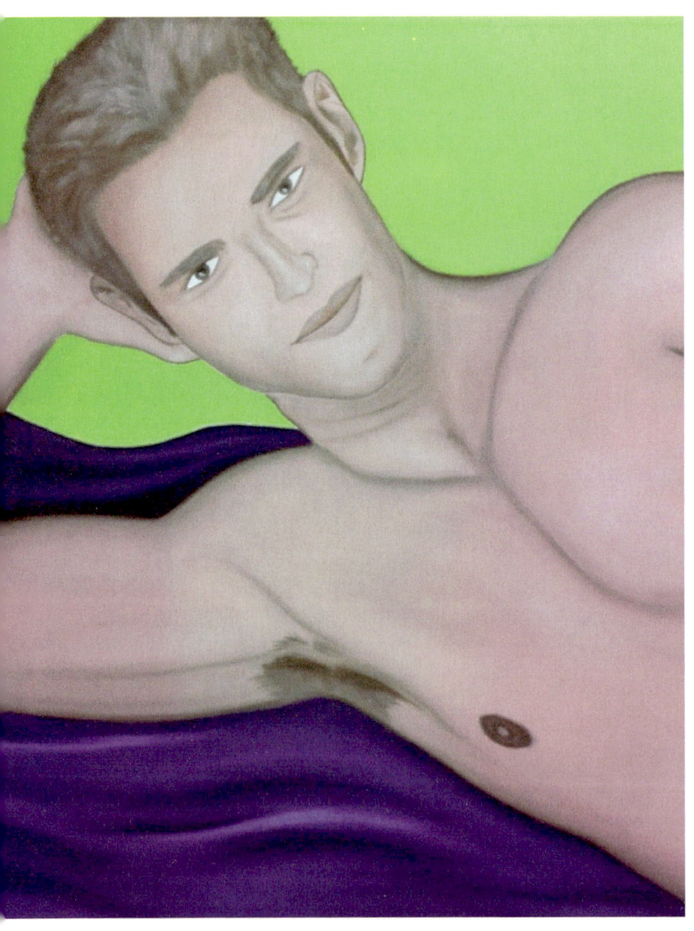

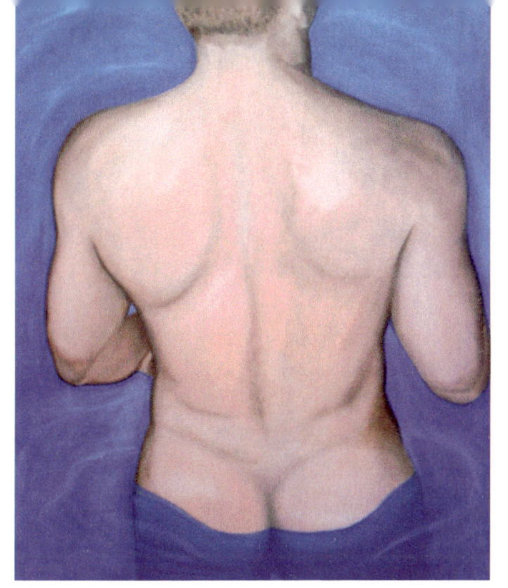

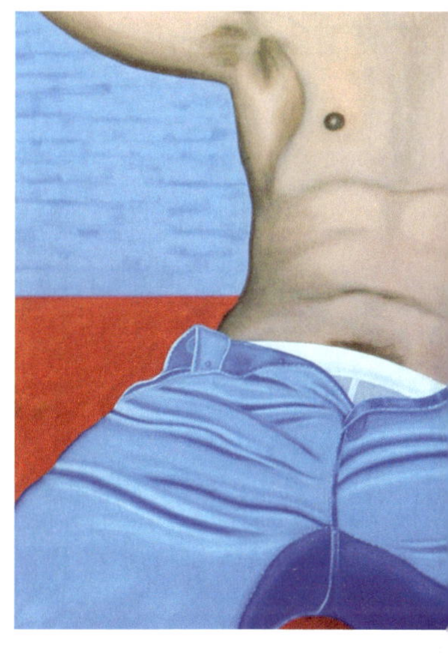

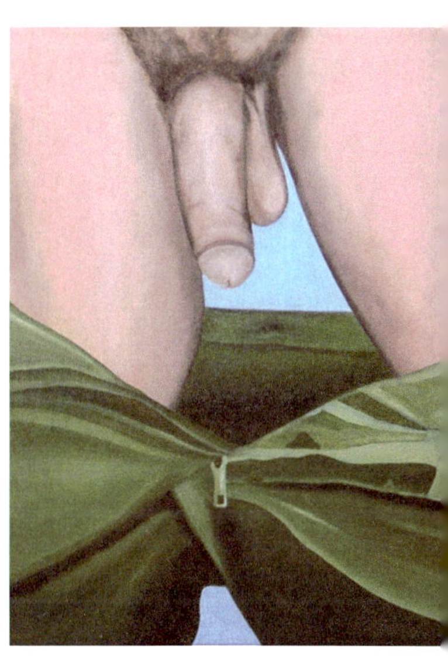

Thomas Mindt

Dunkle Tage, helle Nächte

Die Sonne geht unter. Ich stehe halbnackt am Schlafzimmerfenster und blicke durch den großen Baum, der im Garten vor dem Fenster steht, hinauf in den Himmel. Schon bald wird sich die Dämmerung über das Land legen wie ein großer, alles bedeckender Schatten. Der erste helle Stern wird am Firmament zu sehen sein, und der Mond wird aufgehen. Der Tag scheidet stumm; er beugt sich dem Lauf der Dinge, ohne dabei zu klagen. Die Nacht kommt schnell – wie ein ungeduldiger Liebhaber, der ungestüm zu seinem Liebsten eilt, um sich mit ihm zu vereinigen. Doch in ewiger Nacht wartet nicht die Liebe, sondern die Einsamkeit und Finsternis.
Sehnsüchtig warte ich auf Serge. Wenn der Mond hoch oben am Himmel steht, wird er zu mir eilen. Jede Freitagnacht verbringe ich mit ihm. Jede Freitagnacht gehört ihm und mir. Mögen meine Tage ohne Serge auch dunkel sein; die wenigen Nächte mit ihm sind hell und lösen die Schatten in mir auf. In seinen Armen schließt Serge meine Einsamkeit weg. Und für die wenigen Stunden, die wir miteinander verbringen, scheint der Schmerz in mir wie eine blutende Wunde zu gerinnen. Doch im Morgengrauen, wenn Serge mich wieder verlässt, kommt der Schmerz zurück, bricht die Wunde in mir erneut auf, und ich blute still vor mich hin. An all diesen Tagen fühle ich mich nicht mehr von dieser Welt. Ohne Serge irre ich in meiner inneren Leere umher wie ein Licht in der Dunkelheit, das langsam verblasst und schon bald für immer erloschen sein wird.
Ich liebe Serge. Meine Liebe scheint mich in den Wahnsinn zu treiben. Serge spielt ein grausames Spiel mit mir. Er genießt es, wenn ich mich nach ihm verzehre. Meine Verzweiflung amüsiert ihn geradezu. Jedes Mal, wenn ich ihn anflehe, mich nicht zu verlassen, grinst er und wirft mir einen Kuss zu. Irgendwann hat er gesagt, ich wäre theatralisch und das gefiele ihm. Würde er mich lieben, würde er nicht so mit mir reden.
Serge findet mich geil; er liebt den Sex mit mir. Das ist alles. Mein Herz interessiert ihn nicht, mein Körper dafür umso mehr. Ob Serge seine Frau liebt? Ich habe ihn oft danach gefragt, ohne jemals eine Antwort zu bekommen. Ob er überhaupt jemanden liebt – außer sich?
Ich verabscheue Serges Frau! Ich kenne sie nicht einmal, dennoch verabscheue ich sie. Sie mag eine wundervolle Frau sein, die anziehend und warmherzig ist. Aber sie hat einen großen Fehler, den ich ihr nicht nachsehen kann: Sie ist mit Serge verheiratet! Der Gedanke, wie Serge mit ihr sein Leben teilt, weckt in mir die finstersten Wünsche. Wie oft ich sie schon verflucht habe. Schlimmer noch. In meinen Gedanken habe ich ihr die grausamsten Leiden zugefügt. Ich will Serge für mich allein haben! Immer und immer wieder rede ich mir ein, dass seine Frau der Grund für meine Qualen ist. In den vielen schlaflosen Nächten quäle ich mich, indem ich Serges Foto anstarre und mir vorstelle, wie er es mit seiner Frau treibt und den Sex mit ihr genießt.

Der Mistkerl! Ich könnte besser damit leben, würde er irgendwelche männergeilen Flittchen in Bars abschleppen, sich abreagieren, abspritzen und sich auf das besinnen, was ich ihm gebe. Nein, das ist nicht wahr. Ich belüge mich. Ich will Serge mit niemanden teilen, nicht mal mit einem Flittchen, das die Beine für einen Drink oder ein paar Euro breit macht. Verflucht sei der Tag, an dem ich Serge traf. Für mich war es Liebe auf den ersten Blick. Seine männliche Schönheit zog mich an wie das Licht die Motte. Seiner Erotik konnte ich nicht widerstehen. Trotz meiner Gefühle gab ich mich reserviert, um meine Unsicherheit zu überspielen. Das stachelte Serge an. „Als ich dich sah, wusste ich, dass ich dich will“, erzählte Serge mir später. „Du hast so etwas Zerbrechliches in dir. Ich ahnte, dass da auch etwas Zügelloses in dir steckt. Diese Kombination hat mich fasziniert.“

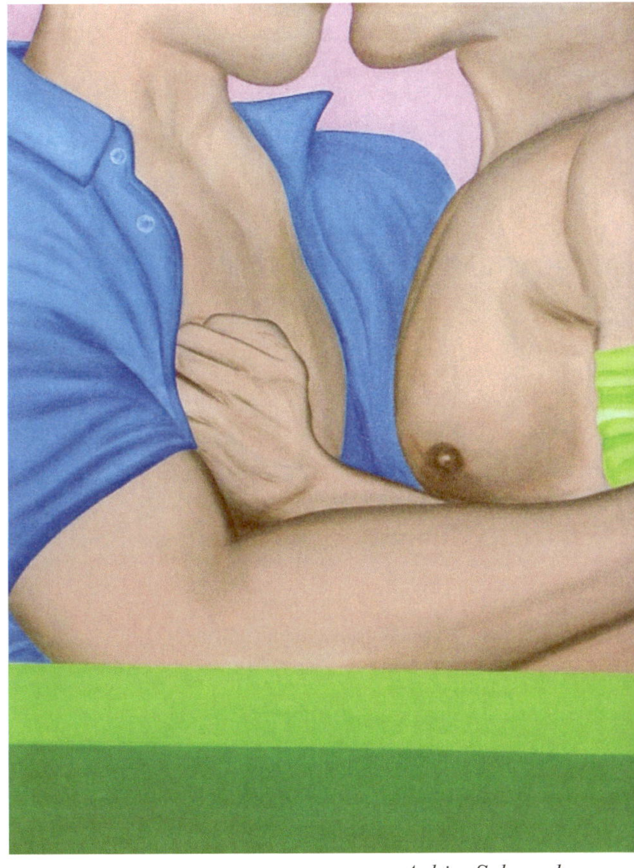

Achim Schmacks

Serge kümmert es einen Dreck, ob ich glücklich bin oder nicht. Ihn interessiert es nur, dass ich mich ihm hingebe und sein männliches Ego stärke. In Serges Armen werde ich animalisch, verliere die Kontrolle und wachse über mich hinaus. Bei jeder Gelegenheit lasse ich ihn wissen, wie sehr ich ihn liebe. Ich bin ihm verfallen. Serge erwidert nie meine Liebesbekenntnisse, sagt kein Wort dazu. Sein Schweigen lässt mich am Rande der Liebe, und mich erdrückt die Sehnsucht. Sein Schweigen ist kalt wie sein Atem, und mich friert. Kein Sonnenstrahl scheint seine Kälte durchbrechen

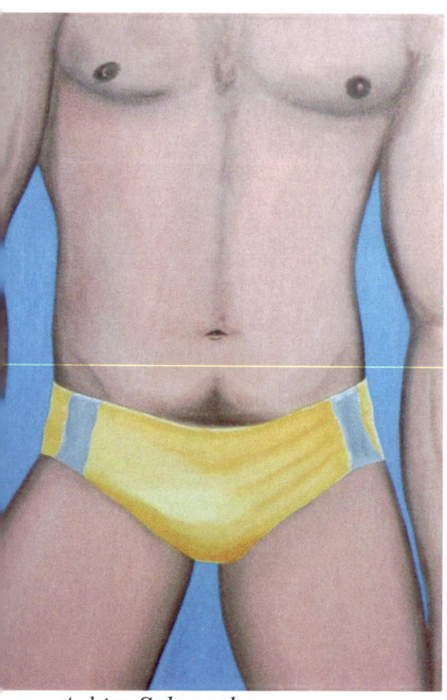
Achim Schmacks

zu können. Mit dem Schwanz fährt Serge voll auf mich ab. Sein Schwanz steht immer – ich muss Serge nur anschauen. Wie kein anderer weiß ich seinen Trieb zu bändigen, schenke ihm Erfüllung und Befriedigung. Wenn Serge nicht mehr Mann, sondern nur noch Schwanz ist, nennt er mich sogar Baby oder Liebling. Beim Sex berauscht Serge sich an meinen drahtigen, unbehaarten Körper mit den kleinen, festen Muskeln. Und Serge steht auf meinen Arsch, den er **seinen** Arsch nennt. Gleich beim ersten Mal hat er mich wissen lassen, dass er niemals zuvor einen geileren Arsch als meinen hatte. Meine äußerliche Verpackung sagt ihm zu, immerhin.
Es gibt Stunden, in denen ich Serges Geilheit nicht ertragen kann. In diesen Stunden bin ich innerlich hin- und hergerissen. In all den Stunden, in denen ich nicht wirklich lebe, sondern vegetiere, möchte ich mit den Fäusten auf Serge einschlagen und ihn anschreien, dass er mir ein Stück seines Herzens schenken soll. In diesem verdammten Eisblock muss es doch eine Ecke für mich geben! Irgendwo in seinem Inneren, in der Tiefe müssen Emotionen sein ... und wenn auch nur schwache, kaum wahrnehmbar. In Serge kann nicht ausschließlich Geilheit stecken. Nicht mal ein Tier ist so!
Und immer ist es meine Liebe, die mich davor zurückhält, Serge zum Teufel zu schicken. Ich will ihn nicht verlieren. Für mich gibt es keinen anderen Mann. Jeden Freitagabend stehe ich am Schlafzimmerfenster und erwarte ihn wie den Messias. Ich weiß, dass ich mir etwas vormache. Bestenfalls ist Serge der Fürst der Finsternis, der in jeder Freitagnacht Leben aus mir heraussaugt und mich vor Sonnenaufgang verlässt. Ist er gegangen, bin ich willenlos, völlig leer und der Lebensfreude so fern. Vielleicht sollte ich Serge einen Holzpflock in sein Herz schlagen und ihn anschließend enthaupten.
Nein. Serge soll mir lieber versprechen, dass diese Freitagnacht sich vor dem Morgengrauen zu verbergen weiß und dass sie sich nicht bei Tagesanbruch zurückzieht wie das Meer bei Ebbe. Er soll mir sagen, dass meine Schritte sich nicht in Bedeutungslosigkeit verlieren. Er soll mir Worte sagen, die berauschen. Ich will, dass der teuflische Zyklus von Freitagnacht zu Freitagnacht ein Ende findet. *Liebe mich und komm in mich*, möchte ich ihm sagen und nichts von dem hören, dass ich ihm hörig bin. Unverbesserliches Ich!
Mein Herz überschlägt sich fast vor Freude. Serge parkt sein Auto direkt vor dem Haus. Er stellt den Motor ab, steigt aus und schaut zu mir herauf. Serge weiß, dass ich am Schlafzimmerfenster stehe und auf ihn warte. Er bleibt stehen, sieht mich im Licht des Mondes und wirft mir einen Kuss zu. Ich lege die Hand auf das Fensterglas,

so als wäre es Serges Gesicht. Ich muss seufzen. Serge lächelt zufrieden. Noch bevor er die Haustür erreicht, öffne ich. Serge bleibt vor mir stehen. Sein Atem streift mein Gesicht. Für den Bruchteil einer Sekunde schließe ich die Augen; meine Sinne schweben davon. Serge legt den Arm um mich. Ich sehe ihn an, atme tief ein.
Serge küsst mich. Ich nehme ihn in die Arme, halte ihn fest und gebe mich seiner Nähe, seiner Berührung hin. „Hast du mich vermisst?", fragt Serge und streichelt über meinen nackten Oberkörper.
Jeden Freitag stellt er mir diese Frage. *Ob ich ihn vermisst habe*. Was glaubt er denn? In dieser Minute beginne ich wieder zu leben. Morgenfrüh werde ich in meiner Einsamkeit vergehen und das Gefühl haben, ich würde in ein Grab versinken. Jeden Freitag fühle ich mich wie Phönix aus der Asche. „Und wie." Ich ziehe Serge dicht an mich heran. Ich liebe dich, denke ich. „Lange halte ich das nicht mehr aus", sage ich. „Die Tage ohne dich sind so dunkel, so freudlos. Von den Nächten will ich erst gar nicht sprechen."
Serge küsst mich diesmal noch viel leidenschaftlicher. Er hält mich. Ich fühle seine Erektion. Eines ist ganz sicher: Sein Schwanz hat mich vermisst und will mich! Ich wünschte, es wäre sein Herz, das sich aufbäumt und nach mir greift. Könnte uns jemand sehen, würde er glauben, wir wären ein richtiges Liebespaar. Es gibt kein Anzeichen, das verrät, dass ich lediglich Serges Fickverhältnis bin. Aber ich weiß es nur zu gut. Dieses Wissen versetzt mir immer öfter einen Stich. Der Pfad zwischen Liebe und Hass ist ein schmaler.
Serge drängt mich in den Korridor, presst dabei die Lippen auf meinen Mund, drückt mit dem Fuß die Tür zu. Meine Hände packen seine Schultern. Ich halte ihn fest, fühle seine Stärke, die mich vor Vergnügen schwindeln lässt. Serge lässt seine Hand in meine eng anliegende Unterhose verschwinden. Er muss nicht lange suchen, kennt er den Weg doch allzu gut. Mein Arsch ist ihm vertraut. Gierig spielt er an meiner Ritze, drückt mit der Fingerkuppe den Muskel auf. Serge stöhnt, steht unter Strom. Ich fühle, wie sein Riemen aufzuckt. Er berührt die Stelle meines Körpers, die ihn in Ekstase versetzt. Wir sehen uns tief in die Augen. Ich erblicke Lust, die gelebt werden will. Was Serge sieht, weiß ich nicht. Wäre er wie ich, würde er Liebe entdecken, die ihresgleichen sucht. Einseitige Liebe ist nicht mehr als eine bittersüße Fantasie.
Mit gierigen Händen zieht Serge mich in das Schlafzimmer, schubst mich sanft auf das Bett. Das gedämpfte Licht der Lampe scheint auf meinen Körper. Serges Augen kleben an mir. Ich fühle, wie er mit seinem Blick in mich eindringt. Meine Erregung ist so groß wie seine. Ich will Serge spüren. Ich will ihn riechen. Ich will ihn schmecken.

Serge zieht sich aus, lässt mich dabei nicht aus den Augen. Er löst die Krawatte, öffnet die Knöpfe seines Hemdes, dann den Reißverschluss seiner Hose. Stück für Stück zieht er sich aus. Ich sehe ihm zu, genieße den Anblick seines festen Fleisches. Zur Hölle mit Prozac! Was ich sehe, ist das beste Antidepressivum!
Nackt und mit einem imposanten Ständer kommt Serge zu mir. Er legt sich auf mich, küsst mich und lässt seine Zunge in meinen Mund schnellen. Mir wird heiß. Mein Körper glüht. Ich habe das Gefühl auf wunderschöne Art zu verbrennen! Serge nimmt sich meinen Körper, wie er ihn haben will. Seine Lippen und seine Finger scheinen überall zu sein. Was für ein Mann! Was für ein Liebhaber! Was für eine Freitagnacht!
„Zeig mir, was mich glücklich macht", flüstert Serge und lächelt mich an.
Ich rutsche unter ihm hervor, streife mit den Fingern über seinen Schwanz, der längst tropft. Doch bevor ich Serge zeige, was ihn glücklich macht, muss ich ihn erneut küssen. Ich wünschte, sein Kuss würde für immer auf meinen Lippen bleiben. Serges Küsse sind Lippenbekenntnisse wie sie mir noch kein Mann zuvor geschenkt hat!
Ich stehe auf. Serge legt sich auf den Rücken. Breitbeinig stelle ich mich über Serges Gesicht.
„Mmmh", entfleucht es Serge, ohne dass es ihm bewusst ist.
Ich spüre seine Augen, als wäre es sein Schwanz. Serge streichelt meine Beine, geht hoch bis zu den Innenseiten meiner Schenkel. Serge starrt auf mein Arschloch. Er züngelt und beleckt sich. Die Geräusche, die er macht, bereiten mir Lust, große Lust sogar.
„Komm, Baby, setz dich", sagt Serge heiser.
Ich fokussiere Serges Riemen mit den markanten Adern und gehe in die Hocke. Seine Zungenspitze berührt mich. Ich stöhne auf. Serge legt die Hände um meine Taille, zieht mich runter, bis sein Gesicht zwischen meinen weißen Hügeln versinkt. Ich beuge mich nach vorne. Serges großer Schwanz ist verlockend. Das ist das Leben und das Glück ... und die Einsamkeit! Ich lecke und sauge. Ungeduldig hebt Serge das Becken an. Ja, so ist er. Mit wenigen Zentimetern gibt er sich nicht zufrieden, mit seiner Zunge verhält sich das nicht anders. Serge will es tief!
Serge hat mich rücklings auf die Matratze gelegt. Er bläst meinen Schwanz, und immer wieder verteilt er mit der Zunge dicke Trauben seines Speichels über meine Ritze.
„Ja", stöhne ich Serge entgegen.
„Willst du ihn endlich haben?"
„Ja", wiederhole ich. Ich besinne mich. *Ja* ist nicht, was Serge von mir hören will. Versäumtes gilt es umgehend nachzuholen. „Fick mich! Schieb deinen großen Schwanz in mein Loch."
Serge setzt an. Ich spüre seine pralle Eichel. Aus dem Becken heraus stößt Serge zu.
„Geile Fotze", schnauft er und lässt sich auf mich fallen.
Der Himmel tut sich auf. Serge stößt rhythmisch, die Intervalle variieren, sind aber jedes Mal tief. Er versinkt in mir – zumindest mit dem Schwanz. Wir beginnen zu schwitzen. Das ist keine Liebe – aber Sex. Unsere Körper sind wie zwei glühende Eisen, die miteinander verschmelzen. Ich vermute, Serge fühlt anders; für ihn sind wir Schwanz und Arsch, fickend vereint.

Serge gibt ihn mir bis zum Anschlag. Ich weiß, was er will. Serge will mich verdorben, obszön, ein bisschen wie jemand von der Straße. Ich gebe ihm, wonach er lechzt. Seine Augen glänzen. Ich zeige ihm, dass er der Größte ist und kein Mann einen geileren Schwanz hat als er.
Während Serge mich fickt, wichst er mich ab. Er will, dass ich unter seinen Stößen komme. Das Gefühl wird stärker. Ich kralle die Fingerkuppen in sein Fleisch, stöhne vor Lust, wimmere und flehe ihn an, nicht aufzuhören. In Serges Faust laufe ich über, wandle mit den Sinnen in eine andere Sphäre. Serge hat bekommen, was er wollte. Nun konzentriert er sich ganz auf seinen Schwanz. Je lauter ich stöhne, umso wilder wird er. In der Endphase hat Serge stets etwas Grobes. Mit seinen Stößen scheint er mich in die Matratze drücken zu wollen. Er fickt. Sein Schwanz wütet in mir, als wolle er mein Inneres nach außen zerren. Ich atme tief ein. Der Schweiß tropft von Serge und sammelt sich auf meine Haut.

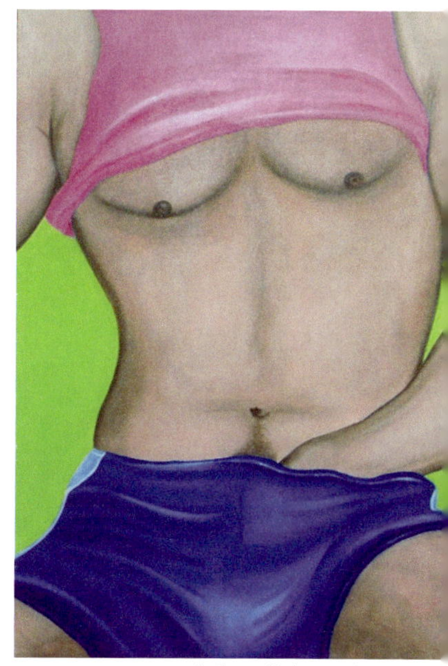

Achim Schmacks

„Oh Baby“, haucht Serge. „Aaaah...“. Serge zuckt und pumpt, kommt in mir und drückt immer noch etwas nach, obgleich nichts mehr geht – jeder Millimeter ist in mir! Serge entspannt, wird in mir kleiner und lässt sich von mir liebkosen. Serge genießt das Nachglühen. Ich schließe die Augen. Warum kann er mich nicht so lieben wie ich ihn? Für Serge würde ich mit allem brechen, ohne zu zögern. Ich würde keinen Gedanken daran verschwenden, ob es richtig oder falsch wäre. Liebe verleiht Flügel. Doch was nützen diese Flügel, wenn man nicht damit fliegen kann?
„Du bist so geil“, flüstert Serge und sieht mich an. „Dein Körper ist das beste Rauschmittel, was sich ein Mann wünschen kann.“
Ich lächle Serge an. Er küsst mich. Sein Schwanz zuckt und wird in mir erneut hart. Serge hat sich noch lange nicht ausgefickt und leer gespritzt. Es ist erst kurz nach 2 Uhr. Die Geilheit wird Serge nicht schlafen lassen – wie in jeder Freitagnacht. Serge packt mich. Mit den Händen umklammert er mich, als wolle er sicherstellen, dass ich ihm nicht entfliehen kann. Er beginnt zu stoßen. Diesmal fickt er mich mit voller Härte, viel grober als zuvor. Wüsste ich es nicht besser, glaubte ich, er wolle mich bezwingen.. Ich stöhne vor Lust. In mir findet ein Erdbeben statt.
„Ich liebe dich“, atme ich in Serges Gesicht. Serge grinst zufrieden. Soeben hat er mich bezwungen und erneut gewonnen – wie in jeder Freitagnacht. Für einen kurzen Moment lüftet sich der Schleier, und ich kann einen klaren Gedanken fassen. Serges Schwanz kommt mir wie der Splitter einer Lüge vor, der in meinem Leib steckt und eine eiternde Wunde verursacht. Da ist er wieder, der schmale Pfad. Ich fühle, wie ich in Hass abgleite.
„Du machst mich wahnsinnig“, schnauft Serge und nimmt mich ran.

„Aus dir spricht dein Schwanz, stimmt's?“
Serge lächelt, fühlt sich als Kerl, als ein perfekter Liebhaber. Er kann den Sinn meines Gedanken nicht nachvollziehen. Wie auch. Für ihn ist dies nicht die Stunde, um zu denken, sondern um zu ficken!
Gähnend schlüpft Serge in seinen Anzug. Viel Schlaf hatten wir nicht. Ich liege im Bett, beobachte ihn. Serge strahlt Zufriedenheit aus. Kein Wunder; er hat bekommen, was er wollte.
„Was erzählst du eigentlich deiner Frau, wo du deine Freitagnächte verbringst?“
Komisch, bisher hat mich diese Frage noch nie interessiert.
„Dienstags und freitags schlafe ich nie Zuhause. Als Unternehmer habe ich viele Termine, auch auswärtige. Ich muss mich um sehr viel kümmern. Außerdem weiß Sarah, dass ich meine Unabhängigkeit liebe.“
Ich höre wohl nicht richtig. „Dienstags **und** freitags?“
Serge weicht meinem Blick aus. Dass er sich verplappert hat, ärgert ihn sicherlich. Mit wem mag er die Dienstagsnächte verbringen? Mit einem Mann oder einer Frau? Ich frage nicht nach den Dienstagen. Allerdings fühle ich den Splitter in meinem Leib deutlicher als jemals zuvor. Höchste Zeit, diesen Splitter zu entfernen!
Ich bringe Serge zu Tür. Ich wünschte, ich wüsste, wie man Bremsen an einem Auto manipulieren kann. Serge ist ein wahrer Glückspilz. Noch!
„Neu?“, fragt Serge und zeigt mit dem Finger auf ein gerahmtes Foto im Korridor, das zwei nackte Hünen am Strand zeigt.
„Ja.“
Von Serge kommt keinerlei Kommentar.
„Und was sagt dein schwules Auge dazu?“, will ich von ihm wissen.
„Du weißt doch, dass ich im Grunde hetero bin.“
„Kein Wunder, dass du auf beiden Augen blind bist!“
„Dein Humor gefällt mir.“ Serge gibt mir einen Klaps auf den Hintern, küsst mich.
„Humor? Du hast keine Ahnung!“
Serge nimmt mich in den Arm. „Bis nächsten Freitag. Ich rufe dich Anfang der Woche an.“
Ich küsse ihn zum Abschied ein letztes Mal. Serge verlässt mich. Es ist samstagfrüh. Vom Schlafzimmerfenster aus winke ich Serge zu und sehe seinem Auto nach, bis es in der Ferne verschwindet.
Ich gehe zum Regal und nehme den Camcorder, den ich dort versteckt hatte und schalte ihn ab. Seit einigen Wochen zeichne ich meine Nächte mit Serge auf. In der Regel sind die Aufnahmen scharf und Die Tonqualität ist ebenfalls bestens. Es wird Zeit, dass ich Sarah einen kleinen Besuch abstatte. Ich glaube, ich werde ihr die Aufnahme der vergangenen Nacht vorspielen. Vielleicht finden wir gemeinsam heraus, mit wem sich Serge dienstags trifft. Ein teuflisches Grinsen legt sich auf meinem Gesicht.

WIE GEHTS eigentlich deiner... "FREUNDIN"?
B. Kopf/02 "B.comix"

Volker Rudolph

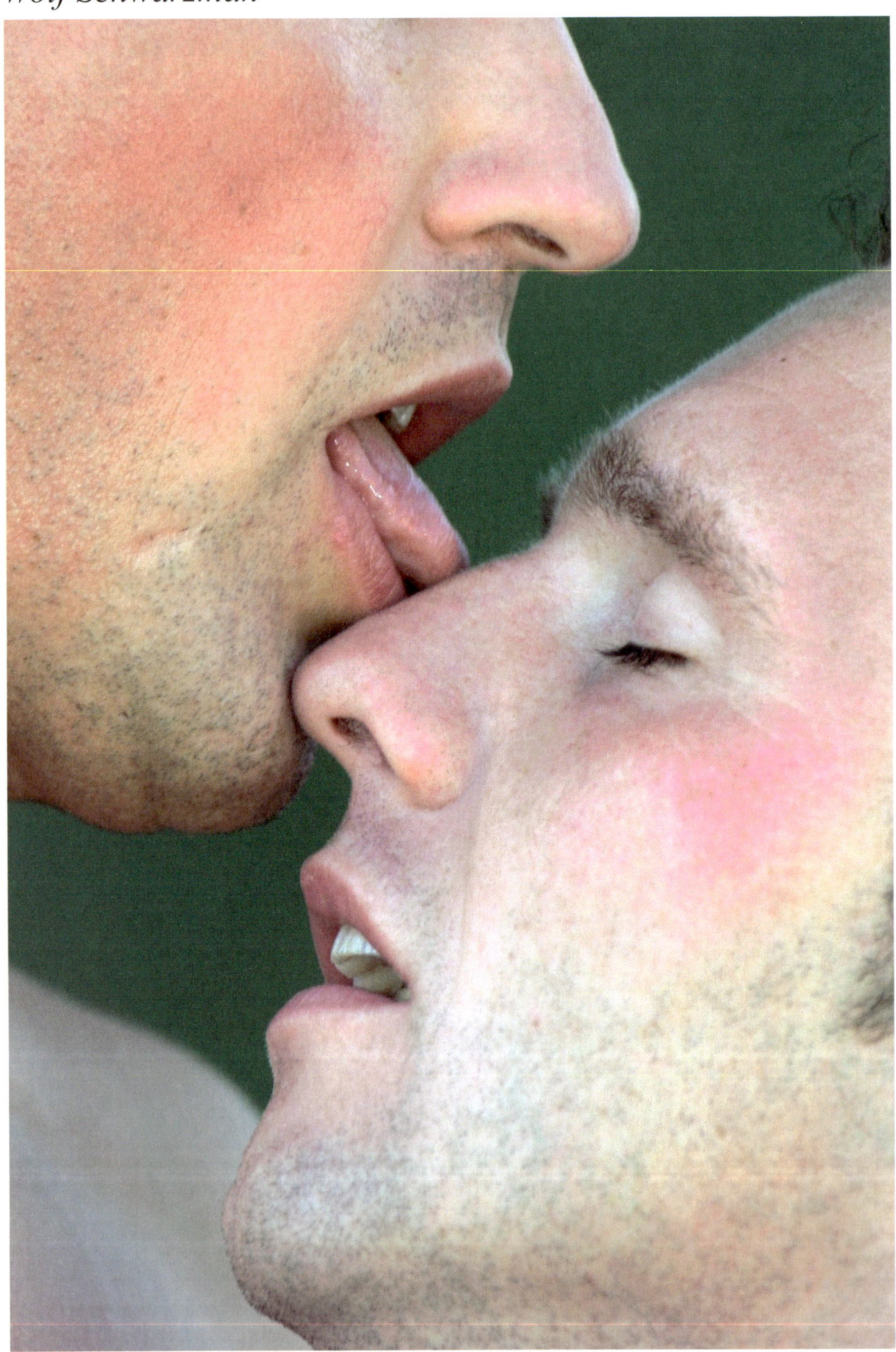

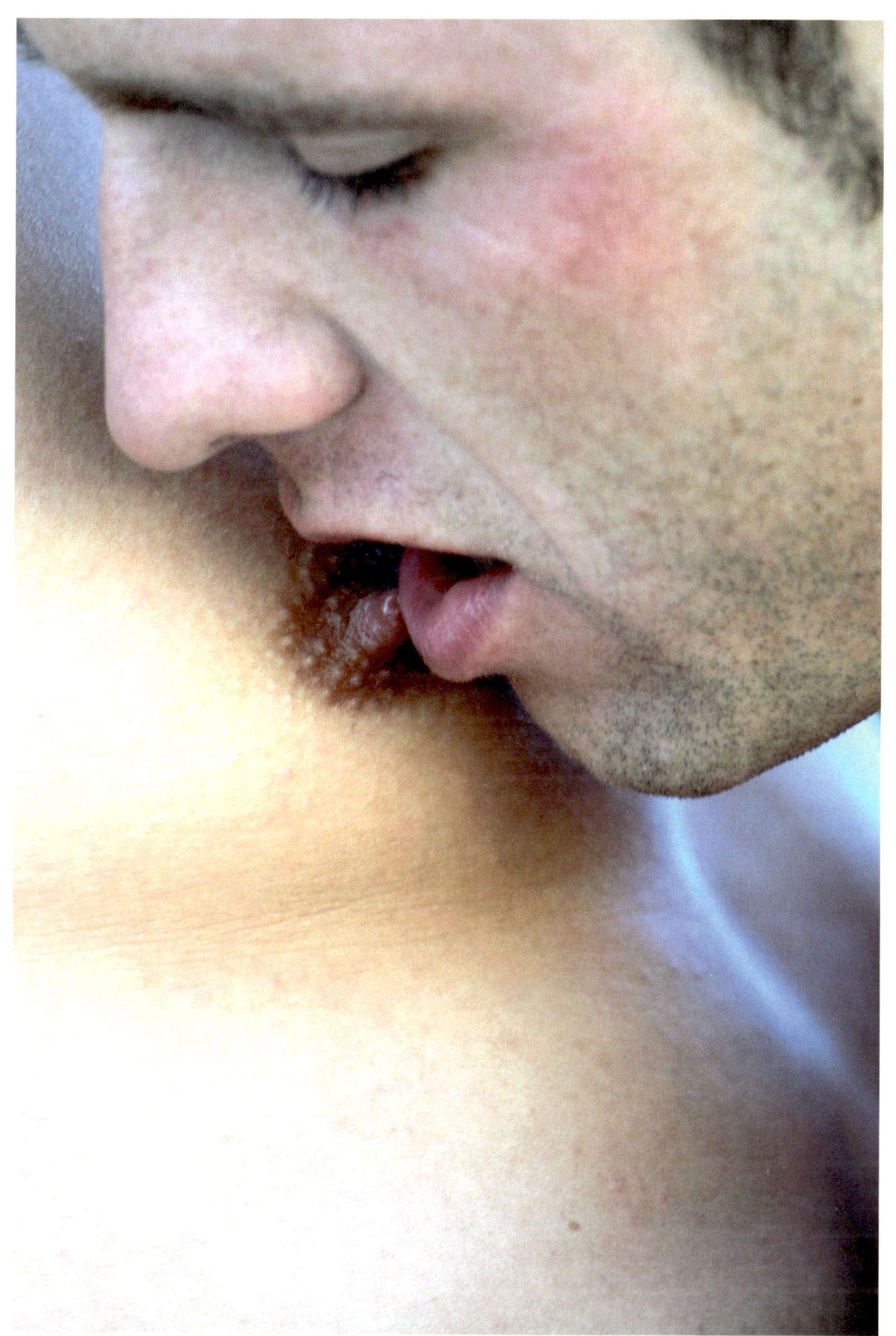

Justin

Pretty Man

Die lange Landstraßenfahrt hatte Brett müde gemacht. Er fuhr von der Straße ab und hielt an einem Rastplatz. Für kurze Zeit schloss er die Augen und lehnte sich nach hinten gegen den weichen Ledersitz.
Ein leises Klopfen an seiner Autoscheibe ließ ihn wieder die Augen öffnen. Er sah direkt in das freche Grinsen eines jungen Mannes
Brett ließ die Fensterscheibe herunterfahren.
„Was willst du?“ fragte er knapp. Der Junge lächelte.
„Darf ich mich zu dir ins Auto setzen?“
„Wieso?“
„Darf ich?“
„Was soll der Quatsch!?“ entgegnete Brett. Er ließ das Fenster wieder hochfahren. Doch der Junge ließ nicht locker. Lächelnd ging er um das Auto herum, öffnete dann dreist die Beifahrertür und setzte sich neben Brett.
Brett sah den Jungen finster an. Dessen Augen waren rehbraun, sein Haar wirkte weich und glänzend.
„Was soll das?“
„50 Euro!“ erwiderte der Junge.
„Was?“ Brett war irritiert.
„Ich tu es für 50 Euro!“ erklärte der Junge.
Da Brett ihn immer noch fragend ansah, erklärte er sein Angebot näher.
„Ich hol’ dir einen runter... für 50 Euro, okay?“
„Spinnst du? ... Scher dich weg!“
Brett wurde richtig wütend und schüttelte den Kopf über dieses Angebot, doch der Junge hielt sein Angebot aufrecht. „Ich mach’ es auch für 30, ja?“
Jetzt hörte man eine Art von Verzweiflung in seiner Stimme.
„Was soll das denn?“ Brett war schon leicht genervt.
„Ich brauch Geld!“ erklärte der Junge.
„Wofür?“
„Zum Leben... und für meine Hunde... Sie brauchen Futter!“
„Willst du mich verarschen?“
Wieder schüttelte der Junge den Kopf.
„Was ist mit deinen Eltern?“ erkundigte sich Brett skeptisch.
„Ich habe keine..“
„Du lebst auf der Straße?“ Brett sah den Jungen prüfend an.
„Ja!“
„Wie alt bist du?“
„Siebzehn...“
Für einen kurzen Moment war Stille.
Brett dachte nach. Er war 7 Jahre älter. Er hätte den Jungen wegschicken können,.
„Und ... du verdienst dein Geld mit solchen ....“, Brett räusperte sich und verschluckte den Rest des Satzes.
Der Junge sagte: „Nun tu doch nicht so... Du bist doch auch *deswegen* hier...“
Brett war entsetzt.
„Ich? Wie kommst du denn darauf?“
„Na, wieso parkst du sonst hier? Mit so einem Protzauto?“
„Ich wollte nur etwas ausspannen!“ verteidigte sich Brett, und er wunderte sich, dass er sich plötzlich verteidigte. Der Junge verunsicherte ihn.
Wieder Stille.
„Ich mach’ es umsonst, okay? ... Und

Als er kam, konnte er ein erneutes Stöhnen nur schwer unterdrücken. Der Schweiß rann seinen Rücken hinunter..
Er bemerkte nicht gleich, dass der Junge sich zurückzog. Erst als dieser die Beifahrertür wieder öffnete, sah Brett ihn überrascht an.
„Halt!“ schoss es aus Brett heraus. „Warte!“
Der Junge schwang jedoch schon die Beine aus dem Auto.
„Was denn?“ fragte er munter, als er sich noch einmal umdrehte.
„Deine Bezahlung!“ sagte Brett. Es klang hektisch, er fühlte sich erschöpft und doch ganz aufgewühlt. Planlos durchsuchte er seine Jacke nach seinem Portemonnaie.
„Das war doch umsonst!“ sagte der Junge und lachte wieder, dann drehte er sich um und ging weg. Hastig schloss Brett seine Hose und sprang ebenfalls aus dem Auto.
„Hey! Warte!“ schrie er lauthals. „Wie heißt du denn überhaupt?“
„Randy!“ hörte Brett den Jungen rufen, doch es kam schon aus weiter Ferne. Von dem Jungen war nichts mehr zu sehen.

Es war ein paar Tage später. Es regnete stark.
Brett folgte Randy.
Das Toilettenhäuschen war klein und schmutzig. Als Brett die Tür zu den Herren WCs öffnete,. kam ihm eine schwere Wolke alten Männerurins entgegen. Es stank bestialisch...
An der Wand lehnte Randy. Mit seinen großen, braunen Augen sah er Brett auffordernd an. Und ohne ein Wort trat Brett auf ihn zu. Er erwiderte den intensiven Blick.
„Wieviel?“ fragte er kalt.
„Eigentlich 70!“ antwortete Randy, „Doch weil du es bist...60!“
Brett nickte still, bediente sich an dem Kondomautomaten und ließ Randy nicht aus den Augen. Dieser knöpfte sein nassgeregnetes Hemd auf. Im nächsten Moment stand Brett dicht vor ihm und streifte dem Jungen das Hemd vom Körper.
Mit seinen Händen strich er über Randys Brust, über seinen Rücken, umfasste den schmalen Körper. Er fühlte die samtige Haut, die zarte Schönheit dieses Jungen. Bretts Verlangen wuchs sichtbar. Fast hektisch zog er seine ebenfalls vom Regen durchtränkte Jacke aus und ließ sie hinter sich auf den Boden fallen, löste den Gürtel von Randys Hose und zog sie mit einem Ruck herunter.
Dann umschlang er Randys Körper und drückte ihn gegen die Wand.
Er schien den Verstand zu verlieren, bei dem Anblick dieses knabenhaften Körpers. Ohne zu zögern, öffnete er seine Hose und nahm sich, was er brauchte. Erst als er in diesen jugendlichen Körper eingedrungen war, wurde er ruhiger und fing an zu genießen.
Mit kurzen, kräftigen Stößen befriedigte er sich. Randy schloss nur still die Augen und ließ alles lautlos über sich ergehen.

Verlegen zog sich Randy sein Hemd wieder an. Eine leichte Röte lag auf seinen Wangen, als Brett ihm das Geld reichte.
„Das ... ist zuviel ...“, stellte er fest, als er auf die Scheine sah.
„Nimm es ... Du hast doch gesagt, dass du Geld brauchst, oder?“
„Ja, schon, aber ...“
„Nichts aber ...“, fuhr Brett dazwischen, doch dann lächelte er, „Kannst mich Brett nennen ... und das nächste Mal ...“, er sah auf seine nasse Jacke, „... das nächste Mal sorgst du für besseres

Wetter..."
„Okay ..." Randy senkte den Kopf und unterdrückte ein Lächeln.

Ein paar Tage später fuhr Brett die gleiche Strecke mit seinem Auto, und ohne groß zu überlegen hielt er auf dem Rastplatz.
Es regnete schon wieder, und Brett musste grinsen. Doch Randy tauchte nicht auf. Als der Regen nachließ, stieg er aus dem Wagen, um sich umzusehen. Dann rief er: „Randy!?"
Doch nichts passierte. „Randy!?"
Dann knackte es im Laub, und eine Gestalt sah hinter einem Baum hervor.
„Randy?"
„Ja,!"
„Warum kommst du nicht her?"
„Komm du doch!"
Brett seufzte. Als er auf den Baum zutrat, erblickte er Randy am Baumstamm lehnend.
„Was ist mit dir?" fragte Brett, doch seine Frage erübrigte sich, als er in das Gesicht des Jungen sah. „Hat dich jemand verprügelt?" fragte er erschrocken und strich zart über die Schramme an Randys Stirn. Auge und Kinn wiesen tiefblaue Flecke auf.
„Ach nichts. Da wollte einer nicht bezahlen ...", Randy.senkte den Kopf.
„Dieses Schwein...", entwich es Brett.
„Ich wollte heute mal eine Pause einlegen ...", erklärte Randy, „So wie ich aussehe, doch als ich deine Stimme hörte, da..."
Er verstummte und sah verlegen auf

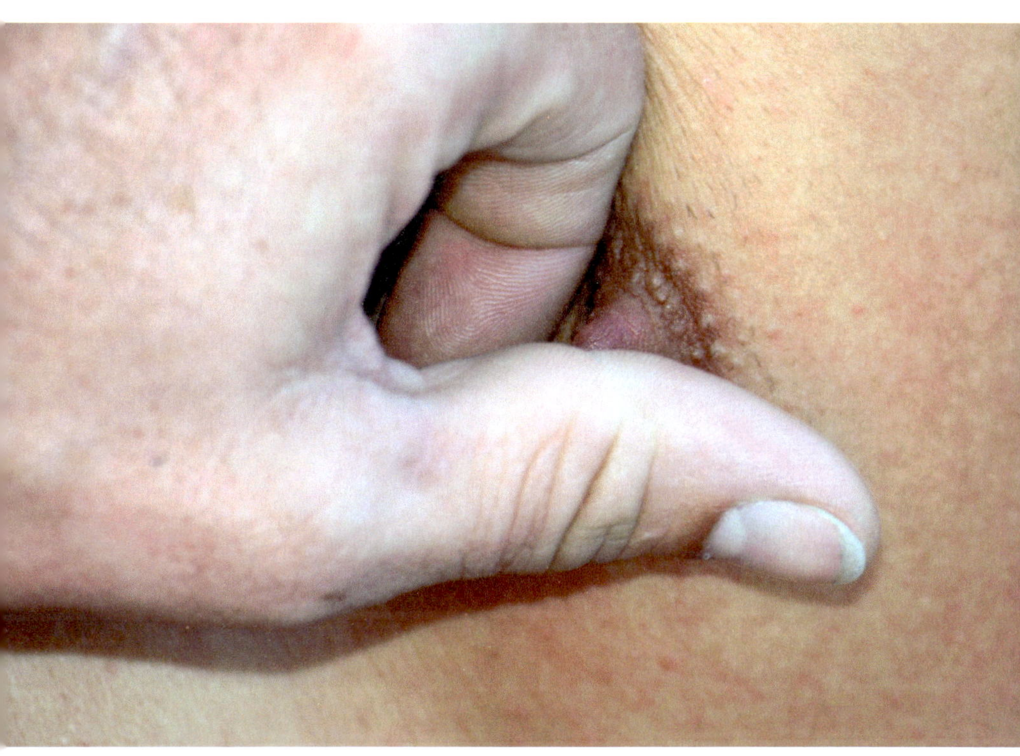

Wolf Schwarzman

seine Schuhe. Ihm gefiel Brett.
„Komm' mit...", sagte er und nahm ihn bei der Hand. „Ich zeige dir, wo ich schlafe."
Sie gingen durch das Laub bis zu einer kleinen Holzhütte, nicht größer als eine Garage. In der Hütte sah er ein Lager von Heu, ein paar Kleidungsstücke und in der Ecke, zusammengekauert einen Hund mit fünf Welpen.
„Du hast ja wirklich Hunde" .
„Klar!" entgegnete Randy. „Denkst du, ich lüge dich an?"
legte sich auf das Heu. Wortlos zog er sein Hemd aus und strich sich die Hosen bis zu den Kniekehlen herunter.
Dann drehte er sich auf den Bauch und verharrte. Brett öffnete ebenfalls seine Hose und legte sich zu Randy ins Heu. Er strich über Randys Rücken, küsste ihn sanft und schon im nächsten Moment legte er sich auf den jungen Körper und nahm ihn sich.
Randys Hände griffen ins Heu, diesmal hörte Brett sogar ein schweres Atmen aus seinem Mund. Ihre Vereinigung dauerte nicht lange. Schon nach kurzer Zeit war Brett befriedigt. Er zog sich wieder an. Randy blieb mit dem Gesicht im Heu liegen,
„Was ist?" fragte Brett besorgt, als Randy sich nicht rührte.
„Nichts...", erwiderte der Junge mit bebender Stimme, dann drehte er sich langsam um. Sein Blick war betroffen.
„Was ist denn?" fragte Brett erneut.
„Irgendwas ist doch mit dir!"
„Ja, ich..." Randy verstummte.
„War es ... so schlimm? Zu doll?".Doch Randy schüttelte den Kopf, und ein zerknirschtes Lächeln huschte über sein Gesicht, als er an sich herunter blickte.
„So was ... ist mir noch nie passiert!" gestand er. „Noch nie ... bei keinem!"
„Ja, was denn?" fragte Brett.
„Mir kam's!" gestand Randy. Dann blickte er fast beschämt zur Seite. „Wie viele Typen haben mich schon gefickt ... und es war mir egal, doch eben ... bei dir... Ich war so erregt...".
„Pack' deine Sachen!" forderte Brett ihn auf.
„Was?" „Du sollst deine Sachen packen!" wiederholte Brett, während er sein Hemd zurecht zupfte und sich eine Zigarette anzündete.
„Aber wieso?" Randy stand auf, zog sich ebenfalls wieder an und sah sich dann in der Hütte um. „Warum?"
„Weil ich es will!" Brett wurde energischer. „Du kommst mit zu mir!"
„Zu dir?" Randys Mund blieb offen.
„Ja, ich nehme dich mit...", sagte Brett fest entschlossen. „Du bleibst nicht länger hier ... nicht in dieser Hütte ... und nicht in der Gefahr, geschlagen zu werden..."
„Und ... meine Hunde?"
„... kommen auch mit!"
Randy war unsicher, er wollte nicht verarscht werden. Aber da war etwas an Brett, was Randy ihm glauben ließ. Und was hatte er zu verlieren? Er packte seine Sachen in einen Rucksack.
„Also" begann Brett, „ich wohne und arbeite gerade bei meinen Eltern. Da wird sich auch für dich was finden..."
„Aha ...", Randy,griff er seinen Rucksack und drei der Welpen, „Wenn du die anderen zwei nimmst, dann wäre ich soweit..."

Zum Haus der Eltern gehörte ein Hof mit einem großen Pferdegestüt. Brett ließ die Hunde in die Stallungen bringen. Danach brachte er Randy zu dem Seitentrakt des stattlichen Hauses, dorthin, wo auch das Personal wohnte. Im zweiten Stock öff-

nete Brett eine Zimmertür.
„Hier kannst du wohnen... Gefällt es dir?“
„... mit Bad? Nur für mich?“
„Klar!“ antwortete Brett. „Das ist das Mindeste, was wir unserem Personal und unseren Gästen bieten können ...“
Randy schluckte. Die Familie schien sehr reich zu sein.
„Spring jetzt in die Badewanne und zieh frische Klamotten an. Hast du welche? Du schläfst schon lange im Heu?“
„Ich weiß nicht mehr, schon eine Weile, bin zum Waschen immer in die Schwimmhalle gegangen.“ Randy war beschämt.
„Im Bad ist alles da... Handtücher, Shampoo und ...“ Brett stutzte und starrte auf Randy, der splitternackt im Raum stand, die Kleidung lag ihm zu Füßen.
„Randy! Was machst du denn?“
Der Junge zuckte mit den Schultern.
„Du hast doch gesagt, ich soll baden...“
„Ja, aber...“, weiter kam Brett nicht. Wortlos trat er auf Randy zu und nahm ihn in die Arme, fuhr über dessen weiche, nackte Haut und fing an, ihn zu küssen.
„Du machst mich irre ... Weißt du das?“ flüsterte er. Dann packte er Randy und trug ihn zum Bett. Sanft legte er ihn ab. Mit seinen großen, braunen Augen blickte Randy zu Brett auf, streckte die Arme nach ihm aus.
„Mach’ es noch mal, genauso schön, wie vorhin, ja?“ bat er. Brett nickte.entkleidete sich und stieg zu Randy ins Bett.

„Brett?“ Brett öffnete erschrocken die Augen. Er war wohl eingeschlafen. Neben ihm lag Randy, aber der schlief noch. Jemand rief ihn durch die Tür.
„Randy!“ Brett flüsterte dem Jungen ins Ohr und rüttelte ihn sanft wach.
„Aufstehen! Mein Vater steht vor der Tür!“„Brett?“ war die Stimme wieder zu vernehmen.
„Ja, kleinen Moment!“ rief Brett, während er sich anzog und zu Randy zischte:
„Los! Ins Bad! Schnell!!!“
Flink huschte der Junge ins Bad, und Brett öffnete die Tür.
„Hi Dad!“ Er grüßte verlegen.
„Ich habe gehört, du hast einen Gast mitgebracht? Einen Jungen?“
Brett nickte. „Er ... ist ein Straßenkind ... Er braucht Arbeit ... und frag nicht nach seinen Eltern, aus ihm bekommst du nichts heraus ...“
„Wie alt ist er?“ fragte Bretts Vater ernst.
„Siebzehn ... Dad, ich dachte, er könnte im Stall arbeiten...“
Bretts Vater nickte.
„Aber dürfen wir denn das? Er ist doch noch nicht volljährig. Müssen wir da nicht erst ...“
„Brett,versuchte, seinen Vater zu überzeugen. „Er würde wieder weglaufen ... Er braucht eine Chance!“
Der Vater überlegte.
„Wo ist er jetzt?“
„Im Bad“
„Ich guck ihn mir zum Abendessen mal an. Und wenn er mir gefällt, kann er gleich morgen früh anfangen...“
Brett schloss erleichtert die Augen.
„Danke!”
„Okay!” sagte Bretts Vater. Dann starrte er auf das zerwühlte Bett. „Vielleicht machst du das Laken noch ordentlich ... für deinen Gast, oder?“
„Natürlich!“ versicherte Brett und grinste.

Als der Vater fort war, ging Brett in das Badezimmer, wo Randy genüsslich in der Wanne lag.
„Gut, ich habe mit Vater geredet.

Du kannst erst mal hier bleiben ... Du kannst im Stall arbeiten. Hast du Lust?"
Randy schluckte. „Ja!"
„Ja!" bestätigte Brett. „Du musst allerdings früh raus ... und wirst gut bezahlt..."
Randy traute dem Glück noch immer nicht, aber vielleicht hielt es doch eine Weile. Sein Gesicht glühte. „Dann muß ich nicht mehr mit diesen ekelhaften Typen auf dem verpissten Klo ... ."
Mit nassen Armen zog er Brett zu sich. „Danke!"
„Brett.küsste Randy sanft auf die Stirn. „Du musst nur einen ordentlichen Eindruck bei meinem Vater machen ... mehr nicht."
„Mach' ich! Bestimmt!" versicherte Randy, und versank wieder grinsend im Schaumbad.

„Kann ich hier schlafen?" Randy. stand plötzlich in Bretts Arbeitszimmer. Brett war nicht verwundert darüber.
„Ich hab' hier doch nur `ne Liege ... In deinem Zimmer hast du viel mehr Platz", erwiderte er.
„Ja, aber ... ", druckste Randy herum, „Ich will bei dir sein..."
Brett lächelte.
„Du musst keine „Freudendienste" mehr leisten. Randy, du hast jetzt Arbeit, ein eigenes Zimmer, , hast Essen. Du brauchst dich nicht mehr anbieten. Das ist vorbei!"
Verwirrt schüttelte Randy mit dem Kopf „Nein, ich biete mich doch gar nicht an. Ich will doch nur..." Er verstummte. Er kramte das Geld aus seiner Hosentasche, das Brett ihm auf den Nachttisch gelegt hatte. Mit zitternder Hand hielt er es Brett entgegen.
„Was soll das? Das ist deins! Du hast es verdient. Es steht dir zu!"
„Ich will das Geld nicht!" schrie Randy plötzlich und warf die Geldscheine auf den Boden.
Brett war verblüfft. Fragend sah er den Jungen an.
„Warum denn nicht?"
Randy schwieg.
Brett trat näher an ihn heran und fasste an seine knochigen Schultern. „Randy, ich habe dich dafür ... na ja ... Ich durfte mit dir schlafen ... Es war sehr schön. Ich bezahle das natürlich. Bloß jetzt ist Schluss damit!"
„Du verstehst auch gar nichts!" sagte er enttäuscht. Brett suchte nach Worten.
„Was ist denn los?"
Tränen lösten sich bei dem Jungen und bedeckten sein Gesicht.
„Das auf dem Rastplatz, gut, das habe ich für Geld gemacht, ja!" Seine Stimme wurde nun leiser. „Aber die anderen Male doch nicht."
Brett stutzte. „Wie?" fragte er, als wolle er es nicht verstehen.
„Ich habe doch mit dir geschlafen, weil ich es *wollte!* Und nicht für blödes Geld!" schrie Randy auf, und er fing an, auf dem Geld herumzutrampeln. „Doch du behandelst mich weiterhin wie einen Stricher!"
„Das stimmt doch gar nicht!" schrie Brett zurück. „Bei dir habe ich Gefühle gehabt", fuhr Randy fort."Kein widerliches Rein und Raus... sondern *Lust*! Ich habe Lust gespürt!"
Brett fasste den Jungen bei den Schultern und schüttelte ungläubig den Kopf. „Was redest du denn?" fragte er verwirrt.
„Küss mich!" schrie Randy, und er umschlang Bretts Körper, „Bitte!"
Und Brett konnte sich nicht wehren.

Markus Sauer

Alexander von Agoston

Andreas Marber

Der Autodidakt

Ich habe einen recht seltenen Nachamen. Mein Lebensgefährte – eine etwas provisorische Bezeichnung für den Mann, mit dem ich zusammen lebe, aber das auszuführen ist hier nicht der Ort – mein Lebensgefährte hat einen genealogischen Tick, und darum fuhren wir dieses Jahr, als wir meine Eltern besuchten, nach Schwaningen, dem Dorf, aus dem mein Großvater väterlicherseits stammt, und wohl der einzige Ort, an dem mein Name häufig anzutreffen ist. Nachdem mein Lebensgefährte im Schwaninger Lokal „Zum Schwanen" das Telefonbuch eingesehen und die Nummern der Schwaningerinnen und Schwaninger herausgeschrieben hatte, die mit mir den Namen teilen, fuhren wir zum Friedhof.
Der Weg war steil und schmal. Er führte an einer kleinen altkatholischen Kirche vorbei und dann durch Obstwiesen; am Rand war ein riesiger Straßenkreuzer mit Schweizer Nummernschild geparkt, an dem ein braungebrannter Mann Ende Zwanzig lehnte, mit einem hübschen, ein wenig blöden Gesicht.
Von oben sieht man in das kleine Tal, in das Schwaningen gebettet ist, und hört den Bach rauschen, der es gegraben hat. In die Außenmauer der Friedhofskapelle ist eine Tafel eingelassen, auf der die Namen der Gefallenen der beiden Weltkriege in Stein gemeißelt sind; tatsächlich war mein Nachname häufig dabei, und, womit ich nicht gerechnet hatte: ich fühlte mich daheim.
Es war bald Mittag, es wurde heiß. Kaum Wind. Mein Lebensgefährte ließ mich stehen, um sich der Lektüre der Grabsteine hinzugeben, etwas, was ihm immer Freude macht, während es mir so erhellend vorkommt wie die Lektüre des Telefonbuchs. Meine Aufmerksamkeit wurde, während seine Schritte sich im knirschenden Kies entfernten, von einem alten, mageren Mann auf sich gezogen, der vor einem Grab stand, auf dem sich frische Blumen häuften. Der Greis studierte den Grabstein, als sehe er ihn zum ersten Mal.
Nachdem wir ein paar mal einander in die Augen und gleich wieder weg gesehen hatten, trat er auf mich zu: Ob ich von hier sei? Ich nannte meinen Namen, er sagte so etwas wie: Ah ja, davon gibt es hier viele. Und schaute wieder auf das Grab. Ich las den Namen (nicht meiner; kein Verwandter) und den Vornamen (Gottfried). Das Datum von Geburt und Tod war unter den frischen Blumen verborgen, Tulpen, Rosen und die ersten Astern. Wer da liege, fragte ich. Mein Gatte, antwortete er. Ich bin Witwer.
Dem Klang seiner Stimme nach konnte er seinen Gatten vor ein paar Wochen verloren haben, aber auch schon letztes Jahr, so unbestimmt war der Ausdruck von Trauer darin; seine alten, wässrigen Augen wurden trüb, aber es war etwas Abgenutztes in seinem Ton; was er ausstieß war weniger eine Klage als die Erinnerung an eine Klage.
Wann ist Ihr Gatte denn ...?
Mit seinem Stock hob er einen Blumenstrauß hoch, so dass ich das Datum lesen konnte. Tag und Monat habe ich verges-

Alexander von Agoston

sen; es war das Jahr 1954.
Das ist lange her, sagte ich.
Das ist lange her, antwortete er.
Geboren 1916. Ist nicht alt geworden. Würde auch so nicht mehr leben, wahrscheinlich.
In jedem Fall: es war offensichtlich zu früh.
Der schwach, aber nicht hinfällig wirkende Mann stand auf einen schwarzen Stock gestützt, seine Hände waren faltig und die Haut spannte über den Knöcheln wie dünnes Papier. Er trug einen hellen Anzug, ein dünnes, weißes, frisch gestärktes Hemd mit zu großem Kragen, eine senffarbene Krawatte, einen zitronengelben Wollpullunder; seine Schuhe glänzten wie neu, und auch der Bernstein auf den Manschettenknöpfen und die silberne Krawattennadel funkelten in der Sonne des späten Vormittags.
Er lächelte mich an, hielt mir seinen Stock hin, den ich ihm abnahm, nestelte ein Taschentuch aus seiner Brusttasche, hob mit der einen Hand den Hut und wischte sich mit der anderen die Tropfen von der Glatze, wobei er etwas ins Schwanken geriet. Heiß, sagte er, steckte das Tuch ein und nahm mir den Stock wieder ab, um sich darauf abzustützen. Dabei ist noch nicht mal Mittag.

Er komme aus Zürich, sagte er, und dort habe er Gottfried auch kennen gelernt, bald nach dem Krieg, im Sommer 1946. Gottfried sei einer der reichsten Bauern am Ort gewesen, er habe drei große Höfe besessen (er wies vage ins Tal, um die Lage der Höfe und die Größe des Besitzes anzudeuten), die nun alle ihm gehörten. Er selbst habe zu jener Zeit in Zürich studiert und später dort eine Professur für Vergleichende Linguistik inne gehabt, wozu ihn seine Herkunft prädestiniert habe, denn er sei in Batumi am Schwarzen Meer geboren, einer Stadt, in der schon zu Herodots Zeiten mehr als fünfzig Sprachen gesprochen wurden, aber das sei seine Geschichte und nicht die zwischen ihm und Gottfried. Er sprach Gottfried mit p statt t und kurzem i aus, also Gopfrid.

Gottfried war ein begabter und ehrgeiziger Schüler und man ermunterte die Eltern, den jungen Mann zur Universität zu schicken. Es war vereinbart, dass er in Karlsruhe Geschichte und Rechtswissenschaft studieren sollte, aber der Krieg durchkreuzte alle Pläne. Der Vater fiel, die Mutter ging im Kalten Winter an Schwindsucht oder Entkräftung zu Grunde; Gottfried überstand seine Zeit als Soldat wie durch ein Wunder unverletzt und wurde nach kurzer Kriegsgefangenschaft entlassen. Er übernahm den elterlichen Hof, die beiden anderen fielen durch den Lauf der Dinge an ihn, und er wurde trotz seiner geistigen Ambitionen mit Leib und Seele Bauer. Die Liebe zu Büchern blieb ihm; er stürzte sich auf die Erforschung der Geschichte der Region und verfasste mit Talent und unermüdlichem Fleiß eine Chronik des Dorfes Schwaningen, wo er lebte, wo er geboren und aufgewachsen war und, ach, gestorben. Ich habe diese Chronik dann in Druck gegeben, sagte der Alte; sie erschien im Jahr nach seinem Tod, mit einem kleinen schwarzen Kreuz hinter dem Namen des Verfassers, kein sehr bedeutendes Werk, aber in einer klaren, ruhig fließenden, von seinem Dialekt geprägten Sprache geschrieben und darum schön zu lesen. Er stockte. Gottfried sei wegen seiner Bildung und seiner Rechtschaffenheit ein geachteter Mann im Dorf gewesen und wäre wahrscheinlich in jenem Jahr zum Bürgermeister gewählt worden, wäre da nicht diese Schwester im Krankenhaus in Stühlingen gewesen, wohin er ihn eines Nachts auf dem Traktor gefahren habe – der alte Mann wandte sein Gesicht zur Seite, sein Kinn zuckte, und sein Ton wurde bitter – jene ... jene ... Krankenschwester, die den sich in Schmerzen windenden Mann an der Tür zurückwies, mit dem bisschen Bauchweh; er solle sich nicht so haben: Wenn etz auno d‘ manne wäg jedm schießdreck ahfanged go brüäcke!, habe sie gesagt und sie beide wieder nach Hause geschickt.

Wenn etz auno d‘ manne wäg jedm schießdreck ahfanged go brüäcke, wiederholte der Alte hasserfüllt.

Als Bauer konnte Gottfried Wissenschaft natürlich nur autodidaktisch und als Liebhaberei betreiben, setzte er seine Erzählung fort, nachdem er sich gefangen hatte. Er las viel und gründlich und hatte für Formulierungen, die ihm gefielen, ein fabelhaftes Gedächtnis – aber er las unsystematisch und interpretierte das Gelesene genauso unsystematisch, und es fehlte ihm der selbstverständliche Umgang mit anderen wissenschaftlich Tätigen, so dass seine Deutung der großen Texte manchmal willkürlich und auf fast wirre Weise an sein eigenes persönliches Erleben geknüpft blieb. Man dürfe, sei einer von Gottfrieds Merksätzen gewesen, beim Studieren den Boden nicht unter den Füßen verlieren. Er selbst dagegen, meinte der alte Mann mit einer eleganten Handbewegung, er war immer der Ansicht, es könne einem Wissenschaftler nicht schaden, sich zuweilen auf ausgestreckten Flügeln in den Himmel tragen zu lassen. Aber um Wissenschaft sei es ja bei ihnen beiden nur nebenbei gegangen, setzte der Greis hinzu, und ein verschmitztes Lächeln huschte über sein verschwitztes Gesicht.

Kennen gelernt hätten sie sich, wie gesagt, bald nach dem Krieg in Zürich, in einer Ecke der berühmten Badeanstalt für Herren, die den Eingeweihten wohl vertraut war. Gottfried fuhr zu jener Zeit manchen Samstag mit dem Zug nach Zürich, um sich in den Archiven zu ver-

graben, wo er, da er sich mit einer Archivarin angefreundet hatte, auch Zugang zu Dokumenten erhielt, die der allgemeinen Öffentlichkeit ansonsten unzugänglich waren. Wenn die Bibliotheken schlossen, ging er ins Herren, wie die Badeanstalt am Zürcher See im Volksmund hieß.
Das Herren! Der Alte strahlte, und die Erinnerung entfachte in seinen Augen die Glut einer stürmischen Jugend. Man könne sich Zürich im Zweiten Weltkrieg nicht als ein Eldorado vorstellen, aber doch als einen Ort, wo man fand, was man suchte. Er selbst habe wegen seiner für hiesige Begriffe orientalischen Herkunft – sein Vater war aus Odessa, die Mutter eine abscharische Fürstentochter aus eben jenem Batumi – auf bestimmte Männer geradezu wie ein Magnet gewirkt und sei darum gut auf seine Kosten gekommen. Viele von denen, die sich vor allem Blonden mit blauen Augen grausten, seien Flüchtlinge aus Deutschland gewesen; sie schwärmten vom Berlin der Zwanziger Jahre, schimpften auf die Nazis und trauerten den Goldenen Zeiten nach; sie brachten einen Hauch Welt mit und eine gehörige Portion Verachtung für Zürich, das Dorf, und er habe sich durchaus auch mal in den einen oder anderen verguckt.
Ich bin es gewesen, der den ersten Schritt gemacht hat, gab er zu; ich habe ihn angesprochen, nicht er mich. Gottfried habe zwar in der einschlägigen Ecke der Badeanstalt gelegen, aber mit geschlossenen Augen, nicht schlafend, aber doch: schlafend gestellt. Nun, Gottfried war ein alemannischer Bauer: nicht sehr hoch gewachsen, aber stark vom Misten und vom Pflügen und der anderen schweren Arbeit damals, ohne Maschinen, hier auf den steilen, steinigen Äckern; damals, als die Männer früh alt, aber dafür prächtig waren. Und auch in Schwaningen habe es immer geheißen, er sei ein besonders wohlgestalteter und schöner Mann gewesen, und ... so war es auch.
Erst dachte ich, er sei einfach schüchtern. Er ließ sich meine Berührungen zwar gefallen, mit geschlossenen Augen, erwiderte sie aber nicht. Vielleicht später, sagte er, als ich ihn küssen wollte, und als ich mit dem Finger in die Nähe seiner Badehose geriet, nahm er den Finger weg. Allerdings willigte er rasch ein, sich zu verabreden, in vierzehn Tagen, nicht in der Badeanstalt, sondern im Stadtgarten. Weil Gottfried nicht schwimmen konnte und nicht des Wassers wegen ins Herren ging.
Obwohl man wenig gesprochen hatte und außer der flüchtigen Berührung seines Fingers nichts gewesen war, habe er in diesen vierzehn Tagen feststellen müssen, dass er verliebt war, meinte der alte Mann in der Sonne auf dem Friedhof, während mein Lebensgefährte sich durch die Inschriften der Grabsteine fraß; wie das eben sei, wenn man jung ist: Es ändere sich nichts, außer dass man auf Wolken gehe. In einer Stadt, wo alle geistreich, schnell und weltgewandt sein wollten, sei Gottfried scheu, bedächtig und sorgfältig gewesen; das habe ihm gefallen. Ich war aufgeregt und nervös in diesen zwei Wochen, sagte der Greis; ich schlief schlecht, schmiedete ununterbrochen Pläne, wie ich ihn rum kriegen wollte: Welche Cafés sich eigneten, welche Getränke und in welcher Reihenfolge, wie ich ihn wo berühren wollte, was sagen, was nicht, ob ich es mit Geschenken versuchen sollte – man wusste ja, womit die Deutschen in jener schlechten Zeit zu verführen waren: Zigaretten, Schokolade, Kaffee. Vierzehn Tage später hatte ich die Gebüsche in der

Alexander von Agoston

Nähe der verabredeten Parkbank nach geeigneten Stellen ausgespäht; ich wusste, wo hinein ich Gottfried ziehen konnte, nachdem wir uns auf der Bank sitzend zufällig nähergekommen waren, an welcher Stelle wir unsichtbar waren, wo ich ihm den ersten Kuss entlocken wollte und wie es dann weiterging.
Wenn man überlegt, sagte der Alte und schüttelte den Kopf, aber nicht unwillig, sondern gnädig.
Als Gottfried dann erschien, setzte er sich gar nicht erst, sondern blieb stehen: Sitzen mache ihn unruhig, meinte er, und schlug einen Spaziergang vor. Mein Plan, dessen erste Stufe in sanften und unabsichtlichen Berührungen bestanden hatte, war damit hin, lachte der Alte und verschluckte sich daran, aber es war ja noch nicht alles verloren. Wir unterhielten uns kurz über das Wetter und dann …
Sie müssen wissen, unterbrach er sich, Gottfried sprach den Dialekt der Gegend, und zwar in höchster Reinheit, selbstbewusst, anmutig und würdevoll. Ich halte wenig davon, Mundarten nachzuäffen, aber in diesem Fall muss ich es tun, um Ihnen einen Eindruck zu vermitteln. Iach han vor vierzeh Däg dä Ihdruck gwunne, sagte Gottfried zu mir bei unserem Spaziergang am Ufer des Zürisees, iach han vor vierzeh Däg dä Ihdruck gwunne, Si wötted mit mir geschlechtlich verkehre – die beiden ch in geschlechtlich, wie im Alemannischen üblich, so krachend wie in Dach. Er gebe ihm zu, war Gottfried in derselben Weise fortgefahren, dass er nicht zufällig mit geschlossenen Augen in jener Ecke des Herrenbades gelegen habe, und er könne sagen, dass diese meine Absicht durchaus

Anja Müller

ihre Entsprechung bei ihm selbscht gefunden habe – wieder Entsprechung mit ch wie Dach. Und wenn ich erlaube, werde er mir gerne einige der Gedanken, die er sich dazu gemacht habe, in kurzer Form darlegen.
Natürlich erlaubte ich, sagte der alte Herr. Die Tröpfchen auf seiner Stirn wurden von seinen dicken weißen Brauen aufgefangen und seitlich über die Schläfen umgeleitet. Der Greis hob seinen Hut und strich sich mit dem Ärmel über die Glatze, was seinen ganzen Körper gefährlich ins Wanken brachte; und er wischte sich verstohlen eine Träne aus den Augen. Wir sahen uns nach einer Bank um, sahen aber keine. Mein Lebensgefährte war mit den Grabsteinen noch lange nicht durch.

Er sei dreißig geworden, fuhr Gottfried dann fort, das Alter, in dem man da, wo er herkomme, heirate. Er fühle, es sei jetzt auch für ihn an der Zeit, und da er um die Sitten und Gebräuche der Stadt wisse, habe er in jener allgemein bekannten Ecke des Herrenbades gelegen; es sei ihm recht gewesen, dass ich ihn angesprochen hatte und mit dem Finger berührt, da er mich für einen anständigen Kerl halte und für jemanden, mit dem auf Dauer auszukommen sei. Der Tatsache, dass ich mit meinem Finger an seinem Rugge und Buch – Buch sagte er für: Bauch – entlanggestrichen sei, habe er entnommen, dass ich mich für ihn geschlechtlich interessiere – unaufhörlich doppelt krachend: geschlechtlich –; falls er mich aber falsch verstanden hätte, bat er mich, ihn zu korrigieren, weil seine folgenden Überlegungen auf gegenseitiger Anziehung fußten und gegenstandslos werden würden, wenn von meiner Seite diese Anziehung zwar vor vierzehn Tagen bestanden hätte, nicht aber mehr jetzt bestünde.
Ich konnte nichts sagen, sagte der Alte. Mir fiel nichts ein, was darauf zu erwidern war.
Er habe sich in dieser Zeit Gedanken gemacht, wie unser geschlechtlicher Verkehr gestaltet werden könne, meinte Gottfried weiter, wobei, dessen sei er sich bewusst, der eigentliche Verkehr nicht gestaltet werden müsse, der ergebe sich dann gewissermaßen von Natur, aber gestaltet werden

müsse das Leben außer dem, und da er wenig Erfahrung habe und auch niemanden fragen mochte, habe er in dieser Sache zwei anerkannte Kapazitäten konsultiert.
Die Kapazitäten, meinte der Alte und schien noch in der Erinnerung unwillkürlich zu erschauern – die Kapazitäten, die Gottfried konsultiert hatte, um unseren geschlechtlichen Verkehr zu gestalten, waren der Apostel Paulus und der Philosoph Immanuel Kant. Die beiden hätten ihm aus dem Herzen gesprochen, meinte er: Dem Apostel Paulus nach seien Mann und Frau – das heißt, fügte er hinzu, in unserem Fall: Mann und Mann – nach der Eheschließung ein Fleisch und hätten von daher das Recht, über den Leib des andern so wie über den eigenen zu verfügen; die Idee der Verfügungsgewalt über den Körper des anderen sage ihm zu, da er den Eindruck habe, diese Verfügungsgewalt, die ja auch – und hier lächelte er frech – eine Vergnügungsgewalt über meinen Körper wäre, sei in der Lage, seiner ganzen Person Frieden zu bringen. Aus den wenigen Erfahrungen, die er im Dunkeln mit Männern gemacht habe, wisse er, dass dem Geschlechtsakt tatsächlich ein Genuss innewohne, dessen er sich auf Dauer nicht enthalten wolle; er wisse allerdings auch, dass sein Verhalten während des geschlechtlichen Verkehrs, das heißt: im Zustand der Geschlechtsgier, nicht immer höflich und von Respekt geprägt und über allen Zweifel erhaben sei, sondern unter Umständen grob, heftig, rücksichtslos und eigensüchtig. Und so erscheine es ihm zwingend logisch, was Kant in der Metaphysik der Sitten postuliere, nämlich, dass die Voraussetzung dafür, dass der Mensch im geschlechtlichen Tun seine Würde nicht verliere, die Ehe sei, dieser, wie Kant ausführe, Vertrag zum lebenswierigen wechselseitigen Besitz der Geschlechtseigenschaften, wobei es auf alles drei gleichermaßen ankomme: das Lebenswierige, das Wechselseitige und den Besitz. Die völlige Gleichstellung der Partner in diesem und in allen anderen Belangen – dass sie also nicht nur ihr Geschlechtsvermögen, sondern auch ihr gesamtes anderes Vermögen wechselseitig voneinander in Besitz nähmen – sei auch für ihn eine notwendige und zugleich hinreichende Bedingung dafür, dass die gottgleiche Gestalt des Menschen durch Verwirklichung seiner Geschlechtlichkeit keinen Schaden erleide; dass das menschliche Antlitz in jenem Zustand der Geschlechtsgier nicht verzerrt, sondern quasi sittlich erhoben werde (und wahrlich, ich sage Ihnen, versetzte der Alte: das dunkle ch von sittlich brach mein Herz, wenigstens das, was nach der ‚gottliechen Gschtalt', von der zuvor die Rede war, davon noch zu brechen war); für ihn sei es – wie für Kant – deshalb nur in der Ehe möglich, seinen Körper einem anderen preiszugeben, ohne sich vor sich selbst zu schämen, wenn nicht zu ekeln (was er mit kurzen e aussprach, wie eckeln). Außer seiner Mutter habe ihn nie jemand nackt gesehen, sagte er, indem er den Blick senkte – und bei dem Gedanken, jemand außer einem Ehegatten könne ihn so sehen, werde ihm unwohl, und sowieso: nur mit einem Ehegatten sei es vorstellbar, geschlechtlichen Verkehr zu genießen, ohne sich durch die Blöße, die man sich im Akt unweigerlich gebe, für immer bloß zu stellen; nur das gegenseitige Angehören, das sich gegenseitig Gehören ermögliche es, bei allem, was man tat und tauschte, die Persönlichkeit zu erhalten, auch wenn man sich im Akt selbst

zur bloßen Sache mache; dieses Sich-zur-Sache-Machen widerstreite dem Rechte der Menschheit an seiner eigenen Person und sei nur unter einer Bedingung möglich, nämlich der lebenswierigen Wechselseitigkeit. Ob er sich mir habe deutlich machen können, fragte Gottfried.
Sie können sich vielleicht vorstellen, sagte der Tattergreis und fuchtelte mit seinem Stock in der Luft über dem Grab, wie mir zumute war.
Es sei, so Gottfried weiter, vielleicht erblich, vielleicht auch Ausdruck seines persönlichen Wesens, jedenfalls: er sei offensichtlich besonders heftig veranlagt; sein Geschlechtstrieb plage ihn schon lange und in letzter Zeit zunehmend, er wisse nicht, wie das bei anderen Männern seines Alters sei, weil über diese Dinge da, wo er herkomme, kaum gesprochen werde, und wenn, nur in Andeutungen, und einige dieser Andeutungen beträfen seine Väter und Vorväter; von den Männern seines Geschlechts – mit dem krachenden Geschlecht meinte er jetzt offenbar: Familie – heiße es im Dorf seit Generationen, sie seien allesamt sehr heftig veranlagt gewesen in dieser Hinsicht. Die Gefangenschaft, auch wenn es nur die amerikanische war, sei eine fürchtige Zeit gewesen; er habe Dinge getan und gedacht, von denen er froh sei, dass sie vorbei waren, und nun suche er eine Lösung, damit sein Trieb ihn glücklich mache und nicht allmählich seine geistigen, körperlichen und sittlichen Kräfte zerrütte. Er müsse mir zugeben, dass er in den vierzehn Tagen, seit ich ihn berührt hatte, in besonderem Maße von seinen Begierden geplagt werde, trotzdem aber sei er, einerseits wegen seiner besonderen Bedürftigkeit in diesen Dingen und andererseits wegen der Verantwortung, die er – als Mensch und Träger der Menschheit in sich – für die Menschheit insgesamt trage, darauf angewiesen, jemanden zu finden, mit dem in den oben ausgeführten Punkten – seiner Auffassung des von Kant aus Paulus herausentwickelten Ehebegriffs – die völligste Übereinstimmung herrsche. Falls das bei mir der Fall sei ... Er habe zu Hause alles vorbereitet, es sei noch früh am Tag, Beuron sei mit dem Zug über Schaffhausen zu erreichen, und von da sei es nur noch ein kleiner Fußweg nach Schwaningen. Dort liege alles bereit, und nach Erledigung der Formalitäten ... Ich sah ihn an. Er sah zu Boden. Er hatte mir gesagt, dass er nicht leicht zu haben war, er hatte mir gesagt, wie er zu haben war, und er wartete auf meine Antwort. Sie müssen sich nicht sogleich entscheiden, sagte er, Sie können sich selbstverständlich einige Zeit bedenken, aber: es wäre schon besser, wenn Sie vielleicht doch in nicht allzu ferner Zeit eine diesbezügliche Entscheidung treffen ... er wolle mich nicht drängen, aber es sei doch bei ihm ziemlich dringend und der Schaffhauser Zug ginge jetzt.
Der Alte scharrte mit seinem Stock Kreise und Dreiecke in den Kies.
Was hätte ich machen sollen?
Kaum saßen wir im Abteil, nahm Gottfried eine zerlesene Ausgabe von Johann Peter Hebels Kalendergeschichten aus seiner Jackentasche. Ob ich Hebel kenne? Nur dem Namen nach. Die hochgeistigen Philosophen, die er natürlich verehre, erschienen ihm doch manchmal verschraubt und von der Wirklichkeit abgehoben, das Theoretisieren werde ihm manchmal doch fast wieder zuviel; dann greife er zu Hebel, der werde ihm nie zuviel. Er las langsam, mit den Lippen lautlos die gelesenen Worte bildend, und immer wieder sah er auf und strahlte

mich überglücklich an. In Schaffhausen stiegen wir um. Sie schmecken gut, sagte er, als er mich in einem unbemerkten Augenblick auf den Mund küsste.
Der kleine Fußweg vom Bahnhof Beuron nach Schwaningen stellte sich als vierstündiger Gewaltmarsch heraus. Er sei so froh, sagte er, als wir ankamen, wie alles ausgegangen sei, weil er doch auch Angst gehabt habe, wie ich seine Überlegungen aufnehmen würde, da er sich nun so gut auch wieder nicht auskenne in den städtischen Gepflogenheiten. Jetzt sei er sehr zufrieden.
Wir setzten uns in der Stube gegenseitig zu Alleinerben ein. So bin ich an die drei Höfe hier gekommen, nebenbei; Gottfried starb acht Jahre später an dieser vermaledeiten übersehenen Blinddarmentzündung. Ich habe ihn, nachdem er elendiglich in meinen Armen verreckt ist, selbst gewaschen, weil ich wusste, dass er sich sogar vor der

Totenfrau geschämt hätte. Wir bevollmächtigten uns an diesem Nachmittag gegenseitig, über alle Angelegenheiten des andern zu entscheiden, und überschrieben uns gegenseitig die Hälfte unserer Vermögen, was von mir aus gesehen ein guter Tausch war, denn ich war Student und mittellos, er aber ein reicher Bauer. Und wir besiegelten unseren Bund damit, dass wir den Geschlechtsverkehr vollzogen.
Er bat mich in den Stall: mir ansehen, was mir nun alles zur Hälfte gehörte. Er zeigte mir das gesunde, kraftstrotzende Vieh, ich bewunderte das glänzende Fell der Kühe, und er war stolz. Er zog Jacke und Hemd aus und fütterte seine Tiere mit bloßem Oberkörper, wohl kaum ohne Hintergedanken. Die Kühe schnauften und machten die Hälse lang; die Ketten, mit denen sie angebunden waren, rasselten; sie streckten mit verdrehten Köpfen die Zungen weit aus dem Maul und stießen sich gegenseitig mit den Hörnern vom Heu weg. Das Futter sei bald aus, meinte Gottfried, und stellte die Gabel an einen Pfosten, gut, dass der Frühling käme, auch wenn das Jahr noch nicht so weit sei wie drunten in Zürich. Er zog sich aus; die Hose hängte er mit dem Bund an die Heugabel, die riesige Unterhose darüber, Strümpfe und Schuhe stellte er neben sich. Es ging ihm nicht schnell genug, wie ich mich auszog. Er riss mir die Kleider vom Leib und stieß mich ins Heu, das grausam an meinem Bauch piekte. Ich sah aus den Augenwinkeln die ausdruckslosen

Anja Müller

Gesichter der Kühe, die mich wohl sahen, ihre begehrlichen Blicke aber eher auf das Heu richteten, auf dem ich lag, als auf mich. Als Gottfried fertig war, fiel er keuchend an meiner Seite herab, zitternd, zuckend, nass; er schluchzte, als er sagte, wie dringend es Not getan habe jetzt, wie es ihn besonders die letzten vierzehn Tage geplagt habe, seit ich mit dem Finger seinen Bauch entlanggestrichen war, wie unstet sein Geist geworden sei in der Zeit, wie zerstreut seine Gedanken, und wie zufrieden er nun war. Ich erhob mich. Das Heu zwischen meinen Beinen war voll Blut, es sickerte aus meinem Hintern und rann die Beine herab. Er stand vor mir, sein heller, nur an Händen und Gesicht gebräunter Leib glänzend vom Schweiß; er atmete heftig, sein Bauch flatterte, die Brust hob und senkte sich machtvoll. Das Geschlecht hing schwer an ihm herunter, es klebte ein farbenfrohes Gemisch von Blut, Sperma und Kot an ihm.
Wie zufrieden er sei, meinte er noch einmal; wie zufrieden er sei, dass wir nicht so werden würden wie jene Eheleute, wo immer eins schlecht sei und ‘s andre sich deswegen im Wirtshaus einen Rausch ansoff.
Ich brauchte einen Augenblick, bis ich verstand, dass er ‚schlecht sein‘ auf die alte Art und Weise verwendete, im Sinn von ‚krank‘ oder ‚unpässlich sein‘, wie Goethe im Werther, wo Lotte zu Hause bleibt, wenn ‚sie schlecht ist‘. Wie froh er sei, dass wir uns versprochen hätten, niemals schlecht zu sein und dass darum keiner im „Schwanen“ lande, wo schon ganze Höfe versoffen worden seien, weil Ehegatten sich einander vorenthielten und verweigerten; es mache ihn für alle Zukunft ruhig, dass wir unsere Sache so gut und in gegenseitigem Einverständnis und für immer geregelt hätten. Und ob ich mich nun, nachdem er sich meiner bedient hatte, seiner bedienen wolle.
Das war Kant, wie er ihn verstand.
Er wartete kurz auf meine Antwort, aber wie immer an diesem Tag: was hätte ich sagen sollen. Gut, wenn es bei mir nicht so dringend sei, sagte er dann, dann müsse er wieder, er sei so lang hungrig gewesen, er sei noch nicht satt. Er nahm eine Handvoll Heu, wischte sich den Unterleib damit sauber und warf es den Kühen hin, die an den Ketten rissen und es mit rollenden Augen gierig aus dem Trog schlabberten. Er hieß mich, mich umdrehen und gegen einen Pfeiler stützen, weil er schon wieder wild war, was an mir liege, daran, wie schön er mich fände; er griff ein weiteres Bündel Heu, wischte damit über

meinen Hintern und die Innenseite meiner Schenkel herunter, warf auch dieses besudelte Bündel den Kühen hin, die ihre Köpfe danach verdrehten. Dann bediente er sich meiner ein zweites Mal. Wenn er inne hielt, kam sein Kopf neben meinem zu liegen, er biss sacht in meine Schulter und vertraute mir an, wie er geplagt worden sei von seinem Trieb, wie er gelitten habe, wie nah daran er gewesen sei, unzufrieden zu werden mit seinem Leben, seinem Dasein zu fluchen, und nun sei ich gekommen, habe im Herren mit dem Finger über seinen Leib gestrichen und ihn, den sowieso leicht reizbaren, in Begierden entflammt, und nun gehöre ich ihm an und er gehöre mir an, und er dürfe seine Flammen an mir löschen; ich solle ihn ansehen, ob er mir nicht gefalle, und ich drehte meinen Kopf und, meine Herrn: was für ein Anblick, so wütend, mein Gatte, als er sich wieder in mich ergoss. Wir wischten uns noch einige Male mit Heu die Flüssigkeiten vom Körper und warfen es den Kühen in den Trog, die sich darum stritten; wir alberten miteinander herum, tobten, lachten und wurden wieder ernst; die Kühe schnauften und rasselten in ihren Ketten und pissten in den Mist und fraßen, was sie erwischen konnten.

Wir passten gut zusammen. Guet inänand, wie er sagte. Außer an diesem ersten Abend habe ich nie mehr geblutet. Wir benutzten uns tatsächlich gegenseitig. Nicht immer im Stall, aber der Stall bot sich an, weil er oft darin zu tun hatte. Er rief mich zu sich, wenn ihm danach war, und ermunterte mich, zu ihm kommen, wann immer ich Lust hatte. Es war eine in diesem wie in allen anderen Punkten völlig gleichberechtigte Angelegenheit. Wir waren wenig raffiniert im geschlechtlichen Umgang; er hatte drei Höfe zu versorgen und übte den geschlechtlichen Verkehr mit mir aus, um sich fröhlich, gesund und tüchtig zu erhalten, nicht, um sein Leben kompliziert zu machen: er nahm mich, wann immer es ihm einfiel, und ohne großes Brimborium. Ich passte ebenso gut in ihn wie er in mich, auch wenn wir das weniger oft so hielten. Anfangs befriedigte ich mich an ihm auf eine Weise, die ihn wunderte; es kam ihm etwas „gesucht“ und „städtisch“ vor, wie er meinte, aber es war ihm alles recht so, wie es war, und mit den Jahren wurde auch mein Geschmack weniger subtil. Was sicher half war, dass wir einander so schön fanden. Er war ein starker und stattlicher Mann, und es machte mich stolz, wenn ihn, wie er sagte, die Natur auf mich trieb. Wenn mich, was seltener war, die Natur auf ihn trieb, biss er, wie bei Kant und Paulus vorgesehen, die Zähne zusammen.

Ich ließ mein Studium schleifen und verbrachte die meiste Zeit hier in Schwaningen. Wenn ich doch einmal nach Zürich musste, zählte er die Stunden, bis ich wieder da war. Er habe mich nicht, um an mich zu denken oder sehnsüchtig zu sein oder gar Briefe zu schreiben, meinte Gottfried; er brauche mich leibhaftig um sich herum, um sich vor zermürbenden Gedanken zu bewahren; er habe sein Verlangen, und um es zu befriedigen habe er mich; meine Abwesenheit mache ihn unruhig, nervös, verderbe seine Träume, verursache Brennen beim Wasserlassen; er werde reizbar, suche Streit mit den Nachbarn und behandle das Vieh grob. Dabei war er nicht einmal eifersüchtig. Eifersucht, fand er, das sei auch wieder so eine städtisch-mondäne Sache. Da es ja schlecht möglich war, dass ich ihm ein

Bankert unterschob, das seine Höfe erben würde, sei ihm, was ich in Zürich treibe, einerlei. Er selbst, erklärte er, habe kein Interesse an anderen Männern, die ja da, worauf es ankam, doch alle gleich seien. Was solle er sich mühsam nach einem anderen umtun? Um am Ende mit ihm genau das zu machen, wozu doch ich da sei?

Gottfried brauchte nicht viel Unterhaltung, und die, die er brauchte, fand er bei mir und in den Archiven, wo er die Geschichte Schwaningens erforschte, oder bei Johann Peter Hebel; meine Unterhaltung musste ich mir selber suchen. Ich las russische Romane, etwas, was man immer tun kann, wenn grad nichts Dringendes anliegt. Er hatte seine gesellschaftswissenschaftlichen Studien abgeschlossen; die Fragen, die er gehabt hatte, nämlich, wie er seinen sogenannten Geschlechtstrieb so organisieren konnte, dass er keine Bedrohung, sondern eine Bereicherung seines Lebens war – diese Fragen hatten ihm Immanuel Kant und der Apostel Paulus befriedigend beantwortet, und nachdem er ihre Theorien für gut befunden und sein Leben danach gestaltet hatte, wandte er sich dem zu, was ihn darüber hinaus interessierte: Seinem Vieh, den Äckern und der Geschichte des Dorfes Schwaningen.

Nach seinem Tod ging ich nach Zürich zurück. Ließ mich ab und zu in der berüchtigten Ecke des Herrenbades sehen, aber ohne etwas davon zu haben, und gab es wieder auf. Ich war jahrelang weder in der Lage, mich an etwas zu erfreuen, noch, konzentriert zu arbeiten, nicht einmal, meine finanziellen Angelegenheiten zu regeln. Da aus der Verpachtung der drei Höfe genug Geld kam, war es nicht schlimm, dass sich mein Leben nur langsam wieder fing.

Ich bin Witwer geblieben, fügte der Alte hinzu, ganz so, wie Paulus es für diesen Fall empfohlen hat. Ich vertreibe mir die Zeit mit Menschen, die mir behilflich sind, und lasse mich jede Woche einmal an sein Grab fahren. Es ist nicht, dass ich keine Versuche unternommen hätte. Aber es kam mir alles wie Nachgeäffe vor.

Mein Lebensgefährte hatte genug Grabsteine gelesen und knirschte über den Kies auf uns zu. Dann wünsche ich Ihnen noch einen schönen Tag, sagte der Alte, als er ihn kommen sah, und eine glückliche Reise. Er gab mir flüchtig seine kalte Hand, warf einen letzten Blick auf die frischen Blumen auf dem Grab und ließ mich stehen, noch bevor mein Lebensgefährte uns erreicht hatte.

Wer war das?

Sag ich dir gleich, antwortete ich.

Wir gingen an der Mauer mit dem Verzeichnis der Kriegstoten vorbei zum Wagen, fuhren los und überholten bald den Alten, der den Friedhof durch einen Seitenausgang verlassen hatte und sich, um nicht im Weg zu sein, an den Straßenrand stellte. Er winkte uns mit dem Stock zu. Im Spiegel schien er noch weiter weg als er war. Neben dem Straßenkreuzer kniete der Mann Ende Zwanzig und polierte die Radkappen. Als wir an der kleinen altkatholischen Kirche vorbei waren, in der mein Großvater väterlicherseits getauft worden ist, fing ich an zu erzählen.

Anja Müller

Klaus Berndl

Im Stroh

Pjotr schnaufte. Er bückte sich, stach die Forke ins Heu und schleuderte es hoch. Beim Bücken ausatmen, zustechen, hochwerfen und dabei einatmen. Er hatte seinen Rhythmus gefunden, beobachtete sich selbst, und es gefiel ihm, zu sehen, wie eine Bewegung in die nächste mündete, in immer gleichem Takt; er zählte mit. Pjotr schnaufte, er schwamm in der Luftglut. Die Sonne ließ das Stroh brennen. Sein Hemd trug er schon seit Tagen nicht mehr, und so spürte er das Sengen der Sonne direkt auf den Schultern. Er warf das Heu in die Höhe.
Das Getrappel des Roten näherte sich, und, natürlich rannte ihm der neue Stallknecht hinterher, rufend. Michail. Tier und Mensch jagten in den Wald, das Trappeln wurde ungleichmäßiger, und gleich darauf brach der Rote wieder aus dem Gebüsch, sprang Michail hinterher. Die Wegkurve führte zur Scheune. Dort konnte ihm das Pferd nicht mehr entkommen, Pjotr hatte das hintere Tor geschlossen. Um so schlimmer, Michail würde zur Peitsche greifen! Pjotr sah ihn rennen, die Fäuste geballt, den Kopf gesenkt wie ein Stier. Glänzend Arme und Beine, ein dunkler Schweißstreifen hinten auf der Hose, bis zwischen die Beine. Pjotr ahnte schon die Striemen auf dem Fell des Roten. „Verflucht.“ Breitbeinig stand Michail vor dem Tier, das mit dem Huf im Staub scharrte, schnaubte, den Schwanz wehen ließ; Pjotr sah es vom Tor aus. Lautlos trat er hinter den Stallknecht – in der Wut bemerkte Michail seinen Schatten nicht. Er zog die Peitsche über den Boden, daß es staubte. „Na warte“, flüsterte er. Der Rote setzte den Fuß vor, bereit, durchzubrechen. Und Michail schien es auf einen Kampf ankommen lassen zu wollen. Er hob die Peitsche. Pjotr faßte ihn am Handgelenk, „Laß das.“ „Kümmere dich um deine Angelegenheiten!“ „Laß den Roten in Ruhe!“ „Scher dich zu deinem Stroh.“ „Laß ihn.“ „Wenn er ständig ausbricht!“ „Das liegt nur an dir!“ „Ach ja,“ Michail warf sich herum, riß sich los, und die Peitsche schnalzte über Pjotrs Schultern. Er zog die Luft durch die Zähne. Michail, erschrocken, wich einen Schritt zurück. Da stürzte sich Pjotr auf ihn.
Michail schlug nicht zu, er wehrte bloß ab. Pjotr konnte keinen Schlag landen. Er kämpfte, seine Abwehr zu überwinden – es wurde ein bloßes Ringen, zu glitschig ihre Haut, kaum zu packen der andere und nicht zu halten. Nicht einmal ein Kräftemessen: schweißschmierig, wie sie waren. Arbeiteten sie mit dem ganzen Leib, mit dem Körpergewicht gegeneinander an. Festhalten, umarmen – beherrschen! – und losreißen, rauswinden. Sie zwangen den anderen auf den Boden, warfen sich herum. Die Gürtelschnallen klackten gegeneinander. Gleichstand. Kraft, Gewicht brachten nichts; ihre Griffe taugten kaum zum Festhalten. Sie spürten die Hitze des anderen. Sie rochen einander. Sie erlahmten.
Es schnaubte in Pjotrs Nacken, ein warmer Luftstoß. Der Rote. Pjotr sah Michail hochsehen, und so ließ er ihn los und drehte sich weg, griff nach dem Halfter des Ponys, streichelte dessen Backe. Michail hatte Pjotrs Beine noch unter die Knie gehakt. Doch dann stemmte er sich ebenfalls hoch. Der Rote wich zurück, zögerte, und leckte auch seine Hand aus.

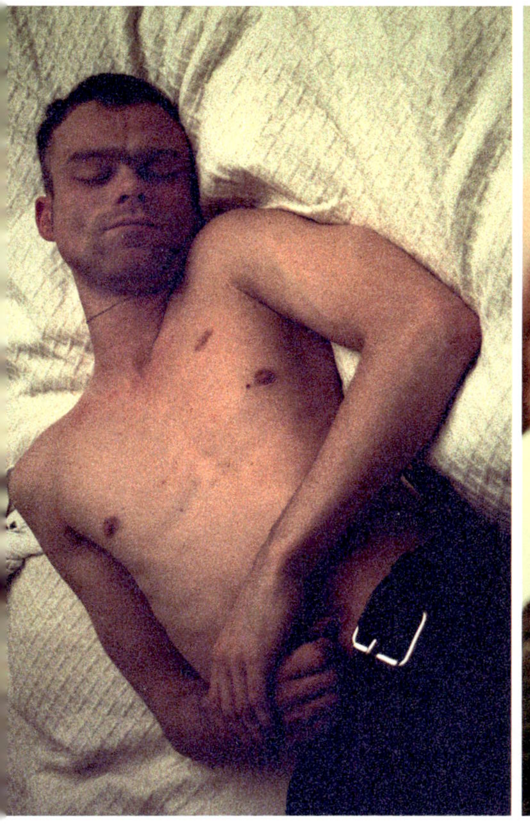

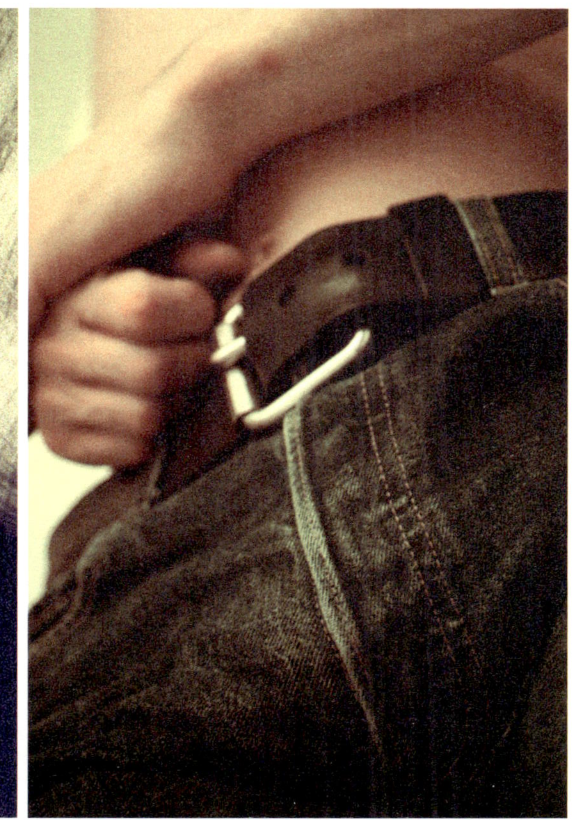

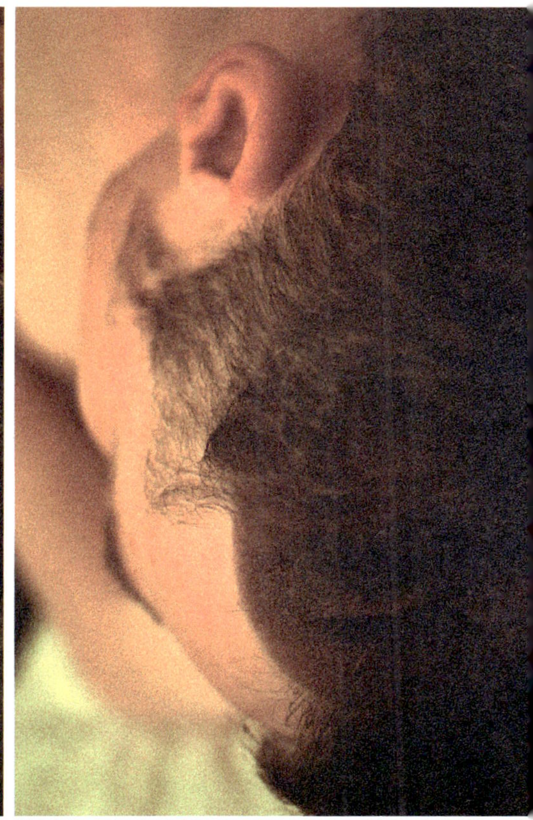

Bodo Tüngler

Baphomet Marduk

Liebe

Liebe. Es ist wohl Schicksal, dass wir uns ausgerechnet dann nach der Liebe sehnen, wenn sie nicht ferner sein könnte. Dann, wenn Einsamkeit, Hunger und Kälte durch unser Innerstes wühlt und uns an das erinnert, was unsere Gemeinschaft Mensch bis zu dem heutigen Tag überleben lässt. Sie sollte uns zusammen halten, uns aneinander schweißen und uns eine Weltordnung schaffen, die unser aller Sicherheit gewährt.
Heute ist der 24. November 1915 und immer noch werden Verletzte und gleichviel Tote zurückgebracht. „Wir gewinnen diesen Krieg“, hat man uns gesagt. Das wollten alle hören. Doch ich sehe all das Blut, die Leichen auf den Schlachtfeldern und bezweifele, dass es wirklich einen Sieger geben wird. Ich friere und mein Magen schmerzt. Ich kann mich kaum noch daran erinnern, wann wir mal eine richtige Mahlzeit bekamen, dass ich trockene Füße hatte und dass es an meinem Sack mal nicht krabbelte, biss und juckte. Meine Augen haben sich an den Morast gewöhnt, in dem wir Tag und Nacht warten, bis der nächste Befehl zum Angriff kommt. Wir haben mannshohe Gräben ausgehoben und es gibt Tage, da brauchen wir sie nur wieder zu verschütten, um die Toten darin zu begraben. Keiner weint mehr darüber. Die Tage, an denen wir die Kraft besaßen, um sie zu trauern sind vorbei. Ab und an drehen einige von uns durch. Sie schreien einen an, gehen auf ihre eigenen Kameraden los oder tun das, wozu uns allen irgendwie zumute ist. Sie setzten sich vor ihr geladenes Gewehr, ziehen sich einen Stiefel aus, halten sich den Lauf unter das Kinn und drücken mit den Zehen ab. Unser Hauptmann hielt sich einfach seine Pistole ans rechte Auge und „Peng“!
An alles kann man sich gewöhnen. Letztendlich bleibt nur noch die Resignation. Doch dieses ewige Grollen und Donnern der Geschütze und Gewehrfeuer macht mich mürbe. Es ist das Einzige, was mich weiter zusammenschrecken lässt. Ich schau neben mich. Bastian hat ein Auge verloren und ein dreckiger, braun fleckiger Verband um den Kopf gewickelt, verdeckt das rote grauenvolle Loch, aus dem er uns anglotzte. Er zittert heftiger als zuvor und ich denke, er wird den nächsten Angriff nicht erleben. Seine Lippen sind eigentümlich grau, genauso sein Gesicht, so als wäre er schon tot.
Ich bedauere ihn nicht. Für ihn wird der Krieg vorbei sein. Bei jeder Bewegung meiner Stiefel erklingt dieses saugende, schmatzende Geräusch, das mich daran erinnert, das ich noch Füße besitze. Knöcheltief versinken sie im Schlamm und buchstäblich sieht es aus, als sitze ich in der Scheiße. Die Latrine von Gevatter Tod. Er hat für uns die Hosen runtergelassen und scheißt uns mit seinem großen Arsch zu. Ob ich links oder rechts den Graben entlang schaue, es ist stets der gleiche Anblick. Verhärmte, frierende Gesichter. Sie wirken blutleer mit den stumpfem, stierenden Blicken, die auf die Wand aus Erde vor sich und in den Dreck zu ihren Füssen gerichtet sind. Alle sind

gespannt auf den Moment des Sterbens. „Achtung!“ ein knapper Befehl laut gebrüllt, der uns daran erinnert, das nun die nächsten dran sein werden. „Auf ins Paradies“, denke ich, „oder sind wir schon tot und das ist die nie endende Hölle?“

„ Macht euch bereit, auf mein Kommando!“

Es ist immer das Gleiche. Wir laden unsere Gewehre und stecken die Bajonette auf, wir liegen gegen den Graben gelehnt und warten. Anfangs dachte ich, dass ich mir gleich in die Hosen mache und tatsächlich war es dann so. Als beim nächsten Kommando dieses tierische hysterische Kampfgeschrei losging, um mich lauter Wahnsinnige, die es scheinbar nicht erwarten konnten, ihren Spieß in einen lebendigen Menschen zu rammen, hatte mein Arsch einfach schlapp gemacht. Ich bin trotzdem losgerannt, angesteckt durch das fanatische Geheul der anderen, während der stinkende Brei mir an den Beinen runterlief. Sie rannten wieder und ich hatte das Kommando überhört, ich starrte ihnen benommen hinterher. Ihre Gesichter hatten etwas dämonisches, so wie die Götzenstatuen auf dem Kölner Dom. „Looos!“ es war mein Kommandeur, der mich antrieb und mit einem Mal kam Bewegung in mich. Ich hangelte den Graben rauf, rutschte wieder ab, packte nach und kam auf Knien gekrochen oben an. Ich rannte hinter dem grölenden Pulk hinterher. Meine Stiefel waren schwer, als müsste ich sie mit jedem Schritt aus dem Boden reißen.

Die Franzmänner waren mit den Ersten auf einer Höhe. Schüsse fielen, Kanonenkugeln schlugen ein und die Erde bebte unter mir. Ich versuchte, durch den Rauch meinen Feind zu sehen, der Ruß stieg kratzend in meinen Hals und meine Augen brannten. Ein Schuss peitschte gleich an meinem linken Ohr vorbei und das Zischen vermischte sich mit dem Wutgeheul des erbitternden Kampfes. Es war das Grauen der ewigen Wiederholung, das meine Beine zum Erlahmen brachte. Um mich herum tobte das Chaos und ich stand da und fühlte mich, als ob ich nicht dazu gehörte. Ich wollte mich umdrehen und einfach gehen. Ich hatte dem Krieg mit einem Male den Rücken gekehrt, als ein Bajonett sich neben mir in den Boden rammte. Der, dem es gehörte gab einen lauten Fluch von sich und stürzte sich mit erhobenen Armen auf mich. Ich ging mit seiner Last unter und lag mit dem Gesicht im kalten Matsch. Die Luft blieb mir weg und ich drückte meinen Rücken durch, um ihn abzuschütteln. Ich jappte wie ein Weihnachtskarpfen und mein Gegner schleuderte mich auf den Rücken. Er musste Kräfte haben wie ein Bär. Dann sahen wir uns in die Augen und ich wünschte mir mehr denn je, diesen Krieg hätte es nie gegeben.

Wir waren beide wie erstarrt. Er wusste genauso gut, wer ich war, so wie ich ihn erkannte. Sein Gesicht war älter und hatte den gleichen Ausdruck wie das meiner Kameraden. Aber diese Augen waren immer noch die gleichen. Sie hatten ihr Feuer verloren und waren entsetzlich leer. Ein kurzes Aufflackern in seinem Blick ließ erahnen, zu welcher Leidenschaft er fähig war.

Ich sagte seinen Namen, doch nur meine Lippen formten ihn. Ich war nicht fähig, ihnen eine Stimme zu geben.

Ich starrte ihn an und dachte zurück an den Tag, als er genau so über mir kniete. Seine Augen waren ein Versprechen, ein loderndes Feuer seiner Erregung und in

Wolfgang Schultheiss

mir tobte die Angst vor der unbekannten Leidenschaft. Ich war erst 15 und noch unbedarft, ein Knabe der seiner Neugier folgte, während er schon ein Mann war und sein Begehren offen zeigen konnte. Seine Schwanzgröße jagte mir einen gewaltigen Schrecken ein und als er mit einem Finger zwischen meine Arschbacken fuhr und dann eindrang, wusste ich nicht mehr, was stärker war, der Wunsch einfach loszulassen und mich ihm hinzugeben, oder die Angst davor, dass ich genau das tun sollte.

Sein Kuss versprach mir die Hölle im Paradies und seine Lippen glitten sanft an meinem Hals bis zu meiner knabenhaften Brust hinab. Gegen ihn sah ich aus wie ein Frischling, der noch ein Wildschwein werden wollte. Seine Zunge spielte mit meinen kleinen Nippeln, kniff und zog an ihnen, dass ich mein Stöhnen nicht zurückhalten konnte.

„ Entspann dich,“ raunte er verhalten und sein Zunge hinterließ eine feuchte Spur über meiner Brust, den Bauch entlang hinab, bis er meinen jungfräulichen Schwanz mit seinem Mund umschloss. Ich biss mir fast die Lippe ab, so unerwartet heftig pulsierte mein Blut zum Herzen und das Echo dröhnte in meinem Kopf. Ich weiß, das ich immer wieder die gleichen Worte stammelte, aber bei Gott, es war nicht wichtig, was ich sagte. Nur das, was er tat, zählte. Er saugte und umspielte meine Eichel und ich glaubte mein Ständer würde gleich meinen Bauchnabel küssen und in den Himmel wachsen. Er hob den Kopf, hockte sich und spreizte meine Beine. Ich sah zu ihm hinab und meinen Ständer, der rot und pulsierend wie eine Einladung vor ihm aufragte. Er zog mich zu sich heran, dann beugte er sich langsam über mich und ich fühlte wie seine Schwanzspitze sich langsam in mich bohrte. Es riss schmerzhaft, doch nicht so sehr, das ich schreien musste. Mein Instinkt sagte mir, das es bald besser werden würde. Ich war

ihm ausgeliefert. Er bewegte sich erst langsam und zögernd und mit einem Male nahm ihn die Leidenschaft einfach mit. Er keuchte und zitterte und lag halb über mir, meine kindliche Hand legte sich auf seinen verschwitzten Rücken und ich führte ihn an meinem Schwanz. Ich wollte mitgerissen werden, auf seiner Ebene sein und seine Hand erfüllte mir all mein Verlangen. Wir waren beide geliefert.
Als es mir kam, hörte ich seinen unterdrückten,

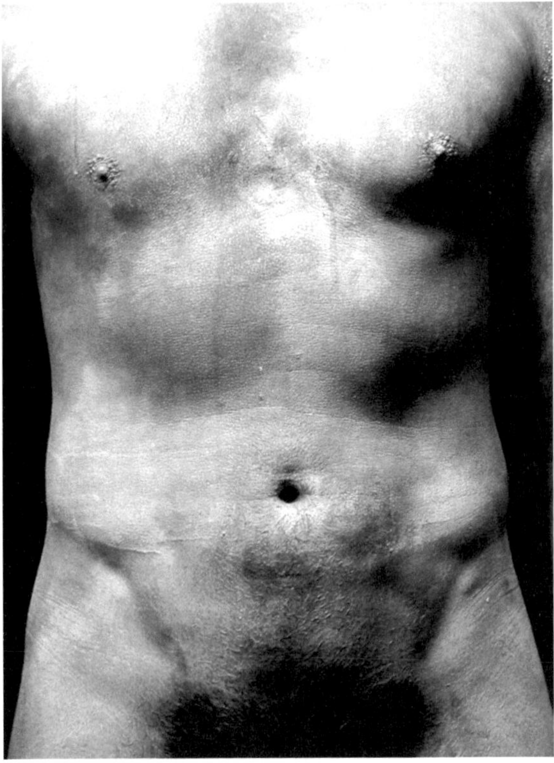

Achim Schmacks

gutturalen Schrei. Spürte, wie er sein Gesicht an meiner Brust vergrub und heftig in meinen rechten Nippel biss. Er ergoss seinen Saft in mir und ich schrie. Meine Sinne hoben ab und vereint mit dem Schmerz seines Bisses glaubte ich in Verzückung zu sterben. Mein Orgasmus trieb krampfartige Wellen durch mich hindurch, das ich später geneigt war zu glauben, das sogar meine Ohren sich zusammenzogen. Er hatte mich zärtlich betrachtet, so ganz voll der Liebe, durchgeistigt und ich hatte einen ganzen Sommer lang nur mit ihm geträumt.
Nun war er wieder über mir, ganz nah, für einen Moment öffnete er den Mund und kam auf mich zu, als wollte er mich küssen. Seine Iris drehte sich zum Himmel und Blut schoss ihm über die Lippen in mein Gesicht. Mit erstarrtem Entsetzten spürte ich das warme Blut in meinem kalten Gesicht. Ich registrierte sein von Überraschung gezeichnetes Stöhnen „Merde!"
Dann brach er über mir zusammen. Sein Gewicht drückte wie ein nasser Sack und es brauchte einige Sekunden, bis ich begriff, dass er tot war.
Einer meiner Kameraden hatte das Bajonett in seinen Rücken gerammt. Er hatte mir helfen wollen und verstand meine heftig fließenden Tränen nicht. Ich drehte ihn von mir runter und sah ihm betroffen in das magere, dem Schlaf so ähnliche Gesicht. Zum erstenmal hatte ich doch noch das Gefühl lebendig zu sein. Dieser Völkermord konnte mich nicht wirklich töten. Ich fühlte noch und das war das grausamste an diesem ganzen Krieg. Wir verloren das, wofür wir lebten, wir verloren die, die wir liebten.

Anja Müller

Ole P. Bremer

Martin

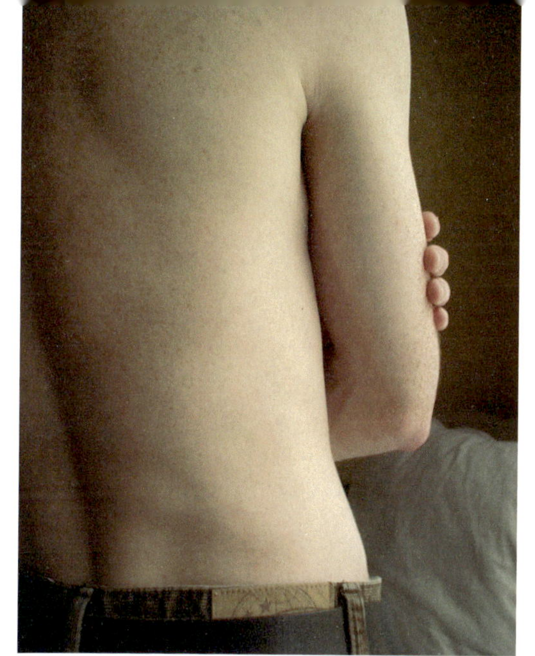

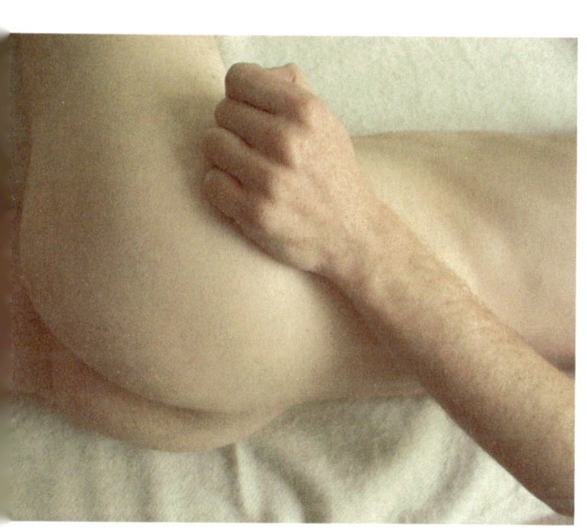

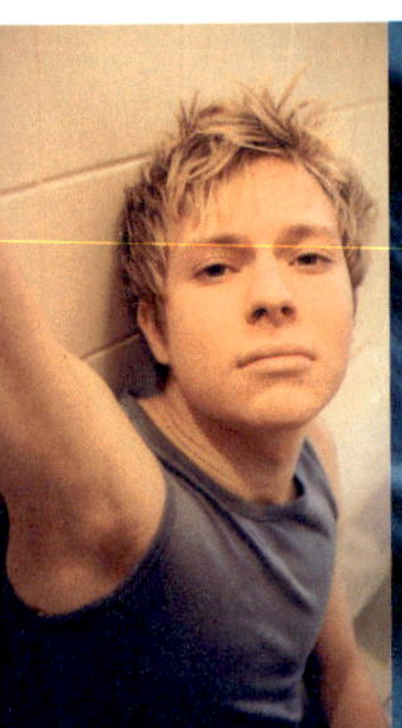

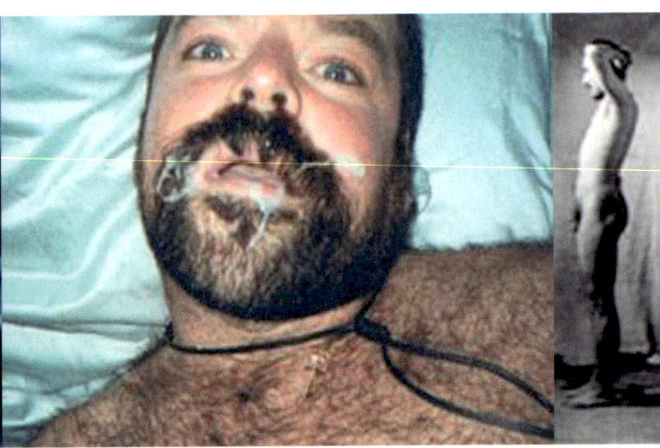

Ich hab zwar nicht so den sexuellen Draht zu Jugendlichen, finde aber das Bild von Anja Müller sehr schön und auch erotisch, weil der Junge darauf bis zur Anzüglichkeit entspannt erscheint. Peter Nathschläger

Sascha Wolf: „David“: Der Mann ist jung und hübsch, er ist (soweit sichtbar) unbekleidet, und er schaut auf eine Art, die mich „anmacht“. Ich würde ihn nicht von der Bettkante schubsen. Womöglich spielt noch mein Wissen eine Rolle, dass Wolf ausschließlich schwule Modelle verwendet. Im Übrigen finde ich an Fotos folgende Details erotisch: Knackige Hintern, gut geformte Männertitten, ausgebeulte enge Hosen, unter denen Lage und Größe des Schwanzes zu vermuten ist. Clemens Ismann

Ich finde es erotisch, weil es mich an die vielen heißen Nächte mit dem Mr. German Bär erinnert. Stephan Niederwieser

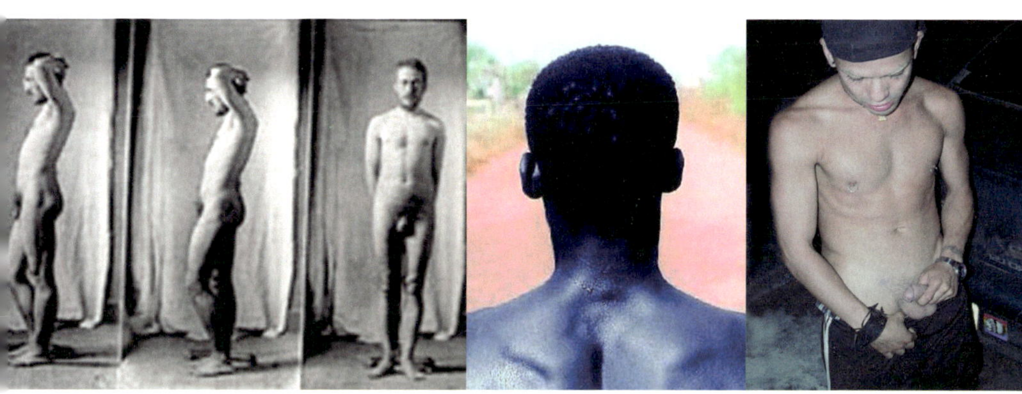

Ich finde Bilder nicht erotisch, sondern die Männer, die drauf sind. Wenn die dann in Szenen abgebildet sind, die ich erotisch finde: in den Treppenhäusern von Staatsopern, in Buchläden, Schneiderateliers und Kuhställen, also überall da, wo man gut Sex haben kann. her damit. Hingucker sind für mich auch alte Schwarzweißaufnahmen nackter Männer als Bewegungsstudien wie das hier von Eakins. Was mir an denen gefällt, ist, dass die Leute nicht nackt sind, um mich zu erregen, sondern aus einem anderen Grund; sie erregen mich nebenbei und ohne Absicht, vielleicht sogar gegen ihre Absicht. Andreas Marber

Die Straße rote Erde, in der Mitte schwarzer Mann, klares Ziel, markanter Umriss, kräftige Gestalt, aus den Haaren rinnen Tropfen, perlen auf der Haut, nach dem Bad, nachdem der Mann ganz nackt war. Tropfen perlen auf der Haut die Muskeln überspannt, die gezeichnet ist. Ohren so klein, dass du Öhrchen sagst, und: Schätzchen. Ein Nacken so stark und Schultern so breit, dass du am liebsten alles vergisst. Ich habe diesen Mann auch von vorne gesehen: geheimnisvolle Augen - spirit of africa malmende Kiefer, und selten ein Lachen.

Peter Tschihe

Ein Kind mit `nem Halbsteifen. Das Bild von Max Fathom hat mich an mich erinnert. Hilfe suchend. Ausgeliefert. Geil. Am einfachsten geht das so: Hinter die Karre, Schwanz raus, runtergucken. In Dallas, Texas. Markus Baaken

Dieses Foto finde ich erotisch, weil es mich an das wunderbare Gefühl rinnert, einen spritzenden Schwanz im Mund zu haben. So ein hartes, sich aufbäumendes Stück Männerfleisch, das WEGEN MIR die Kontrolle verliert, ist etwas, das mich stolz und glücklich macht. Kai Belina

Nackte Schwänze und Ärsche lassen mich kalt. Das Schönste am Menschen ist für mich nicht das Geschlecht. Verpackt man´s aber geschickt, bringt´s mich zum Glühen: was gibt es schöneres als ein praller Arsch, dessen Formen von einer knappsitzenden Jeans betont werden - wie auf diesem Bild von Dennis Wöhler. Wie glatt der Stoff anliegt - und dann diese Falten! Toll!“ Klaus Berndl

Das Foto zeigt den Sänger Peter Steele von der Band Type O`Negative. Es präsentiert für mich alles, was ich mit vollkommener Erotik verbinde. Dominante Männlichkeit, unterstrichen durch Muskeln, Tattoos, und ebenso anziehende Sinnlichkeit. (weiche, rote Lippen, markante Gesichtszüge). Der Touch von Romantik (Blumen, Kerzen), die verführerische Pose, sowie der mystisch - vampirische Blick, macht das Bild für mich zu einem exzellenten Genuss. Justin

Fasten your seatbelts“: Wolfgang Tillmans’ Fotografie „AA Breakfast„ (1995) ist eine immer wieder faszinierende, gleichbleibend erotische Momentaufnahme spontaner Geilheit und des sexuellen Übermutes. Eine Verschwörung zwischen dem Fotografen und seinem Objekt (sexueller Begierde). Und auch der Betrachter genießt noch deren Thrill, entdeckt werden zu können. Axel Schock

Tom Cruise als Lestat in „Interview mit einem Vampir“: Perfekt gespielt, der Vampir als etwas Sinnlich-Verbotenes. Leicht geöffneter Mund, Tom Cruise hat eh einen sehr schönen Mund. Auf dem Bild wirkt er auf mich dominant und alles andere als „glatt“ im übertragenen Sinn - absolut begehrenswert. (Und diese Ader auf der Stirn macht mich ganz verrückt). Simon Rhys Beck

Kraft und eine versteckte, eher kühl wirkende Zärtlichkeit gibt dem Bild von Anja Müller etwas Verhaltenes. Der melancholische Augenblick steht still und der Betrachter kann nur eines tun: schauen. Andy Claus

Peter Tschiche

Schweigen in der Neujahrsnacht

Er zieht die Hand aus mir heraus und wirft sich auf die Seite wie nach harter körperlicher Arbeit. Gekräuselte Haare bilden zwischen seinen Schulterblättern ein schwarzes Dreieck; in zwei Linien setzen sie sich den Nacken hinauf fort. Ali!
Wirbel wölben sich unter der Haut wie Perlen unter straff gespanntem Rindsleder. Die leichte Krümmung verflacht, wenn Luft in den Körper strömt, und nimmt mit jedem Ausatmen wieder zu. Ein hübscher Zyklus. Ich denke an Tod und Wiederkehr und beginne, mich zu entspannen.
Draußen steigen hin und wieder Raketen in den schwarzen Himmel. Ali und ich wollten gemeinsam den Jahreswechsel erleben. Fernab von Raketendonner und Sektseligkeit sollte unser Feuerwerk auf meinen latexbezogenen Polstern stattfinden. Ich mag den Schimmer von Alis Haut. Die fernen Explosionen tauchen sie vor meinen Augen in atemberaubendes Licht. Als ob Sonne durch bemalte Kirchenfenster bricht oder den Grund einer Südseelagune beleuchtet. In Indonesien bezahlte heute ein Mann aus Hamburg seinen letzten Tauchgang mit dem Leben. Er wurde von einem großen Fisch durch Bisse so schwer verletzt, dass er zwar noch ans rettende Ufer gebracht werden konnte, dort aber verblutete. Die indonesische Fremdenverkehrsbehörde zeigte sich ratlos. Im betreffenden Gewässer kämen Haie eigentlich nicht vor. Vielleicht ein Riesenbarsch.
Wie hieß noch der Radiosprecher, der die Nachrichten las? Bei seiner Stimme werde ich ab heute wohl immer an die Kugeln denken müssen, die ich mir während der Nachrichten eingeführt habe. Ali hätte zwar jeden Moment klingeln können, doch der Riesenbarsch, mein Riesenarsch, musste Futter kriegen, unbedingt, augenblicklich. Diese Kugeln sind einfach unglaublich: groß wie Hühnereier und schwer wie Stein. Aus welchem Material die bloß sind? Sehen aus wie riesige Bernsteinklunker. Und fühlen sich immer irgendwie warm an. Was einem die lieben Eltern so alles aus dem Urlaub mitbringen. Waren Mami und Vati auf dem Mars, ohne mir davon erzählt zu haben? Ich stopfte mir gerade die dritte Kugel rein, als das vom Riesenbarsch gebracht wurde, und hätte sie vor Lachen beinahe wieder ausgespuckt. Das hat ganz schön gezwickt. Tod und Wiederkehr. Aber ausgerechnet ein Riesenbarsch. Jetzt bloß nicht lachen, Ali könnte das falsch verstehen. Alis Arsch ist knackig und genauso stark behaart wie sein Rücken. Er rasiert sich die Kimme nicht. Weshalb atmet er jetzt so heftig? Die Glocken läuten. Willkommen! Jetzt bitte den Neujahrsorgasmus. Und schon geht die Knallerei so richtig los. Aus und vorbei das Vorgeplänkel, mit dem die Blödmänner von Kindern, Jugendlichen und Rowdies einem schon den ganzen Tag auf die Nerven gehen. Obwohl ich davon gehört habe, dass hier lebende Ausländer, die aus dem Osten kommen, ihre Böller und Raketen dann zünden, wenn in ihrer Heimat der Jahreswechsel

Tamas Moricz

begangen wird. Dann hätte ich Türken, Kasachen und Chinesen zu verdanken, dass ich den ganzen Abend über Alis seidigen Körper bei bizarrer Beleuchtung betrachten konnte.

Wie wunderbar einfach es lief, ich hatte nur rechtzeitig daran denken müssen, Anfang November. Eine peppige Anzeige in die Gazette mit den meisten Kontaktanzeigen. Etwa so: „Mit irrem Orgasmus das neue Jahr begrüßen ...“ oder: „Hengst für Silvesterritt gesucht ...“ oder: „Wer spritzt mit mir, M, 28, schlank, p, ins neue Jahr?“ Die Zeitung war gerade raus, da hatte ich Ali schon an der Strippe.

Glocken läuten, Raketen heulen, die Tiere schreien. Ali atmet schwer, dass ich beim besten Willen keinen klaren Gedanken fassen kann, zumindest keinen erbaulichen, wie es sich für die Silvesternacht gehört. Weint er etwa?

Die Tiere weinen auch. Sie schreien wie am Spieß. Ali, der arabische Hengst. Dieses Bild hatte ich von ihm, solange wir telefonierten. Bei unserem blind date in der Kneipe geriet ich über seine Herkunft in Zweifel, und er wollte nicht darüber reden. „Deshalb will ich mit dir ja Silvester verbringen.“ Aus seiner Erklärung bin ich bis heute nicht schlau geworden. Inzwischen habe ich mich vom Araber verabschiedet, Ali ist nicht beschnitten. In seinen Adern kann das Blut der ganzen Welt fließen.

Atempause. Ich höre das Vieh schreien. Jetzt hätte ich Lust auf Mortadella. Ob ich uns zur Stärkung ein paar Häppchen machen soll? Wir haben noch nicht mal angestoßen. Ali wurde am Telefon schon so zutraulich. Außerdem gab er mir in der Kneipe das Gefühl, mich am liebsten gleich begleiten zu wollen. Damit wäre das Spiel vollends hinüber! Und das Spiel hieß nun mal Silvesterfick.

Tamas Moricz

Optimalerweise hätte ich es mit einem Wildfremden gespielt, aber das ist nur bei Cadinot möglich. Ali wollte mich vorher zumindest einmal gesehen haben, deshalb das Treffen. Er hatte es geschickt angestellt, dass es nicht nur bei einem Bier blieb. Hat Ali sich in mich verknallt?

WUUUMMMM!!! Ein Kanonenschlag direkt vorm Fenster. Ali ist genau so erschrocken wie ich. Er fährt hoch und fischt nach seiner Uhr auf der Fensterbank. Er ist nicht besonders geübt. Um ehrlich zu sein, war es für ihn heute das erste Mal. Was ich bei anderen als besonderen Reiz erleben kann, empfand ich bei ihm als Geduldsprobe. Mir war heute nicht nach Exerzitien. Doch solange er mir keine Schmerzen zufügte, wartete ich ab. Vielleicht würde er den richtigen Dreh ja noch finden. Er fand ihn nicht. Was er machte, war wie ein Stochern im Nebel. Da nützte mir weder Poppers noch Positionswechsel. Ich kam mir schon vor wie einer dieser Pornoprotagonisten, die mehr Hektik als Erotik verbreiten: Auf den Rücken, auf die Knie, Knie hinter die Ohren, Beine gestreckt und gespreizt in die Luft. Ich war nicht mit seiner Handarbeit, sondern mit meinen zunehmenden Verspannungen beschäftigt.

Jetzt hat er seine Armbanduhr mit Crisco beschmiert. Ach, Ali. Er verlässt

das Zimmer, will sich waschen. Mein Loch ist noch flutschig. Ich fahre drüber hinweg, lasse einen Finger nach dem anderen darin verschwinden. Wenn es nicht so anstrengend und unbequem wäre, ich könnte auf Typen wie Ali verzichten. An der Zimmertür haftet der Stryker-Dildo. Vom Herausgehen meines tölpelhaften Fisters wippt er noch. Er winkt mir zu.
Eine Kaskade von Knallfröschen. Es zischt und knallt. Dazu schreien die Tiere. Katzen und Hunde geraten an jedem Silvester in Panik und laufen davon. Der Tiernotdienst muss Sonderschichten schieben. Sagte mein Nachrichtensprecher. Und er verschwieg, dass Schweine und Kühe nicht nur zum Jahreswechsel schreien, sondern in jeder Nacht, bevor sie unters Messer kommen. Sie wittern nämlich das Blut. Selbst in dieser einzigartigen Nacht, denn auch morgen sollen Mortadella und Schinken wieder frisch auf den Tisch kommen. Manchmal, wenn ich mit einem Typen zu Gange bin und wir was eingeschmissen haben, machen mich die Schreie richtig an. Dann denke ich: „Reiß mich auseinander, schlachte mich!"
Schleif mich, Ali! Lass gut sein, ist halt nicht jedermans Sache! Vielleicht kommt Ali einfach nur von Albert, Alois, Albrecht. Wie er jetzt in der Tür steht, sieht er eigentlich ziemlich normal aus. Und verdammt niedlich. Er wischt die letzten Wassertropfen an seiner Hose ab. Er will also gehen. Er starrt auf die leere Stelle an der Tür, blickt suchend auf den Boden. Ob er befürchtet, aus Versehen den Gummischwanz abgerissen zu haben? Auf dem Boden liegen nur gebrauchte Papiertücher und Pariser. Er hat mich gut gefickt, keine Frage. Für den Einstieg war das genau richtig, warm gemacht hatte ich mich. Und seine Lippen, die er jetzt ratlos schürzt! Er küsst so gut wie kein anderer. Bestimmt glaubt er, dass ich mich nicht von der Stelle bewegt habe, während er pissen war und sich angezogen hat. Und bestimmt wundert er sich jetzt, wo das mörderische Teil abgeblieben ist. Mörderisches Teil - so hat er den Stryker-Schwanz genannt, als er zum ersten Mal ins Spielzimmer kam. Er sieht so rührend aus in seiner hilflosen Art. „Ali", könnte ich sagen, „such nicht weiter, ich habs mir auf dem Dildo gemütlich gemacht." Ali, du hast so schöne Hände. Von deinen Handgelenken, deinen Unterarmen hätte ich gerne mehr gehabt.
Das war nun ein Hilfeschrei. Ich tippe auf Kalb. Ich sehe den Schlachter vor mir. Schlachter haben Schlachterhände und solche Arme. Mein Schwanz zuckt und ich kneife unwillkürlich den Arsch zusammen. Der Stryker sitzt nicht gut, irgendwo scheuert er. War wohl mit dem Crisco zu sparsam. Wenn Ali weg ist, werde ich den Stryker gegen den nächst größeren Dildo austauschen und den dann wieder gegen einen größeren. Meine olympische Disziplin. Was Ali wohl zu denen sagen würde? Mörderteil, Monsterteil. Pferde-, Elefanten-, Dinosaurierschwanz. Schlachterfaust. Wie gerne würde ich mich jetzt an den Fleischerhaken hängen. Und dann käme ein Karl oder Fietje, ein Kerl wie ein Vieh, die Ärmel hoch gekrempelt, in Gummistiefeln und so einer Schürze. Bloß raus mit diesem Stryker-Mikropimmel und rüber ins Schlachthaus. Ich habe den Geruch von Blut schon in der Nase. Das bringt mich runter.
Ali steht in Jacke da. Jetzt will er gehen. Komm, Ali, zum Abschied noch einen Kuss, vielleicht kriegen wir ja noch die

Kurve. Mir kommt die verrückte Idee, die Nacht mit ihm zu verbringen. Das neue Jahr fängt ja gut an. Komm, Ali, auch wenn wir dieses Spiel nicht zusammen spielen können. Aber es gibt noch andere Spiele, und darüber hinaus. Ali, wein doch nicht. Menschen stecken sich gegenseitig was in die Körperöffnungen. Mal ist es höchste Wonne, mal ist es Pein. Bei dir war es noch was Anderes. Du kannst das einfach nicht, das ist aber doch kein Grund zu heulen. Mit dem Fisten ist das eh so ein Ding, beim Fisten an den Richtigen zu gelangen, ist mindestens ein Vierer im Lotto. Ali, du warst ein Dreier, wenns hoch kommt, du hast mir kein Glück gebracht. Nicht hierbei. Aber du küsst so gut, du fickst wie eine Eins, du kuckst so süß, auch wenn du gerade geweint hast, ich liebe den Schimmer deiner Haut - auch ohne Raketen. Das hatte er sich in der Kneipe nicht nehmen lassen: mich zum Abschied zu küssen. Beinahe wäre ich eingeknickt, schon damals, und hätte den Silvesterfick abgehakt. Wenn mir jemand was bedeutet, kann ich mit ihm diese Sauereien nicht mehr machen. Es ist seltsam: entweder gehört ihm mein Arsch oder mein Herz. Wenn ich jemanden mag, ficke ich ihn auch. Ali greift zur Klinke. Ali, könntest du dir vorstellen, dass ich dich ficke? Sieh mal hier, wenn ich an deinen behaarten Hintern denke, steht er mir! Ali zieht die Tür hinter sich zu. Ali, wieso kriege ich kein Wort heraus?

Ich stehe mit zusammengepressten Arschbacken vorm Fenster. Wenn es kalt ist, dient der Blumenkasten draußen als Depot für meine Poppersfläschchen. Ich tausche das warm gewordene Ram gegen ein kühles Rush aus. Da unten steht Ali und zieht sich Zigarretten. Er hat den ganzen Abend über nicht geraucht. "Ali, du hast was vergessen!" Ich halte den Mund, ich verstehe mich nicht. Wieder ein Kracher! Ich dachte schon, es sei vorbei. Ali schlägt den Kragen hoch und rennt davon. Jetzt ist es endgültig zu spät. Ich lass die Schultern hängen. Mir flutscht der Stryker raus und kullert wie eine große Murmel bis in die Zimmerecke. Das kann zwar nicht sein, ich schau trotzdem nicht hin. Und schon wieder dieser Blutgeruch. Am Himmel explodieren immer seltener Feuerwerkskörper. Im Haus gegenüber brennt noch Licht. Da steht Thomas. Thomas, mein heimlicher Beobachter. Er hat von seinem Hochbett aus genauen Einblick auf meine Spielwiese. Letztes Jahr irgendwann stand er vor meiner Tür und stellte sich als der Spanner von Gegenüber vor.

Ich hatte zwar mitgekriegt, dass immer dann, wenn ich einen Typen mit zu mir nahm, egal zu welcher Nachtzeit drüben Licht brannte, hatte mich aber weiter nicht drum gekümmert. Wieso sollte auch nicht noch ein stiller Beobachter sein Vergnügen haben, wenn ich mich durchknallen ließ. Und mitten beim Akt lag mir überhaupt nichts daran, einen unbekannten Nachbarn als Voyeur zu entlarven. Er stand also in der Tür, lud sich zu mir ein und frischte meine Erinnerungen an mehr oder weniger glamouröse Eskapaden auf. Seine Direktheit fand ich unwiderstehlich. Damals. Wir landeten auf meinem Bett, merkten aber nach wenigen Minuten, dass wir es bei der bisherigen Rollenverteilung belassen sollten: er auf dem Hochbett, ich mit aufgerissenem Arsch. Mir machte das Spaß, ich sah es als Spiel, das wir immer mehr ausbauten. Vielmehr baute Thomas es aus, für mich änderte sich nur insofern etwas, dass ich nun wusste, wer mir auf den Hintern kuckte. Thomas entwickelte

einen regelrechten Spieltrieb. Vorläufiger Höhepunkt seines Einfallsreichtums war, mit großen Papptafeln am Fenster zu erscheinen, wenn mein Stecher aus dem Haus war. Dann spielte er Preisgericht. Thomas ist loyal genug, mich bei der Wertung außer Acht zu lassen. Heute steht er ohne nummerierte Pappen da. Er tippt sich überdeutlich an die Stirn. Auch er scheint beleidigt zu sein. War Ali beleidigt? Thomas hat noch mehr Papptafeln. Zum Beispiel eine, auf die er eine Flasche gemalt hat. Die hält er jetzt hoch, Gott sei Dank. Dann kann ich ja doch noch aufs neue Jahr anstoßen.

Bleib in Stimmung, sage ich mir und krame den four-inch-bud-plug hervor. Der hält von selbst. Es kostet mich mehr Mühe als mir lieb ist, ihn rein zu kriegen. Obwohl er ganz anders geformt ist als der Stryker, spüre ich wieder dieses Kratzen von vorhin. Hat Ali in mir was kaputt gemacht? Bei seinem Geschick ist ihm das zuzutrauen. Meine geile Stimmung jedenfalls hat er kaputt gemacht. Trotzdem bin ich ihm nicht böse. Seine Küsse. Der Schimmer seiner Haut. Da ich es mir nun einmal in den Kopf gesetzt habe, das neue Jahr mit einem Orgasmus zu beginnen, behalte ich den Stöpsel im Arsch. Vielleicht finde ich noch den Dreh. Mit Thomas werde ich mich schon wieder in Stimmung trinken. Die passive Haltung beim Sex hat einen Nachteil: ich kühle aus. Aber jetzt ist mir kälter als sonst. Hat sich eben alles viel zu lange hingezogen. Thomas verfügt über eine große Auswahl an Spirituosen. Bevor ich zum autoerotischen Endspurt ansetze, wäre ein aufheizendes Getränk genau das Richtige.

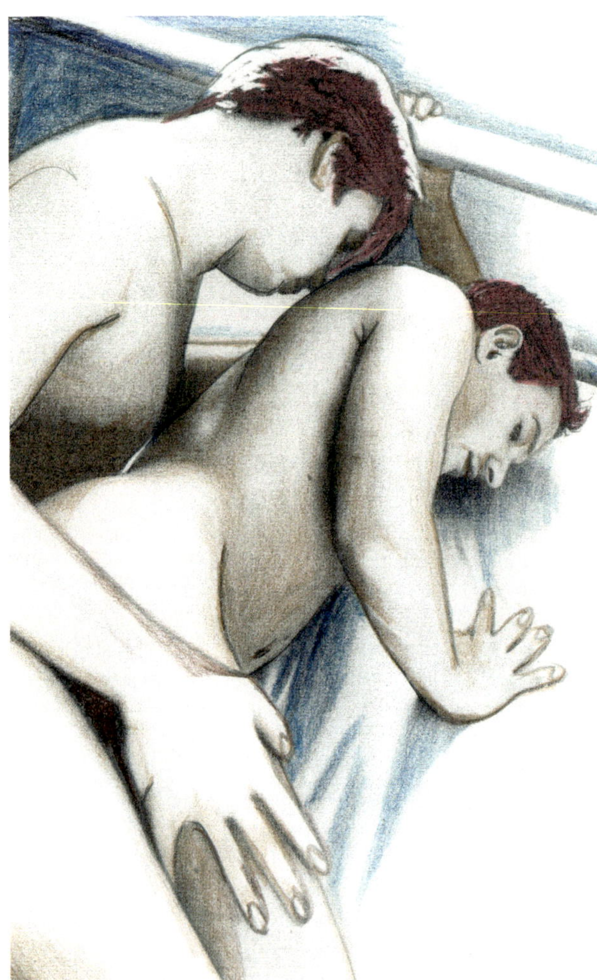

Anja Müller

Das Fenster in seiner Küche gibt den Blick frei auf den benachbarten Schlachthof, einem düsteren Backsteinbau, der nachts in einem beklemmend gelben Licht erstrahlt. Unsichtbaren Düsen entströmt Wasserdampf. Über einem Kessel tanzt die Flamme von verbrennendem Biogas. Das Werkstor quietscht, ein Viehtransporter verlässt das Gelände. Es kommt mir immer so vor, als ob die LKW-Fahrer vor dem Gemetzel fliehen, für das sie gerade Ware angeliefert haben.

Thomas schließt das Oberlicht. „Ich habe mir die Box von Yoko Ono besorgt. Da gibt es ein paar sehr interessante Stücke." Er legt London Jam auf. Das ist wirklich die passende Untermalung für unser Heimkino. Die lange Fensterfront der Schlachthalle lässt uns, mit Thomas' Worten, „aus sicherer Entfernung Zeugen des mechanisierten Grauens sein." Die Tötung selbst bleibt uns erspart. Im Fenster außen links kommt das bereits gehäutete Vieh kopfüber ins Blickfeld. Hinterm dritten Fenster werden die Tiere der Länge nach aufgeschlitzt, hinterm nächsten ausgeweidet. Von den Metzgern ist meist nur der Rücken zu sehen oder, wie gerade jetzt, Arme, die in Gedärme langen. Ich presse meinen Schließmuskel zusammen, dieses Kratzen in mir wird allmählich lästig. Ich ändere die Sitzposition, bin aber zu faul, bei Thomas aufs Klo zu gehen und mich vom bud-plug zu trennen. Außerdem will ich das nicht. Der Cognac hat mich bereits aufgewärmt. Ich muss nur noch ein bisschen warten, dass er sich bis in den untersten Bereich meines Verdauungstraktes auswirkt. Wird schon! Ich versuche mich auf das Geschehen hinter dem Fenster ganz rechts zu konzentrieren, wo die „makellosen Hälften wie Kunstobjekte an einem Kettensystem entlangschweben und nach der Krümmung des Bandes dem Blick des Betrachters entschwinden." Thomas ist ein Freund ironischer Beschreibungen. Ansonsten versteht er sich, anders als bei unserem ersten Abend, aufs Schweigen, was ich sehr angenehm finde. Nach meinen Exzessen habe ich nämlich meist keine Lust zu reden. Und er auch nicht. Außerdem kennt er Seiten von mir - was sollen wir da noch groß palavern. Aber heute ist es anders, vielleicht stimmt ihn der Jahreswechsel sentimental. Er hat die Musik abgestellt und kuckt ähnlich bedröppelt wie Ali vorhin. Ach Ali! Kaum denk ich an dich, zwickts mich. Ich finde einfach nicht die richtige Sitzposition.

Thomas sieht zum Schlachthof hinüber und sagt: „Das wird denn ja wohl die letzte Vorstellung gewesen sein. Irgendwie schade, finde ich." Ich kriege einen Schreck. Soll der Schlachthof dicht gemacht werden? Die Vorstellung, in Zukunft auf die Nähe von Schlachtern verzichten zu müssen, versetzt mir einen Stich. Ich spüre ihn ganz deutlich in meinen Eingeweiden. Doch Thomas spricht nicht vom Vieh und nicht von Metzgern. Er meint mich. Und während er die Papptafel mit der Höchstwertung zerreißt, sagt er: „Ich habs gleich kommen sehen, als dieses Kerlchen heute die Bühne betrat. Das konnte einfach nicht gut gehen. Ich habe noch nie erlebt, dass du mit einem Kerl eine halbe Stunde lang nur knutschst."

„Mach mal halb lang!" Anscheinend sind alle in dieser Nacht zu Tränen gerührt. „Ich übertreibe nicht. Ihr habt angefangen euch abzuküssen, als ich gerade die vierte CD der Ono-Compilation reingeschoben hatte, und beim vorletzten der 18 Stücke erst aufgehört. Ich habe dich auch noch nie so selig gesehen, wenn einer seinen Schwanz in dein Loch steckt, und dann auch noch, bei aller Liebe, so einen Streichholz von Schwanz, wie dein Dingsda einen hat. Sei ehrlich, der ist doch gebaut wie ein Kind. Wie du den dazu gebracht hast dich zu fisten, ist mir ein Rätsel. Und warum? Dass das in die Hose gehen musste, ist dir ja wohl von Anfang an klar gewesen." Thomas hat Recht. Ali zu küssen, war das Schönste. Und als er mich fickte, habe ich nur gedacht, gleich ficke ich dich. Das war das Geilste. Und dann? Ich glaube, dann hat die Kirchturmuhr elf geschlagen. Ich habe mitgezählt und dachte: jetzt komm mal in die Hufe.

Thomas nimmt die Pappe mit der aufgemalten Flasche. Gott sei Dank, er zerreißt sie nicht, sondern stellt sie zur Seite. „Um Punkt elf Uhr bist du aufgesprungen," sagt er mit gebrochener Stimme und vorwurfvollem Unterton. „Du warst wie ausgewechselt. Total mechanisch bist du an deine Spielzeugkiste. Du hast ihm das Crisco regelrecht aufgenötigt. Und schon hingst du am Poppersfläschchen." Vor Thomas Füßen hat sich mittlerweile ein Haufen von Pappschnipseln gebildet. Mir ist schwummerig geworden. Ich frage: „Du meinst...?"

„Du hast dich verliebt, mein Lieber. Das steht fest. Du hast den Dreh nur noch nicht gefunden."

Wie gut, dass ich schon sitze. Aus Thomas Mund spricht meine innere Stimme, das Blut sackt mir in die Beine. Ich habe mich in Ali verliebt, große Güte. Thomas ist ein guter Beobachter und seine verdammte Direktheit haut mich um. Aber wieso hört er bloß so seltsame Musik? Ist das noch das Geräusch von

reißender Pappe oder schon wieder Yoko Ono? Ein einziges Rauschen. Heute ist Thomas aber wirklich gesprächig. Jetzt fängt er wieder an zu deklamieren. Wovon redet er? Von der Kugel. Der Weltkugel? In Indonesien schwimmt ein Fisch. Thomas redet von vielen Kugeln, vielleicht vom Sonnensystem. Papi und Mami waren auf dem Mars. Das muss meinen Dingsda überfordert haben. Ali? Er nennt ihn Kugelfischer. Thomas kommt mir heute ein bisschen gaga vor. Ali heißt mit Nachnamen doch gar nicht Kugelfischer. Yoko Ono rauscht immer lauter. Und so undurchdringlich. Thomas bewegt die Lippen und ich kann ihn nicht mehr hören. Was flüstert er? Jetzt gehen auch noch die Lichter aus. Thomas, bitte stell das ab. Nichts gegen Yoko Ono, aber... Thomas? Was machst du denn jetzt? Du erzählst mir, ich sei in Ali verliebt, warum steckst du mich dann in dein Bett? Dass zwischen uns nichts läuft, weißt du doch. Und mit Kaffee kriegst du mich bestimmt nicht rum. Wie kommst du denn jetzt auf Kaffee? Thomas, du hast eine Fahne.
„Hey, Alter, da bist du ja wieder. Dass Liebe einen so umhaut, ich dachte, das gäbs nur in Schlagern. Aber mal im Ernst: Du solltest auf deinen Blutdruck achten." Probt Thomas für den Hörfunk? Das wäre jetzt der Part einer Krankenschwester gewesen. Wir haben zusammen noch nie Kaffee getrunken. Er weiß nicht, dass ich keinen Zucker nehme. Trotzdem, das Zeug, das er mir einflößt, tut irgendwie gut. Ich muss eingenickt sein. „Soll ich dich nach drüben begleiten?" Thomas spielt ww. Er ist wirklich besorgt.
„Gegenfrage: Weißt du, was mit Tauchern in Indonesien passiert?" Thomas zuckt mit den Schultern. „Ich erzähls dir morgen. Prost Neujahr und tschüss."
Das habe ich ja noch gar nicht gehabt. Weiche Knie, wacklige Beine. Ich bin verliebt, was soll man da auch anderes erwarten. Prost Neujahr. Doch bevor ich in den Hafen der Ehe einfahre: Endspurt. So was von vorgedehnt wie in dieser Nacht war ich noch nie. Dann wird es ja gleich flutschen wie nix Gutes. Auf Olympia kann ich verzichten. Der Four-inch-bud-plug sitzt ausgezeichnet, obwohl ich ihn schon gar nicht mehr spüre, zumindest kratzt er nicht mehr. Ich werde weitermachen, wo mein Süßer aufgehört hat, und gleich zur Gummifaust greifen. Rauf aufs Latex, drüber über den Spiegel, damit auch das Auge was davon hat, wenn ich mich zu ersten und letzten Mal im neuen Jahr selbst bediene und diese geil eingefettete Gummifaust in mein ausgeleiertes Loch ramme. Aber zuerst seh ich mir an, wie ich den Four-inch-Popostöpsel ausscheiße. Puh! Das Teil sitzt echt stramm, diese Dehnung von Null auf Hundert verlangt schon ein rektales Maß an Geschicklichkeit, ein anales Quäntchen Behutsamkeit. So dick und fest wie der buttplug ist eben kein Köttel, das weiß auch mein Schließmuskel. Aber da kommt er! Wie eine fette Kugel. Ein bisschen Gegendruck jetzt. Ganz langsam, nicht zuviel. Das ist wie eine Geburt. Komm, Baby, zeig mir deinen dicken schwarzen Kopf. Nur noch ein kleines Stückchen. Ahh! Da ist mein Baby. Und das die Nachgeburt. Ein Schwall von Blut überschwemmt den Spiegel und Kugeln schlagen ihn in Stücke. Es klingelt Sturm.

Kingdome 19

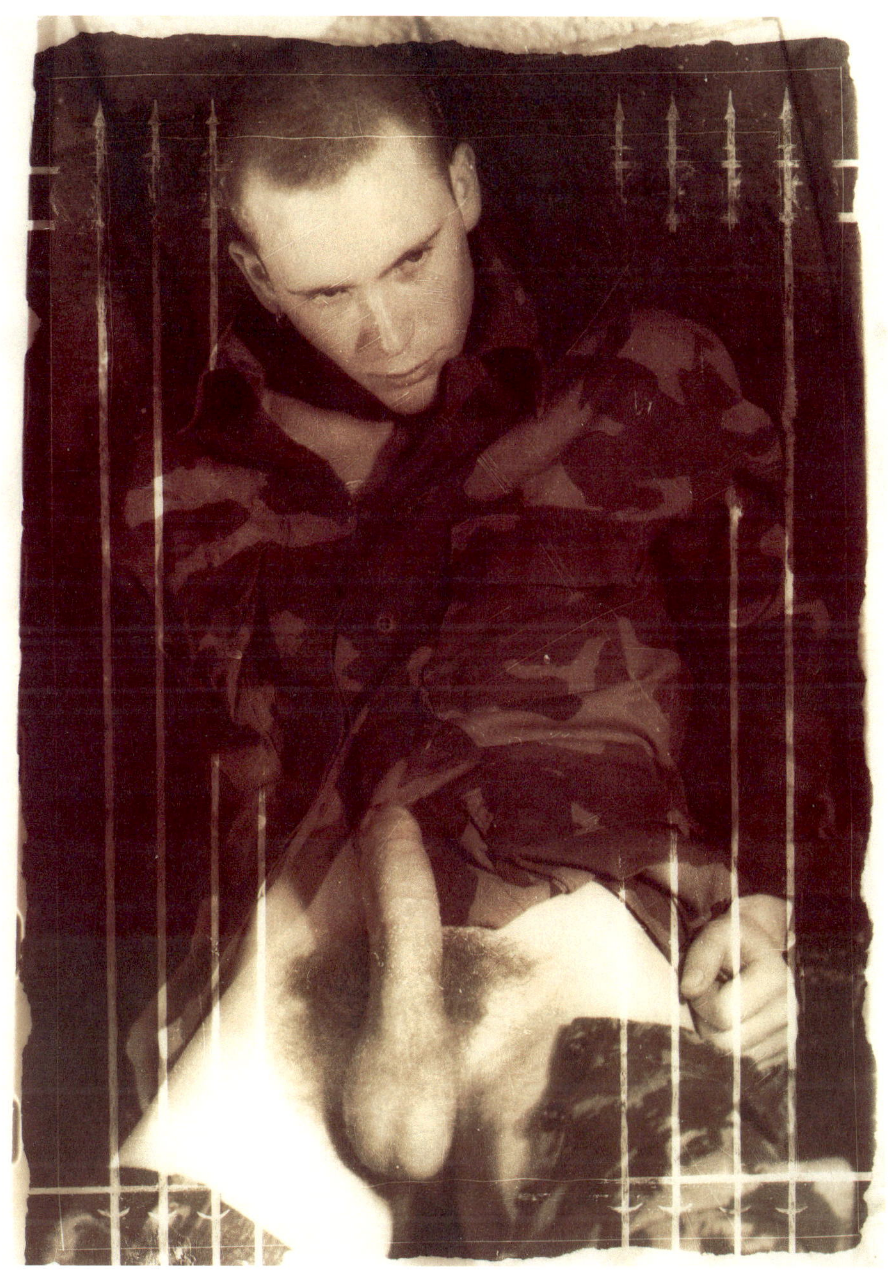

TAKE CARE OF ME

Bk 4059869 0545
LOS ANGELES POLICE: HWE

Anja Müller

Dirk Ludigs

Die jungen Prüden

Warum die schwule Revolution von ihren Kindern gefressen wird

„Die Befreiung des Schwulen ist die Befreiung des Spießers in ihm". Danneckers Worte sind keine Stoßseufzer eines alten Revolutionärs im Zeitalter von Homo-Ehe und Adoptionsstreit. Sie stammen vielmehr aus den frühen Siebzigern und waren durchaus prophetischer Natur. In seinen Kommentaren zu Rosa von Praunheims Film „Nicht der Homosexuelle ist pervers..." fasste er die Situation der Schwulen damals so zusammen: „Schwule wollen nicht schwul sein, sondern sie wollen so spießig sein und kitschig sein wie der Durchschnittsbürger. Sie sehnen sich nach einem trauten Heim, in dem sie mit einem ehrlichen und treuen Freund unauffällig ein eheähnliches Verhältnis eingehen können. Der ideale Partner muss sauber, ehrlich und natürlich sein, ein unverbrauchter und frischer Junge, so lieb und verspielt wie ein Schäferhund. Da die Schwulen vom Spießer als krank und minderwertig verachtet werden, versuchen sie, noch spießiger zu werden, um ihr Schuldgefühl abzutragen mit einem Übermaß an bürgerlichen Tugenden. Sie sind politisch passiv und verhalten sich konservativ als Dank dafür, dass sie nicht totgeschlagen werden."

Heute darf man schwul und spießig sein. Den Kampf um die schwule Gleichberechtigung haben die Revolutionäre geführt und die Kleinbürger gewonnen. Statt die gesellschaftlichen Verhältnisse zum Tanzen zu bringen, retten Homos jetzt die Kleinfamilie als gesellschaftliches Konzept ins 21. Jahrhundert. Gleichzeitig explodierte in den vier Jahrzehnten „schwuler Befreiung" die Subkultur zu einem gigantischen Markt unter der Regenbogenflagge, auf dem alles verkauft wird, was dem Ficken dient: Pillen die schön machen, Alkohol, der enthemmt, Mode, die aufreizt. Damit sind Schwule nach vier Jahrzehnten definitv in der gesellschaftlichen Mitte und ihrer Doppelmoral angekommen.

Ermöglicht wird die schwule Spießigkeit vom Konzept der Verhandlungsmoral, wie es sich während der Achtziger als Antwort auf Missbrauchsdebatte und Aids-Krise in der Gesellschaft durchsetzte. Die Rückkehr in die Verbotewelt der Fünfziger Jahre konnte damit verhindert werden, denn nicht die Wiedererrichtung von Tabus, sondern die Zähmung der als gefährlich und gewalttätig betrachteten Aspekte der Sexualität, ihre Handhabbarkeit, war das erklärte Ziel. Erlaubt und abgesegnet sollte Sex sein, wenn er sauber und sicher und frei von Abhängigkeiten stattfindet.

Sadomasochismus ist ein gutes Beispiel für diese Veränderung. War SM für die Eltern der 68er noch eine Perversion, der Sadist ein Gewaltkrimineller, der Masochist ein psychisch Kranker, so ist SM für die Kinder von 68 eine sexuelle Spielart, vorausgesetzt, die Beteiligten handeln ihr Tun untereinander aus. Sagt der Maso: „Quäl mich!" Sagt der Sado:

„Okay!“ Sagt der Maso: „Wenn ich Stopp sage, hörst du auf.“ Sagt der Sado: „Abgemacht.“ Solange es so funktioniert, ist ein bisschen Haue geradezu schick. Wehe aber, es riecht nach der Ungleichwertigkeit von Sexualpartnern! In den Siebzigern kämpften Pädophile an der Seite von Schwulen und Lesben um ihre sexuelle Befreiung. In den frühern Neunzigern hingegen wurden Pädophile aus den schwullesbischen Gruppierungen herausgemobbt. Mit deren schmutziger, unverhandelbarer Sexualität wollten die frisch anerkannten Homos nun nichts mehr zu tun haben, ihr Aufenthalt in der homosexuellen Bürgerrechtsbewegung gefährdete die Befreiung des Spießers im Schwulen.

Kinder können keine eigene Sexualität oder gar sexuelle Wünsche hegen, so die gängige Lehrmeinung, deshalb sind sexuelle Kontakte zwischen Kindern und Erwachsenen per Definition ausbeuterisch. Der Soziologe Rüdiger Lautmann schrieb 1994 in seinem Buch „Die Lust am Kind“ dagegen an, und grenzte Pädophilie gegen sexuellen Missbrauch und Inzest ab, er tat sich keinen Gefallen damit. Die Verhandlungsmoralapostel zerrissen ihn in der Luft. Pädophilie bleibt ein Tabuthema, basta. Wehe dem, der auch nur wagt, eine Diskussion darüber anzuregen. Er riskiert die schöne neue Sexwelt.

Schade nur, dass Sexualität so nicht funktioniert. Sex hat fast immer mit Gefühlen zu tun, mit Abhängigkeiten, mit Dunklem, Betörendem. Die Gleichwertigkeit der Partner ist ein Ideal, das es in der Wirklichkeit nicht gibt. Fast immer ist unser Sex eingebunden in ein Geflecht aus zwischenmenschlichen Abhängigkeiten, Begehrlichkeiten und fast immer ist er auch ein Spiel um Macht.

Das Ergebnis der Entwicklung: Einerseits sind die Sexangebote in unseren Großstädten zu maßgeschneiderten Freizeitangeboten für Sexjunkies jeder Couleur mutiert. Andererseits gilt es fast schon als menschliche Schwäche, vom Erotischen noch erotisiert zu werden. In den Zwanzigern reichte es, ein Knie zu sehen, um heiß zu werden, heute haben wir einen Grad an Gewöhnung erreicht und wird eine Beherrschung von uns verlangt, dass uns die Fickenden auf dem CSD bitteschön kalt lassen. Je mehr Sex zum Marken- und Billigartikel wird, angeblich folgenlos konsumierbar, enttabuisiert und entmystifiziert, umso mehr beginnt er zu langweilen.

Verständlich, dass immer mehr junge Schwule angesichts von Übersexualisierung und dem partnerschaftlichen Versagen der älteren Generationen beginnen, sich nach den Regeln einer Vergangenheit zurückzusehnen, die sie sich als gute alte Zeiten zurecht schönen. Die neue Sehnsucht nach Monogamie und Beziehungsidylle ist in vielen Studien nachgewiesen. Angewidert von den Bildern sex-enthemmter Großstadthomos, sehnen sich schwule Teens und junge Twens nicht selten zurück in eine Wertewelt, die der der Fünfziger Jahre entspricht, die sie freilich nie am eigenen Leib erleben mussten. Treue steht hoch im Kurs. Liebesheirat inklusive.

Schade nur, dass die jungen Prüden eine Scheinwelt gegen eine andere austauschen. Die Wiederauferstehung von Treue findet nämlich nur in ihren Köpfen statt. Wächst die Lust auf einen neuen Partner, wird sich flugs getrennt, selten anständig, meistens brutal. Serielle Monogamie, Treue ohne Dauer, das ist unter der moralischen Homojugend die banale Wirklichkeit. Von den Ergebnissen der Verhandlungsmoral der sexuellen Revoluzzer von einst bitter enttäuscht, stapfen die Jungen tapfer der Liebeslüge entgegen. Oder wer glaubt wirklich, dass eine Generation, die das Leben nur als Abfolge von Konsumhandlungen kennen gelernt hat, ausgerechnet beim Thema Sex anders lebt? Das hat die Generation davor ja auch nicht geschafft.

Unser Sex ist vermurkst und vermarktet, unsere Sehnsüchte vielleicht unerreichbarer denn je. Für Schwule, jung wie alt, wird es höchste Eisenbahn, nach dreißig Jahren das Fass neu aufzumachen. Wir brauchen eine neue Diskussion über unser Verhältnis zu Sex, Liebe und Beziehung. Die Bindungsmodelle unserer Großeltern binden uns heute genau so wenig, wie die angebliche Befreiung uns befreit hat. Sollten wir uns womöglich auf die Suche nach einem dritten Weg machen, der die Qualität unserer sexuellen Beziehungen über deren Quantität stellt, ohne gleichzeitig in die Monogamie-Falle einer neuen Prüderie zu treten? Antworten werden uns nicht leicht fallen. Das Schlimmste am heutigen Zustand aber ist die Sprachlosigkeit zwischen denen, die glauben sexuell befreit zu sein, und jenen, die diese Befreiung nur für die größte Konsumorgie der Welt halten. Die schwulen Fraktionen sind dabei, sich in unversöhnlichen Weltbildern einzuigeln. Wo aber keine Kommunikation ist, da ist auch kein Miteinander, keine Beziehung und schon gar kein befriedigender Sex.

Daniel Schmidt

Thorsten Wiesner

Liebe

Ich bin die Liebe,
sagte der Hass
und klopfte dreimal an.
Ich habe ihn nicht vernommen,
so ist er umgekommen.

Ich bin die Liebe,
sagte die Lüge,
lass mich ein!
Ich ließ sie erfrieren
vor verschlossenen Türen.

T eile mit dir manche Nächte,
I rgendwann
M öchte ich
O rdentlich Unordnung bringen, in Deine
Nächte, in Deinem Herzen!

Tamas Moricz

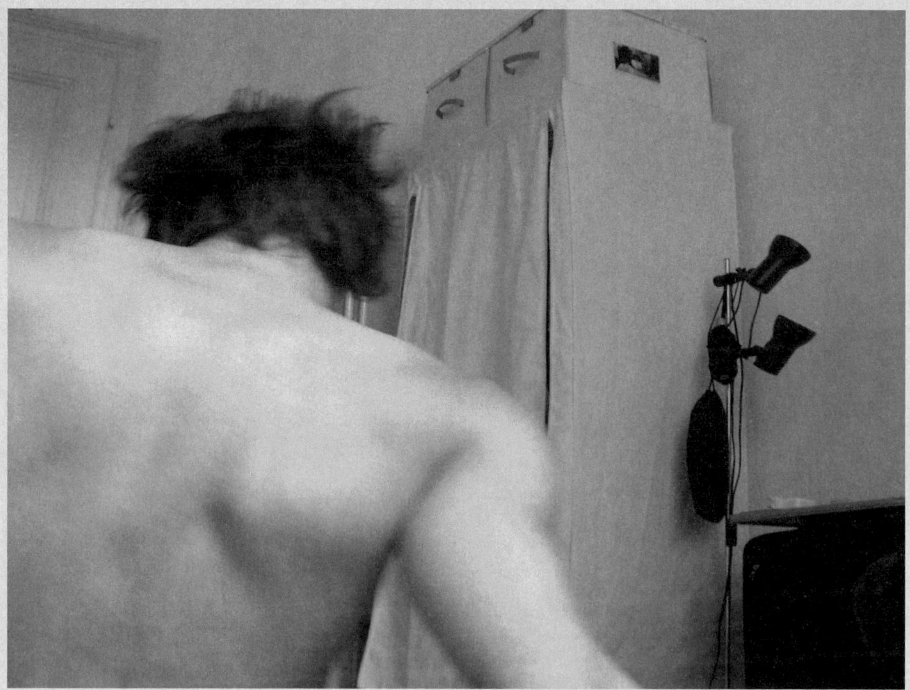

Ich bin die Liebe,
sagte die Schuld,
öffne mir!
Ich blieb in meinem Zimmer,
die Schuld kam nimmer.

Ich bin die Liebe,
sprach der Zorn,
öffne mir die Schranken!
Ich drehte mich um
und ging fort,
nun lebt er an einem anderen Ort.

Irgendwann
öffnete ich Türen und Tor,
die Liebe stand vor
meinem Gesicht.
Sie kommt ganz leise,
denn sprechen kann sie nicht.

Flut

Herzen
in den Sand
haben wir gemalt
und vergessen,
dass die Flut kommt
- irgendwann

Markus Sauer

Elmar Kraushaar

Zum Wohle der Kinder

Wie Homosexuelle im Kampf gegen den sexuellen Mißbrauch von Kindern gleich mit unter die Räder geraten.

„Erzengel" sagt sie und meint die Jungs an Englands Elite-Schule Eton, wie Erzengel seien sie allesamt, wunderbar zum Ansehen und sich ihrer Wirkung überhaupt nicht bewusst: „Sie sind sie selbst." Die Kulturwissenschaftlerin und renommierte Feministin Germaine Greer machte 2003 aus ihrer Begeisterung für die jungen Jungs ein dickes Buch mit vielen Bildern und erntete dafür Häme, Schelte und böse Unterstellungen. Schließlich hatte die 65-Jährige mit ihrer kulturgeschichtlichen Betrachtung „Der Knabe" gleich mit mehreren Tabus gebrochen: Als ältere Frau sprach sie ohne Scheu über die erotische und sexuelle Attraktivität junger Männer, und gleichzeitig unterbot sie jegliche bislang geduldete Altersgrenze bei den begehrten Objekten. „Er muss alt genug sein, um sexuelle Reaktionen zu zeigen", so ihre Prämisse, „aber noch nicht so alt, dass er sich rasieren müsste." Eine „knabengeile Voyeurin", lästerten Greers Kritiker, „ein Pädophiler im Frauenkleid."

Außer Häme nix gewesen – Germaine Greer ist noch einmal davon gekommen. Weil sie eine Frau ist? Eine prominente Wissenschaftlerin? Eine Intellektuelle mit dem feministischen Blick? Man muss kein Prophet sein, um zu ahnen, wie es einem Mann ergangen wäre an ihrer Stelle. Irgendeine Staatsanwaltschaft hätte gleich ermittelt, die Medien hätten zugelangt, das Unwort vom „Kinderschänder" wäre sofort in aller Munde. Ein Augenmerk allein auf die Karriere dieses einen Wortes in den letzten zwanzig Jahren reicht aus, um die gegenwärtige Stimmung zu erfassen. Nutzte man dereinst nur hinter vorgehaltener Hand den „Kinderschänder" als bitterböse Beschimpfung, so taucht er heute ganz selbstverständlich auf als fester Begriff, selbst in der sterilen Sprache der Nachrichten. Dabei provoziert das Wort schlimmste Phantasien ebenso wie ärgste Rachegelüste. Für Differenzierung und Nachdenken bleibt keine Zeit. Die Verführer von Kindern werden in eins gesetzt mit den Liebhabern Heranwachsender, die so bedeutsame Grenze zwischen Nachpubertierenden und Vorpubertierenden gilt nicht mehr, unschuldige, schützenswerte Kinder sind plötzlich alle, ob 9 oder 17 Jahre alt. Im juristischen Regelwerk der Europäischen Union wird – wenn es um den sexuellen Missbrauch von Kindern geht – „jede Person unter 18 Jahren" zum Kind erklärt, ganz nach dem Vorbild der UN-Kinderschutzkonvention, die ihrerseits sich mit dieser Definition aus dem Strafgesetzbuch der USA bedient hat. Diese Altersbestimmung scheint nachgerade lächerlich mit Blick auf unsere gesellschaftliche Realität. Jugendliche sind alt genug, um Geld auszugeben ohne Ende und gehören deshalb zur bevorzugt umworbenen Konsumentengruppe, und

die Mode- und Werbeindustrie lebt ganz selbstverständlich von der Aura und der Erotik junger und ganz junger Mädchen, marktstrategisch „Kindfrau" genannt. So richtig die Ahndung derer ist, die sich sexueller Übergriffe und sexuellen Missbrauchs an vorpubertären Kindern und an Menschen ganz gleich welchen Alters schuldig machen, so fragwürdig scheint die Verfolgung mit gleicher Härte von den Erwachsenen, die mit jungen Männern, die noch nicht 18, aber auch keine Kinder mehr sind, sexuelle Verhältnisse oder Liebesbeziehungen eingehen.
Mit dem starren Blick auf Quote und Auflage nutzen viele Massenmedien den emotionalen Überreiz des Schlagwortes Kinderschänder und geben den modernen Pranger. Die Folgen davon hat Ian Armstrong im Sommer 2000 erlebt. Tagelang umstellte eine aufgebrachte Menschenmenge das Haus des Arbeitslosen in einem Vorort von Manchester. „Du Sau! Du Kinderficker! Wir holen dich hier raus!", schrieen die aufgebrachten Nachbarn und warfen mit Steinen. Der damals 49-Jährige aber war sich keiner Schuld bewusst, sein einziges „Vergehen": Er sah einem der 50 Männer ähnlich, deren Photos zuvor in der Londoner Sonntagszeitung „News of the world" unter den dicken „Kinderschänder"-Lettern veröffentlicht worden waren. Die „News"-Chefredakteurin Rebekah Wade nahm die katastrophale Verwechslung gerne in Kauf und verteidigte ihre Kampagne: „Es darf für diese schlimmen Perversen, die Jagd auf unsere Kinder machen, keinen Platz zum Verstecken geben." Doch nicht nur Unschuldige wie Ian Armstrong wurden Opfer der „News"-Aktion, viel härter traf es die Schuldigen. Geschlagen wurden sie und angespuckt, sobald sie sich auf der Straße zeigten, empörte Bürger warfen Brandsätze, zwei der beschuldigten Männer nahmen sich das Leben. Aus verständlicher, gar berechtigter Empörung wurde Selbst-, beinahe Lynchjustiz. Kollateralschäden halt, und Zeitungen in Belgien und Italien zogen nach in gleicher Aufmachung. Die Amerikaner sind einen Schritt weiter, in fast der Hälfte aller US-Bundesstaaten werden Bilder, Namen und Adressen verurteilter Sexualstraftäter ins Internet gestellt – meist von der Polizei. Das alles wird kritiklos geduldet, wenn es um die Verfolgung und Ergreifung von „Kinderschändern" geht, scheinen zivilisatorische Errungenschaften am Ende.

Aber auch die deutschen Medien wissen, auf welche Emotionen sie sie sich verlassen können beim Thema „Kinderschänder". „Pädophile an fast jedem Kinderspielplatz", titelt schon mal der Berliner „Tagesspiegel". Die „taz", von der man sich – immer noch den Mythos von der anderen Tageszeitung im Kopf – etwas mehr Sorgfalt wünschte, hebt ebenfalls die allseits lauernde Gefahr in die Überschrift: „An jedwedem Ort, wo sich Kinder aufhalten." Und schreibt an anderer Stelle von einem „pädophilen" Kanadier, wenn von einem Mann die Rede ist, der mit einem 15-jährigen Stricher in eine Polizeirazzia geriet. Mit der Schlagzeile „Unter Kinderschändern" umreißt am deutlichsten der „Stern" die Gefahrenlage: „Sie lauern auf Spielplätzen, in Schwimmbädern und Sportanlagen: Männer auf der Suche nach Kindern." Da befällt der Schreck nicht nur die Eltern spielplatztauglicher Kinder, die Drohkulisse zieht jeden in ihren Bann.
In Österreich kommen in 70 Prozent der Fälle von sexuellem Missbrauch an Kindern die Täter aus dem Umfeld der

Familie, in Berlin werden pro Jahr rund 500 sogenannte pädophile Straftaten aufgedeckt, auch hier kommen die Täter in der Mehrzahl aus der Familie selbst oder aus ihrem Umgebung. Diese Zahlen sind bekannt, und dennoch richtet sich der Gefahrenblick vor allem nach draußen, dahin, wo jeder die Bedrohung spürt.

Bei dieser Berichterstattung bleibt schon mal die eine oder andere journalistische Selbstverständlichkeit auf der Strecke. Wie bei Manfred Karremann. Das jedenfalls meint Reinhard Mokros, Polizeidirektor in Mönchengladbach und Bundsvorsitzender der Humanistischen Union. Karremann hatte 2003 großes Aufsehen erregt mit seiner Reportage aus der „Pädophilenszene“. Über ein Jahr war er undercover für „Stern“ und ZDF bundesweit unterwegs, um anschließend das weit verzweigte Netzwerk der „Pädokriminellen“ in Bild und Ton zu belegen. Dabei sei, so Mokros, die Rolle des Journalisten Karremann als „Ko-Ermittler“ von Polizei und Staatsanwaltschaft, als „lästiger Störenfried“ der Ermittlungsarbeit oder als „agent provocateur“ nicht mehr auseinanderzuhalten. Mokros wirft dem Journalisten vor, dass er schuldig spricht bevor ein Richter gesprochen hat, dass er keine Rücksicht nimmt auf die Kinder und ihre Eltern: „Die Art und Weise der Recherchen des Journalisten Karremann widersprechen eindeutig den Grundsätzen des rechtsstaatlichen Strafprozesses.“ Die nüchterne Bilanz des Experten: „Der Journalist hat seine Story gehabt. Der Erfolg war groß.“

Das ist nur möglich in diesem Klima der Hysterie, sobald es um den sexuellen Missbrauch von Kindern geht. Die Figur des „Kinderschänders“ wird omnipotent und lauert überall. Und das Kind? Von wem ist hier eigentlich die Rede? Welche Kinder-Bilder verbergen sich hinter den Festschreibungen? Bei der Sorge um die Kinder und die Entrüstung über die Täter gehe es zwar auch um die Kinder, so der Soziologe Chris Jenks, aber vor allem um uns selbst, uns Erwachsene der Postmoderne. Das Kind, der junge Mensch, werde zum letztmöglichen Ort unserer Wünsche und Sehnsüchte: „Das Vertrauen, das früher in Ehe, Partnerschaft, Freundschaft oder Klassensolidarität gesetzt wurde, wird heute generell eher in das Kind investiert.“ Ähnlich äußert sich auch der deutsche Soziologe Ulrich Beck: „Das Kind wird zur letzten verbliebenen, unaufkündbaren, unaustauschbaren Primärbeziehung. Partner kommen und gehen. Das Kind bleibt. Auf es richtet sich all das, was in die Partnerschaft hineingesehnt, aber in ihr unauslebbar wird. Das Kind gewinnt mit dem Brüchigwerden der Beziehungen zwischen den Geschlechtern Monopolcharakter auf lebbare Zweisamkeit, auf ein Ausleben der Gefühle im kreatürlichen Hin und Her, das sonst immer seltener und fragwürdiger wird.“Die veränderten Kinder-Bilder, der veränderte Blick auf Kinder und Kindheit lässt Jenks schlussfolgern: „Durch unseren nostalgischen Blick auf die Kindheit wird jeder Missbrauch eines Kindes zum Missbrauch der letzten und kraftvollsten Form liebevoller, zuverlässiger, integrierender sozialer Bindungen. Missbrauch bedeutet einen Angriff auf die Verkörperung der Überreste dieser Bindungen. So spähen wir Missbrauch unnachsichtig aus, spüren ihn auf und reagieren heftig und massiv mit Missbilligung und Verfolgung. Der Aufschrei über den Missbrauch ist ein Aufschrei unseres eigenen kollektiven Leidens

angesichts des Verlusts unserer sozialen Identität, Ausdruck unserer Malaise."
Es geht also nicht unbedingt immer um die so wichtige Verfolgung realer sexueller Gewalt, sexueller Übergriffe an Kindern. Im Gegeneil, durch die hysterische Anwendung des Begriffs Missbrauch auf alles Mögliche wird vielleicht sogar die konkrete Bekämpfung dieser Straftaten behindert.

Göstav Dirk Steglich

Wie gut in der derzeitigen Stimmung Medien, Politik und verschreckte Homos an einem Strang ziehen können, belegt eine Geschichte aus dem vergangenen Jahr. Die Staatsanwaltschaft ermittelte im Herbst 2003 gegen den SPD-Abgeordneten der Bremer Bürgerschaft Michael Engelmann wegen des Vorwurfs der Verbreitung pornografischer Schriften. Die Medien griffen sofort zu: Aus den „pornografischen Schriften" wurde „Kinderpornografie", aus dem schwulen Politiker mit dem – nach eigenem Bekunden – Hang „zu Männern zwischen 16 und 30" wurde ein Pädophiler auf der Suche nach Sex mit Kindern. Das Medienecho war groß, eine Zeitung schrieb von der anderen ab, die Ermittlungsergebnisse kannte keiner, Vermutungen äußerten alle. Engelmann trat sofort von allen politischen Ämtern zurück, legte auch sein Amt als Bundesvorsitzender der SPD-Schwulenorganisation „Schwusos" nieder, er verlor seinen Job und gab auch seine ehrenamtliche Tätigkeit im Vorstand des Bremer Schwulenzentrums „Rat und Tat" auf. „Spiegel online" nutzte diesen Hinweis, um auch eine Breitseite gegen „Rat und Tat" abzuschießen: „Beratungszentrum im Zwielicht" lautete die Überschrift, dass sich in den Vereinsräumen bis 1997 eine „AG Pädo" traf war dafür der Beweis ebenso wie die einstige Vereinsmitgliedschaft des Bremer Soziologen und Schwulenaktivisten Rüdiger Lautmann, Autor

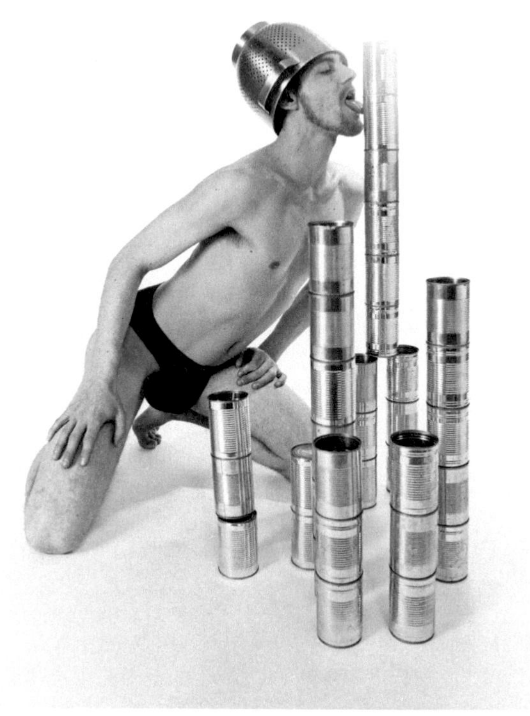

Göstav Dirk Steglich

des umstrittenen Buches „Die Lust am Kind – Porträt des Pädophilen". Kinderficker – so die journalistische Unterstellung – waren sie plötzlich wieder alle, die gesamte schwule Bande. Wen wundert's, dass nach solcher Berichterstattung ein durchgeknallter DVU-Abgeordneter in der Bremer Bürgerschaft den „kleinen Schritt" von der Verbreitung der Pornografie zum Sexualmord an Kindern herbeifantasiert und den „Ruf nach der Todesstrafe für solche Figuren (...) nicht von der Hand weist."

Die Schwulen blieben weitgehend stumm derweil, so heftig auch sie unter Generalverdacht gerieten. Der LSVD, sonst gerne Sprachrohr für alle lesbisch-schwule Interessen und gerne bereit, bei jeder kleinsten Gelegenheit seine ABM-gestützte PR-Maschine anzuschmeißen, verschickte diesmal keine Presse- und sonstige Erklärungen. Die Schwusos in Hamburg zeigten sich in einer knappen Pressemitteilung „überrascht" und „bestürzt", forderten eine „lückenlose Aufklärung" und distanzierten sich schon mal prophylaktisch für den Fall der Fälle: „Wir verurteilen den Missbrauch von Kindern aufs Schärfste, und wir lehnen jede Verharmlosung ab." Und die Aktivisten von „Rat und Tat": „Wir distanzieren uns klar von diesen Bestrebungen!"und meinen damit den Engelmann und die „AG Pädo" und Professor Lautmann und wen oder was auch sonst sie in irgendeine Nähe zu den brachialen Vorwürfen bringen könnte. Einzig der Bundesvorstand der Schwusos taucht nicht vollends ab in die Defensive: „Lückenlose Aufklärung", lautet auch seine Phrase, verweigert sich aber jeder „voreiligen Verurteilung" von Michael Engelmann und kritisiert die Medien mit ihrer „reißerischen Denunziation von Schwulen".

Dass die ganzen Abgrenzungsbemühungen nichts nutzen, die homophoben Gegner stattdessen jede Gelegenheit nutzen, mit den radikalen Ressentiments gegen Pädophile auch den gewöhnlichen Homosexuellen wieder ins Visier zu nehmen, wird allzu leicht vergessen. Wie schnell da eins wieder zum andern kommt, diesmal aus vorgeblich kompetentem Wissenschaftsmund, beweist der einstige Professor für Geschlechter- und Generationenforschung an der Universität Bremen, Gerhard Amendt. „Die Selbstzerstörung einer Gesellschaft", prophezeit er unlängst in der FAZ, herbeigeführt durch die „kriterienlose Pervertierung ihrer Traditionen und Strukturen durch Perverse". Die Pädophilie gilt Amendt als „perverse Charakterstörung", über die er sich beredt auslässt. Denn: „Für die Pädophilie gilt – wie für alle anderen Perversionen –, dass sie die Trennung der Geschlechter und die Andersartigkeit von Eltern und ihren Kindern, eben die Generationenfolge, psychisch nicht zustande bringt." Pubertierende also alle, die nicht dem natürlichen Spiel „Jungen finden eine Partnerin und Mädchen einen Partner" (Amendt) folgen, zurück geblieben und nicht bereit für die Welt der Erwachsenen. Zu diesen „Perversen" zählt Amendt auch homosexuelle Frauen und Männer. Und denen beispielsweise die selbstverständlichsten Bürgerrechte zu gewähren, bedeute das Ende jeder Kultur, so Amendt: „Es ist das eine, Perversionen als individuelles Schicksal diskriminierungsfrei zu dulden, solange die Perversion nicht agiert wird. Etwas gänzlich anderes ist es, Strukturen und Traditionen von Perversen zerstören zu lassen. So kann Duldung dazu führen, dass das Selbstbild des Perversen auf die Gesellschaft ausgedehnt wird, etwa wenn Ehelichkeit und Elternschaft für Homosexuelle gefordert werden."

Kaum Gehör finden dagegen überlegte Töne, wie die des Hamburger Sexualwissenschaftlers Gunter Schmidt. Auf einer Wissenschaftlertagung sprach er 1999 in Leipzig „Über die Tragik pädophiler Männer", und war dabei so fair, auch gleich zu klären, über wen er spricht: „Pädophile sind Männer, deren sexuelle Wünsche und deren Wünsche nach Beziehung und Liebe vorrangig oder ausschließlich auf vorpubertäre Kinder gerichtet sind." Keine Mogeleien in der Altersfrage und kein Versuch, die Gesamtheit der Homosexuellen mit zu erledigen. Selbstverständlich konzediert Schmidt, dass die Pädophilie eine nicht lebbare Sexualform sei, „weil sie einer zentralen gesellschaftlichen Übereinkunft – sexuelle Selbstbestimmung, konsensuelle Sexualität – nicht gerecht wird." Gleichzeitig plädiert er aber dafür, den pädophilen Menschen nicht aus den Augen zu verlieren: „Für diese Bürde, die Zumutung, ihre Liebe und Sexualität nicht leben zu können, verdienen sie Respekt, nicht Verachtung, Solidarität, nicht Diskriminierung."

Tamas Moricz

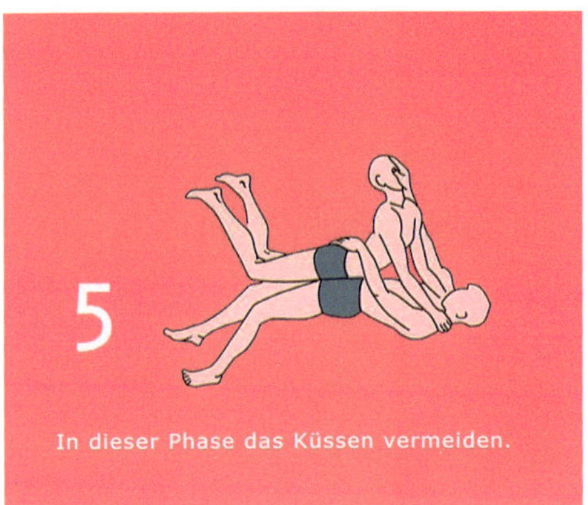

Annabelle Wick / Ramin Ramezani

Schwules Leben für Anfänger

3
...so geht' schneller!

4
Die Aufwärmgymnastik nicht vergessen.

7
Momente der Ewigkeit.

8
Gebrauchten Lover sofort entsorgen.

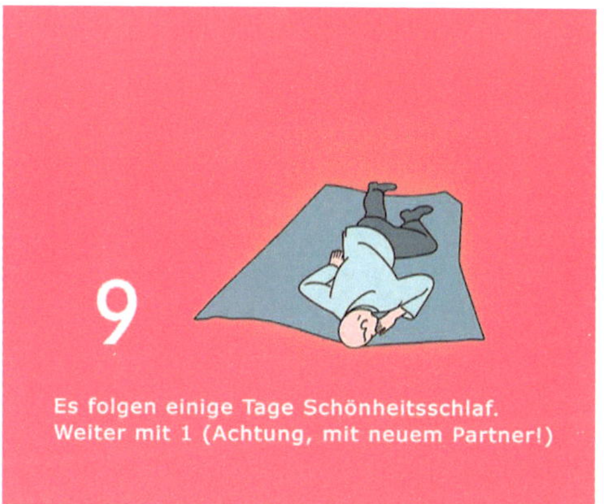
9
Es folgen einige Tage Schönheitsschlaf.
Weiter mit 1 (Achtung, mit neuem Partner!)

Martina Minette Dreier

Andy Claus

Unter Wölfen

Es war einer der Sonntage, an dem mich die Langeweile auffraß. Ein Tag dieser Art, wie man sie besser verschläft. Ich wusste nicht, wohin mit mir und diesen endlosen Stunden. Ich hatte also Zeit im Überfluss, um über Georges nachzudenken, der mir vor fünf Tagen den Laufpass gegeben hatte.
Aber verflucht, das wollte ich nicht!!!
Beschwörend fixierte ich das Telefon, aber wie immer in solchen Augenblicken - es blieb stumm wie ein Kanarienvogel, der mit Bauch und Füßen gen Himmel im Käfig lag.
Also blieb mir nichts anderes übrig, als selbst ein paar Anrufe zu machen. Ich muss nicht betonen, dass alle auf das heftigste beschäftigt waren. Es ist doch immer wieder merkwürdig, dass prinzipiell niemand Zeit hat, wenn einem die Decke auf den Kopf fällt. Ich rief ich sogar Thorsten an, und der war wirklich nicht gerade das, was ich mir vorstellte, wenn es um Freizeitgestaltung ging. Thorsten war zwanzig, hatte den demonstrativen Hang zu kleinen Punker-Ladies mit großem Balkon. Aber er hatte Zeit, lud mich ein, den Nachmittag mit ihm und seiner Familie zu verbringen. Ein Zoobesuch sollte es sein. Was tut man nicht alles, um seiner Langeweile zu entgehen?

Wir trafen uns vor dem Eingang des Zoos. Thorsten stellte mir seine Familie vor. Das hätte er sich sparen können, denn mein Hirn hatte sich beim ersten Blick auf seinen Cousin von meinem äußerst triebhaften Körper verabschiedet. Thorstens Cousin war ein schmaler Boy mit topasblauen Augen. Seine blonde Mähne war kaum zu zähmen. Sie umrahmte, ich musste es neidlos zugeben, ein verdammt hübsches Gesicht. Abwartend stand er da, die Hände tief in die Taschen seiner über der Beule abgeschabten Jeans vergraben. Seine Nippel drückten sich genau wie der leicht angedeutete Waschbrettbauch durch das dünne, weiße T-Shirt. Er wirkte, als könne er kein Wässerchen trüben - unverdorben bis zum Aua und ich spürte, dass sich bei mir allein durch seinen Anblick etwas regte. Endlich wurde mir bewusst, dass Thorsten wohl bereits ein paar Mal meinen Namen gesagt hatte und riss mich zusammen.
„Hä?“ unterbrach ich widerstrebend meine Betrachtungen.
„Hey, träumst du?“ fragte er flüsternd und ich sah genau diese gehässige Schadenfreude in seinem Blick. „Das da ist Sven, mein Cousin. Aber gib dir keine Mühe, er steht auf Frauen!“
Etwas verlegen schaute ich in die Runde. Außer Thorsten schien keiner davon Notiz genommen zu haben. Unsere Gruppe setzte sich in Bewegung und wir schlenderten an den Tiergehegen vorbei und manchmal blieben wir stehen. Aber Tiere? Waren hier irgendwo welche? Ich sah jedenfalls keine! Ich lief hinter Sven und beobachtete seine geschmeidigen Bewegungen. Sein Po war klein und stramm, bald kannte ich jede Naht der Jeans dort. Wie gerne hätte ich ihn ange-

fasst! Ich spürte, dass meine Erektion bei jedem Schritt weiter über den oberen Rand meines Slips hinauswuchs und war froh über mein langes Schlabber-Sweatshirt. Irgendjemand sagte etwas von Kuchen, aber mir lief aus einem anderen Grund das Wasser im Mund zusammen. Trotzdem landeten wir im Café. Ich saß natürlich Sven genau gegenüber und zum ersten Mal erwiderte er meinen Blick. Ein leichtes Grinsen stahl sich auf seine Lippen und plötzlich war der Blick seiner Augen gar nicht mehr so harmlos. Konnte es sein ....?

Er dehnte sich etwas, legte die flachen Hände auf seinen Bauch und ließ sie entspannt hoch zu seiner Brust gleiten. Wie zufällig rieben seine Daumen ein paar Mal über die Brustwarzen, woraufhin die Nippel sich noch deutlicher aufrichteten. Dabei schaute er mich von unten her durch seine dichten Haarsträhnen an, die ihm vor die Augen fielen.

Hetero? Er???

Dann war ich Puh, der Bär! Sein Blick war ein einziges geiles Versprechen und dann stand er auch schon auf, murmelte irgendwas und verschwand Richtung Ausgang. Fieberhaft suchte ich nach einer Ausrede, um ihm folgen zu können. Es war die obligatorische Toilette, die mir als Vorwand einfiel, obwohl ich mit meinem Ständer niemals hätte pinkeln können, selbst wenn ich gewollt hätte. Statt dessen nahm ich Svens Spur auf, vor der Tür des Cafés sah ich mich um. Er stand gelassen an einem Holzzaun, ein Bein lässig angewinkelt und schaute mir entgegen. Hinter ihm flatterte etwas pinkfarbenes, es müssen wohl Flamingos gewesen sein. Wären es rosa Ferkel mit Flügeln gewesen, wäre mir das in meinem Zustand allerdings auch nicht als etwas Sonderbares aufgefallen.

Sven setzte sich wieder in Bewegung und ich folgte ihm. Immer wieder wartete er, aber er ließ mich nie näher als auf ein paar Meter an sich herankommen. Schließlich verschwand er neben dem Wolfsgehege zwischen den Sträuchern. Dicht am Zaun folgte ich ihm, bis ich dann endlich vor ihm stand. Man kann nicht gerade behaupten, dass er Zeit verlor. Sein T-Shirt hing schon im nächsten Moment an irgendeinem Zweig und ein gebräunter, sehniger Oberkörper war zum Vorschein gekommen. Seine noch zarte Brustbehaarung endete in einer schmalen Linie unter dem Hosenbund. Er griff nach meinem Sweatshirt, schob es hoch und rieb sich an mir. Dabei presste er seinen Mund auf meinen, seine Zunge begann einen heftigen Kampf mit meiner und mir fiel das Atmen schwer. Ich griff in seine Haare, während er meinen Gürtel öffnete. Als die Jeans fiel, reckte sich ihm mein Schwanz bereits in seiner ganzen Pracht entgegen und langsam, mit seiner Zunge an meiner Haut abwärts gleitend ging er vor mir in die Hocke. Nur kurz spielte seine Zunge sanft mit meiner Eichel, dann umschlossen seine Lippen meinen Schwanz. Er saugte und ich spürte die warme Höhle seines Mundes. Unwillkürlich griff ich nach seinem Kopf, zog ihn näher und mein Unterleib zuckte ihm entgegen. Er nahm meinen Schwanz bis zur Wurzel auf. Ich stöhnte heiser auf, was die Wölfe jenseits des Zaunes mit schnupperndem Näherkommen quittierten. Sven richtete sich auf und endlich gab auch er die Sicht auf seinen harten Ständer frei. Kurz standen wir nahe beieinander, fochten mit unseren angriffsbereiten Degen einige heftige Attacken aus.

Dann griff ich zu, massierte Svens Erektion, bis sie pochend und heiß in meiner Hand lag. Er tat es mir gleich, rieb meinen Ständer und knetete meine Eier, bis ich beinahe Sternchen sah. Dann entlud sich unsere Geilheit fast gleichzeitig, Sven ließ den Kopf an meine Schulter sinken und stieß zischend die Luft zwischen den zusammengepressten Zähnen aus.

Kurz standen wir so voreinander, es war dieser kleine, immer irgendwie eigenartige Moment danach, wenn man sich klar darüber wird, dass man sich ja eigentlich nicht kennt. Aber Sven wusste das zu überspielen.

Mit einem breiten Grinsen schaute er mich unverschämt an, sah ins Gehege, warf den Kopf zurück und heulte wie ein Wolf. Er blieb nicht lange allein, denn die Tiere stimmten mit ein, während der Alphawolf misstrauisch am Zaun hin und her patrouillierte und sich offensichtlich Gedanken machte, ob seine Stellung in Frage stand.

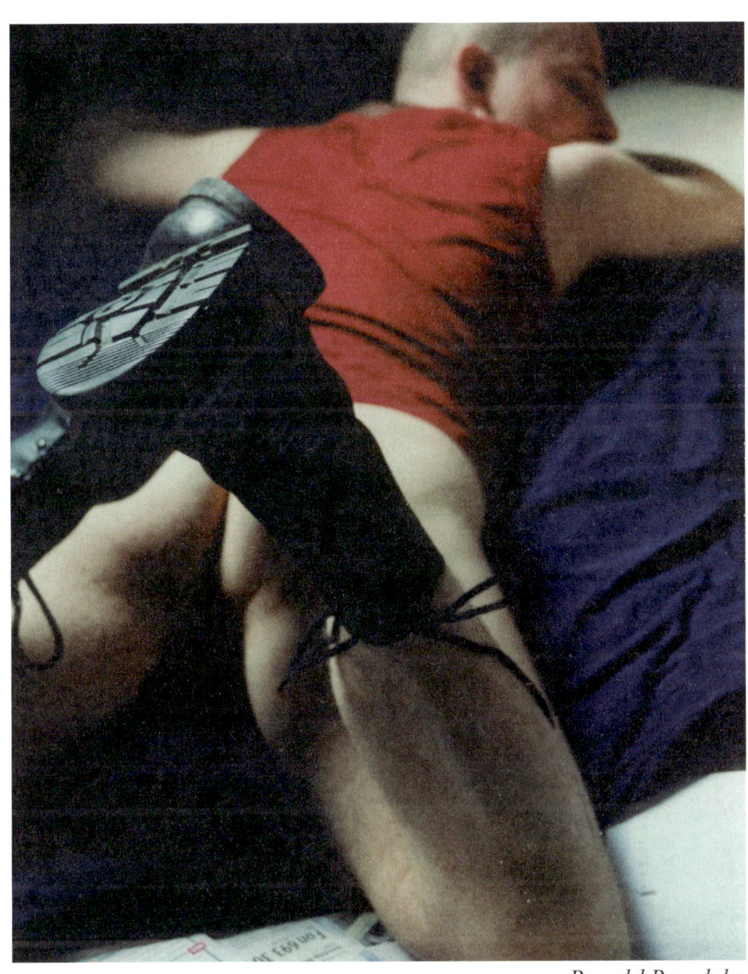

Ronald Ramdohr

BlnGay34

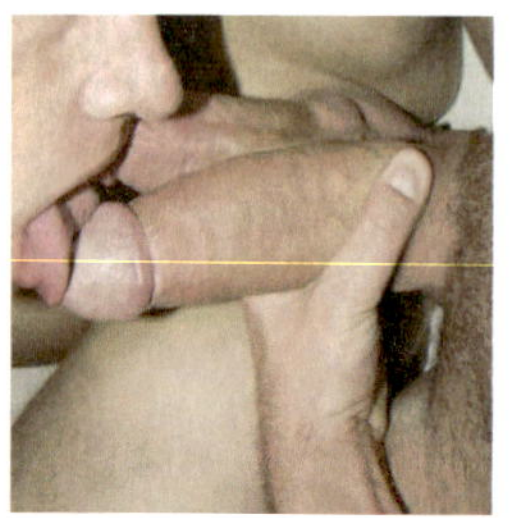

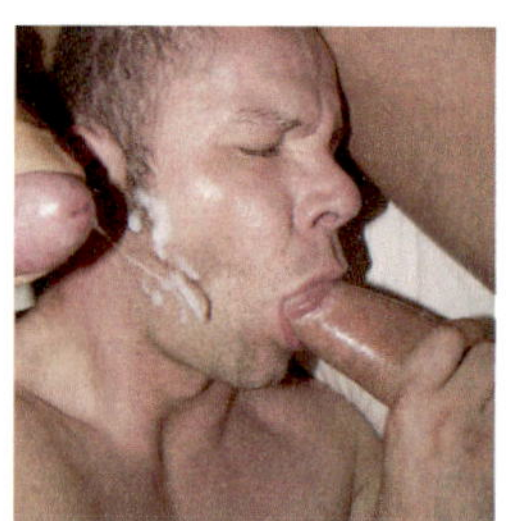

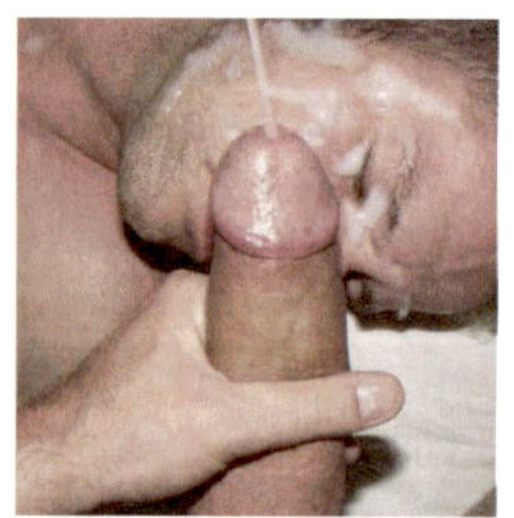

Raymond Angeles

Raymond Angeles

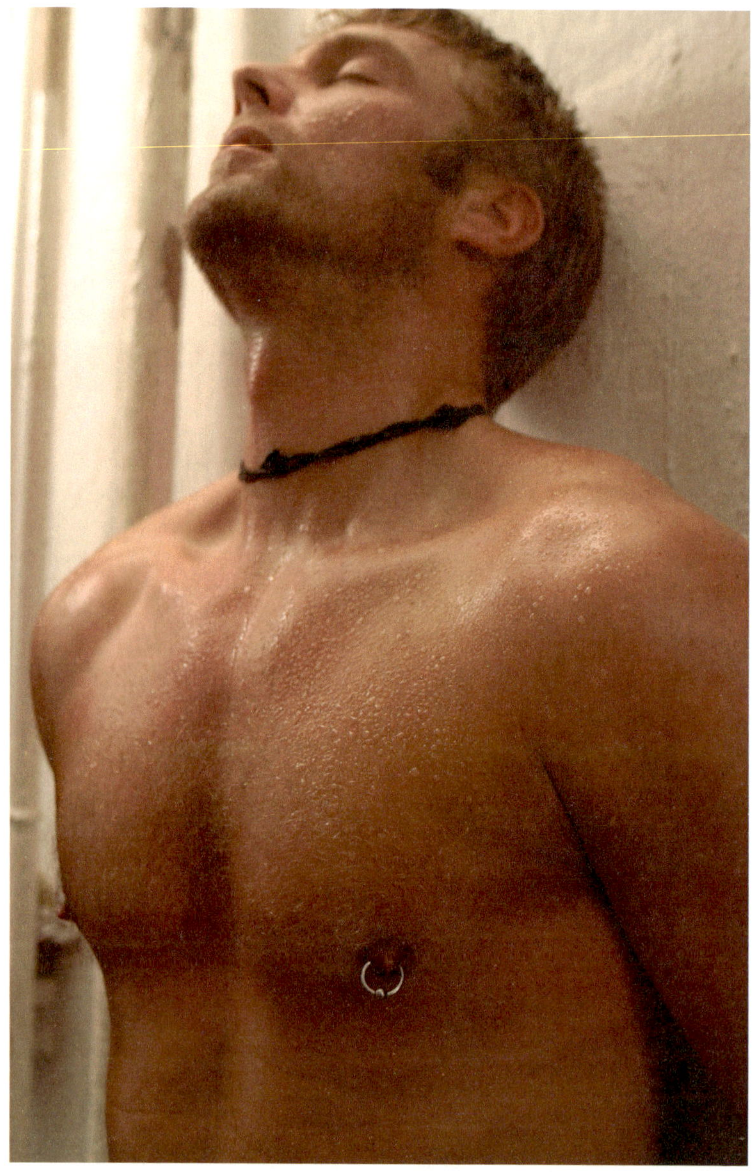

Raymond Angeles
Hustlaball

Jan Stressenreuter

Fangeflüster

Puh! denke ich und wische mir ein paar imaginäre Schweißtropfen von der Stirn. Das ist doch eigentlich ganz gut gelaufen!
Ich habe gerade eine Lesung aus meinem neuen Roman hinter mich gebracht. Die Buchhandlung war gut gefüllt, es gab keine freien Sitzplätze mehr. Anscheinend habe ich mittlerweile einen gewissen Bekanntheitsgrad erreicht. Ich habe ohne derbe Versprecher gelesen, die Leute haben an den richtigen Stellen gelacht und hinterher ein paar intelligente Fragen gestellt. Im Anschluss habe ich sogar ein paar Bücher verkauft und einige Exemplare signiert. Für eine Großstadt wie Berlin ist das ein sensationeller Erfolg, denn normalerweise sind die Mädels in den Schwulenmetropolen eher damit beschäftigt, durch die Dunkelräume der Kneipen zu kriechen, als das vielfältige Kulturangebot wahrzunehmen. Die Provinz ist da dankbarer. Da ist jeder Tanztee der örtlichen Aids-Hilfe ein kulturelles Highlight.
Die Tür des Buchladens klappt hinter mir zu und ich spüre, dass das Adrenalin der letzten zwei Stunden noch in meinen Adern pulsiert, auf der Suche nach einem Ventil. Der Buchhändler wollte mich noch zum Essen einladen, aber ich habe dankend abgelehnt. Erstens habe ich keinen Hunger und zweitens brauche ich einen Kerl. Wobei ... soziale Kontakte habe ich für heute genug gepflegt. Meine Bedürfnisse sind eher auf einen anständigen Schwanz reduziert. Das Drumherum ist mir zwar nicht völlig egal, interessiert mich im Moment aber nur am Rande. Hauptsache, der Typ kann gut ficken und quatscht mich nicht voll.
Ich steuere die nächstgelegene schwule Bar an und muss zu meinem Erschrecken feststellen, dass ich mit der Tresenschlampe fast allein im Lokal bin. Im hinteren Bereich stehen noch zwei oder drei Kerle herum und glotzen gelangweilt auf ein Pornovideo. Mir fällt ein, dass die Stoßzeit in Berlin erst nach Mitternacht beginnt.
„Heineken", sage ich missmutig, und der Mann hinter dem Tresen stellt mir eine Flasche Bier hin.
„Drei fuffzig", erklärt er und ich falle beinahe in Ohnmacht.
„Dafür kriege ich zu Hause in Köln fast drei Kölsch!" erwidere ich empört.
„Du bist aber nicht in Köln", erhalte ich mit einem gleichgültigen Schulterzucken zur Antwort.
Ich gehe mit meinem Bier nach hinten, stelle mich neben den Eingang vom Darkroom und nehme meine Cruising-Position ein: Rücken an die Wand gelehnt, ein Daumen lässig an der Gürtelschnalle und ein möglichst cooler, desinteressierter Augenaufschlag. Schon nach zwei Minuten kommt einer der wenigen Gäste hinter mir her. Der Typ macht ein bisschen auf Skin: Er hat einen kahl rasierten Schädel und trägt Boots und die obligatorische gefleckte Jeans. Mich interessiert allerdings eher die Beule in seiner Hose. Ich bin zwar keine size Queen, aber ich will auch nicht das Gefühl haben, an einem Streichholz zu lutschen. Auf den

ersten Blick scheint der Skin meinen Anforderungen zu genügen und ich folge ihm in den Dunkelraum, der gar nicht so duster ist. Man kann immer noch sehen, wen oder was man vor sich hat.
Um mein Anliegen zu verdeutlichen und keine Zweifel über mein Interesse aufkommen zu lassen, gehe ich sofort in die Knie. Der Skin stellt sich vor mich und seine Beule schwebt direkt vor meinem Gesicht. Ohne Umschweife komme ich zur Sache. Mit ein paar geübten Handgriffen öffne ich die Knöpfe an seiner Hose und packe mein Geschenk aus. Der Schwanz des Kerls steht wie eine Eins. Fett und rot ragt er mir entgegen, die Eier eingezwängt in einen glänzenden Cockring. Ich lecke mir die Lippen und schnappe zu.
„He", zischt es plötzlich erstaunt über mir, „bist du nicht der Typ, der diese Bücher geschrieben hat? Der heute im Buchladen gelesen hat?"
Das ist jetzt echt nicht wahr! denke ich und versuche, mir den Schwanz bis zum Anschlag reinzuschieben. Ich hab mich bestimmt verhört.
Aber mein Gegenüber gibt sich nicht so schnell geschlagen. „Jetzt sag schon, bist du das? Ich wollte auch zur Lesung kommen, aber ich hab keinen Sitzplatz mehr gekriegt."
„Ja", nuschele ich schließlich um des lieben Friedens willen. Gar nicht so einfach, sich deutlich zu artikulieren, wenn man einen Schwanz im Mund hat.
„Geil", stöhnt der Typ und hilft mit dem Reinschieben nach, bis ich mich gepfählt fühle und kaum noch Luft bekomme.
„Ich bin ein totaler Fan von dir. Ich habe deine Romane geradezu verschlungen –"
Toll, denke ich und würge ein bisschen. Alle beide?
„–sogar deine Kurzgeschichten hab ich gelesen und die Sachen, die im Internet stehen!"
Ein Promificker! denke ich entsetzt. Ich bin an einen Promificker geraten. Wahrscheinlich fragt er mich gleich nach einem Autogramm!
„Äh ... würdest ... würdest du mir nachher ein Autogramm geben?" stammelt der Skin.
Ich schließe genervt die Augen. „Auf den Schwanz?" gurgele ich.
„Nein, natürlich nicht. Ich ... ich hab deinen zweiten Roman im Rucksack. So ´ne Widmung wäre super." Der Typ hat überhaupt keinen Sinn für Ironie.
„Ist gut", erbarme ich mich. „Gleich. Darf ich erst noch abspritzen?"
Als Antwort hält der Skin meinen Kopf mit beiden Händen fest und benutzt mich wie eine Fickmaschine. Rein raus rein raus, genau im Takt. Ich sehe kleine, rote Sterne vor meinen Augen, aber ich bin geil wie Nachbars Lumpi.
„Ich heiße übrigens Bert", sagt der Kerl über das Rauschen in meinen Ohren hinweg, während sich seine Hüften monoton vor und zurück bewegen.
„Wegen der Widmung."
Von mir aus kannst du auch Ernie heißen, denke ich. Hauptsache, du hörst nicht auf.
Schließlich reiße ich mich doch von seinem Hammer los. Erstens will ich an meinem Poppersfläschchen schnüffeln und zweitens tun mir die Knie weh. Schließlich bin ich keine zwanzig mehr.
„Hast du Bock, mich zu ficken?" frage ich etwas atemlos.
Bert grinst mich vielsagend an. „Steh auf und bück dich", sagt er.
Ich reiße mir die Hose herunter und präsentiere meinen Hintern. Bert spuckt geräuschvoll in seine Hände und ich habe gerade noch Zeit, ein Kondom aus

meiner Jackentasche zu ziehen.
„Oh“, sagt Bert verwirrt, „mit Gummi? Na ja, als Autor musst du wohl darauf achten, was du tust. Ist wahrscheinlich politisch korrekter so.“
Ist vor allen Dingen gesünder so, denke ich und sage laut: „Ohne läuft nicht. Friss oder stirb.“
„Schon gut“, sagt Bert und zieht sich den Gummi über seinen Kolben. Dann stößt er ohne jede Vorwarnung zu und ich jaule vor Überraschung und Schmerz auf.
„Drecksau!“ zischt mir Bert zu und schlägt mit der flachen Hand auf meinen Arsch.
„Oh, geil ...“ stöhne ich.
Das muss man ihm lassen, denke ich, ficken kann er gut.
Ich bin gerade dabei, mich zu entspannen und die ganze Sache zu genießen, als Bert wieder das Thema wechselt.
„Was ich schon immer mal wissen wollte“, sagt er plötzlich, ohne mit dem Ficken aufzuhören, „wird es eigentlich eine Fortsetzung vom ersten Roman geben?“
„Wie bitte?“ frage ich verwirrt.
„Fortsetzung“, wiederholt der Skin. „Ob es von deinem ersten ...“
„Könntest du dich nicht ein paar Minuten aufs Wesentliche konzentrieren?“ unterbreche ich ihn. „Und zwar in der richtigen Reihenfolge!“
„Was meinst du?“ fragt Bert und hält kurz inne. Ich bin so enttäuscht, dass mir die Oberschenkel zittern.
„Zum Beispiel erst Rummachen und anschließend über meine Bücher reden.“
„Oh“, erwidert Bert. „Ja, klar.“ Leider ist er nicht in der Lage, sein Versprechen einzuhalten. Schon nach wenigen Augenblicken höre ich seine Stimme erneut. „Ich würde einfach zu gerne wissen, ob die beiden Hauptpersonen sich irgendwann kriegen“, rutscht es ihm heraus. „Wie waren noch gleich die Namen?“
Ich kann ihm da im Moment auch nicht

weiterhelfen, denn unter seinen heftigen Stößen habe ich Mühe, mich an meinen eigenen Namen zu erinnern.
„Tobias?“ überlegt Bert laut und rammt seinen Schwanz tiefer in mich hinein. „Sebastian?“ Noch ein Stoß.
„Genau!“ schreie ich und stütze mich an der Wand ab, um nicht das Gleichgewicht zu verlieren. Ich spüre schon dieses Kribbeln in meinen Eiern. Lange werde ich mich nicht mehr zurückhalten können. Doch Bert kennt kein Erbarmen. Er merkt, dass ich kurz davor bin zu kommen und dreht mir die Hände auf den Rücken. Ich haue mit der Stirn vor die Wand und spüre den Schmerz nicht. „Fick mich!“ murmele ich. „Los, fick mich.“
Bert legt sich halb über mich, langt mit seinen Armen nach vorne und zwirbelt mir die Brustwarzen. Ich halte die Luft an. „Und bei dem zweiten Roman, da hab ich den Schluss nicht verstanden“, flüstert er mir ins Ohr. „Wer hat denn da nun wen betrogen?“
Ich weiß nicht, ob ich lachen oder weinen soll. So ein durchgeknallter Typ kann auch nur mir über den Weg laufen. Ich beschließe, mich ausschließlich auf meine Geilheit zu konzentrieren. Soll der Skin doch plappern, was er will. Aber leider ist es gar nicht so einfach, seine Stimme auszublenden.
„Ich hab ja auch schon mal ans Schreiben gedacht“, teilt mir Bert mit, während seine Eier beim Ficken mit schöner Regelmäßigkeit an meinen Arsch klatschen. „Ich hab Sachen erlebt, die glaubt man kaum!“
Ich auch, denke ich. Gerade jetzt zum Beispiel übertrifft die Realität mal wieder die Fiktion. Wenn er jetzt noch anfängt, seine ersten Gedichte zu rezitieren, breche ich zusammen.
Ich winde meine rechte Hand aus seinem Griff und fange an zu wichsen. Ich muss jetzt einfach kommen. Meine Geilheit lässt mich schnaufen und stöhnen, ich fühle mich wie ein Zehntausend-Meter-Läufer beim Endspurt. Dann, endlich, spüre ich, wie die Ladung in mir hochsteigt und als ich abspritze, fliegt mein Sperma in hohem Bogen an die Wand. Auch Bert ist so weit. Seine Bewegungen werden abgehackter und sein Atem schneller. Ein letzter Stoß, tief in meinen Darm hinein, ein paar Wortfetzen, die ich nicht verstehe, und dann schüttelt es ihn am ganzen Körper.
Während wir uns schwer atmend notdürftig mit ein paar Tempos säubern und uns wieder anziehen, fragt Bert: „Trinkst du noch ein Bier mit mir?“
Ich schüttele den Kopf. „Geht nicht“, sage ich, „ich muss morgen früh raus. Ich hab am Vormittag einen Termin mit meinem Verleger.“ Das stimmt zwar nicht, aber es klingt wichtig und hat den gewünschten Erfolg: Der Skin ist beeindruckt.
„Aber die Widmung, die kriege ich noch!“ sagt Bert. Er kramt in seinem Rucksack und hält mir meinen zweiten Roman und einen Kugelschreiber unter die Nase.
Ich schlage die erste Seite auf.
Für Bert, schreibe ich, als Erinnerung an eine Nummer, die ich nie vergessen werde.
Und das ist nicht mal gelogen.

Nachtrag:
Es bleibt dem Leser selbst überlassen, ob er diese Geschichte für wahr oder erfunden hält. Übrigens bin ich hin und wieder tatsächlich zu Lesungen in Berlin.

Raymond Angeles

Wayne Moraghan

usual skin stuff. Seeks guys into similar. Essex. ML 15316

GOOD-LOOKING DUTCH bloke, **40,** well-built & hung, masculine top into sleazy arseplay, toys, red & yellow. WLTM fit, hunky, horny guys up for a good stuffin' & stretchin'. Southeast London. ML 36023 ✉SX36023

ATTRACTIVE GUY, 45, slim rugby build, dominant, no.1 crop, 'tache, into shiny Lycra & satin gear. Seeks slim passive guys, 25-45, with horny butts & hairy chests. North London. ML 13493

GUY, 52, 5'10", medium build, seeks bottom, age unimportant, to take arse-stretching dildos. London. ML 15397

SKINHEAD, 35, dirty sub guy into watersports, rubber & footie kit, can accommodate & travel. Any real men out there? North Essex/London. ML 36017 ✉SX36017

DOMINANT GUY, 42, 6'3", looking for sub/slave into bondage, sado-masochism, cbt/torture & watersports, no red or brown, possible long-term relationship. East London. ML 36008 ✉SX36008

SPANISH MASTER, 35, seeks muscular white slave, under 40, willing to obey & serve. North London. ML 36013 ✉SX36013

AVERAGE M, 34, cropped hair, into wearing footie shorts, trackies, kick-boxing gear & Speedos whilst giving/receiving massage. Seeks guys, 20-30, into same. South London. ML 11284

CUDDLY M, **36,** seeks sexy fun, will try any thing once. ML 36001 ✉SX36001

MEDIUM-BUILT WHITE guy, early **30s**, bare-foot licker, size 9 feet. Seeks bare-footed soulmate, 18-30, to lick

GOOD-LOOKING BLACK guy, **27,** passive, seeks tall guy for a date. East London. ML 24721 ✉BY24721

TALL, SLIM, TANNED white M, **38,** WLTM guys, 18-30, for drinks, outings, cinema, theatre, etc. London. ML 13057

GAY GUY, 59, seeks Oriental, Chinese or Filipino lad, 18-30, for love, romantic days in, walks & clubbing, perhaps lasting relationship. Surrey. ML 14666

EXTREMELY GOOD-LOOKING M, **34**, tall, fit & affectionate with GSOH & high sex drive. Solvent & semi-scene, a catch? Seeks same. Am I the only one? Central London. ML 24697 ✉BY24697

CHUBBY WHITE gay M, **31,** 5'8", shaved head, hairy chest, very easy-going. WLTM M for friendship. Southeast London. ML 24698 ✉BY24698

TALL, GOOD-LOOKING M, **30,** dark blond hair, blue-eyes, up for a good laugh. Seeks M for fun times, possibly love & romance. East London. ML 24699 ✉BY24699

GUILDFORD M, 50s, slim & fit, into travel, good food & wine. Seeks fun-loving M for friendship & romance. ML 24700 ✉BY24700

GOOD-LOOKING GUY, 35, 6'+, slim, fair hair, seeks M for 1-2-1 fun & friendship. Brighton. ML 35726 ✉BY35726

TALL, SLIM, muscular professional guy, **50s**, warm & outgoing, into the arts, classical music & the gym. Seeks solid, well-built, energetic guy, up to 50. Northeast London. ML 11804

ESSEX GUY, 36, caring & loyal, quiet & shy, home-loving, suffers from depression, likes swimming. Seeks

clean-shaven, short hair, into leather & rubber. WLTM slim, good-looking HIV+ guy, 25-40, for bareback action. London. ML 22285 ✉SX22285

HIV+ GUY, 45, passive, non-scene, likes music, theatre, the arts, pets & holidays. Seeks big, hairy guys for fun times. South London. ML 22356

AVERAGE-LOOKING gay white M, **57,** 6', HIV+, non-scene, 15 stone, beard, genuine, seeking active guys, any age, for fun times, also up for romantic nights in. Southeast London. ML 36012 ✉SX36012

suck & massage your feet. Southeast London. ML 18500

MASTER, 34, hairy, slim body, seeks younger. Seeks live-in smooth, skinny, lean early 20s sub slave to serve him. Hants. ML 35995 ✉SX35995

IRISH MASTER, 40, smoker, seeks guys into mild S&M. Middx. ML 15593

TEACHER, 50, Earls Court, spanks bad lads over-the-knee. WLTM guys, 18-mid-30s, who need regular attention. All nationalities welcome. ML 35996 ✉SX35996

GUY, 5'9", medium/rugby build, pretty sorted, hairy body, fit & healthy, likes conversation, music, reading, nights in & out. WLTM slim, smooth, pretty M up to 30. London/Kent/Sussex. ML 17408

SLIM, CUTE mixed-race M, **20,** into music, sportswear, clubbing & drinking. Seeks white M, 18-30, into similar, for friendship, maybe more. South London. ML 18829 ✉BY18829

ACTIVE RUGGER-TYPE, 36, seeks nice M for fun, cuddles and long-term relationship. Blue eyes await you. ML 19129 ✉BY19129

FIT, YOUNG, SPORTY, horny bi lad, **22,** seeks similar M, 18-30 for friendship+. Kent. ML 20079 ✉BY20079

GOOD-LOOKING Italian M, 27, tall & slim, into clubbing & music. Seeks good-looking cockney boy, 18-28, for fun & hopefully more. South London. ML 20190 ✉BY20190

BLUE-EYED GUY, 31, 5'11", semi-scene, likes cooking, the gym, drinking, etc. Seeks similar guy. South London. ML 21443 ✉BY21443

STOCKY, BLUE-EYED M, **43,** 5'10", hairy chest. WLTM slim younger M, 18+, for fun & possible long-term relationship. North London. ML 35722 ✉BY35722

GENUINE, PASSIVE M, 42, straight-acting, seeks fun-loving guy for relationship. Central London. ML 18428 ✉BY18428

OUTGOING GUY, 35, 5'10", medium build, brown hair & blue eyes, likes clubs, pubs & cinema. WLTM similar genuine guy, 28-38, for friendship & relationship. East Sussex. ML 24711 ✉BY24711

GOOD-LOOKING M, 25, 5'8", blue eyes, enjoys football, clubbing & having a laugh. Seeks similar guy, 20-30, for fun & friendship. North London. ML 24712 ✉BY24712

BLACK M, 20, likes movies & swimming, as well as quiet nights in. Seeking genuine guy, 22-35, for love & romance. Bristol. ML 24714 ✉BY24714

SLIM, TALL, good-looking M, likes going out, clubs, pubs, etc. Seeks M, 20-30, for 1-2-1. Southeast. ML 24715 ✉BY24715

GOOD-LOOKING BLACK guy, **30,** listens to house & hard house, seeks young guy, 24-30, for friendship or

straight-acting & passive. Seeks M for friendship, maybe more. East London. ML 24702 ✉BY24702

SENSITIVE, tactile M, **31,** 5'9", seeks similar M, 25-40, for fun, friendship & relationship. Northampton. ML 24703 ✉BY24703

MEDIUM-BUILT gay M, **40,** likes music & film. Seeks friendship, fun, maybe more. Harlow/Bishop Stortford area. ML 24704 ✉BY24704

SLIM, ATTRACTIVE M, **35,** into travel, music, nights out & in. Seeks ordinary M, same age, for love & romance. Bristol. ML 24705 ✉BY24705

HEALTHY NON-SCENE M, **52,** HIV+, likes pets & nights in, missing love/cuddles. Seeks M, age irrelevant, for long-term relationship. Any Czechs? Southeast London. ML 24706 ✉BY24706

ATTRACTIVE ITALIAN M, **26,** into music, nights out & in. Seeks M, 20-32, who's tired of being alone. East London. ML 24707 ✉BY24707

CHUBBY, HAIRY M, **29,** XXLarge regular. Seeks chaser of similar age for relationship. London. ML 24708 ✉BY24708

SPANISH M, 40, seeks white/Oriental boy, 18-25, for friendship & relationship. ML 24709 ✉BY24709

GERMAN M, 27, blond hair, blue eyes. Seeks M for friendship, maybe more. London. ML 24710 ✉BY24710

FILIPINO GUY, 32, nurse, WLTM English M, 20+. ML 10498

TALL, SLIM WHITE M, 37, tanned & clean-shaven. WLTM guys, 18-30, for drinks, outings & more. Surrey. ML 10510

FUN, WARM, easy-going mixed-race guy, **42,** 5'6", slim & smooth, zero crop, nice-looking, fit body, loves art, history, cooking & seaside. Seeks tall white guy for old-fashioned loving. North London. ML 12502

GOOD-LOOKING passive Oriental M, **30,** looks younger, seeks nice, honest gay white M, 18-35, to be his boyfriend. Southwest London. ML 24689 ✉BY24689

HEALTHY HIV+ GUY 43, OK-looking, GSOH, spiritually-minded, romantic, into music, clubs & the gym. Seeks caring, honest, versatile man. No time wasters please. ML 24690 ✉BY24690

MEDIUM-BUILT M, 41, 5'11", OK-looking, easy-going & honest, enjoys pubs, clubs, restaurants, theatre, swimming & walking. WLTM regular, caring bloke, 25-50, for long-term relationship. Essex. ML 13741 ✉BY13741

LONDON GUY, 26, enjoys clubbing, football & having a laugh. Seeks similar boyfriend. ML 13752 ✉BY13752

SUCCESSFUL, SLIM, toned, genuinely attractive guy, **32,** 5'10", straight-acting, enjoys travel, music, gigs & going out with friends. WLTM cute boy next-door type, 25-35, for spanking & sharing life with. Brighton. ML 15541

PASSIONATE, GENUINE, slim Filipino guy, **29,** WLTM masculine, romantic white/European guy, 28-42, for long-term relationship. London. ML 17454 ✉BY17454

ORIENTAL/ASIAN GUY, 31, average-looking, dark hair & eyes, medium build, looking for genuine, romantic white guy, 20-40, for friendship or fun. London/Kent. ML 35723 ✉BY35723

SLIM, SMOOTH GUY, 37 6', into good food, film, music & nature. WLTM boy, 18-25. Exeter. ML 35724 ✉BY35724

GENUINE GUY, 39, into music, travel, friends & life in general. Seeks some-

German, knocked on window & waved. I live in Golder's Green. Want to meet? ML 21359

TALL SCOTS LAD, 30, blonde hair, WLTM slim, hung, smooth lads for porn watching & horny sex. Southeast London. ML 36020 ✉SX36020

RAY We met at the Fallen Angel, Jan 23rd, enjoyed it very much, WLT meet again. Charles. ML 12779

CHAMPNEYS Piccadilly on Sunday 18th January, late afternoon. We fooled around in a quite unlikely place. Would like it again. Please get in touch. ML 36000 ✉SX36000

IN TOUCH Saw you at Fudge in St Albans, Saturday Jan **24**th, you had

more... Central London. ML 24716 ✉BY24716

SLIM, BLUE-EYED M, likes nights in/out & having fun. Seeks guy, 18-30, for 1-2-1. Herts. ML 24717 ✉BY24717

VERSATILE M, 45, slim & hunky, blue eyes & shaved head, GSOH, likes music, dancing & sport. Seeks guy, 25-40, for fun, friendship & hopefully more. Can travel. Sussex. ML 24719 ✉BY24719

SLIM KENT LAD, 19, into music & pubs. Seeks older, muscular, toned, professional guy for love & romance. ML 24720 ✉BY24720

seeks fit bi guy, 18-35, cropped hair, builders or manual workers preferably. Surrey. ML 15328

GOOD-LOOKING, straight-acting guy, **43,** very generous & successful, seeks slim, cute M, 18-30, who likes sucking cock, regular fucking & being spanked. South London/Middx. ML 17252

PASSIVE GAY M, 53, seeks young gay M, 18-25, looks unimportant, preferably a giver, Asian, black or Chinese welcome, for fun & friendship. West Cornwall. ML 36018 ✉SX36018

EDINBURGH GUY, 38, looking for daytime fun, any takers between 30 & 55? ML 36022 ✉SX36022

ATTRACTIVE, SEXY GUY, 24, 7", seeks guys, 18-40, for cocksucking on a semi-regular basis. London. ML 35971 ✉SX35971

BI-CURIOUS GUY, 32, slim & good-looking, wants to "give it a go". London. ML 36010 ✉SX36010

CHUNKY GUY, 35, goatee, looking for a man's man for fun & friendship. Canterbury. ML 36014 ✉SX36014

NON-SCENE GUY, 42, passive, seeks regular shag & cocksucking action. West End. ML 36016 ✉SX36016

TALL, SLIM, BLOND M, **26,** 6', WLTM masculine, fun M, 25-40, for fun and friendship. London. ML 36004 ✉SX36004

SLIM, VERSATILE, good-looking M, **48,** short brown hair, WLTM slim M, 20-45. North Herts/Cambridge. ML 36005 ✉SX36005

VERY HORNY M, 44, 6', 'tached, caring & honest, seeks slim, sexy, good-looking white M, under 30, gay or bisexual, for good times. Herts. ML 10668

SEXY LAD, 28, very well-built, very nice ass, very endurant, looking for active very well-hung guy. ML 35997 ✉SX35997

CUTE BOTTOM, 31, looking to hook up with similar in area now! Camden. ML 35998 ✉SX35998

ACTIVE GUY, 30, seeks masculine guys for fucks by hung, good-looking lad. Central London. ML 35999 ✉SX35999

CUTE FAT BUDDY, 18-33, straight-

25-35, Asian, black, Spanish, Italian or similar, for long-term relationship. Southampton/Brighton. ML 24691 ✉BY24691

FIT, SLIM EX-FARMER, 41, seeks Asian/Oriental lad for madness. Into pubs, hard dance & ecstatic confrontations. North London. ML 24692 ✉BY24692

GOOD-LOOKING Arab/Turkish guy, **27,** tall, smooth body, friendly, into cinema & nights in/out. Seeks bear & daddy-type, over 35, for long-term relationship. ML 24693 ✉BY24693

GOOD-LOOKING ITALIAN guy, **25,** WLTM passionate blond M. German professionals particularly welcome. London. ML 24694 ✉BY24694

IRISH GUY, 27, very straight-acting & very active in/out of bed. Looking for friendship, maybe more. If you like the sound text back. Southwest London. ML 24695 ✉BY24695

FILIPINO GUY 5'5", cut & smooth, friendly, nature-lover, into internet & movies. Seeks hairy Arab, Asian or white M, 30+. West Mids/anywhere. ML 24696 ✉BY24696

SLIM, GOOD-LOOKING white guy, **25,** enjoys pubbing, clubbing & having a good time. Seeks fun-loving guy, GSOH. ML 15689

ATTRACTIVE, sensitive, professional white M, **36,** enjoys the outdoors, travel & dining out. WLTM romantic Asian/Oriental M, 24-40, for long-term relationship. Surrey/London. ML 15675

STOCKY M, 43, 5'10", goatee beard, hairy arms & chest, quiet but friendly & loyal. Seeks similar M, 35-45, for friendship & long-term relationship. South London. ML 22336

GENUINE GUY, 39 5'11", likes nights in/out, music, travel & more. WLTM guy, 25-35, for friendship or relationship. Sussex. ML 24681 ✉BY24681

AVERAGE-LOOKING GUY, 23, into cinema, eating out, etc. Seeks hairy guy for 1-2-1. Middx. ML 24687 ✉BY24687

SEXY ITALIAN LAD, 34 5'5", masculine looks, down-to-earth, professional. WLTM similar adventurous, cute, fun, intelligent man. South/Central London. ML 24688 ✉BY24688

CUTE, VERY HORNY Japanese guy, **26,** 5'7", seeks fit, sexy guys, 18-35, for pleasure & dirty sessions. Need your hard tool. North London. ML 36019 ✉SX36019

PASSIVE BRAZILIAN M, **23,** straight-acting & good-looking, would love to shag with an Irish M. All nationalities welcome though. East London. ML 36003 ✉SX36003

SLIM, SMOOTH, handsome, submissive black guy, **20s,** seeks M for fun. Manor House. ML 36006 ✉SX36006

FUN-LOVING, WARM, easy-going mixed-race guy, **42,** 5'6", slim & smooth, nice-looking, fit body, loves sex. Seeks tall white guy, who sometimes might take control. North London. ML 16497 ✉SX16497

NON-SCENE GUY, 45 enjoys theatre, the arts. Seeks well-endowed active M, 30-50, preferably hairy, for a fuck-off shag 3 or 4 times a week. ML 13697

COCKSUCKER, 30s WLTM hunky men, 30s-40s, who enjoy prompt suction action. Central London. ML 35989 ✉SX35989

SLIM ITALIAN GUY, 40, 5'7", cropped black hair, 38" chest, 30" waist, seeks slim, nice-looking, well-endowed active guy. Oxford. ML 13743

MASCULINE, FIT active guy, **51,**

Jörg Leidig im Gespräch mit Christoph Burtscher

‚Arbeiten an einem Wunder' – neun fotografische Versuche zu HIV-Blut- und Heiligenbildern

Christoph, glaubst Du an Wunder?

Im Mai 2003 ging ich zum Arzt, um die Ergebnisse der HIV-Blutuntersuchung zu erfahren. Er hatte mich bereits darauf vorbereitet, dass er mir bei einer weiteren Verschlechterung der Blutwerte empfehlen würde, mit der antiviralen Chemotherapie zu beginnen. Ich machte mich schon auf schlechte Nachrichten gefasst. Doch dann die völlig unerwartete Überraschung: Ohne erkennbaren Grund war die HI-Viruslast von 91.800 (Kopien/ml Blut) auf 28.100 gesunken und die absolute Helferzellenzahl hatte sich stark verbessert. Die drohende Empfehlung, mit der Medikamenteneinnahme zu beginnen, war aufgeschoben.
Auch für meinen Arzt war die Verbesserung der Blutwerte eine Überraschung, die er sich nicht zu erklären wusste. Diese Veränderung zum Guten war also für mich schon so eine Art Wunder. Und von Wundern spricht man doch am ehesten dann, wenn sich ein Ereignis wissenschaftlichen Erklärungsmodellen entzieht.

Darum konfrontierst Du Deine Arbeit mit Heiligenbildern?

Für mich haben Wunder was Religiöses. Das hat wahrscheinlich damit zu tun, dass ich in Österreich, einem immer noch sehr katholischen Land, groß geworden bin. Jahrelang war ich in einem kirchlich geführten Internat zur Schule gegangen - Geschichten rund um die Bibel sind mir deshalb sehr vertraut. Die erzählen oft von Wundern. Und die Verbindung zu Blut ist da ziemlich naheliegend und immer wieder aktuell. Ich denke beispielsweise an die angeblichen Blutwunder süditalienischer Heiligenstatuen. Und noch eine andere Erfahrung spielt eine wichtige Rolle. Ende der 80er Jahre brach in kirchlichen Kreisen eine sehr heftig geführte Diskussion aus. Vom damaligen Salzburger Erzbischof wurde die Krankheit Aids als Strafe Gottes bezeichnet. Ähnlich wie die Pest im Mittelalter. Während sich aber die damaligen Heiligen der Kranken und Ausgestoßenen annahmen, können – um in der Sprache des Mythos zu bleiben - unsere modernen Heiligen, Ärzte und Ärztinnen, keine Wunder bewirken. Und ehrlich gesagt: Manchmal wünschte ich, dass die Medizin doch Wunder vollbringen könnte.

Die Etikettierung von Aids als Pest oder Ausdruck einer apokalyptischen göttlichen Gerichtsbarkeit ist bekannt und scheußlich genug. Trotzdem bewegst Du Dich innerhalb einer christlich-moralischen Metaphorik und verwendest Darstellungen christlicher Heiliger als Klammer für die Blutbilder. Warum?

Susan Sontag betonte in bezug auf Aids die enorme Wichtigkeit, die Krankheit von der ‚Diktatur der Bedeutung' zu befreien. Da kritisiert sie natürlich auch den kirchlichen Umgang, der Aids nicht als bloße Krankheit sieht, sondern zur Strafe umdeutet. Um auf diese verhängnisvolle Bedeutungszuschreibung zu reagieren, arbeite ich mit Figuren oder Chiffren, die innerhalb dieses Zeichen- bzw. Glaubenssystems beheimatet sind. Heilige haben, wie in allen anderen Religionen auch, einen festen Platz im Fundus christlicher Bild- und Erzähltraditionen. Ich wende sie aber gegen die Perversion kirchlicher Deutungsmacht, die weit ins gesellschaftliche Leben ausstrahlt.

Du arbeitest vermutlich mit dem Hl. Christophorus, weil er dein Namenspatron ist?

Ja. Dieser Heilige wird nicht nur von Gläubigen als Patron der Reisenden verehrt, sondern war im Mittelalter auch Pestpatron, und man sagt, er habe Menschen vor einem plötzlichen Tod bewahrt. Außerdem gefällt mir die Legende sehr, die über den Riesen Christophorus und das Christuskind erzählt wird. Angeblich war Christophorus auf der Suche nach dem mächtigsten Fürs-

Sebastiaan, Salzburg - Linzer Gasse, 2003

1.2.2002
23.500 bDNA-Viruslast

14.8.2002
58.000 bDNA-Viruslast

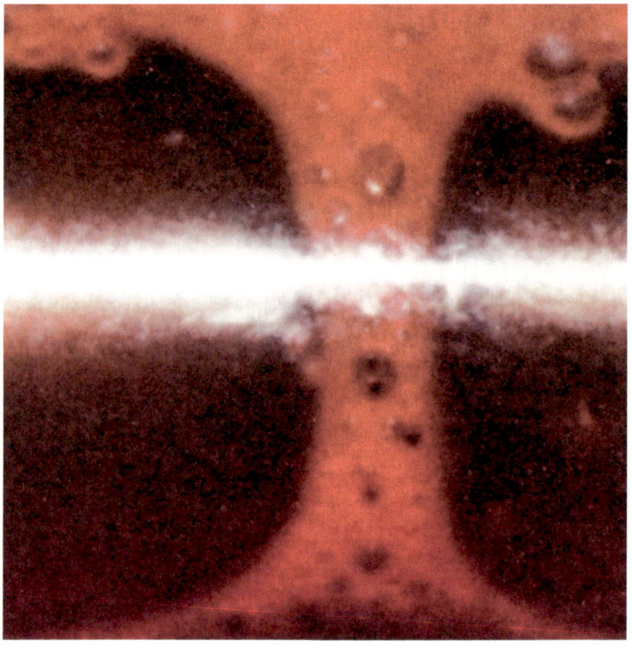

3.1.2003
91.800 bDNA-Viruslast

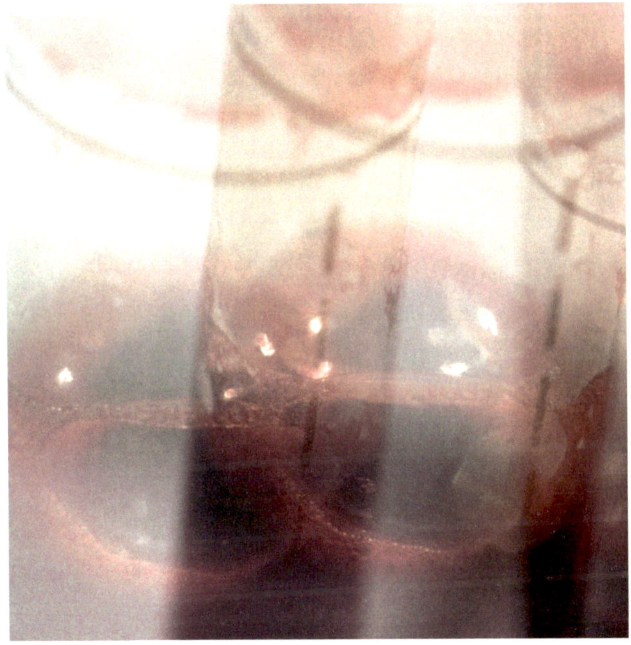

5.5.2003
28.100 bDNA-Viruslast

Masaccios „Christophorus mit dem Jesuskind“ um 1425

ten der Welt, in dessen Dienste er sein Leben stellen wollte. So diente er u. a. auch dem Satan, den er aber wieder verlässt, weil sich dieser vor dem Zeichen des Kreuzes erschreckt. Als kräftiger Fährmann schließlich begegnete er eines Tages dem Christkind, das er nur unter großen Gefahren durch den Fluss ans andere Ufer getragen haben soll. Für mich persönlich ist diese Erzählung voll homoerotischer Phantasterei. Ich mag die Idee, ihn mir als Helfer gegen all die Unannehmlichkeiten vorzustellen, die ein Coming Out beispielsweise als HIV-Positiver haben kann. Und das Fresko „Christophorus mit dem Jesuskind“ des italienischen Renaissancemalers Masaccio ist für mich durch den Blick in die Augen des jeweils anderen etwas ganz Besonderes!

Masaccios Christophorus ist ein fast jugendlich wirkender Mann. Im Italien der Renaissance ein häufig bevorzugter

Darstellungstypus, der wahrscheinlich auf das antike Vorbild des Herakles mit dem Erosknaben zurückgeht. Du verwendest aber noch einen zweiten Heiligen in Deiner Arbeit – und zwar einen, der noch viel mehr als Christophorus für homoerotische Sehnsüchte und Projektionen geeignet scheint.

Genau, den Hl. Sebastian. Auch er wurde im Mittelalter als Pestheiliger verehrt. Im Jahr 680 n. Chr., als der Schwarze Tod in Rom wütete, soll die Epidemie erloschen sein, nachdem Sebastians Gebeine durch die Stadt getragen worden waren. Seither also seine Verehrung als Pestheil(ig)er. Er ist für meine Arbeit wichtig, weil er im Laufe der Jahre zu einer Ikone der Schwulen wurde. Und das aufgrund der in der christlichen Kunst häufigen Darstellung als junger, attraktiver und doch leidender Mann. Sebastian eignet sich also in der Tat wunderbar zur Projektion von persönlichem Leid und Ekstase. Bei einer Krankheit wie Aids spielen ja Begehren und Leid bzw. Erotik und Tod eine nicht unwesentliche Rolle.

Deine erste Arbeit zum Thema HIV, die 2002 im Schwulen Museum ausgestellt und in Ausschnitten im Schwulen Auge 1 veröffentlicht wurde, bestand aus Farbfotografien mit sehr gegenständlichem Inhalt. Die neue Arbeit hingegen hat teilweise informellen Charakter, ist dann aber wieder sehr konkret. Darüber hinaus hast Du Dich für ihre Endfassung für ein sehr kontrastreiches Schwarzweiß entschieden, obwohl Du sie hier in einer früheren Version, als Farbfotos, präsentierst.

Es gibt viele Unterschiede zu ‚*Es kann sein, dass ich Fieber habe…*', meiner fotografischen Annäherung an ein Leben mit HIV. Diese Aufnahmen zeigen in sehr konkreter Weise die Schrecken, die mit einer Krankheit einhergehen können. Es geht zentral um Verletzlichkeit und Vergänglichkeit, die alle Menschen, egal ob gesund oder krank, miteinander teilen. Die Endfassung von ‚*Arbeiten an einem Wunder*' erzählt in neun großformatigen SW-Bildern (70 x 70 cm) von persönlicher Hoffnung auf Schutz und Heilung, von geheimnisvoller, von vorübergehender Besserung und von Zerfall. Das geschieht auf sehr abstrakte Weise, so dass der Betrachter phantastische Dinge in den Bildern sehen kann, die mit Blut gar nichts mehr zu tun haben. Das hat sich mittels unterschiedlicher Techniken, wie Ausschnittvergrößerungen, Doppelbelichtung und SW-Transformation der ursprünglich in Farbe gemachten Fotografien erreichen lassen. Den konkreten Bildinhalt verraten nun mehr ausschließlich die einzelnen Bildtitel, die das Untersuchungsdatum und das Ausmaß der Viruslast mitteilen.
Und noch ein abschließendes Wort zu den beiden Heiligen. Christophorus und Sebastian sollen helfen, den Betrachter neugierig zu machen und ins Geschehen der Arbeit zu ziehen, verkörpern sie doch die einzig konkreten Bildinhalte dieser Arbeit.

Christoph, ich danke Dir für das Gespräch

Tamas Moricz

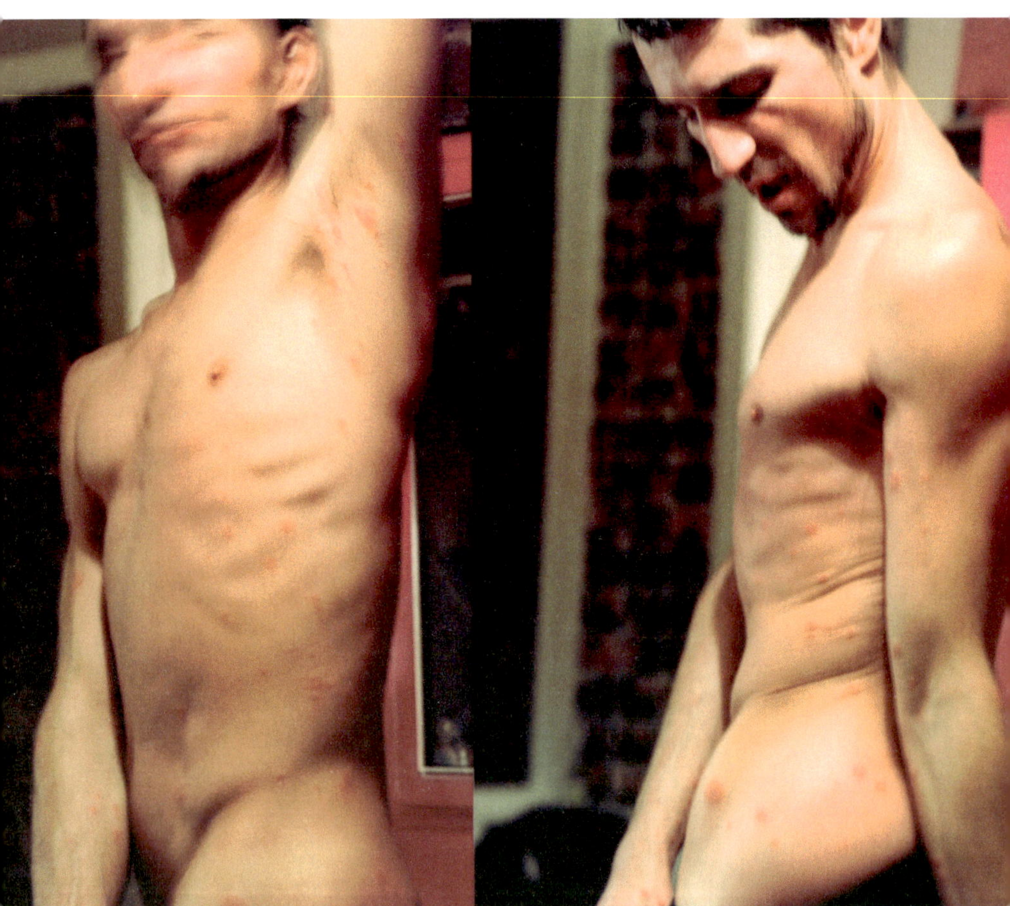

Baphomet Marduk

Markus Baaken

Amen

Amen! Das war das letzte Wort, das ich heute an meine Gemeinde richtete. Amen und gesegnet sei der Herr.
Ich stehe vor meinem Altar und betrachte Jesus, wie er das Leid der Welt auf seinen Schultern trägt. Er hängt an seinem Kreuz und ich weiß um all seine Qualen. Ich knie vor seinen Füßen nieder und berühre mit einer Hand seinen genagelten Fuß. Es ist das gleiche Gefühl, wie es immer war. Wie es schon war, als ich mit 11 Jahren allein vor dieser Jammergestalt auf den Knien rutschte. Eine selige Ruhe durchströmte mich.
Ich war Jesus noch nie so nahe gewesen. Jede Furche in seinem Gesicht wurde überdeutlich groß und gleichzeitig bemerkte ich, dass der Schwanz in meiner Hose steif war. Ich hatte damals nicht einordnen können, was das war. Warum es so war ... aber heute weiß ich, es glich einem Vorspiel. Es war dieses Leid gewesen, das mich faszinierte und auch heute noch mein Blut zum Kochen bringt. Niemand hatte so gelitten wie er. Niemand würde nochmals seinen Weg gehen, außer er selbst - neu geboren in Unschuld. Ich danke Gott, seinem Vater für seine Geburt und flehe um seine Wiederkehr.
Meine Schwanz pocht hart in meiner Hose, als wenn er mich stets an seine Existenz erinnern wollte, damit ich diesen Teil meiner Liebe niemals verleugne. Ich erhebe mich und danke dem Herrn für diese Sutane. Es ist ein spottender Gedanke, dessen ich mich nicht schäme. Es gibt nichts, dessen ich mich je wirklich schämte. Ich erinnerte mich an die Messe, wie sie vor mir knieten und das Abendmahl aufnahmen und nichts ahnten von meinem Schwanz, der sich. ihnen währenddessen entgegen streckte. Sie öffneten ihre Lippen und sahen aus, als ob sie ihn empfangen wollten. Ich hätte sie stopfen können wie die Gänse in der Mast. Dem Herrn sei's gepriesen.
Ich spürte diese überlegene Ruhe in mir, so als ob Gott selbst zu mir sagte, dass alles seine Richtigkeit hatte.
Ich wollte allein sein. Diese Messen waren der Sumpf der Verlogenheit. Wer von denen, die dort saßen, konnte lieben wie ich liebte, fühlen was ich empfand oder auch nur ansatzweise Christus mit der gleichen Ehrlichkeit entgegen treten? Wenn sie auch nur ahnten, was in mir vorging, würde der Mob mich lynchen.

Ich wäre in ihren Augen pervers und gemeingefährlich.
Durch die Sakristei, hinaus ans Tageslicht, über den kleinen Hof neben dem Gemeindefriedhof gelangte ich nach Hause. Die Haushälterin kam mir entgegen, doch meine Geste, die Hand leidend auf die Stirn gelegt, verstand sie gleich. Kopfschmerzen - hieß das und alleine sein!
Ich wollte sie anschreien.
„Lass mich in Ruhe, altes Weib. Verschwinde du neugierige Fettel und komm nie wieder!“
Ich presste meine Hand auf den Mund, um diesem Wunsch zu widerstehen und eilte die Treppen empor zu meinem Zimmer. Endlich alleine drehte ich den Schlüssel im Schloss und atmete tief durch. Dank sei dem Herrn. Gepriesen sei das, was kommen mag und so entledigte ich mich hektisch der Soutane und der jetzt überflüssigen Kleidung.
Da stand ich nun nackt vor dem Angesicht des Herrn.
Der mannshohe Spiegel nahm jeden meiner Schritte auf, die ich zum Bett machte. Erleichterung empfing mich, als ich mich in den weichen Daunen räkelte und mein Spiegelbild betrachtete.
Ich hatte die Figur eines Schwimmers. Langbeinig und muskulös mit einem zum Trapez gewachsenen Oberkörper. Ein Instrument, das Gott mir geschenkt hatte und auf dem nur ich spielen wollte. Mein Schwanz stand hart von mir ab. Er pulsierte heiß im Takt meines Herzens, das wie ein Hammerwerk meine Geilheit verkündete. Ich schwitzte wie Christus geblutet hatte, und kleine Rinnsale sammelten sich in den Vertiefungen meines Waschbrettbauches. Gott liebte mich. Ich war mir sicher wie noch nie. Ich tauchte meinen Zeigefinger in den Schweiß, umkreiste meinen Warzenvorhof und quetschte meine Nippel, bis sie dunkelrot wurden und schmerzten. Ich schloss die Augen und sah Christus vor mir. Sein Gesichtsausdruck zeigte den Schmerz. Wie sich sein Innerstes wand und seine bebenden Lippen um Gnade bettelten.

Anja Müller

Ich wollte seine Stimme hören.
Nur der, der Leid erfahren, kann Leid verstehen.
Mein Innerstes schrie nach Erfüllung. Ich verstand es sehr gut.
„Schrei endlich.“ sagte mein Verstand.
„Ich blickte in seine Augen. Mit waidwundem Blick, weit aufgerissen im Schmerz sah er mich an und seine Lippen blieben verschlossen.
„ Schrei!“ forderte ich, und meine Hände folgten meinem eigenen Drängen. Fest

umklammerten meine Finger meinen pulsierenden Pfahl und ich grub meine Fingernägel in die weiche, mit bläulichen Adern durchzogene Haut. Die Pein trieb mir die Tränen in die Augen und mein Herz drohte, aus der Brust zu springen. Jesus weinte um mich. Seine Tränen waren für mich und die Welt.
Ich bewegte meine Hand in forderndem, immer wieder kehrendem Rhythmus. Hart und unnachgiebig, die Nägel noch tiefer im Fleisch.
„ Ich will dich schreien hören!" Die Dornen seiner Krone drückten sich in seine Stirn und Tropfen dunkelroten Blutes ummantelten sie. Sein flehender Blick wollte, das ich es beendete. Doch es war nicht genug. Nie konnte es meine Gier befriedigen, wenn er nicht endlich um Erlösung schrie. Ich spürte seine Nähe körperlich. Er war da, einen Arm weit entfernt. Mein Atem floh über meine verzerrten Lippen und sein Keuchen drang an mein Ohr. Wie lange noch, bis er meinem Drängen nachgeben musste. Meine Hand agierte wie ein Stempeldruck gegen meinen Schaft. Zerrte meine Vorhaut straff, bis sie kaum noch nachgab. Herr erlöse ihn. Erlöse uns. Gib seinem Inneren Frieden.
Sein Gesicht war nun vor mir. So nah dass ich die Poren seiner Haut erkennen konnte, so nah, dass ich meine Lippen spitzen konnte, um ihn zu küssen. Ich wollte an seiner Stelle sein, sein Leid auf mich nehmen. Ich schmeckte sein Blut, das von meinen aufgebissenen Lippen meine Zunge berührte. Ich verbrannte vor Sehnsucht nach seinem Geschmack. Ich war bei ihm. Ich war an ihm, aber ich wollte in ihm sein. Herr gib mir Kraft. Ich drohte zu platzen, und für einen kurzen Augenblick berührte ihn mein Gesicht. Ich hörte seinen gellenden Schrei, der sich mit meinem vermischte. Spürte den Hauch seines Todes, der mir den Atem nahm und mich unsagbar glücklich machte. Ich fühlte den klebrigen Ausstoß meines Lebens, der sich über meine Hand ergossen hatte und öffnete die Augen. Mein Blick fiel auf mein Spiegelbild. Da lag ich wie gekreuzigt. Mit blutigem Schwanz.
Alles was blieb, war die Erinnerung. Die Einsamkeit, in Gottes Gnaden zu stehen. Für diesen Tag hatte ich mein Werk getan. Ich hatte von seinem Leib gegessen und den Wein getrunken, der durch seine Adern floss. Ich fühlte mich vollkommen in all meiner Unvollkommenheit. Das Kreuz hing über meinem Bett wie ein Talisman. Ein Verlangen nach zwei leidenden hellbraunen Augen, die mich als 11jährigen in Gefangenschaft nahmen und nie wieder loslassen sollten. Ich wusste, dass der Tag kommen sollte, da seine Arme sich vom Kreuz lösten und mich in Erbarmen umfingen. Dann war der Tag gekommen, an dem ich mit ihm ging. Ein Tag, an dem alles Irdische vorbei war. Ich weiß nicht, ob ich dazu bereit sein werde. Ob es dann noch so sein wird, wie es heute ist. Kann ich ihn lieben ohne sein Leid?
Um fünf empfange ich den Bischof zum Abendessen und wir werden die Frage diskutieren, ob andere Liebe vor Gott und der Kirche zu rechtfertigen ist. Meine Antwort wird ein klares Nein sein. Manchmal ist eine Lüge der Schlüssel zum Himmelreich. Gott sei‘s gedankt und ich werde weiterleben mit all seiner Herrlichkeit.

Mike Stead

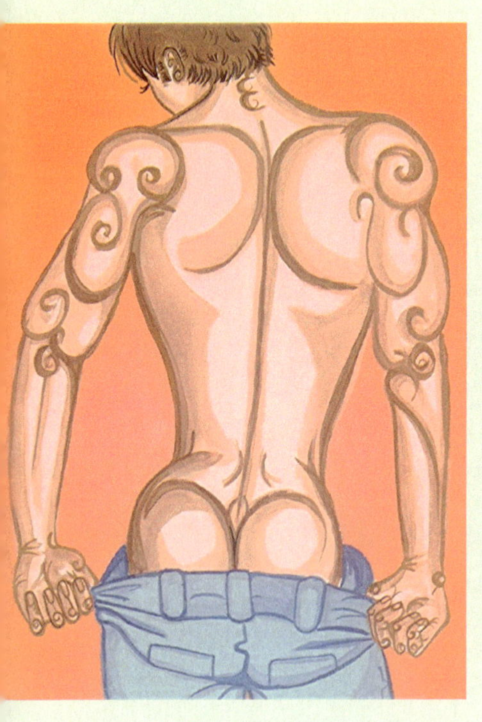

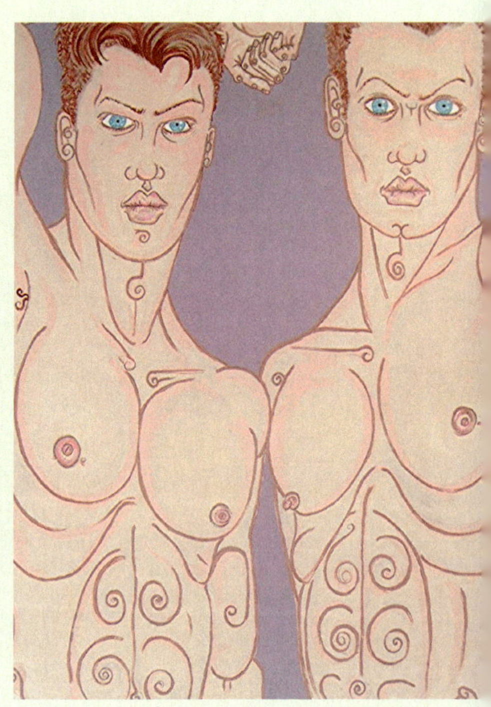

Mike Stead

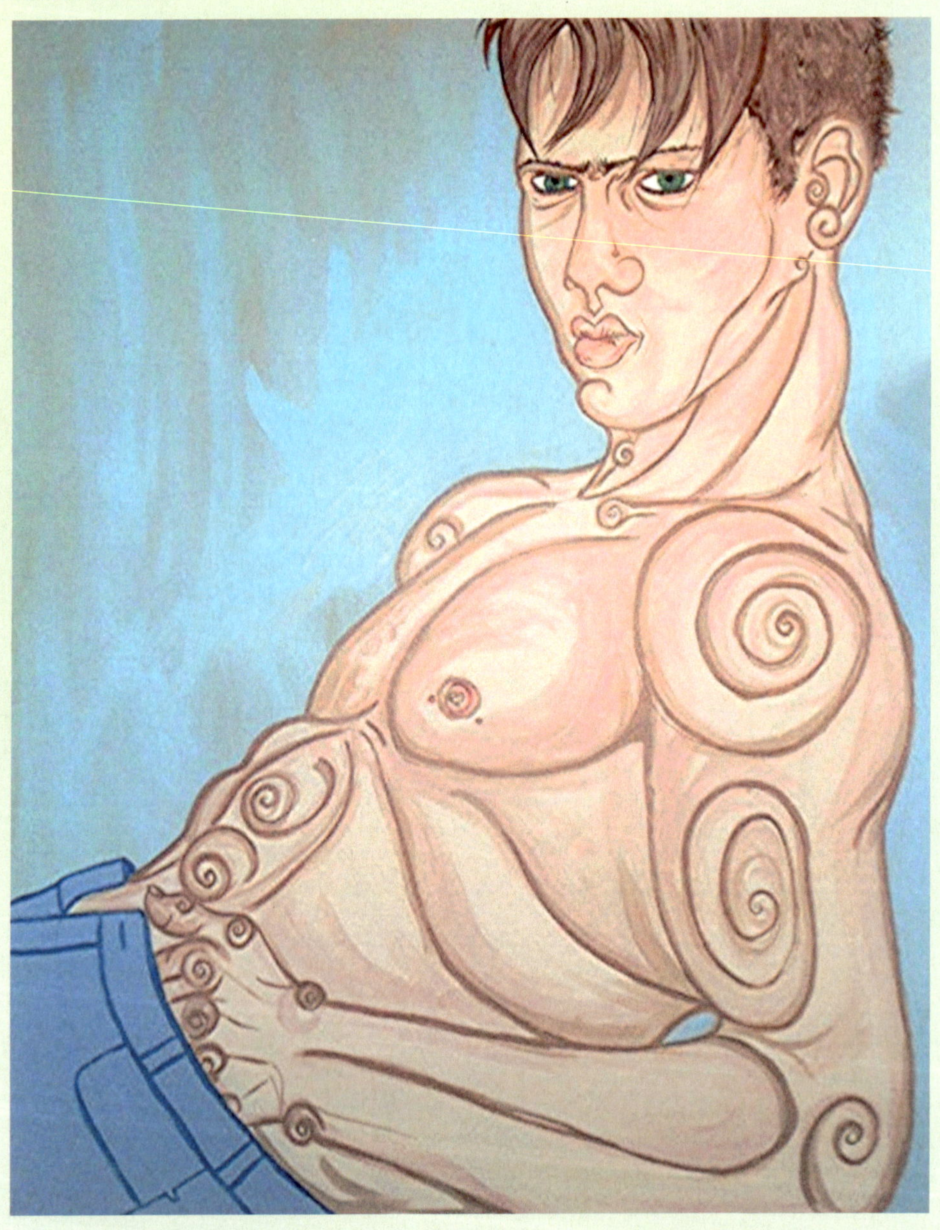

Markus Baaken

Missing Flight

Als sie gebrüllt hatten, wir sollten alle das Maul halten, war ich zusammengezuckt. Ich war von schöner Gestalt und guter Bildung. Von dem Moment an aber hatte ich mich in mich zurückgezogen. Die Kommunikation verlief dermaßen einseitig, dass ich keinerlei Interesse verspürte, an ihr teilzuhaben. Das Flugzeug, in dem ich unterwegs war, war gerade in die Hände von Attentätern geraten und in Sekundenschnelle hatte ich mich damit abgefunden. Alles war wie in Fernsehspielen tausendfach beschrieben. Ich befand mich in einer Situation, in der ich nicht sein wollte und es waren sechs Entführer gegen sechzig Insassen aus fünfzehn Ländern, hatte ich grob überschlagen. Ich ergab mich in die Situation und blieb von jetzt an für mich. Wir waren erst seit zwanzig Minuten auf der Reise gewesen und hätten gerne die halbe Welt umflogen.
Das war vor acht Minuten gewesen. Ich lebte zwar noch, aber es herrschte eine ungewisse Stille im Flugkörper. Selbst das undeutliche Gezanke im Cockpit erschien mir inzwischen peripher und schien die unangenehme Situation in keiner Weise zu verändern. Wir waren vollgetankt bis nach Kanada unterwegs und Flugzeugentführungen waren gerade, so schien es, in Mode gekommen Meine Sitznachbarin roch mittlerweile stark nach sich. Sie war in Alter und Haltung meiner Mutter ähnlich. Ich sagte kein Wort.
Wir saßen alle etwas in die Polstersessel hinein, weil man uns verboten hatte,

Antony Rizzi

irgendwelche Körperteile über die Sitzfläche hinaus zu strecken. Dann wären sie weg, hatte man uns in gebrochenem Englisch versichert. Ich sah nur vier der anderen Passagiere. Zwei schienen Geschäftsleute zu sein, denen ihre Managerphantasien gerade nicht mehr weiterhalfen. Sie stanken bereits über den kleinen Flur rüber und einer tippte doof Nummern in sein Mobiltelefon. Ein anderer zerkratzte geräuschlos das lackierte Blech seines Vordersitzes. Ich hingegen ging davon aus, dass wir im Landeanflug auf irgendetwas sind. Da ist die Benutzung von Mobiltelefonen untersagt und ich hätte ohnedies nichts zu sagen gehabt. Ich hätte nur unverständlich wimmern können, kein Wort von Anfang bis Ende durchgehalten. Ich hätte vielleicht gebrüllt und mich über Allah beschwert. Ich dachte an meine Schwester Gisela und die anderen, die an meinem Grab sein würden. Ich merkte, dass ich mir in die Hose pisste. Das hatte ich schon oft getan und fand es sehr angenehm. Ich war mir sicher, dass ich ohnehin sterben sollte.

Dann wurde ich geil. Ich hatte mich inzwischen so weit zurückgezogen, dass ich die Sexualität gegen meinen Hosenschlitz pochen hören konnte. Ich wollte meinen Muttterersatz fast schon fragen, ob sie etwas dagegen hätte, wenn ich etwas onanieren würde, während wir so falsch gesteuert durch die Luft trudelten. Ich erinnerte mich aber an meine gute Erziehung. Schade, die wäre dann jetzt gleich genauso und für immer verloren, wie meine Erektion.

Der selbsternannte Kapitän machte eine Durchsage. Sie war kaum zu verstehen, weil die meisten Mitreisenden mit Geräuschen einfach nicht mehr an sich halten konnten. Wir steuerten ein Ziel am Persischen Golf an, sagte er und machte keine Bedeutung dabei. Ich dachte an den Eiffelturm vielleicht oder an den Circus Maximus. Ich hatte einen Ständer, ich schaute deswegen etwas schuldhaft aber vergebens auf die Dame im kessen Alter neben mir. Sie war weggesackt, war bewusstlos geworden. Alle anderen saßen weiter weg. Also ergriff ich mutig meinen Schwanz, um ihn aus der Hose zu holen, dezent unter meiner Bomberjacke verborgen. Ich hatte ihn gerade halb aus der Enge meiner Hose befreit, ich fühlte seine Kraft und die Wärme des Schaftes. Ich hatte meinen Schwanz schon so oft in der Hand gehalten. Jetzt umklammerte ich ihn fest, ich wollte ihn spüren. Ich fühlte seine pulsierende Erotik, ich fühlte, wie er sich aufzulösen schien, einen Moment lang. Er schien größer zu werden, ließ sich nicht mehr halten. Auch die Hand schien sich aufzulösen, mein ganzer Körper geriet in eine leichte Vibration. Er löste sich auf, wurde zu tausend Elementarteilchen und vereinigte sich in neuntausend Metern Höhe mit den gleichfalls auseinandergerissenen Molekülen des Lufttransporters. Das Fluggerät hatte seine Form verloren und wir wurden alle auf angenehme Art zerrissen.

Das war mein letzter Gedanke.

Dann wurde es dunkel, für immer dunkel, still und seltsam friedvoll. Meine Körperreste segelten noch rund siebzig Sekunden durch die dünne Atmosphäre, bevor sie in einem Waldstück an der Ägäis aufschlugen, in 28 Millionen kleinen Stücken. Existent war ich dabei nicht mehr. Aber eine Erektion hatte ich auch jetzt noch.

Max Fathom

Chris

Warten an der A3

Ich bin relativ häufig mit dem Auto unterwegs, und wenn ich Zeit habe, fahre ich einen der Parkplätze an, die ich mir bei Homo.de rausgesucht habe.
So fuhr ich auch letzte Woche direkt hinter dem Kreuz Breitscheid von der A3 auf ab. Ich stieg aus, um die Lage zu checken. Nach ein paar Minuten hielt direkt neben mir ein New Beetle und ein Mann, Mitte 30 stieg aus. Er lächelte mich an, trat auf mich zu, griff sich unmißverständlich in den Schritt und mir an den Arsch. Dann ging er langsam in das Waldstück hinter dem Parkplatz. Dieser freundlichen Einladung konnte ich nicht widerstehen. Er lehnte sich an einen Baum, ließ die Hose runter und spielte mit seinem bereits erigierten Schwanz. Ich küsste ihn leidenschaftlich und machte mich mit der Hand an seinem Schwanz zu schaffen. Während unsere Zungen gegeneinander schlugen und ich ihn intensiv wichste, tastete er meinen Körper ab. Sein Schwanz hatte inzwischen recht kräftig ausgelegt. Ich wollte gerade vor ihm in die Knie gehen, um ihm kräftig den Marsch zu blasen...sagte er, daß er gern ficken möchte. Nicht, dass ich was dagegen hätte, aber so einen großen hatte ich noch nicht in meinem Arsch gehabt. Da ich aber inzwischen so geil war, verdrängte der Wunsch, es zu probieren die Angst. Ich ließ meine Hose nach unten fallen, beugte mich weit nach vorn und spreizte meine Beine. Er griff in meine Arschbacken und spreizte sie. Er bückte sich und leckte meine Rosette, steckte dann nach und nach seine Finger in mein Loch, um es zu weiten. Ich stöhnte vor Geilheit. Er begann vorsichtig, mit seinem Schwanz in mich einzudringen. Am Anfang tat es höllisch weh und ich musste kräftig die Zähne zusammenbeißen. Aber als er den Schließmuskel passiert hatte, war es nur noch die pure Lust. Er fickte mich mit langsamen, kräftigen Stößen zu ficken und stimulierte dabei meine Prostata, so dass ich, während er mich fickte, abspritzen mußte. Inzwischen stieß er heftiger zu und keuchte. Es dauerte nicht mehr lange, bis er sich in mir ergoss. Es muss eine große Menge Sperma gewesen sein, denn noch während sein Schwanz in mir steckte, spürte ich, wie ein Teil davon heraus und an meinem Bein herunterfloß. Nachdem er sich völlig entleert hatte, zog er seinen Schwanz raus und wir schauten uns erschöpft an. Ich ließ mich ins Moos fallen.
Da sah ich, daß sich zwischen den Bäumen zwei andere Männer zu uns gesellt hatten. Beide hatten unseren Fick beobachtet und onanierten. Sie kamen auf uns zu und ehe ich mich versah, spritzte der eine auf meinen nackten Bauch. Mein Fickpartner bückte sich und begann den Saft des anderen von meinem Bauch abzulecken. Dann zogen wir uns an und gingen schweigend zum Rastplatz zurück. Erstaunt sah ich, wie alle drei in dasselbe Auto stiegen.b Einer zwinkerte mir noch zu!Ich mußte lächeln.
Sie fuhren davon und ich steckte mir eine Zigarette an und genoß das wohlige Brennen in meinem Arsch, bis auch ich mich auf den Heimweg machte.

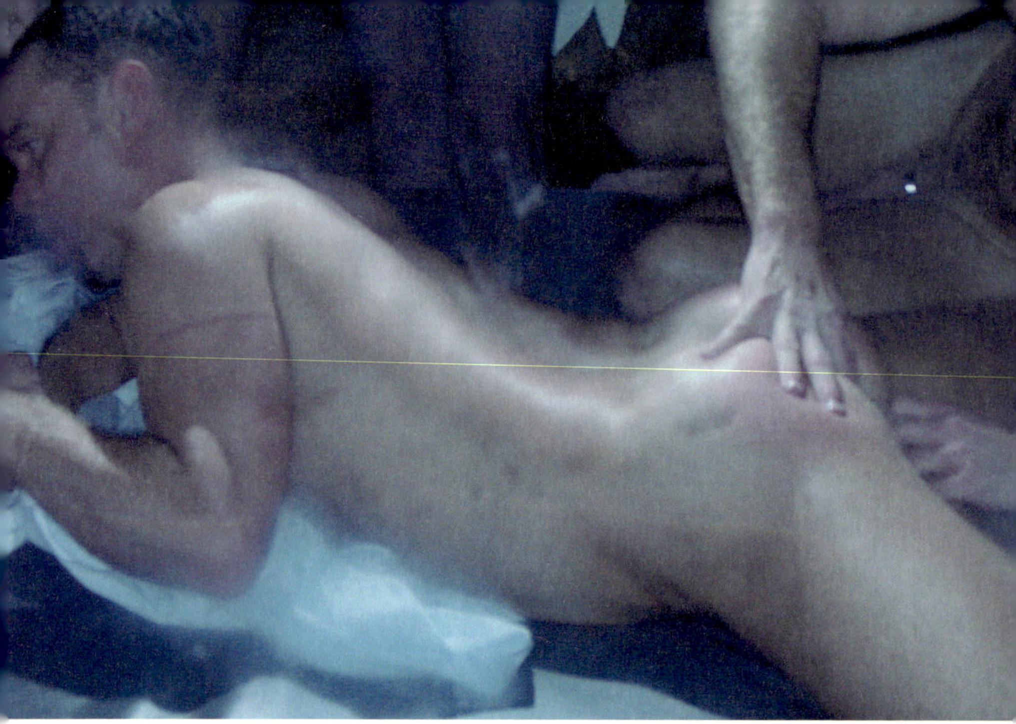

Markus Baaken

Im Hafen

Wir treffen uns im Hafen. Ich bin vorsätzlich falsch angezogen, trage ein deutsches Panzerkombi in sonstiger Hosenschnösel-Atmosphäre. Es sind fünf Gäste dort, ist zehn Uhr abends. Einer trägt ein rotes Sportshirt. Der muß es sein. Ich sehe das flüchtig durch die Glastüre, bevor ich die Arena betrete. Ich gehe nicht zu ihm, schaue ihn nicht weiter an. Zuerst bestelle ich ein Bier und damit gehe ich an seinen Tisch, auf dem ebenfalls ein Bier steht.

„Du mußt Kurt sein", sind meine ersten Wörter. „Ja, geenau" verzieht er schweizerisch das e in die Ewigkeit. Bloß langsam sprechen, erinnere ich mich an die Zeit bei den Eidgenossen. Ich beginne ein freundliches Gespräch. Ich achte darauf, wie Kurt auf meine Kleidung anspricht. Er tut es diskret, scheint Gefallen zu entwickeln.

Wir beachten das Lokal und die anderen Gäste nicht weiter. Ich zwinge ihn, die Wörter *Brandenburger Tor* und *Siegessäule* auswendig zu wissen. Er weiß nicht von Tor und auch nicht von Säule. Ich mache mich über ihn lustig. Das gefällt ihm offenbar. Ich überlege, ob Blonde wirklich doofer sind. In seinem Fall wäre das mein Vorteil. Blond fickt gut, weiß die deutsche Volksseele.

Er ist so groß wie ich, etwas älter und

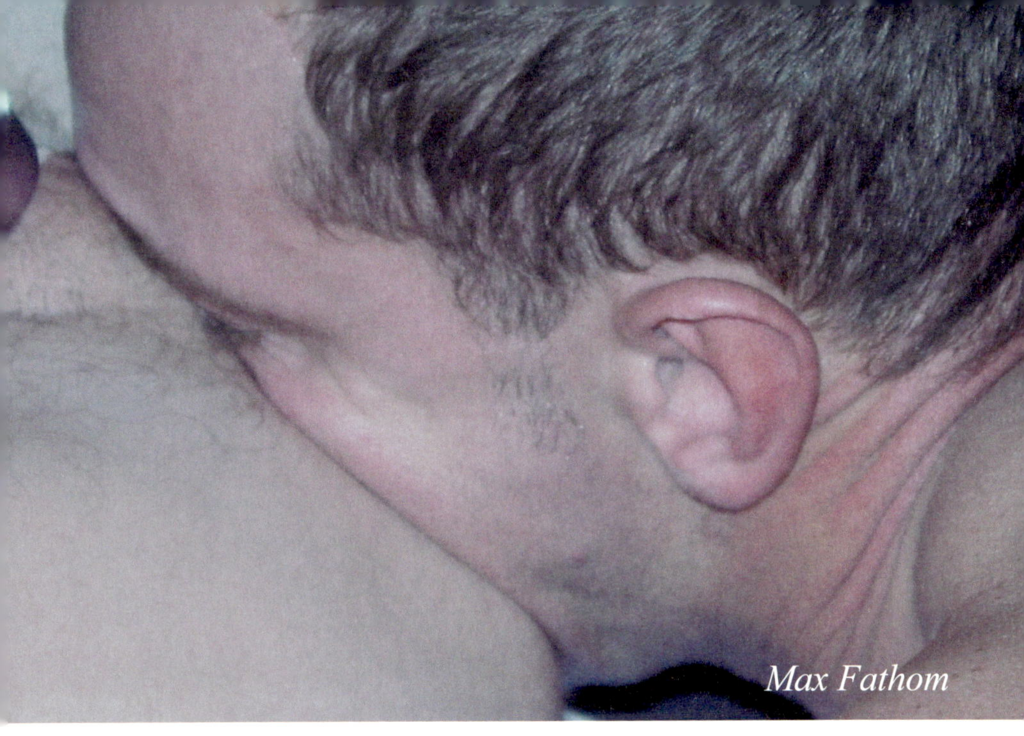

redet mir von seinem Bauch. Der sei flach und er verspricht, daß er gut gestaltet sei. Ich fasse nicht hin, lasse ihn nicht sein T-Shirt anheben. Ich koche ihn dadurch hoch. Mein freundlicher Mund lächelt kokett wie beim Beischlaf.
Er begreift nicht, wer ich bin. Aus dem zu großen Panzerkombi ragt ein zu blonder Schädel, dessen zu blaue Augen Vertrauen auf sich ziehen. Ich rieche Achselschweißunterdrücker an ihm. Man muß fremden Nationen Eigentümlichkeiten nachsehen. Ob er Drogen benutzen würde, besprechen wir kurz.
Er hat mir Grüße von einem lieben Zürcher Freund ausgerichtet. Da habe ich mich mit ihm verabredet. Ich wußte um die Besonnenheit, mit der unser Mann in Zürich auf die Männer schaut. Kurt ist schön, gar kein Zweifel. Und er erlaubt, daß ich das Gespräch dirigiere. Außerdem hat er nach Information über unseren gemeinsamen Freund gefleht. Er hat sie nicht erhalten. Niemand schützt Daten so liebevoll, wie wir Deutsche.
Ich schlage einen Joint vor in seinem Hotel, ganz in der Nähe. Er willig sofort ein. Wir haben kein Zigarettenpapier und ich schaue im Omnes hinein, einer weiteren Schwulenbar. Die haben keine, aber der Kellner erkennt die Notlage und verspricht Abhilfe. Er fragt einen Gast und wir erhalten drei kleine Blättchen, wie in den achtziger Jahren, als man sich zu helfen wissen mußte. Dann gehen wir über die Straße, in Kurts Hotel. Ein Zimmer mit Wachbecken und Fernsehgerät. Ich drehe ein Tütchen, die Stimmung beginnt von sich aus zu knistern. Wir rauchen und ich lege eine Hand auf seine Hand. Er erwidert meine Zuneigung sofort. Ich habe freie Bahn. Was jetzt

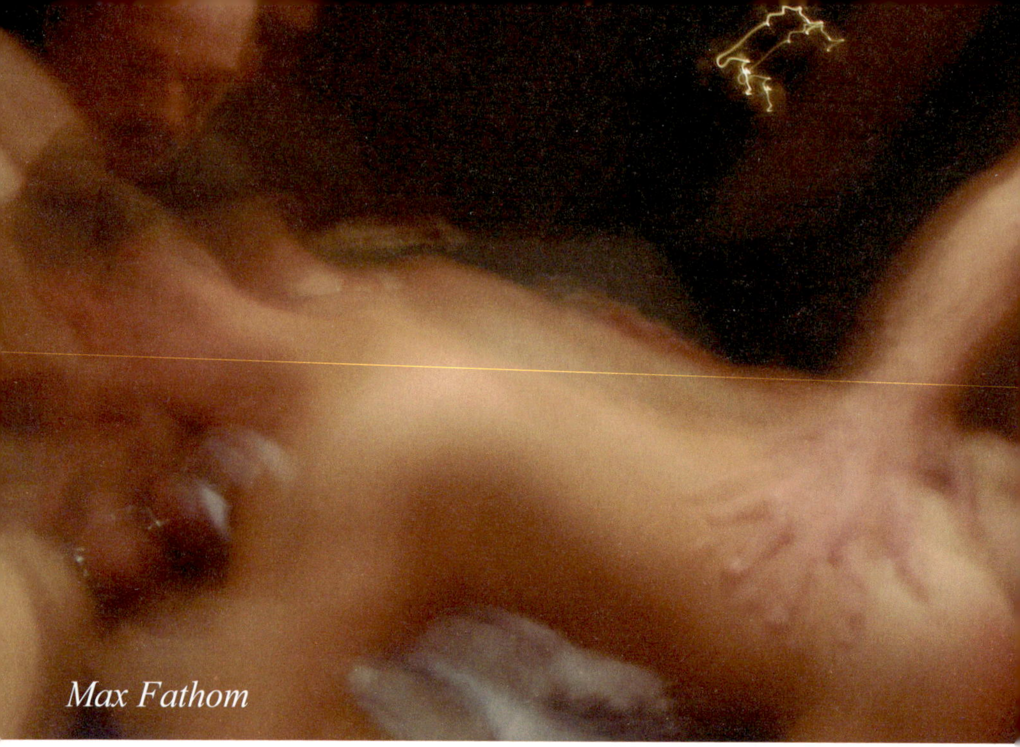

folgt, ist irrelevant, wird sich in Details verlieren.
Ich tippe auf Masochist und werde Recht behalten. So greife ich seinen Hals fest und halte seine Hände hinter seinem Rücken zusammen. Er willigt ein, dominiert zu werden. Es gibt nichts im Raum, das sich halbwegs für harten Sex eignen würde, ich führe nur Kondome mit mir und frage nach einem Gürtel. Er hat keinen.
Wenn Männer hübsch sind, verlangt es mich in der Regel stärker danach, sie zu verprügeln. Ich mag es mehr, auf wohlgeformte Ärsche zu schlagen, in hübsche Gesichter zu hauen, auf feste Bäuche zu prügeln. Wer viel lächelt, wird ordentlich in die Grinsefresse gefickt, kriegt einen Knebel ins Maul.
Ich werfe ihn zu Boden und trete in ihn hinein. Er wimmert leise. Zu leise, um ernsthaft auf eine Veränderung hinzuwirken. Ich drücke ihm sein Maul zu, schaue ihn gemein an. Ich stecke ihm einen Finger in seinen Arsch und fühle Fickbereitschaft. Dann reite ich ihn lange, langsam, mit heftigen Stößen und mit sanften. Er hat einen Ständer, die ganze Zeit. Es macht mir Mühe, abzuspritzen. Aber schließlich landet mein Sperma in seinem Gesicht. Dann wichst er sich.
Ich hatte ihn zwei Stunden lang, während derer er mehr Geräusche machte, als ich jemals in einem Porno wahrgenommen habe.
Ich mag es, wenn Männer meinen Orgasmus mitatmen. Seine Bauchdecke war in der Tat unvergleichlich. Als ich ging, wusste er von mir soviel, wie am Anfang.

Clemens Ismann

(Sch)Lim(m)ericks

Ein ältlicher Spanner aus Waren,
der lauert allnächtlich nach Paaren;
erwischt wie zum Hohn
den eigenen Sohn.
Der trieb's mit dem Nachbarn seit Jahren.

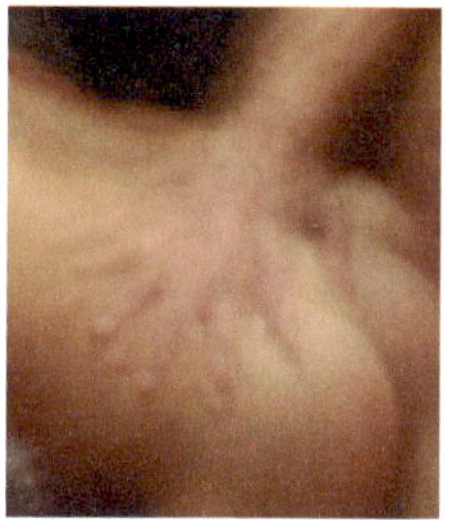
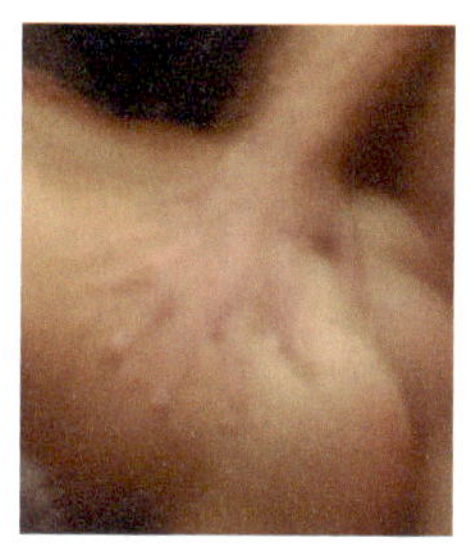
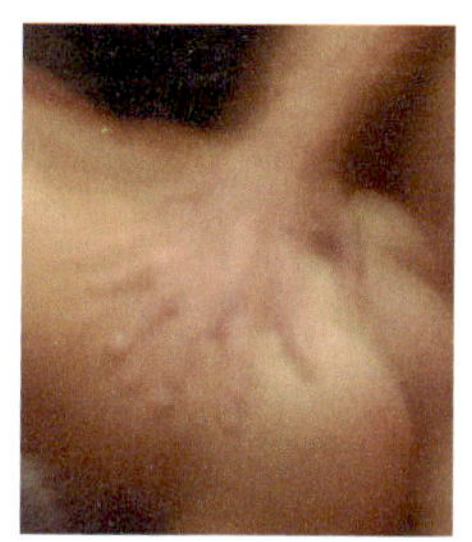
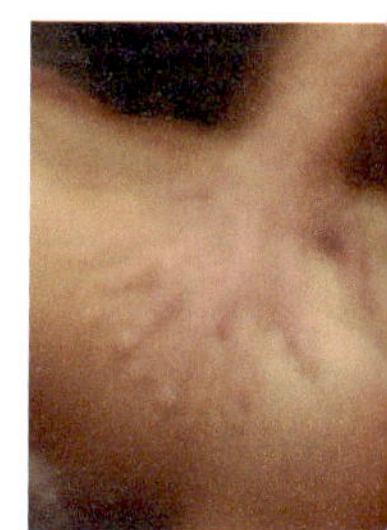

'ne tischlernde Transe aus Bergen,
die wichste mit Brautkleid in Särgen.
»Schneewittchen ist geil!«
Sie griff sich ans Teil
und träumte von knackigen Zwergen.

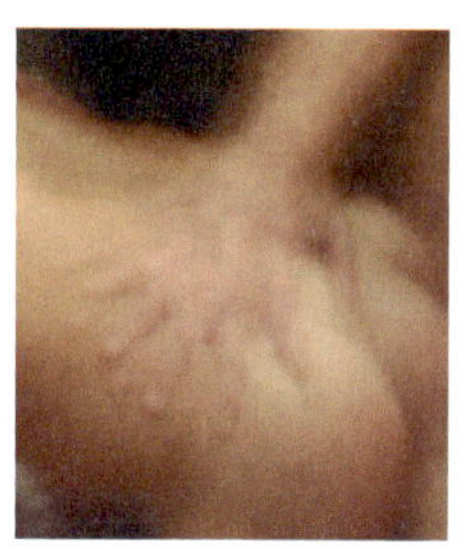
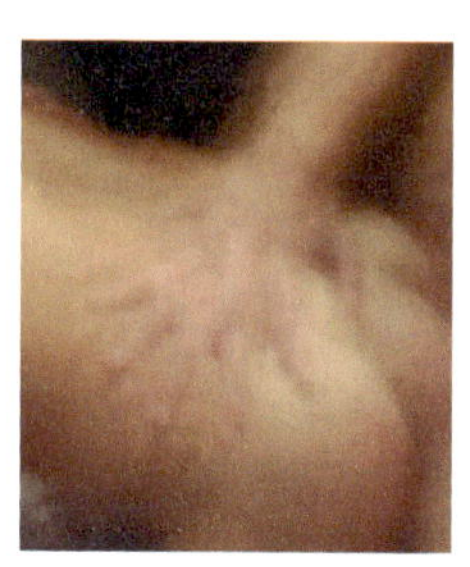
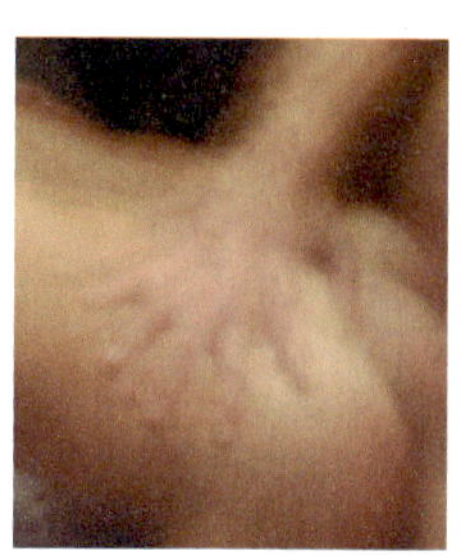
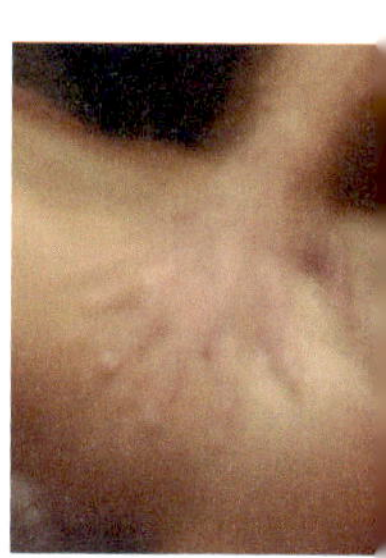

Ein leckerer Milchmann aus Halle
trug Rahm aus. Es öffnete Kalle.
Der Kalle trug nur
am Arm seine Uhr.
Da ging er mit ihm in die Falle.

Max Fathom

6 FT
5 FT

Alexander von Agoston

Alexander von Agoston

Der Arzt

Vereinte Notizen aus dem Marinetagebuch, Wilhemshaven, Juni 1982

Bei den Steinen bin ich allein. Ich schaue auf das Meer. Das Wasser kommt und geht. In kleinen Wellen schwappt es auf den Kies. Manchmal vereinen sich die Wasser und schlagen gemeinsam gegen den schwarzen Fels. Der steht ungerührt. Die Welle zerrinnt wie nie gewesen, zerstieben die Tropfen und Gischt nimmt fort der Wind.
Im Kies krabbeln einige kleine Käfer. Schwarze Käfer mit kleinen schwarzen Flügeln unter rundem Klapppanzern. Der rote Marienkäfer dagegen ist ein Riese, ein mächtiges Schlachtschiff. Er will hoch hinaus. Er weiß nicht wohin, doch geht er immer nach oben. Das weiß er wohl, was weiß er von der Welt? Seine Welt, kennt er die? Kann ein Marienkäfer denken? Er erklimmt meine Hand, wandert vom kleinen Finger zum Ringfinger, wechselt zum Mittelfinger und erobert schließlich den Zeigefinger. Ich hebe die Hand und puste ihn davon.
Er zaubert seine dünn seidenen Flügelchen hervor und kann tatsächlich fliegen. Er fliegt auf Meer hinaus, was will er da? Ich ziehe meine Schuhe aus, die Stümpfe auch und kremple die Hosenbeine hoch. Meine Füße schieben durch den sandigen Kies und schaffen kleine Kanäle, die sich sogleich mit Wasser füllen. Für die schwarzen Käferchen sind meine Füße die beiden riesigen schrecklichen Monstertreter, die sich böse und ohne Sinn und Verstand durch den Meeressaum schieben. Aufgeregt klettern sie davon: Angst, Angst, Angst, ja lauft nur davon, ihr kleinen Wesen, meine Füße und der Kies zermalmen euren Lebenstraum. Ihr habt mir kein Leid getan, und doch seid ihr des Todes wenn ich nahe. Die Welt ist nicht gerecht.
Die Abendsonne ist warm, der Stützpunkt liegt entfernt, Masten und Türme erglänzen. Ich bin hier, allein in meinem offenen Versteck. Keiner gibt Befehle. Kein Alarm. Wenn jetzt die Russen kommen, bin ich nicht da.
Ich streife mein Hemd ab und lehne mich nach hinten in den groben Sand. Ich verschränke die Arme hinter dem Kopf. Mein kleines selbstgebautes Kopfkissen. Die Sonne scheint mir ins Gesicht und auf den Körper. Das ist warm. Der Wind streichelt mir über die Haut.
Ich schließe die Augen und lächle. Einfach so lächeln.
Heute morgen war Untersuchung beim Schiffsarzt. Ein ganz junger Arzt noch nicht viel älter als ich. Wenn der überhaupt schon Arzt ist?
Ich musste mich ausziehen und auf die Pritsche legen.
Da lag ich so fast ganz nackt, nur mit einer leichten weißen Unterhose bekleidet, ein hauchseidener Stoff, der das Glied umschmeichelnd verbarg.
Der Arzt beugte sich über mich und legte seine kalte Horchmuschel mir aufs Herz. Die Hand darum war warm. Durch den orangen Gummischlauch in silbernem Gestänge endend pochte mein Herzschlag ihm zu den Ohren. Er schaute mich an. Er hatte schöne Augen. Er war

der Arzt, ich war der Matrose ohne Hose. Die schwarze Sonne seiner Augen glänzte und feine blaue und ins grüne spielende Strahlen leuchteten hervor, umfangen von einer feinen dunklen Linie, die den Kreis zog und die Farbe vom klaren Weiß des Augapfels schied. Er war so nah, dass ich mich in seinen Augen sehen konnte. Mein Spiegelbild. Ich sah, dass ich nackt war und dass wir eine Verbindung hatten. Wie eine Nabelschnur von meinem Herzen zu seinen Ohren.

Er untersuchte mich, aber ich untersuchte ihn auch. Ich nahm seine Gehirnströme in meinem Herzen auf.

Ich wusste, dass er dachte: „Ich bin der Arzt und das ist der Matrose, aber was ist das? Das ist ein Mann und das ist auch ein Mann, wir sind zwei Männer. Der Eine Mann ist bekleidet, der andere nicht. Der Eine steht, der andere liegt. Sie sind alleine in einer kleinen Kajüte auf einem grauen Kriegsschiff.

Es war gar nicht nötig die Horchmuschel auf mein Herz zu legen. Das pochte so laut, dass es wie die Glocken des Kölner Domes zu Ostern tönte.

Ich war aufgeregt. Ob mich der Arzt gleich aufforderte, mich meiner spärlichen Bekleidung zu entledigen, dass ich ganz nackt unter ihm läge. Ob er mir wie bei der Musterung zwischen die Beine fassen würde, meine Eier hielt und mich unschuldig und gleichgültig auffordern würde zu husten.

„Husten" Ich hustete und er fühlte dann etwas oder er fühlte es nicht, auf jeden Fall fühlte ich die vielgliedrige Hand. Möchte wissen, was die Ärzte damit erfahren wollen. Ich dachte immer, die Mandeln lägen im Hals. Aber offenbar gibt es da irgendwelche anderen Zusammenhänge, und ich bin einfach nur zu dumm, sie zu wissen und leider zu scheu, sie zu erfragen.

Und ich weiß nicht, unter welchem Stichwort ich dies im Lexikon nachlesen sollte. Ärztliches Eierkraulen?

Aber gut, dazu ist es diesmal nicht gekommen. Er hat mich überall abgetastet und abgestreichelt, nur nicht an der entscheidenden Stelle. Auf dem Bauch: das war die große Herausforderung. Ich dachte, ich halte das nicht aus. „Entspannen sie sich" hat er mit sanfter Stimme gesagt. Und ich quetschte mühsam ein „Ja „ heraus.

Nein, ich war wirklich nicht entspannt. Wie soll ich mich da entspannen. Die zarten, warmen Hände des Mannes auf meinem Körper. Ich hatte noch nie Sex. Ich bin neunzehn Jahre alt. Mich haben schon einige Menschen angefasst, aber noch nie hat mich jemand berührt. - Jetzt ist es dieser Arzt. Er lächelt mir zu und sagt: so geht das nicht! Und schüttelt den Kopf und lächelt. Ok, was will er denn, was will er überhaupt untersuchen.

Ich bin gesund, sieht man doch.

Er will da irgendwas am Bauch rausfinden. Aber er kann es nicht rausfinden, weil ich so gespannt bin, da kann man nicht einfach irgendwo in die Bauchdecke reindrücken und sagen: „Ja da ist der Magen." Meine Muskeln sind gespannt wie das Leder über der Trommel. Keine Chance.

„Herr Matrose, sie müssen sich entspannen, sonst kann ich sie nicht untersuchen."

Ein letzter Entspannungsversuch scheitert. Ich darf mich endlich wieder anziehen. Es hat mich nicht erregt, aber es hat mich tierisch aufgeregt. Mein Herz, das schlug so laut.

Jetzt, wo ich am Strand liege, könnte er mich untersuchen, der Arzt, jetzt bin

Alexander von Agoston

ich ganz entspannt, aber es bestünde die Gefahr der Erregung.
Ich entschlinge mein Armkopfkissen und lege die rechte Hand auf den Bauch, alles in Ordnung, ganz weich und geschmeidig, da sind die Rippen und hier schlägt das Herz.
Alle denken, ich hatte schon tausend Mädchen gehabt. Letzte Woche in Bremerhaven musste ich unbedingt mit in die Disko. Ich muss die Mädchen antanzen und an unseren Tisch locken. Dann darf ich in Ruhe mein Bier trinken. Ich soll erzählen, wie es geht, aber ich lächle nur dazu und sage: „Du musst es einfach tun."
Dabei habe ich es noch nie getan.
Ich will auch gar nichts ausprobieren. Diese und jene. Ich will die Eine haben. Die, die ich dann heirate und mit der ich eine Familie gründe. Zehn Kinder. Acht Jungs und zwei Mädchen, das wär gut.
Ich gehe nach Berlin, wenn ich hier fertig bin, und da werde ich sie treffen. Die Frau meines Lebens. Das weiß ich. Und sie ist schön, so schön. Wenn man schöne Kinder haben will, muss man eine schöne Frau dazu haben. Es reicht nicht, wenn man selbst gut aussieht. Aber schöne Eltern sind am Ende auch nicht wirklich eine Garantie für schöne Kinder. Die Söhne von .... zum Beispiel sind alle hässlich wie die Nacht, obwohl wieso wie die Nacht, die Nacht ist doch gar nicht hässlich.
Janine aus Eckernförde, die Französin, war auch nicht schlecht. Gleich am ersten Tag, ich in meiner Matrosenuniform, sie wollte mich haben, und sie sah echt klasse aus. Lange schwarze Haare, dunkelbraune Augen, wir haben am Strand Ball gespielt. Sie war mit ihrer Gastfamilie da.
Achtern, mit dem ich am Strand war, hat mir ins Ohr geflüstert „Janine, je taime, nimm mich!" Er hat nie damit aufgehört. Er kam immer an, „Janine", auch später, wenn ich auf meiner Koje lag, kam er ganz dicht zu mir und hauchte mir sein „Janine" ins Ohr und dann stöhnte er und rief „Ja, ja ja!!"
Wenn ich Janine genommen hätte, wären unsere Kinder alle schwarz geworden. Schwarze Haare, schwarze Augen. Schwarz ist dominant.
Ich bin auch dunkel, Karsten nennt mich „welsch", die anderen meinen, ich sei Jude.
Einmal wird es keine blonden Menschen mehr geben,

sie werden auf natürliche Weise aussterben. Vielleicht waren einige der schwarzen Käfer ja auch mal blond.
Ich glaube, sie haben sich jetzt zusammengeschlossen und attackieren meine Füße. Es kribbelt an meinen Waden herauf. Die Wellen klatschen auf den Strand. Hier, wo Erde und Wasser und Luft einander begegnen. Ich höre die Möwen schreien, meine Augen sind geschlossen, meine Hand ist der Arzt. Ich bin allein.Der Marienkäfer ist zurückgekehrt und wandert über meine Brust, das kitzelt. M ist heute morgen mit der Bayern ausgelaufen. Letzte Woche war ich mit ihm hier. M ist echt ein netter. Eigentlich wollte ich ja mit ihm zusammen von Flensburg aus nach Helgoland gehen. Wir haben uns da für die Landstation beworben, die Schiffe kamen erst danach. Ein Jahr Helgoland, auf der Insel sitzen und nachdenken. Die anderen meinten, wir sind wahnsinnig. Aber ich hätte es gut gefunden. Ein Jahr mit M zusammen. Das wär stark gewesen. Aber jetzt sind wir in Wilhelmshaven und auf den Schiffen. Leider nicht auf einem zusammen. Aber wenigstens sehen wir uns von Zeit zu Zeit.
Der Marienkäfer erreicht den Hals. Eine Wolke hat sich vor die Sonne geschoben. Schatten. Einige Regentropfen schießen aus der Höhe. Ich öffne die Augen. Es ist keine Wolke. Es ist ein Mensch. „Janine, je táime“ sagt eine wohlbekannte Stimme. Und der Marienkäfer ist jetzt ein Grashalm.
„Ich hab dich nicht gehört“ sage ich und die Antwort lautet „Träumer!“
Er hatte sich nicht über den Strand geschlichen, sondern war über das Wasser gekommen. Mit dem Lärm einer Welle aufgetaucht. Darum hatte ich kein Knirschen des Kieses vernommen.
Er schaute mich an, ich schaute auf das Meer.
Ich weiß, dass er eine Freundin hat, er zeigte mir ein Foto von ihr, sie kommt von der Weser, aber wie er so neben mir liegt und mich mit dem Grashalm berührt, und sein Janine säuselt, kann ich mich des Gefühles nicht erwehren, er wünschte, ich sein seine Janine oder er die meinige. Ich nahm ihm den Halm weg und warf ihn den schwarzen Käfern zu.
Ich könnte ihn fragen, was er wollte, ich weiß nur nicht, wie ich fragen soll und vor allem weiß ich nicht, ob ich es wirklich wissen will, weil ich nicht weiß, was ICH will und ob ich es will. Also lasse ich das Thema unberührt. Und schaue auf das Meer.
„Du hast schöne Füße“ sagt er mit einem mal.
So was bescheuertes habe ich noch nie gehört. Ich muss lachen. „Schöne Füße“. „Die schwarzen Käfer finden die überhaupt nicht schön.“
Er hat seinen Arm um mich gelegt und schaut mich an. Ich sehe stur auf das Meer. Aber ich spüre seine Blicke auf meiner Haut.
Achtern hat blaue Augen. Je nach Laune und Licht mal hell mal dunkel. Heute sind sie hell.
Was mache ich bloß, wenn er mich küsst! Ich spüre, wie ich in die selbe Starre verfalle wie am Morgen auf dem Untersuchungstisch.
„Mein Gott, bin ich verklemmt“, denke ich. Wenn ich nur halb so locker sein könnte wie Achtern. Weiß er eigentlich, wie gut er aussieht. Natürlich weiß er es. Er ist dieser Schwimmertyp. Kampftauchenaspirant.
Ich frage ihn mal eben nach seiner Freundin.

Ich drehe meinen Kopf zu ihm und schaue ihm in die Augen, mitten hinein. Und mir fällt dabei auf, dass es bei dieser Nähe unmöglich ist, in beide Augen gleichzeitig zu schauen. Entweder das linke oder das rechte Auge ansehen, oder dazwischen und so tun, als ob man beide fixiert.
Das linke Auge erscheint mir etwas größer als das rechte. Die langen dunklen Wimpern sind vom salzigen Wasser verklebt. In diesem feuchten Zustand erscheinen sie fast schwarz. Die Pupillen scheinen sich zu weiten, ich entschließe mich, das rechte Auge anzuvisieren.
Jetzt wird es Zeit nach seiner Freundin zu fragen. Aber eigentlich ist es gerade ganz schön mit ihm ohne seine Freundin.
Also warum sie mit ins Spiel bringen.
Ich beende die Attacke mit einem Lächeln und er fragt „Was?!"
Ich wende mich wieder dem Meer zu.
Wo wohl der Marienkäfer ist, frage ich mich.
„Weißt du, was Marienkäfer fressen?" frage ich Achtern.
„Keine Ahnung."
„Abitur, ja, 13 Jahre Schule, und dann nicht mal wissen, was Marienkäfer fressen! Eine Schande ist das! Stadtkind! Als ich klein war, hatte ich mal eine Marienkäferfamilie in einem Glas gefangen, um sie zu beobachten. Ich weiß nicht genau ob es eine Familie war, aber sie hatten unterschiedliche Größen, deshalb nahm ich an, der Größte ist der Vater, die Mittelgroße die Mutter und die Kleinen die Kinder."
Achtern unterbrach: „ Kann aber auch sein, dass es alles Marienkäfermatrosen waren, Kapitän, Leutnant, Maat und Matrosen."
„Ja, kann auch sein, aber egal, die Frage war ja: was essen sie? "
„Als ich ein Kind war, hatte ich ein Kinderlexikon. Darin habe ich nachgeblättert".
„Und?"
„Es stand nichts drinnen! Ich habe das Lexikon sofort in den Papierkorb geschmissen. Und gesagt: Dummes Kinderlexikon, da steht nichts drin!"
Während Achtern wieder zur Frage ausholt, taucht jemand aus dem Meer auf: der Arzt.
„Hallo!" ruft er uns zu. „Hallo" antwortet Achtern, der ihn offenbar näher zu kennen schien. Ich sage nichts. Und denke nur „Oh Gott, der Arzt, wo kommt der denn nun her."
Mein geheimer Ort schien so geheim nicht zu sein.
Der Arzt nähert sich uns. Er ist nicht so sportlich wie Achtern, aber sieht auch nicht schlecht aus. Er trägt eine gemusterte Badehose. Ein modischer Artikel aus der vorletzten Saison. Auf erbsengrünem Grund finden sich ineinanderverschlungene orange Kringel, drinnen blaue Vierecke. An der Naht in der Mitte der Hose vorn ergeben die Kringel brillenartige Formen, die blauen Vierecke erweitern sich mitunter zu gebogenen Rechtecken. Ich wandere auf den Wegen, die mir die orangen Kurven vorgeben. Die blauen Vierecke sind einzeln stehende Häuser, die sich zu zweiflügeligen Schlossbauten an der Naht erweitern.
Der Arzt fragt: „Darf ich?", wartet aber nicht auf eine Antwort, sondern setzt sich gleich neben mich. So wurde ich nun eingerahmt von Achtern und dem Arzt. Der Arzt atmet tief und schwer. Das Schwimmen hatte ihn angestrengt. An seiner glatten Haut perlt das Wasser herab. Seine Beine sind behaart. Hier hält sich das Wasser länger.
Ich denke an die Dipolwirkung der

Alexander von Agoston

Moleküls Wasser: H_2O ein H, zwei Os. Auf der einen Seite ist es positiv, auf der anderen Seite negativ. Darum schließen sich die einzelnen Wassermoleküle zu Tropfen zusammen, wie kleine durchsichtige Magneten hängen sie aneinander. In einem Tropfen Wasser sind ganz viele Wassermoleküle. An den Haaren der Beine können sie sich gut festhalten. Aber dann kommt ein anderer Tropfen von oben und rast auf den stehenden zu, stößt diesen an und um, verbindet sich mit ihm und sprengt ihn gleichzeitig zur Seite. Die Kraft der Erde wirkt auch auf den kleinsten Tropfen, zieht nach unten, bringt zu Fall, was eben noch sicher stand oder wacker sich hielt.

Der Arzt erinnert sich an mich. Natürlich erinnerte er sich an mich. Trotzdem fragt er mich nach meinem Namen.

„Alexander. Alexander, ach ja, warst du nicht bei mir zur Untersuchung heute früh?"

„Nein", sage ich, „ich nicht, ich war bei keiner Untersuchung."

Der Arzt lächelt und meint: „OK, also

interessant. Ich bin Michael“. Er reicht mir seine Hand.
„Alexander“.
„Du lässt Dich nicht gerne untersuchen, was?“
„Doch schon, aber nur, wenn ich krank bin.“
„Hmmm.“
„Weißt Du ich hatte mit 19 auch noch keinen Sex“, sagte er unvermittelt.
Ich glaube, ich wurde rot. Man war das peinlich.
Achtern lacht sich eins ins Fäustchen.
„Unser Engel, der hat schon mehr Frauen gehabt, als du Finger an zwei Händen.“
Ich war Achtern sehr dankbar für seinen Einwurf, aber der Arzt ließ sich davon weder beeindrucken noch täuschen. Er legt seine Arzthand auf mein Knie und hob an zu sprechen.
Das konnte ich mir nicht anhören.
Also stehe ich auf und packe meine Sachen. „Ich muss zurück zum Schiff. Die Russen kommen.“

Florian Neuner

Matrosen

Was in der Ferne, auf See, bei Nacht geschehen kann:
Wenn das Land außer Sichtweite ist, dann ist ein Schiff eine Welt für sich. Wenn das Schiff aus dem Hafen ausläuft. Aus allen Landesteilen & aus allen Schichten kommen die Matrosen zusammen. Auf See ist es schon in Ordnung, miteinander Sex zu haben, doch sobald man zurück im Hafen ist, ist es verboten, darüber zu sprechen. Don't ask, don't tell. Das sei jetzt die Devise. Bloß als schwul wolle man nicht gelten. Sich mal einen blasen lassen oder sogar ficken, na gut. Auch Heteros würden das machen, verheiratete Männer. Sehnsucht nach irgendetwas. Zu Hause sprechen wir nicht darüber. Alle unsichtbaren Matrosen an Bord der Schiffe am Horizont. Anonymer Sex auf See. Oder besoffen im Hafen. Darauf warten, dass etwas passiert. Auf einen Blick, eine Andeutung, einen Zettel, der unter der Trennwand zwischen den Toiletten durchgeschoben wird usw. Wir begannen, einander zu lecken & zu beißen & solche Sachen. Das war wie eine Seeschlacht, Kreuzer gegen Kreuzer, hier ein paar Schnellboote, dort ein Zerstörer, & die Jüngsten mussten Seeminen spielen. Gleichgültig, wie alt eine Gruppe von Matrosen ist, sie wird immer sehr knabenhaft wirken & ein Schiff wird immer schön sein, nur weil es sich um ein Schiff handelt. Die Schiffsmodelle in den Kneipen: Zum Hamburger, Casino Westhafen usw. Oder im Technikmuseum. Ich habe einfach immer Schiffe geliebt & war fasziniert vom Meer. Ich glaube, dass die Menschheit nichts Schöneres geschaffen hat als Schiffe. Als wären sie etwas anderes & nicht nur Schiffe. Symbole oder was auch immer. Aber lassen wir das. Schwule Soldaten haben oft zwiespältige Gefühle der erotischen Ausstrahlung ihrer Uniformen gegenüber & doch experimentieren sie meistens mit der Wirkung ihrer Uniformen in der schwulen Szene. Der Fetisch Matrosenanzug. Oh, wie hat er sie beneidet damals, die Jungs in ihren Uniformen & dass sie immer in Gruppen auftraten. Das schlichte Marineblau & das unschuldige Weiß. Ich kann nicht lange bleiben & ich kenne andere Ufer. Es war das erste Mal, dass ich so viele Matrosen in ihren weißen Uniformen sah. They are the ones who go away. In Petersburg würde es mir gefallen, überall in der Stadt würden Matrosen herumlaufen. Die »Matrosen House Night« in Bochum aber war eine große Enttäuschung & obwohl der Eintritt für alle als Matrosen Kostümierte frei war an diesem Karnevalswochenende, waren wir die einzigen, die vernünftig angezogen waren. Einige trugen diese albernen Karnevals-Matrosenmützen mit den großen Quasten, nur wenige zumindest das weiße Hemd mit dem Kieler Kragen, nicht einmal dem Personal hatte man ein passendes Outfit verordnet. Wo sind eigentlich die Matrosen hin? Selbst auf dem Hamburger CSD war nicht viel zu machen, nur ein einziger wirklich hübscher Matrose war mir in dem Getümmel aufgefallen, mein Blick war ihm neugierig gefolgt, als er sich aus dem Zug löste, in die Büsche schlug, um dort zu pissen. Schnell hatte ich ihn wieder aus den Augen verloren, um ihn erst in den frühen Morgenstunden wiederzufinden. Aber der blonde Junge tanzte nur uner-

müdlich, machte keine Anstalten, sich in den Darkroom zu begeben & irgendwann war er dann wieder verschwunden. Ich kann nicht lange bleiben. Pas de chance. Kommend & wieder verschwindend. Oder der Matrose ist gar nicht schwul, aber das erhöht ja den Reiz, möglicherweise. Macht mit mir, was ihr wollt, sofern es auf See geschieht. Man arbeite zwölf Stunden auf See & das führe zu einer gewissen Ruhelosigkeit, Geilheit. Die Frage ist, ob man seinen Trieben nachgibt oder nicht. Oft gibt es ja Gründe dafür, dass Männer dieses Leben auf See wählen, dass ihnen die Abwesenheit von Frauen nichts ausmacht. Dass Männer mehr oder weniger zu homosexuellen Praktiken gezwungen werden. Dass junge Matrosen eine größere sexuelle Flexibilität an den Tag legen als ihre Altersgenossen in Zivil. Ich bin nicht schwul, ich möchte dich nur ficken. So versucht der Matrose sich zu rechtfertigen. Sie waren eben geil. Nach ein paar Wochen auf See muss das ja wohl so sein. Die lange Tradition sexueller Freiheit unter Matrosen. Zuweilen verschwindet die Demarkationslinie zwischen schwul & hetero vollständig – um an einer anderen Stelle & in einem anderen Zusammenhang wieder aufzutauchen. Wie man es nimmt, definiert. Eine Frage des Kontextes ist das. Don't ask, don't tell. Wann man seine Uniform trägt. Wann man jemandem einen bläst & solche Sachen. Als wäre gar nichts dabei. Männer, die in rohen Kajüten schlafen! Es ist ja nicht weiter verwunderlich, dass alle Matrosen sexuell abenteuerlustig zu sein scheinen. Männer an Steuer & Masten! Er dachte, er würde zu einem richtigen Mann werden in der Marine. Sich in diesem männlich dominierten Umfeld beweisen. Leute mit in die Brust gestickten Ankern! Leute mit Tätowierungen! Werde ich gleich aufmerksam auf den Matrosen, den ich im Getümmel entdecke: Snax Club & Hunderte schwitzende Männer drängen sich im Ostgut. Die meisten sind kurzgeschoren & tragen Hosen aus dem Army-Laden. Männer, die Lasten in den Laderaum schleppen! Der Matrose – nein, es handelt sich natürlich um keinen Matrosen, bloß sticht mir sein weißes Hemd mit dem blauen Kragen, Kieler Kragen ins Auge & er trägt auch, eigentlich unpassenderweise, eine schwarze Lederhose dazu. Schließlich werde ich von dem Matrosen angepisst & gefickt & solche Sachen & werde also von einer Art Phantasie-Matrosen gefickt, die Hände abgestützt auf eine Leiter aus Metall, wie man sie sicherlich auch auf Schiffen wird finden können. Stelle ich mir vor. Männer, die Taue an Deck aufrollen! Zu nie gekannten Häfen gelangen. Der Matrosen-Look bedeutet: Ich interessiere mich nicht für Stadt- & Landmoden. Ich kann nicht lange bleiben. Ich bin nicht sesshaft & kenne andere Ufer. Er ist stolz darauf, wie jeder andere Matrose, ausspucken, rülpsen & fluchen zu können. Sehnsucht nach welcher Küste? Welchem Kai? & welchem Schiff? Diese Phantasie, mit einem Matrosen Sex zu haben & eine unklare Empfindung. Hinter ihrer Jungenhaftigkeit verberge sich eine große Verletzlichkeit. Er ging zur Marine, weil er dachte, das würde ihm bei seinem Coming out helfen, nachdem er in einem Pornoheft über Sex zwischen Matrosen auf einem Schiff gelesen hatte. Gehen wir doch zur Marine, dann sind wir mit scharfen Matrosen zusammen & fahren mit ihnen zur See & haben dort die ganze Zeit den geilsten Sex. Manche veranstalten Wettbewerbe, wer sich die meisten

Geschlechtskrankheiten einfängt. Als wäre das selbstverständlich. Das ganze Leben auf See! Wir waren wieder auf See & dann ist es eben passiert. Zu Hause wird darüber nicht gesprochen. Sie sind eben einfach geil. Ich möchte Jene sein, die auf euch in den Häfen wartet. Aber es heißt doch, dass sie in jedem Hafen eine hätten oder einen, die Matrosen. Nein, das mit den Matrosen, das war nur – sich von einem Typen einen blasen zu lassen, das war doch kein richtiger Sex. Als wäre gar nichts dabei. Männer an den Maschinen! Dass es nicht in Ordnung ist, an Bord eines Schiffes Sex zu haben. Ich führe es darauf zurück, dass ich ein Matrose bin. Dass ich eine Matrosenuniform trage. Am Rosenmontag in Köln. Manche Kontakte wären ohne Uniform sicherlich nicht so leicht zu Stande gekommen. Ich zog ihm einfach seine Uniform aus & wir hatten großartigen Sex. Wo denn mein Schiff liege, werde ich im Deck 5 gefragt, dieser Kneipe mit den Bullaugen & mir fällt der nahe Rheinauhafen ein, ja, da liege mein Schiff. Männer, die schlafen, während Gefahr durch die Bullaugen späht! Wann ich denn auf das Schiff zurückmüsse, werde ich dann gefragt & ob es hier noch mehr gebe von meiner Sorte. Meine Uniform ist am Ende ziemlich verschmutzt, vom Herumrutschen auf den Knien, am Boden – der Matrose muss Befehle ausführen, muss seinem Meister einen blasen, muss seinen Arsch hinhalten, Pisse saufen. Es sind einige Matrosen im Deck 5, noch viel mehr waren es am Nachmittag an der Hohen Pforte, als der Karnevalszug sich dort durchwälzte, schwule Matrosen mit Kölsch-Flaschen in der Hand. Sie fühlen sich als Männer & Männer trinken nun mal. Are you in the Navy? Da, die Matrosen regen sich. Also muss ich nach Köln fahren, um meinen Fetisch auszuleben. Trunken von Matrosen wie von Ankern & Tauen. Der breite rechteckig über den Rücken fallende Kragen, ein spitzer Ausschnitt, der in einen Schifferknoten mündet. Viele Männer tragen Matrosenmützen. Habe ich diesen blauen Kragen vor mir beim Ficken, vor meinen Augen oder vor meinem geistigen Auge oder wie auch immer. Sehnsucht nach irgendetwas. Der Fetisch Matrosenanzug hat nichts von seiner jahrzehntelangen Strahlkraft eingebüßt. Kam in Mode, als im wilhelminischen Kaiserreich der Ausbau der Marine forciert wurde, der Matrosenanzug als Kindermode. Frühe Neigung zur Seefahrt. Zu Männern werden & zu Seefahrern. Sehnsucht nach irgendetwas. Distant objects of desire. Er hätte sich gewünscht, dass er seine Uniform trage & er sie ihm dann ausziehen dürfe. Diese kleine Phantasie hätte er sich gerne erfüllen wollen. Nicht, dass der Matrose einen besonderen Respekt vor seiner Uniform gehabt hätte, aber er hätte wohl gefühlt, dass er auf billige Weise zum Objekt gemacht werden sollte. Das schlichte Marineblau & das unschuldige Weiß. Ankunft & Abfahrt. Hinweg von hier. Er wisse bestimmte Züge am Sonntagabend, die bevorzugt von Matrosen benutzt würden, verrät mir der Mann an der Bar, der also meinen Fetisch teilt, der es zu würdigen weiß, dass ich in einer dunkelblauen Winteruniform in dieser Kneipe erschienen bin, Matrosen in ihren Uniformen, bepackt mit Seesäcken, auf dem Weg zu ihren Schiffen: Norddeich Mole. The ones who go away & er fahre dann zum Bahnhof, um die Matrosen in die Züge einsteigen zu sehen, nehme selbst solche Züge, wenn es sich einrichten ließe & nur noch diese Mannschaft

Alexander von Agoston

durcheinanderrufender Matrosen bleibt. Ankunft & Abfahrt. Als wäre das Leben halt so. Jedes Landen, jedes Ablegen eines Schiffes ist unbewusst symbolisch. Ist bedrohlich belastet mit metaphysischen Bedeutungen. Mit Phantasien. Die unsichtbaren Matrosen an Bord der Schiffe am Horizont. Aber dies alles auf See. Gebe ich meinen Trieben nach in dieser Situation oder gebe ich ihnen nicht nach. Auf einem Schiff kann man eine Menge machen. Findet man dunkle Winkel. Nachts, draußen am Meer, konnte man niemanden erkennen.

Ole P. Bremer

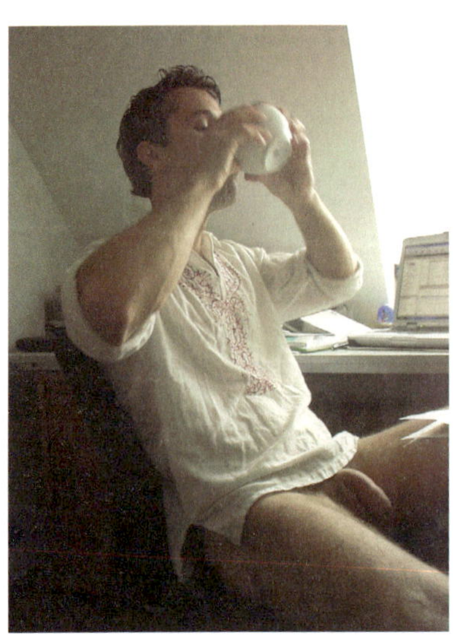

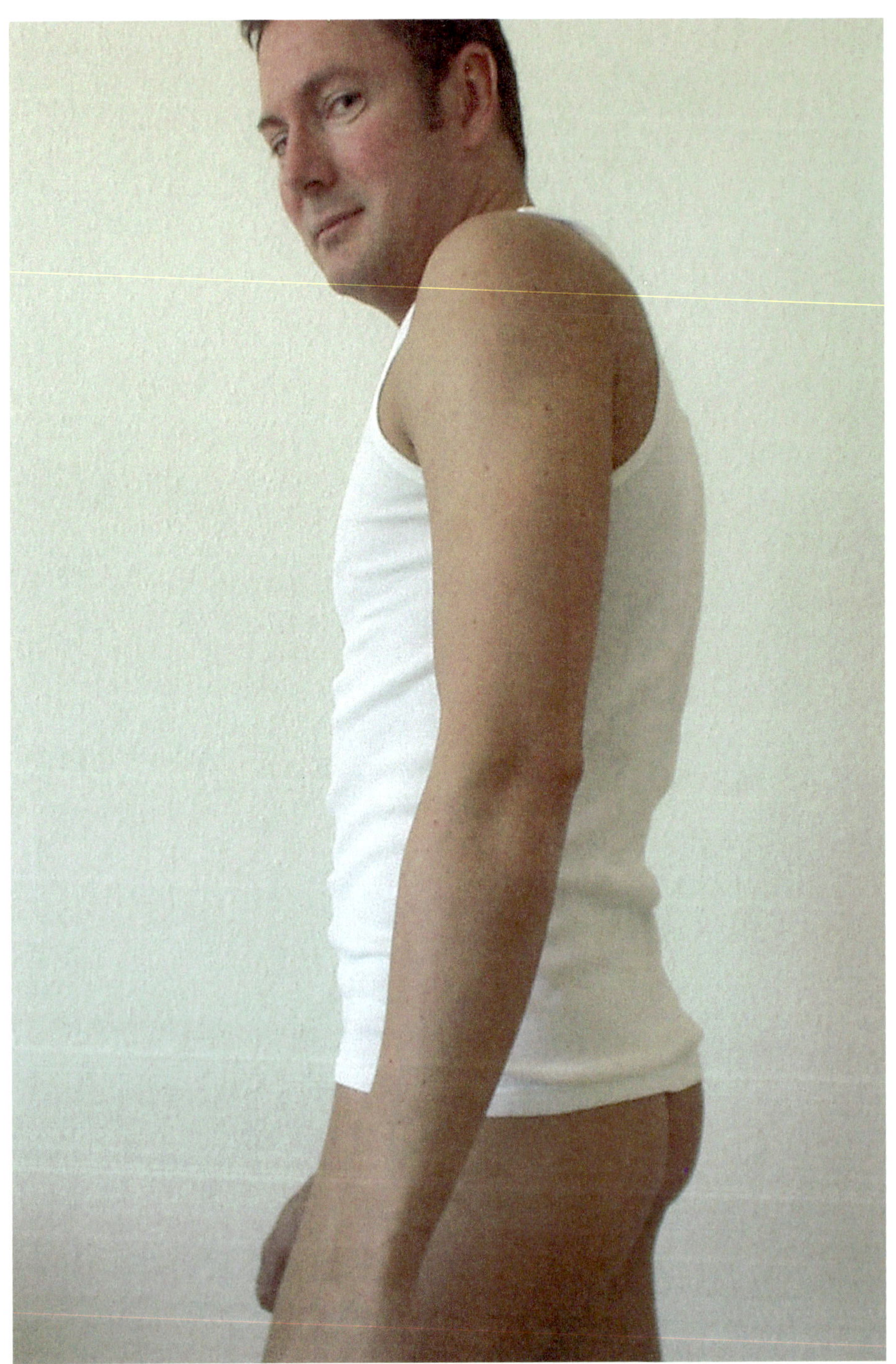

Ole P. Bremer

Finn

Annette Berr

Des Pfarrers Fische

Es lebten dort im Kugelglas
ein goldner Fisch,
samt schwarzem Bruder.
Sie liebten sich inzestuös.
Der Pfarrer wurde schrecklich
bös
und zischt: Wart bloß. Du Luder!
Wen meint er nur?
Wen meint er nur?
Es sind doch zwei im Kugelglas,
doch welcher
macht den Pfarrer blass?

Der Goldne ruft: Wie ist mir
bang!
Der Schwarze: Ach, - wie bös er
klang.

Von nun an zogen ihre Kreise,
sie recht verschämt durchs
Kugelglas,
und pscht - sie trieben es ganz
leise
und hatten nur GANZ WENIG
SPASS...

Die kleine Gräte
(Liebeskummer im Wasser)

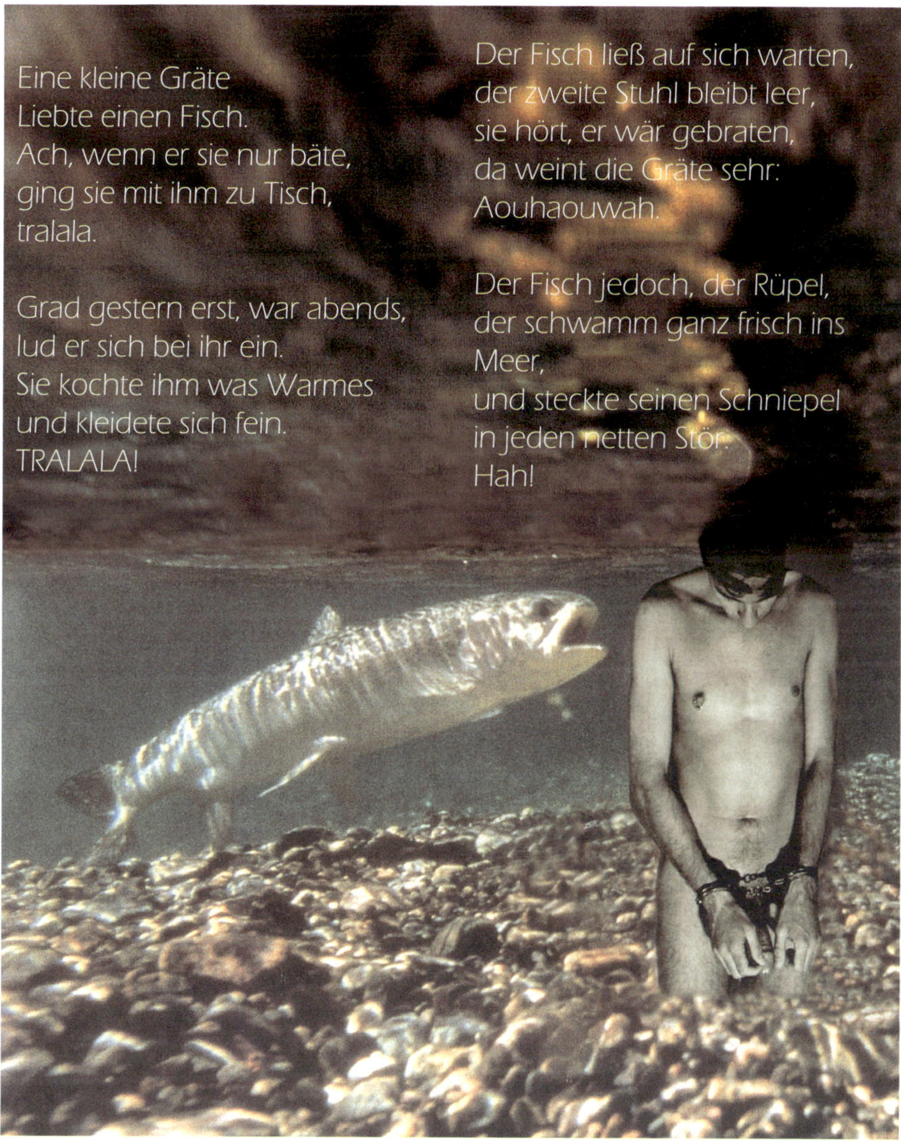

Anja Müller

Göstav Dirk Steglich

Clemens Ismann

Der Streuner

Wie spät mag es sein?, fragt sich Jupp. Halb drei? Drei? Er starrt an die Decke, wo vage Schattenspiele der Straßenlaternen umherhuschen. Warum kann ich nicht schlafen? Weil wir Alice begraben haben? Klapprig war die und halb blind. Trotzdem schade. Weil es also ein trauriger Tag war? Dann könnte ich ja nie schlafen. Oder schlafe ich wegen diesem Streuner nicht? Der Junge liegt mucksmäuschenstill auf dem Feldbett, pennt sicher schon lange.
Wie üblich war Jupp nach den Spätnachrichten ins Bett. Schlafen Fehlanzeige. Nach Mitternacht wieder raus, angezogen und ins ›Carajo‹. Wenig Betrieb, klar, wer holt sich schon dienstags einen Stricher? Und dann verlangen die Jungs zu viel. »Das bringt nix«, hat Jupp gesagt und gewartet. Es wurde eins, es wurde halb zwei, dann kam einer, ziemlich abgerissen, scheu und frech in einem, mit misstrauischen Augen, ein Streuner eben. Siebzehn sei er; als ob Jupp danach fragen würde! Für zwanzig Piepen und die Übernachtung kam er mit. Duschen bringt nichts, hatte Jupp gesagt, wasch dich schnell, Arsch und Schwanz, nur das Wichtige. Und dann ging nichts. Jupp kriegte keinen hoch, der Bengel auch nicht. Passiert eben. Trotzdem unangenehm.
Ein Geräusch. Jupp spitzt die Ohren. »Was machst du da?« Keine Antwort. Jupp knipst die Lampe an. Der schmale Körper des Streuners ist eingewickelt, nur sein Blondschopf guckt heraus. Jupp geht rüber. »Was ist ’n los? Eh, du, was haste denn?« Der Junge zittert. Jupp muss den Kopf zu sich drehen. Schmale Augen blinzeln ihn an, die Wangen sind nass. »Warum heulst du? Ist dir kalt?« – »Nö. Na ja, ’n bisschen, aber das macht nichts, nur …« – »Also was ist? Los, sag schon, der alte Jupp ist doch kein Menschenfresser!« – »Ich hab so ’nen Hunger.«
Minuten später sitzen sie in der Küche, der Junge in Jupps Bademantel. Jupp brät rasch ein paar Eier. Der Bursche langt zu, aber er fröstelt noch immer, obwohl Jupp die Heizung hoch gestellt hat.
Als der Junge satt ist, geht Jupp mit ihm ins Bad und dreht das heiße Wasser auf. Der Streuner setzt sich in die Wanne, kaum dass ein paar Zentimeter eingelaufen sind. Herrgott, ist das ein süßer Bengel!, denkt Jupp, als hätte er ihn nicht vorhin schon nackt gesehen. Ein halbes Kind, aber bestückt wie ein Alter. Die Eichel, zu groß für die Vorhaut, hockt zwischen den Eiern. Jupp schüttet Schaumbad in die Wanne. »Rücken schrubben?« Der Junge nickt, kniet sich hin. Unter der einen Schulter eine Narbe, fingerlang. »Was hast’n hier?« – »Was’n? Ach so. Nix. Hab mal Stress gehabt.« Jupp seift den langen schlanken Rücken ein, rutscht in die Ritze ab und greift durch die Beine. Hart wie das Leben, denkt Jupp, und auch bei ihm wächst was heran. Er tätschelt die knackigen blanken Backen, gibt einen abschließenden Klaps drauf.
»Schön warm«, sagt der Streuner und setzt sich wieder hin. »Kommst du auch rein?« Jupp setzt sich ans Fußende. Unter dem Schaum wandern seine Hände an den glatten Beinen des Jungen hinauf. Der rutscht näher, lehnt sich zurück und schließt die Augen. Jupp liebkost seine Eier – reichlich dick für ein so schmächtiges Kerlchen, denkt er –, schiebt die

Hand weiter in die Ritze, in der er kein Haar spürt, und kitzelt die Rosette, was den Jungen zum Kichern bringt. Das erste Mal, dass der Streuner nicht mehr so ernst ist.

»Steh mal auf«, brummt Jupp. Er stellt sich hinter den Jungen, reibt seinen Bauch an dessen Rücken, schiebt sein Gerät zwischen dessen Beinen hindurch. Der Bursche faltet die Hände, umfasst beide Schwänze und fängt an zu wichsen. »Nicht so fix, Junge, das bringt doch nix«, sagt Jupp, aber schon jubelt der Kleine auf und spritzt eine Fontäne an die Wand. Der Junge dreht sich um, umarmt Jupp und flüstert ihm ins Ohr: »Musste sein, ich war total spitz. Soll ich dir einen blasen?« – »Nee, das bringt nix. Komm, genug gebadet.«

Ohne die Enttäuschung des Jungen zu beachten, zieht Jupp ihn aus der Wanne und rubbelt ihn ab. Auf dem Kopf hat der Kleine jetzt Löckchen, lauter goldene Kringel, und als Jupp ihn unten herum frottiert – die Krause dort ist eher rötlich – fängt er wieder an zu kichern.

»Hilf mir mal.« Gemeinsam ziehen sie das dicke rote Laken auf, Karl hatte es Nahkampfplane getauft; Jupp kann sich nicht erinnern, wann er es das letzte Mal benutzt hat. »Leg dich auf den Bauch, Junge.« Der spreizt die Beine und zieht die Arschbacken auseinander, erwartet, dass Jupp ihn fickt, aber Jupp ist kein Springinsfeld mehr, jetzt will er eine gemächliche Nummer nach allen Regeln der Kunst, wie Karl und er sie sich ab und zu gegönnt haben. Die Ölflasche hat er aus dem Bad mitgebracht. Er kniet sich breitbeinig über den Jungen, tröpfelt ein Muster auf dessen Rücken und massiert los. »Total krass«, murmelt der, und bald ächzt und stöhnt er im Rhythmus von Jupps gefühlvoller Massage. »Dreh dich um, Junge.« Jupp massiert die Vorderseite, lässt den Schwanenhals und die knochigen Schultern aus, widmet sich um so ausgiebiger den flachen Titten und der langen Talsenke, die der Kleine anstelle eines Bauches hat. Auch den Schwanz lässt er aus, der stocksteif in der Gegend herumsteht, ölt nur die Eier ein und die Oberschenkel auf der Innenseite, was der Bursche erneut mit Gestöhn begleitet.

Als Jupp das Öl beiseite stellt, öffnet der Junge die Augen und schaut ihn lange an. »Ich kann dich aber nicht bezahlen, von wegen Massage und so.« – »Mach dir kein' Kopp, das bringt nix«, meint Jupp. »Dreh dich wieder rum, so, und hinknien.«

Die Arschritze hat Jupp beim Einölen mit Bedacht ausgelassen, und jetzt fährt er mit der Zunge hinein, lässt sie durch die haarlose glatte Spalte wandern, immer auf und ab. »Was machst'n da?«, jault der Junge auf und windet sich wie ein Fisch an der Angel. Gern würde Jupp mit der Zunge tiefer rein, aber da ist nichts zu wollen, die Rosette ist zu eng. Weil der Junge so heftig zuckt, zieht er mit dem Unterarm dessen Kiste heran. Mit der freien Hand greift er durch die Beine und massiert den strammen Sack. Der Junge stöhnt immer wilder, und obwohl Jupp die Knabenlatte nicht berührt hat, spritzt er schon wieder ab, jubelt dabei noch lauter als vorhin im Bad. »Junge, Junge, wie 'n Maschinengewehr.« Der Bengel kichert. »Du machst mich total spitz.«

»Pause.« Jupp angelt sich eine Zigarette vom Nachttisch. Sie liegen nebeneinander, und während Jupp tief inhaliert, streichelt der Junge ihn. »Du, Jupp, hast du nie 'nen Freund gehabt? Fest, mein ich?« – »Fast zwanzig Jahre lang.« – »Und jetzt?« – »Siehste hier irgendwo einen?« – »Nee. Brauchste jetzt keinen

Göstav Dirk Steglich

mehr?« – »Brauchen? Klar. Will bloß keiner so 'nen Ollen. Und du? Bist abgehauen?« – »Ja. Mich will auch keiner.« Jupp hasst die Geschichten von den saufenden und prügelnden Vätern, doch der Kleine erzählt seine nicht, er schaut nur mit hellen Augen ohne Lächeln.
Jupp drückt die Zigarette aus. Sein Schwanz mag das Nachdenken nicht, er ist schlapp. Das vorhin war erste Klasse, denkt Jupp, wozu soll ich meinen Großvatersamen noch in die Gegend spritzen, das bringt nichts als Plackerei. »Jetzt schlafen?«, fragt er. »Du musst doch müde sein, Jungchen.« – »Geil wie Pumakacke bin ich«, behauptet der. »Total spitz. Jetzt bleibst du mal liegen.« Der Junge kniet sich über ihn und knetet an ihm herum. Das bringt nix, denkt Jupp gerade, da findet der Junge den Dreh heraus: Er zupft an Jupps Brustwarzen, bemerkt wohl dessen tiefes Atem holen, und nun legt er los, leckt zuerst, lutscht, beißt sanft wie ein Kätzchen, zwirbelt dann und kneift und quetscht. Jetzt ist es Jupp, der ächzt und stöhnt. Er spürt etwas Kühles am Schwanz, der inzwischen wieder steht wie ein Förderturm. Der Junge ist ins Ölgeschäft eingestiegen, wienert Sack und Arschritze – Jupp spürt seinen frechen Finger im Loch –, schraubt an der Eichel herum. So geil war ich ewig nicht mehr, denkt Jupp, seit Karl mich so rangenommen hat, das ist erste Sahne, woher kennst du das nur alles, Kleiner, ich wette, du spritzt auch gleich noch mal. Bevor Jupp ihm Einhalt gebieten kann, setzt sich der Bursche auf seine Stange. Wann jemals hat diesen dicken Mast eine so enge Rosette zusammengepresst, denkt Jupp, ich halt's nicht aus, mach schneller, aber der Junge reitet gemächlich, und als ob Jupp nicht schon laut genug stöhnen würde, nimmt er sich von neuem die Brustwarzen vor. Mach schneller, Kleiner, sonst spritzt du wieder vor mir ab, aber da hat Jupp sich diesmal verrechnet – er klettert auf den Gipfel, nein, er schießt hinauf und explodiert unter tierischem Gebrüll. Der Junge, der nicht genug bekommen kann, massiert Jupps Ständer mit dem Schließmuskel und wichst sich dabei so flink, dass sein Sperma schon Jupps Brust sprenkelt, bevor dessen Schwanz wieder Normalformat hat.
Als der Streuner wieder im Feldbett liegt und Jupp das Licht ausschaltet, ist es nach vier. Jupp wird heute nicht schlafen, aber jetzt ärgert ihn das nicht mehr. Er schmunzelt ins Dunkel. Wenn Karl bei ihm war und es laut wurde, fragte Alice morgens scheinheilig, ob es wieder mal schlimm gewesen sei letzte Nacht. Sehr schlimm, seufzte Jupp, das Reißen habe ihn schrecklich geplagt. Und sie habe schon gedacht, der Karl sei das gewesen, kicherte dann die Alte.
Am Morgen wird Jupp zum Bäcker gehen und ein paar leckere Sachen holen, die er sich sonst nicht gönnt. Er malt sich gerade das Frühstück mit dem Streuner aus, da lupft jemand seine Decke und schlüpft hinunter. »Das bringt doch nix«, brummelt Jupp und genießt die Nähe des warmen Körpers. »Du, Jupp, drehst du dich mal um?« Jupp dreht sich um, und der Junge umarmt ihn und schmiegt sich eng an. »Schön warm«, flüstert der Kleine. Nach fünf Minuten merkt Jupp, dass sein Junge eingeschlafen ist. Nach dem Frühstück, wenn der Streuner geht, wird Jupp ihm einen Zehner zusätzlich geben und sagen: »Bin öfter im ›Carajo‹. Wenn du mal wieder 'ne Schlafstelle brauchst …«

luettmatten

Joe West

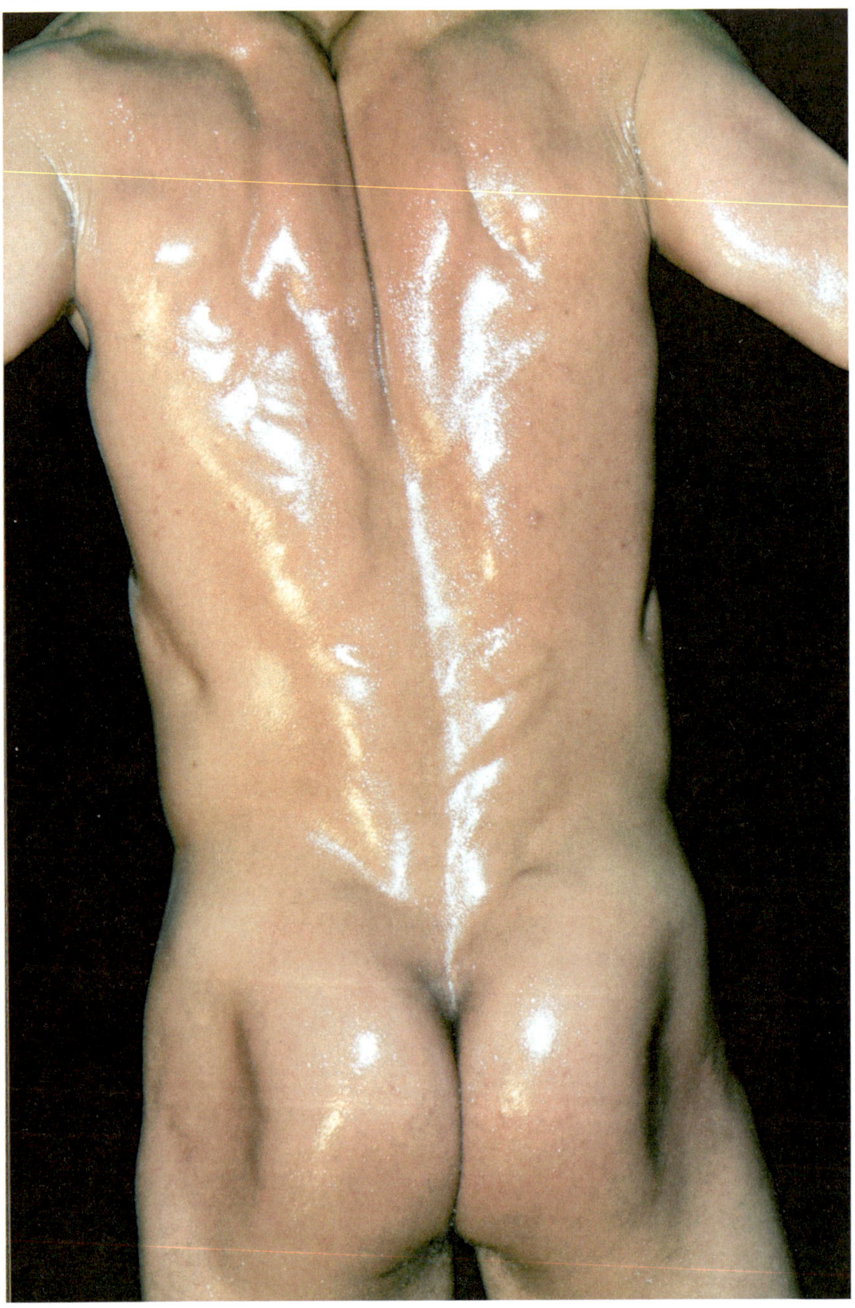

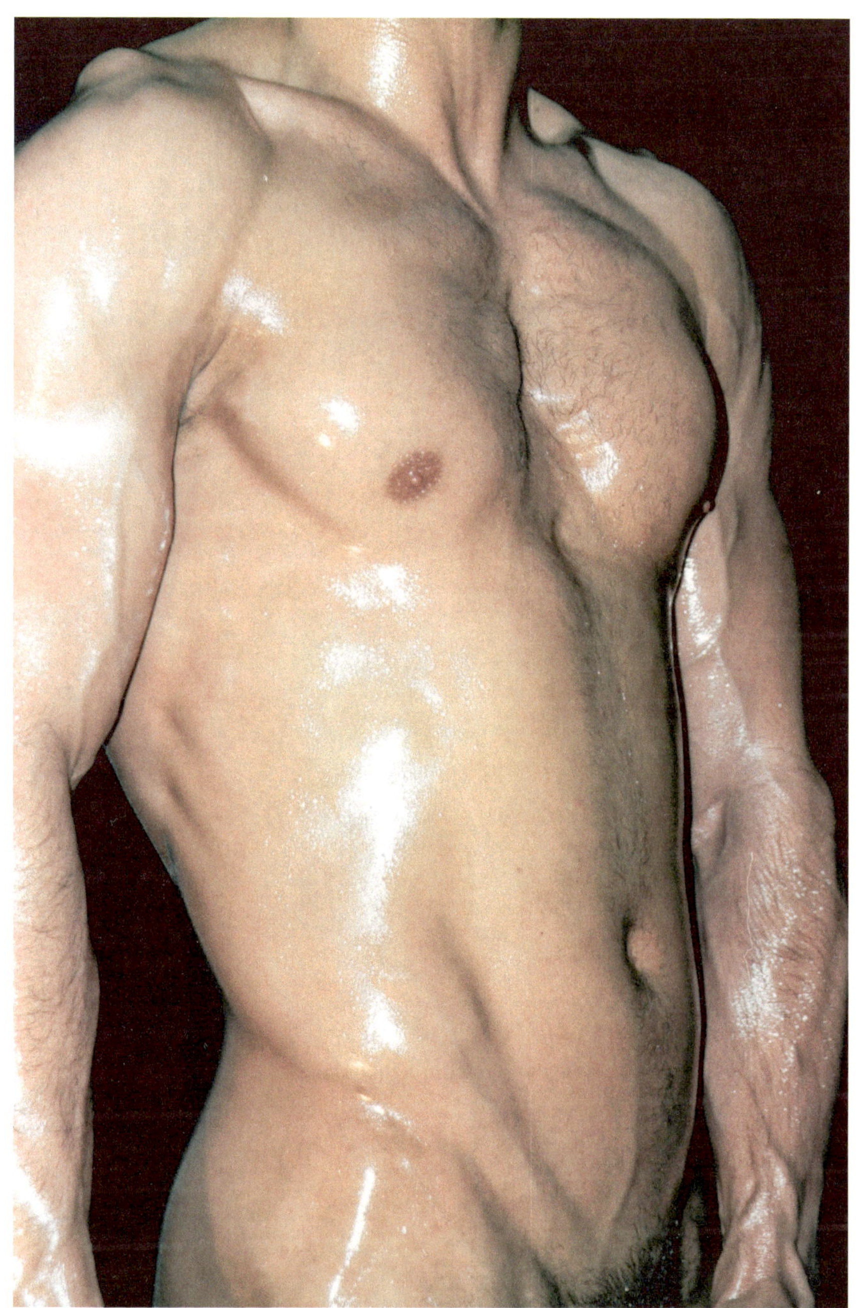

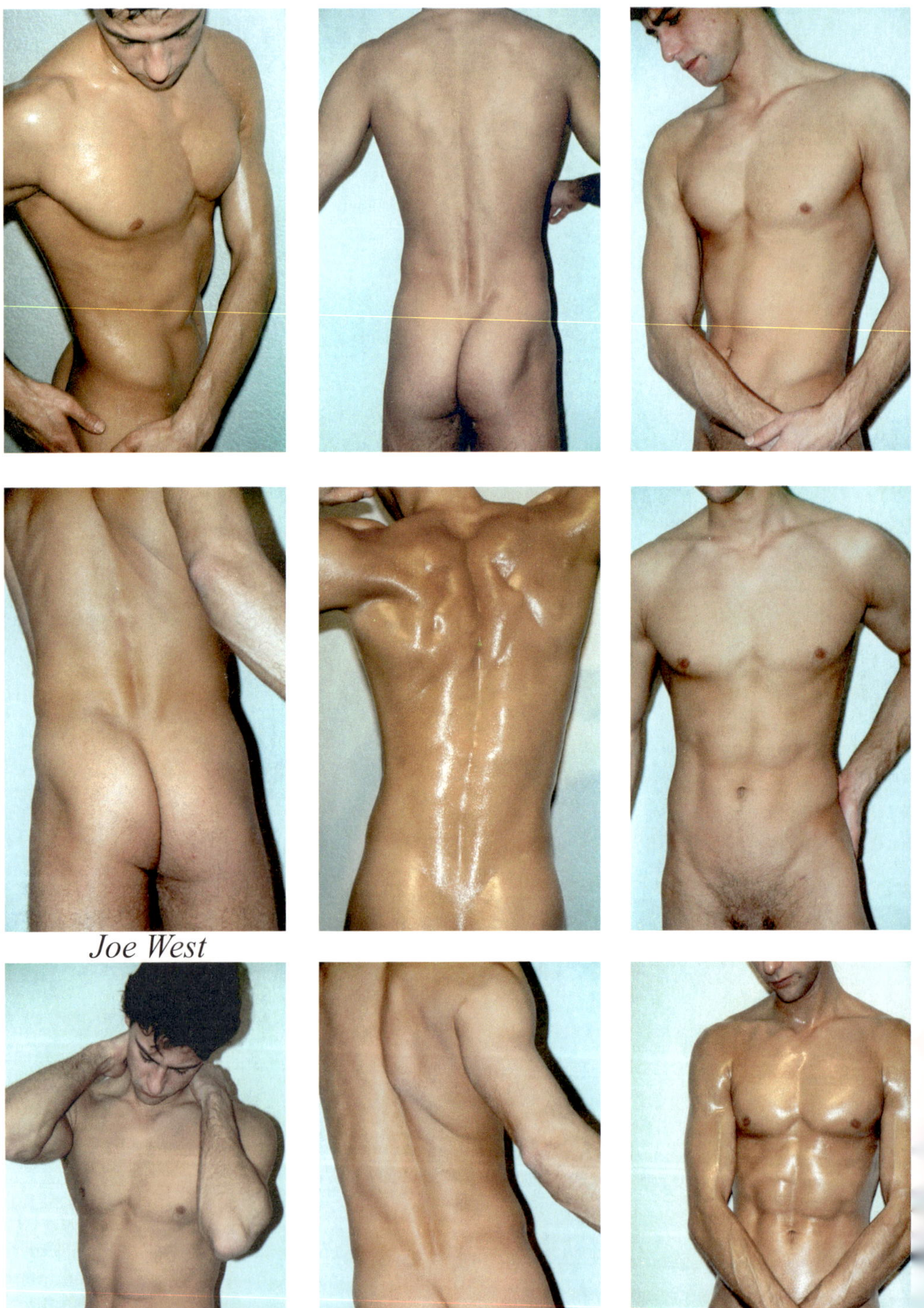

Joe West

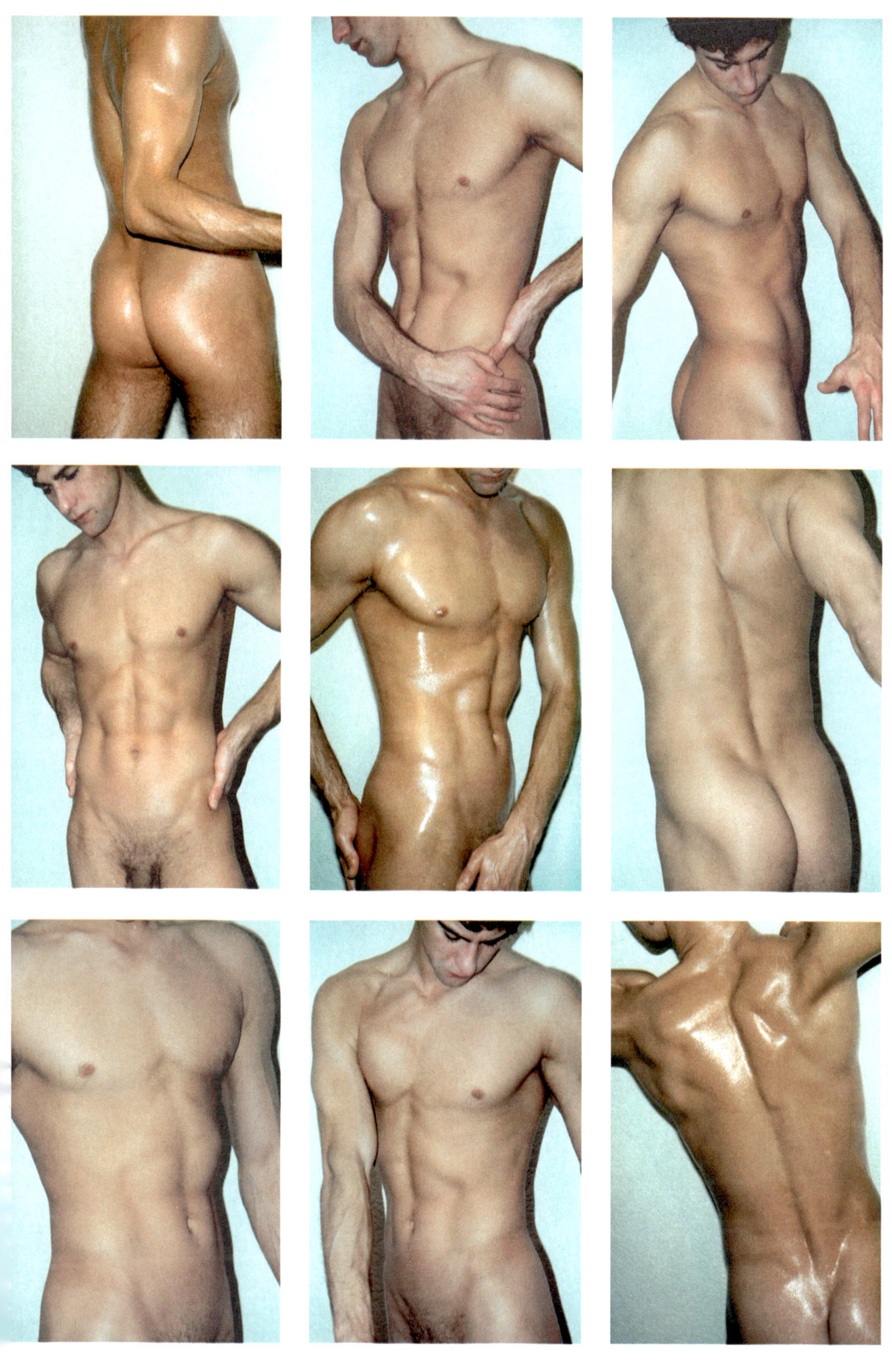

Markus Baaken

Schwule beim Straßenbau

Sein Lächeln hatte mich beinahe getötet. Seit er mich angelächelt hatte, schien mein Schwanz vor mir her zu laufen. Und ich weiß noch, wie meine Mutter mich einmal fragte, wie ich andere Homosexuelle eigentlich erkennen würde? Und Jahre später wusste ich dann sogar die richtige Antwort. Die habe ich ihr allerdings nicht mehr gesagt. Sie lautete: Immer, wenn sie mir in die Eichel lächeln, wenn ich ihr Lächeln, ihre Wörter in meinem Schwanz spüre, dann müssen das stets Männerverliebte sein, Mutti.
Dieser harkte gerade den sommerlichen Mehringdamm, mit viel zu großen Bizeps, Trizeps und überhaupt alles überdimensioniert für derart einfache Gartenarbeit. Der kann mehr, dachte ich, während ich mir die Behaarung seines Körpers anschaute. Ich näherte mich ihm von hinten. Er sah mich zunächst nicht, bis ich unversehens in seinen nussbraunen Augen landete. Nussbraune Augen alleine töten mich in der Regel auf der Stelle mit einem Blick. Und falls nicht, würde es mir mindestens Probleme bereiten, wenn ich vierzehn Sekunden gehe ohne zu gucken in großen Städten. Das tat ich gleich anschließend.
Es fällt auf, wenn man andere beobachtet. Das ist das einzige, wobei niemand erwischt werden möchte. Er erwischte mich gerade, das war legitim, da er schließlich das Ziel meiner Träumerei war. Jetzt könnte er mich zusammenschlagen, noch kurz fragen, warum ich so glotzen würde. Ich stehe auf Blut und finde körperliche Gewalt noch weitaus ehrlicher als den ganzen verlogenen Wahnsinn, den hochzivilisierte Völker sonst so anstellen. Er sah mich an.
Ich stand jetzt präventiv unter Schock, als er überraschend zurücklächelte. Mein Blick erstarrte. Jetzt war ich nur noch ein Krümelchen Keuschheit, das augenblicklich versuchte, im Boden zu verschwinden. Vielleicht in seinem Loch, er macht doch diese Löcher in die Erde. Wie entwaffnend er war, mein neuer Held.
Ich bin wohl zufällig weitergelaufen. Nur mit etwas Glück hiefte sich meine Existenz nach inzwischen siebzehn Sekunden gehen ohne zu gucken fast vollständig um den nächststehenden Beleuchtungskörper herum. Nur mein linker Arm berührte das schwerfällige Straßenmobiliar. Nicht gerade zart, aber wenigstens leise. Das mir durch die Nervenbahnen übermittelte Signal lautete: Fast wärest du umgekommen.
Ich brüllte alles zusammen, innerlich natürlich nur, ohne jeden Laut. Mein Straßenproletarier hatte das nicht mehr gesehen. Ich hielt mich aufrecht. Nur nicht zu lächeln versuchen. Ich ging nach Hause, mag dabei an John Wayne erinnert haben. Ich dachte mir, ich hätte einfach zurücklächeln sollen, ihn nach der Nummer fragen oder ihm meine aus dem offenen Cabriolet heraus zustecken sollen. Dann fiel mir ein, dass ich überhaupt kein Auto besaß.
Daheim wurde mir endlich gebührend schwindlig und ich sank zu Boden. Den

Rest des Tages onanierte ich auf dem Flurfußboden vor mich hin. Jeder Gedanke an uns beide machte mich an. Wie sähe eine Unterhaltung zwischen uns aus? Wohin würde er als erstes fassen? Wie sähe sein Schwanz aus? Und wie sein Arsch?
Mein Bauarbeiter hatte mir genau in die Eichel gelächelt. Das stand schon mal fest. Ich hatte sofort einen halben Ständer auf dem Mehringdamm gehabt. Das also war der Beweis! Es gibt brünette Schwule beim Straßenbau.
Am nächsten Tag sah ich ihn nicht und verliebte mich weiter. Dann wurde es Freitag. Das ist mir der liebste Tag der Woche, ich erledige vormittags die Wochenpflichten, bin in der Mittagszeit beim Gemüsehändler und halte ein Nickerchen über den Nachmittag, um nachts auszugehen. Oder auch nicht. Freitag mache ich nie etwas ab und halte mich spontan. Heute verzichtete ich auf mein Nickerchen und machte mich auf in Richtung des Kontoauszugdruckers der Volkskasse. Ich wollte eine Baustelle inspizieren und brauchte einen Grund. Ich habe zwei Flaschen ökologischen Wein unterwegs gekauft. Ich war mal zu langen Ferien in Südfrankreich. Seitdem saufe ich.

Volker Rudolph

Ich sah ihn erst recht spät, er stand etwas abseits und zog an einer Kippe. Er schaute sich den endlos fließenden Verkehr an, was ich sofort für romantisch hielt. Wie Philosophen in die Ozeanwellen sehen, kam mir das vor. Aber er war stark, jung, muskulös, schwul. Und er drehte sich um und erkannte mich am gleichen T-Shirt, das ich seit drei Tagen trug. Er lächelte erneut und diesmal hatte ich den Mut, aufs Geratewohl zurück zu lächeln und sah meine Füße sich in Bewegung auf ihn zu setzen. Leider erhielt meine Gesichtsmuskulatur keinen eindeutigen Hinweis und so grinste ich dumm vor mich hin. Ich sah vorsichtshalber zu Boden. Der war frisch geharkt, bemerkte ich stolpernd. Nun nicht mehr frisch geharkt. Hinter mir waren jetzt Fußspuren zu erkennen. Ein Arm streckte sich mir entgegen, um mich zu halten und erreichte meinen linken halbsteifen Unterarm. Das war unsere erste Berührung dachte ich, als ich in seine Pupillen sah. Nicht mal einen Meter weit entfernt waren die. Ich hörte auf zu analysieren und tat etwas. Nur was?

„Marian", hörte ich meinen Namen sagen und „Danke". „Claus" kam zurück und nun entschuldigte ich die zwei Flaschen Drogen im Arm und bedankte mich auch für deren Rettung. Ich lud ihn ein, den Wein zu probieren mit mir gemeinsam, wenn sich Dunkelheit über diesen Teil unseres Planeten gelegt haben würde.

In der Situation war meine Formulierung, glaube ich, schlichter. „Vielleicht Morgen", fragte ich und bekam ein nachdenkliches „Nein" als Antwort. Mein Held konnte nachdenklich aussehen, wie aufregend. Aber trotzdem, für mich würde er gar nicht aussehen, morgen nacht. Aber heute, vielleicht hätte ich heute noch nichts vor, fragte er. Was? Am ersten Tag des Wochenendes ohne Verabredung! Was für ein unsozialer Eindruck! „Was könnte wichtiger sein, als deine Meinung zu dieser Flasche, Claus?" Das war ein wörtliches Zitat. Viel zu gewagt, da er verlegen lächelte und zu Boden sah. Ich schaute derweil schnell und unbemerkt auf den Schritt seiner Latzhose und erkannte gar nichts. Ich schrieb ihm meine Adresse auf und sagte „Tschüß, bis um neune". Neune war falsch deutsch, aber alles passierte in dem sprachdefizitären Berlin. Mein Gesicht öffnete sich in alle Richtungen, als ich, „na also, bis später", sagte. Schnell um die nächste Ecke rum und zweimal in die Luft gesprungen. Kreuzberger gelten als leicht verrückt.

Freitags ordne ich meine Wohnung in den Zustand zurück, den sie letzten Freitag gehabt haben mag. Das bereitet mir besonderes Vergnügen, wenn ich weiß, dass ich einen Gast erwarte, den ich verführen möchte. Es könnte schließlich sein, dass er wirklich nur Hunger hat und nichts im Sinn mit Sex. Ich werde ihn davon vielleicht noch überzeugen müssen, dachte ich, während ich die Kissen schlitzte auf den Sofas. Ich sortierte Kondome in diskrete Ecken und stellte Aschenbecher auf. Ich suchte Musik aus und bereitete die Küche vor. Als Claus eintraf, stand ein Mann in Dachdeckerhose vor mir, der ein enganliegendes gelbes Oberhemd trug. Seine Füße steckten in Bundeswehrstiefeln, ich bat ihn, sie anzubehalten. Dachdeckerhosen haben zwei parallele Reißverschlüsse und man kann angenehm blasen und selbst ficken, ohne die Hose ausziehen zu müssen. Während ich den Wein eingoss, überlegte ich, ob das Gelb seines Hemdes ein Hinweis auf eine Vorliebe für Pisssex sein könnte. Ich hoffte das. Ansonsten war Claus auch jetzt eher schüchtern und sah sich nur zögerlich um. Er schien zu fürchten, Dinge zu entdecken, die er nicht mögen würde. Ich beobachtete seine Pupillen, er schien nichts Anstößiges zu finden. Die Schlafzimmertüre war verschlossen.

Bei der Begrüßung hatten wir uns flüchtig umarmt und ich hatte versucht, ihn türkisch zu küssen, einen Kuss auf jede Wange. Damit war ich gescheitert, ich hatte ihm nur einen Kuss auf die linke Wange drücken können, bevor er in banales Geplänkel einstieg. Aber jetzt,

beim Essen, wurde unser Gespräch runder und manchmal erzählte er mir von seiner Jugend in Paderborn.
Nach dem Essen bot ich ihm einen Joint an und er krempelte die Ärmel hoch. Dann sah ich wieder seine Unterarme, die dicht behaart waren. Er hatte einen dunklen Teint und schien weiche Haut zu haben. Seine brünettes Haupthaar machte mich kirre. Wenn ich geraucht haben würde, müsste ich über ihn herfallen. Das war riskant, da er sicherlich stärker war als ich. Alle sichtbare Haut war von gleichsam sichtbaren Muskelpäckchen unterlegt. Ein Mann, dem man jede Faser einzeln lecken möchte.
Als er sich anbot, mir mit dem Abwasch zu helfen, ergriff ich seinen Arm und streichelte seine Haare darauf. Er schaute zu und sah mir danach ins Gesicht. Als er seinen Blick nicht abwandte, küsste ich ihn. Er bewegte sich nicht, öffnete nur seinen Mund und verwöhnte mein Maul mit seinen Lippen, seiner Zunge. Er wollte mich und er wollte mich machen lassen. Ich umfasste ihn spürbar und hielt seine Hände zusammen, während ich sein Gesicht leckte, den Hals.
Claus war der perfekte passive Liebhaber. Sehr gefühlvoll hat er stets versucht mir zu geben, was ich gerade wollte. Er hat sich beinahe zwei volle Stunden in seinen Knackarsch ficken lassen, dann kam er, das heißt, sein Sperma lief fast von alleine aus seinem Schwanz raus. Ich spritzte in das Kondom in seinem Arsch ab.
Claus ging dann nach Hause.

Volker Rudolph

Matthias Haun

Motel in Boise

Martina Minette Dreier

Daniel Claus

Eine sehr seltene Art zu lächeln

„Du musst auf den Mund achten.“
Ich sah auf den Mund.
„Was ist damit?“, flüsterte ich zurück, bekam aber keine Antwort.
Ich saß mit Kirsten in der *Bar jeder Vernunft*, wo ‚René, la Diva' die Bühne betrat, um das Publikum auf einen musikalischen Streifzug durch das nächtliche Berlin und New York der zwanziger und dreißiger Jahre des vergangenen Jahrhunderts mitzunehmen. Kirsten war Photographin und hatte von Renés Agentur den Auftrag bekommen, Bilder für eine Pressemappe zusammenzustellen und mich gefragt, ob ich Lust hätte sie zu begleiten, und ich war mitgegangen.
Ich war vorher noch nie in der *Bar jeder Vernunft* gewesen. Überall hingen Spiegel, es glitzerte aus allen Ecken, und ich sah René an diesem Abend das erste Mal. Das ‚Diva' hinter ihrem Namen, das wie ein Adelstitel klang, war nicht übertrieben. Sie hatte diese klassischen, langen Beine, die man aus dem Ballett kennt, und es war unmöglich, ihr nicht volle Aufmerksamkeit zu schenken. In ihrem silbernen, seitlich geschlitzten Paillettenkleid, das bis auf den Boden reichte, den hohen Schuhen und ihren Hüften, mit denen sie sich um den Mikrophonständer schlängelte, während sie sang, war sie ein Ereignis. Die Blicke im Saal folgten ihr wie Verneigungen. Erst beim dritten Lied konnte man für einen kurzen Moment erahnen, dass die Frau, die dort vorne auf der Bühne stand, eigentlich ein Mann war. Doch wenn ich ehrlich bin, merkte ich es kaum.
Nach der Show setzte sich René zu uns an den Tisch, und Kirsten stellte uns einander vor. René trank Evian aus einem Sektkelch, erklärte Kirsten, wie sie sich die Photos vorstellte und unterstrich alles, was sie sagte, mit weitausholenden Armbewegungen. Anschließend sprach sie von Marlene Dietrich, ihren hohen Wangenknochen und der Art, wie sie ihre Beine übereinander schlug. Ich betrachtete sie. Ich war mir nicht sicher, ob ich mich mehr für Frauen oder für Männer interessierte, aber die Frau, die dort vor mir saß, gefiel mir, so exaltiert sie auch sein mochte, sehr gut. Ich fand es schade, dass die Brüste und Wimpern, die blonden Haare und die blutroten Fingernägel, dass all das, nicht echt sein sollte.
Als wir gingen, lud sie nicht nur Kirsten, sondern auch mich zu ihrem nächsten Auftritt ins *Chamäleon Varieté* ein.
„Ich setz' dich auf die Gästeliste, Süßer“, sagte sie und gab mir zum Abschied einen Kuss auf die Wange, dicht neben meinen Mund. „Oh“, sagte sie und flackerte mit ihren Wimpern. Es war nur ein Kuss, aber es fühlte sich an, als ob sie mich dabei bis auf die Haut entblößte. Das Küssen hörte nicht auf, es setzte sich als erregtes Beben in mir fort.
In der Nacht träumte ich von ihr, von dieser schönen Frau, die ein Mann war und sich elegant auf gefährlich hohen Absätzen bewegte. Ich träumte wie ich ihren Nacken küsste, ihr am Rücken das Kleid öffnete und mit dem Zeigefinger die Wirbelsäule hinunterfuhr. Sie drückte mir ihren Hintern entgegen und begann

sich langsam an mir zu reiben. Als sie sich nach vorne beugte, fielen ihr die Brüste aus dem BH. Sie kullerten über den Boden, und ich wachte auf.

Vier Tage später war ich mit Kirsten im *Chamäleon Varieté*. Diesmal war René nicht als Chansonniere, sondern unter dem Programmpunkt orientalischer Bauchtanz angekündigt. Ich hätte René fast nicht wiedererkannt. Ohne Schuhe war er zehn Zentimeter kleiner, und außerdem hatte er beschlossen, dass dieser Bauchtanz von einem Mann getanzt werden sollte. Damit hatte ich nicht gerechnet. Ich kannte ihn ja nur als Frau, und natürlich hatte ich immer noch das Bild von der männermordenden Diva im Kopf, das ich nun neben den orientalischen Bauchtänzer hielt, der auf der Bühne stand. Er hatte dunkelblonde, kurze Haare, und sein Gesicht wirkte auch als Mann und ohne Lippenstift und falsche Wimpern fein geschnitten. Seine gezupften Augenbrauen irritierten mich etwas, aber er war ein genauso schöner Mann wie er eine schöne Frau war, nur dass es sich dabei um zwei völlig verschiedene Personen zu handeln schien. Ich überlegte, was die beiden gemeinsam hatten, und dann setzte die Musik ein, und René begann zu tanzen. Und wie er tanzte! Er tanzte mit einer Leichtigkeit zur Musik, als ob das die einzig mögliche Form wäre, sich zu bewegen. Er hatte einen schönen durchtrainierten Bauch, der nicht nur aus Muskeln bestand und sich in alle Richtungen bewegen ließ. Sein Becken kreiste, seine Hüften kreisten, mir wurde von dem Anblick schwindlig, aber sein Oberkörper blieb die ganze Zeit ruhig wie eine Statue. Auf seinem Bauch bildeten sich kleine Schweißperlen, die sich an einer Spur goldblonder Haare, die im Scheinwerferlicht glänzten, langsam ihren Weg nach unten bahnten. Ich versuchte mir vorzustellen, wie es sei mit René zusammenzusein, am Morgen einen Mann zu küssen, am Abend eine Frau zu umarmen, und dabei ein- und dieselbe Person zu lieben, die zwischendurch nur das Geschlecht wechselte.
Kirsten machte Bilder. Sie schien dieser Mann auf der Bühne, der vor vier Tagen noch eine Frau gewesen war, nicht im Geringsten zu irritieren. Sie verschoss einen Film nach dem anderen und hörte erst auf, als der Auftritt vorbei war.

Auch diesmal kam René nach der Show zu uns an den Tisch. Er bestellte ein Bier und fragte, wie uns der Bauchtanz gefallen habe. Er sagte, dass er sich dabei viel nackter fühle, als wenn er als Chansonniere auf der Bühne steht. Er sah uns an. Sehr dezent und zurückhaltend. Kein Augenklimpern, keine großen Gesten. Kirsten fragte: „Warum als Mann?“, und er gab zur Antwort, dass eine bauchtanzende Frau nichts besonderes sei, außerdem sei es ein Tabubruch auf mehreren Ebenen, der dem Tanz eine Vielschichtigkeit gäbe, die er nicht hätte, wenn er als Frau auftreten würde. Er lächelte. Und da fiel mir etwas auf, das ich vorher nicht bemerken konnte. Ich konnte es nicht bemerken, weil ich René bisher nur als Frau gesehen hatte. Und im selben Moment fiel mir ein, was Kirsten in der *Bar jeder Vernunft* gesagt hatte. Das hatte sie also gemeint. Er hat als Mann ein sehr besonderes Lächeln. So, wie er als Mann lächelt, lächeln nicht viele Männer. In seinem Lächeln als Mann liegt etwas, das einen erahnen lässt, dass er zu bestimmten Zeitpunkten in seinem Leben eine Frau sein kann. So etwas gibt es sehr selten. Dieses Lächeln ist wie ein geheimes Buch, in dem man blättern und lesen darf. Allerdings lächelt er nie so lange, dass man die Möglichkeit hat dieses Buch fertig zulesen. Er macht das ziemlich geschickt. Gerade, wenn man meint zu wissen, mit wem man es zu tun hat, es fehlen höchstens noch zwei Sätze, die man lesen muss, klappt er das Buch ohne Vorwarnung wieder zu.

Daniel Schmidt

Mathias Trostdorf

Wolfgang Ikert

Stavros

Wayne Moraghan

Es ist kalt. Der Winter lässt die Eisblumen am Fenster blühen. Ich fühle mich allein, aber es stört mich nicht. Ich habe mich entschlossen, noch ins Fitness-Center zu gehen. Am Empfang arbeitet wieder der junge Grieche, ein bildschöner Mann. Er händigt mir den Schrankschlüssel aus, und ich gehe mich umziehen. Im Trainingsraum bin ich ganz allein. Es ist wahrscheinlich für die meisten zu kalt und zu spät, um noch rauszugehen. So stört mich niemand und ich habe die Gelegenheit, an allen Geräten zu trainieren. Ich fange mit den Beinmuskeln an. Man soll von unten nach oben arbeiten, hat man mir gesagt. Ich bin an der Maschine, an der die Oberschenkel trainiert werden. Der junge Grieche schaut nach mir. Er muss prüfen, ob ich alles richtig mache. „Um 22 Uhr machen wir zu!", sagt er. Ich frage ihn nach seinem Namen. „Stavros" sagt er und überprüft das Gewicht, und schaut, ob ich die Übung richtig ausführe. Stavros zeigt mir, wo der Muskel liegt, den ich gerade bearbeite und berührt mich dabei. Es durchschauert mich. Um ihm nicht meine Verlegenheit zu zeigen, drehe ich den Kopf weg. Als ich ihn zurückwende, schaut er mir tief in die Augen. Er hat schöne Augen, denke ich , während er wieder nach vorn zum Empfang geht. Ich trainiere weiter die Rückenmuskeln, Bauchmuskeln, Brustmuskeln. Stavros kommt noch einmal und sagt: „Es ist gleich Feierabend." Und schaut wieder tief in meine. Sein Blick bringt Bewegung in meine Hose. Ich glaube, er hat es bemerkt, dreht sich aber um und geht wieder. Als ich mit den Oberarmmuskeln fertig bin, habe ich mein Training für heute abgeschlossen. Ich gehe zum Empfang, um meinen Trainingsplan in den Kasten zurück zu legen. Stavros sagt, ich solle mir ruhig Zeit lassen, er müsse noch die Abrechnung fertig machen. Dabei umspielt ein süßes Lächeln seinen Mund. Er schließt die Eingangstür zu, denn es ist 22:00 Uhr. Ich gehe in den Umkleideraum, ziehe meine Trainingssachen aus und gehe zum Duschen. Die Duschkabinen sind rund, wie Tonnen. Ich schließe die Schiebetür, drehe den Wasserhahn auf und genieße, das warme Wasser, dass über meine, vom Training leicht schmerzenden Glieder rinnt. Das Duschgel duftet. Beim Einschäumen des Körpers denke ich an Stavros. Mein Schwanz richtet sich langsam auf. Plötzlich ist da ein Geräusch und die Kabinentür geht einen Spalt auf. „Kann ich Dir helfen", fragt Stavros und lächelt dabei. Ich werde verlegen. Er ist völlig nackt und seine Erregung nicht zu übersehen. Ich mache ihm Platz und er steigt in die Kabine. Sein Glied streift mich. Stavros ist etwas größer als ich. Er nimmt mein Duschgel und fängt an, mich noch einmal einzuseifen. Sein steifer Schwanz drückt gegen meinen Rücken. Ich drehe mich um, und Stavros massiert mir Brust und Bauch, lässt seine Hände tiefer gleiten, umfasst mein Glied, spielt mit meinen Eiern. Meine Knie werden weich, ich muss mich festhalten. Ich drücke mich an Stavros breite sportgestählte Schultern. Er dreht mich wieder um und geht mit einer Hand zwischen meine Beine; reibt meine Arschspalte. Und die ganze Zeit fließt angenehm

Markus Sauer

Tamasz Moricz

heißes Wasser auf unsere Körper. Die Kabine ist voller Dampf. Dann stelle ich mich hinter ihn und umfasse ihn von hinten. Ich nehme seinen Prügel in die Hände. Er stöhnt laut auf. Sein Bauch ist flach und hart. Ich fasse ihn mit aufgeregten Händen an. Ich gehe hinter ihm auf die Knie. Ich ziehe seine Arschbacken auseinander, so dass sich meine Zunge zu seiner Arschknospe lecken kann.
Stavros steht breitbeinig da und lässt es geschehen. Ich versuche, mit der Zunge, in sein Loch einzudringen. Er beugt sich etwas nach vorn. Ich greife durch seine gespreizten Beine nach seinen kräftigen Hoden und knete sie. Meine Zunge stößt in sein süßes Loch. Ich werde immer geiler. Ich umfasse seine Lenden und bewege sie vor und zurück, während ich die Zunge rauf und runter gleiten lasse.
Stavros grunzt vor Wonne, dreht sich langsam um und zieht mich sanft hoch. Er legt beide Hände um mein Gesicht und küsst mich, heiß und stürmisch. Unsere Schwänze stoßen aneinander. Dann geht Stavros in die Knie und nimmt meinen heißen Prügel zwischen die Lippen und lässt seine Zunge um meine Eichel kreisen. Seine Hände tasten sich nach oben und spielen mit meinen Brustwarzen. Seine Zunge sucht die Spalte in der Eichel. Er drückt die Zungenspitze in den schmalen Spalt. Mit den Händen knetet er meine Nippel. Ich stöhne vor Lust. Meine Knie werden so weich, daß ich zu ihm hinunter sinke.
Das Wasser strömt weiter auf uns herab. Wir kauern am Kabinenboden, halten uns aneinander fest und küssen uns stürmisch. Ich stehe auf und ziehe auch

Stavros nach oben. Mit einem festen Griff packe ich seinen Hintern, streife mit den Fingern seine Arschspalte und finden sein Loch. Mit einem Finger dringe ich in seine Höhle ein, drehe ihn, schiebe ihn vor und zurück und schiebe bald den zweiten Finger nach. Es ist ein geiles Gefühl, Stavros anzufassen, meine Finger in seinem Loch und seinen steifen Schwanz an meinem Bauch zu spüren. An der Hüfte drehe ich ihn herum und drücke langsam meinen Schwanz gegen seinen Arsch. Vorsichtig dringe ich in sein enges Loch ein. Stavros zieht seinen Schließmuskel rhythmisch zusammen. Ich bebe vor Genuß. Meine Bewegungen werden schneller, energischer. Er übernimmt meinen Rhythmus und hält dagegen, wodurch jeder Stoß noch kräftiger wird. Wir werden schneller und schneller. Ich bin kurz vor dem Erguss, ziehe aber meinen Knüppel aus seinem Arsch wieder raus und verharre eine Weile, um mich zu beruhigen. So schnell soll es nicht vorbei sein. Stavros streichelt meinen Körper, bis seine Finger an meinem Arsch landen. „Lass uns draußen weiter machen." Ich bin einverstanden. Wir stellen die Dusche ab und gehen hocherregt in den Umkleideraum.
Er küßt mich und drückt dann meinen Kopf runter. Ich halte mich an der Bank fest. Er stellt sich hinter mich. Ich spüre die Zuckungen seines Schwanzes an meinem Arsch. Er beginnt, mit seinen Fingern mein Loch zu weiten, spuckt sich auf die Hand und befeuchtet die Rosette von innen und außen. Ich spüre, wie er langsam seinen Bolzen in meinen Arsch schiebt und drücke mich ihm entgegen. Wir bewegen uns vor und zurück, der Druck nimmt zu und wir werden

immer schneller. Stavros greift an meine Brustwarzen, reibt sie, knetet sie, kneift hinein. Ich schreie vor Lust auf. Sein flacher Bauch klatscht an meinen Hintern. Ich richte mich auf, und er fickt mich im Stehen weiter. Es ist zum wahnsinnig werden. Ich greife nach hinten und zeihe ihn mit den Arschbacken noch fester an mich heran, so daß sein Prügel tiefer in mein Loch rutscht. Der Schmerz bereitet mir noch mehr Lust. Stavros schiebt mich zur Bank. Nun liege ich bäuchlings und Stavros sitzt auf mir drauf. Er rammelt wie ein Gott. Ich versuche ihm Widerstand zu leisten, indem ich meinen Arsch anhebe. Immer wieder, immer wieder. Und er wird immer schneller.
Er fängt an zu zucken. Ich stoße meinen Arsch hoch und wieder zurück. Er rutscht aus meinem heißen Loch heraus. Sein Sperma schießt mit einer Wucht auf meinen Rücken. Wir stehen langsam und erschöpft auf. Er weiß, daß ich noch auf meine Erlösung warte. Mit einem Lächeln umarmt er und küßt mich. Die Zunge gleitet langsam an mir herunter bis zu meinem Penis. Stavros nimmt meinen Schwanz in den Mund. Der ist inzwischen so erregt, dass es fast weh tut. Ich lege meine Hände auf seinen Kopf. Seine Stoppelhaare sind zu kurz, um sich darin fest zuhalten. Der Kopf geht immer schneller vor und zurück. Meine Hände rutschen auf seine Schultern, mein Oberkörper beugt sich über ihn. Ich werde immer wilder hin und her geschüttelt und spüre, wie es mir kommt. Ich ziehe meinen Schwanz aus seinem Mund. Stavros hält mich mit seinen starken Händen fest. Ich spritze ihm voll ins Gesicht. Er lächelt. Mit einem Handtuch wische ich ihm das Gesicht ab. Ich bin vollkommen zufrieden, lege meine Hände um Stavros Gesicht und küsse ihn noch einmal. Das hatte ich vom heutigen Training nicht erwartet.

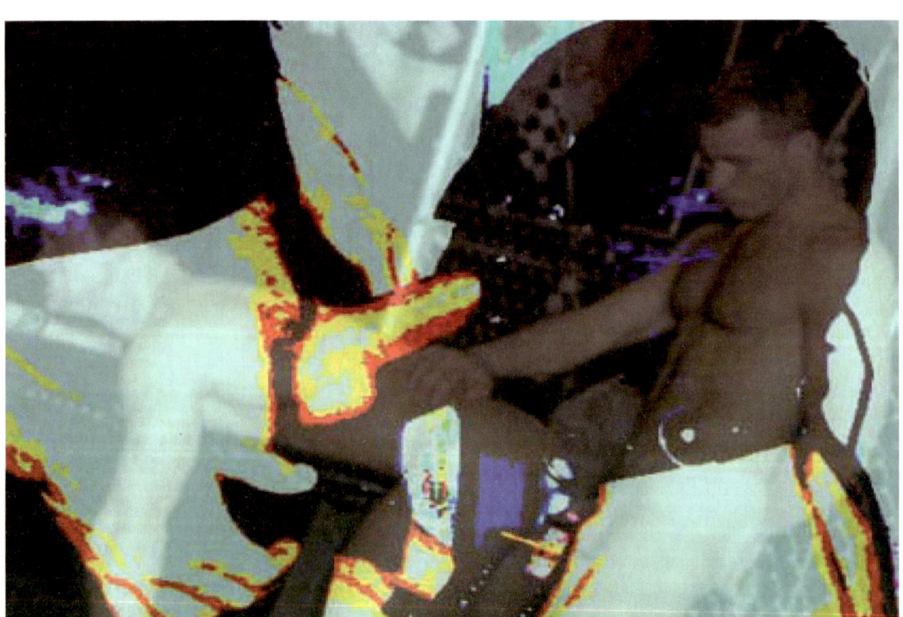

Wolfgang Schultheiss

Ono-Ludwig.de

Bodo Tüngler

Gimnasio

luettmatten

Simon Rhys Beck

Laternen in der Halfpipe

Ich schnalle mir die Inliner an die Füße und skate über die Brücke. Es ist rattenwarm, aber ich muß einfach mal raus. Bisschen abschalten, sonst fällt mir irgendwann die Decke auf den Kopf. Ich wohne jetzt seit zwei Wochen hier, bin mit meinem Vater hergezogen. Meine Eltern haben sich getrennt, mit dem neuen Freund meiner Mutter kann ich nicht besonders.

Am Anfang konnte ich nicht verstehen, warum ausgerechnet MEINE Eltern sich trennen wollten. Mittlerweile denke ich, dass es das Beste war. Die haben sich eh nur noch angegiftet. Und ich immer dazwischen ...

Meine Mutter besuche ich jetzt alle zwei Wochen am Wochenende. Das ist okay, ich muss eh erst mal schauen, dass ich hier zurecht komme. Es war schon schwierig genug mit der neuen Schule ...

Ich knalle in einem ziemlichen Tempo die Brücke runter – der Fahrtwind kühlt angenehm. Mein T-Shirt ist schon total durchgeschwitzt, aber ausziehen möchte ich es nicht, weil ich keinen Bock auf Sonnenbrand habe. Weiß wie eine Made ist der Junge, sagt mein Dad immer ...

Unten bremse ich ein wenig, damit ich die Kurve kriege. Ich schlittere etwas auf dem Rollsplitt. Der Weg ist nur für Fußgänger und Radfahrer, und ich habe Glück, dass niemand mir entgegenkommt. Sonst hätte es sicher einen Frontalzusammenstoß gegeben!

Ich beschleunige wieder und fahre Richtung Halfpipe. Die Anlage liegt auf meinem Weg. Ich will einmal um den See skaten!

Mit dem Unterarm wische ich mir den Schweiß von der Stirn. Ich kann schon von hier sehen, dass ziemlich viel Volk unterwegs ist. Nervig, aber das war ja nicht anders zu erwarten bei dem Wetter! Ich höre die Geräusche der Skateboard-Rollen auf der Pipe und schaue quer über den Platz. Und sehe – Lars. Er steht mit bloßem Oberkörper neben den anderen Jungs, sein Board locker in der Hand.

Lars.

Mein Herzschlag beschleunigt sich.

Lars sitzt direkt vor mir in der Klasse. Er ist so groß wie ich und schlank, seine kurzen Haare hat er schwarz gefärbt. Vom ersten Tag an hat er mich fasziniert. Seine Ausstrahlung ist der Wahnsinn, und wenn er lacht, bekomme ich eine Gänsehaut. Er sieht einfach klasse aus, und seine Art verwirrt mich. Als hätte ich nicht schon genug damit zu tun, mich mit der neuen Umgebung und den neuen Mitschülern zurechtzufinden...

Sein nackter Oberkörper ist echt yummy, er hat sich das T-Shirt hinten in die Hose gesteckt. Mir läuft das Wasser im Mund zusammen, und meine Knie werden weich!

Und gerade als er zu mir rüberschaut, komme ich vom Weg ab und pralle mit voller Wucht gegen eine Laterne.

Es macht *doing*, und ich gehe zu Boden. Mit dem linken Knie rutsche ich auf dem Asphalt entlang und bleibe schließlich benommen liegen.

Scheiße, ist das erste, was ich denke. Das zweite: Oh Gott, ist das peinlich! Dann

setzt der Schmerz ein.
Mühsam richte ich mich auf. Ich sehe Sternchen, aber nicht nur das! Auch Lars, der sich halb besorgt, halb belustigt über mich beugt.
„Dominik? Alles klar?"
Ich versuche, meine Gliedmaßen wieder zu ordnen; zischend ziehe ich die Luft durch die Zähne, als ich mein aufgeschlagenes Knie betrachte. Das Blut läuft an meinem Schienbein entlang in meinen Socken.
Erst jetzt bemerke ich die anderen Leute, die um uns herum stehen. Wie kann man sich nur so blamieren? Wahrscheinlich stehe ich morgen auf der ersten Seite in der BILD-Zeitung in der Rubrik „Trottel der Woche".
„Geht's?", fragt mich ein Typ, der neben Lars steht.
„Ja, klar, geht schon wieder", murmele ich.
„Brauchst du einen Arzt?", will eine Frau wissen.
„Nein, ich mach sowas öfter!" Ich schüttele den Kopf, und mir wird sofort wieder schwarz vor Augen.
Die Leute verziehen sich langsam wieder. Offensichtlich hat das Unfallopfer überlebt und irgendwie war er ja auch selbst schuld, denken sie bestimmt.
Lars bleibt.
„Super Stunt!", sagt er grinsend.
Ich versuche, auf die Füße zu kommen, aber mir tut ungefähr jeder Knochen weh. Ich könnte mir selbst in den Arsch treten – warum musste ich auch zu Lars rüberglotzen? Das habe ich nun davon! Wahrscheinlich hätte meine Oma gesagt, „die kleinen Sünden bestraft der liebe Gott sofort" oder so was. Himmel, ich muss eine Gehirnerschütterung haben, oder warum produziert mein Gehirn so einen Müll?
Lars schlingt unbefangen einen Arm um meine Hüfte und zieht mich hoch. Er schaut auf mein Knie und schüttelt den Kopf.
„Warum fährst du ohne Schützer?"
„Aber selber ...", maule ich, denn er trägt ebenfalls keine.
„In der Halfpipe gibt's keine Laternen!", lacht er.
Sein Lachen bringt mich auf andere Gedanken. Ich könnte ihn stundenlang anstarren. Ihm zuhören. Ihn lachen hören. Lars ist ein typischer Mädchenschwarm. Er ist so beliebt, dass es schon weh tut! – Mir jedenfalls.
„Willst du dein Knie verarzten? Ich wohne hier gleich um die Ecke!"
Ich will NEIN sagen. Ich kann nicht mit zu ihm. Sein Angebot erschreckt mich, und gleichzeitig freue ich mich wie doof. Ich habe Angst. Er wird nach ein paar Minuten merken, dass ich längst nicht so cool bin, wie ich mich immer gebe. Und er wird merken, dass ich nicht so bin wie die anderen Jungs. Und was passiert dann?
Nicht so wie die anderen ... So ist es doch, oder etwa nicht? Ich bin unsicher, versuche, mich zu verstecken. Wer bin ich wirklich? Und wie muss ich sein, um Ich selbst zu sein?
Ich verdränge jeden Gedanken und sage: „Ja, ein Pflaster wäre super."
Ganz langsam fahre ich neben ihm her. Ich sehe ihn von der Seite an, seine Grübchen fallen mir auf. Er grinst noch immer.
„Sorry, aber dein Sturz eben", sagt er und versucht, sich das Lachen zu verkneifen, „... das sah unglaublich komisch aus!"
Ich verziehe das Gesicht und taste nach der Beule auf meiner Stirn. „Dann hab ich ja wenigstens zur Unterhaltung beigetragen!"

„Wieso bist du eigentlich vor die Laterne gefahren?“, will er wissen.
Ich schweige. Wegen dir, denke ich. Aber das würde ich ihm NIE sagen!
Weil Lars mich ansieht, sage ich schließlich: „Ich hab nicht aufgepasst.“
„Gut, ich dachte schon, ich wäre schuld ...“
Überrascht bleibe ich stehen. „Wieso?“ Mein Herz fängt schon wieder an zu rasen. Aber ich versuche, ganz ruhig zu erscheinen.
„Weil ich dir gewunken habe“, erklärt Lars. Er deutet auf eine Villa. „Hier ist es schon ...“
Er zieht einen Schlüssel aus seiner Baggy und schließt auf.
Ich hocke mich auf die Stufen vor dem Eingang und versuche – umständlich wie ein Opa – meine Inliner auszuziehen.
„Willst du was trinken?“, ruft Lars nach draußen.
„Ja, gern!“
Endlich habe ich die Scheißdinger von meinen Füßen. Mein Knie hat wieder angefangen zu bluten. Das ganze sieht nicht schön aus. Meine Socke hat sich bereits rot verfärbt, und auch der Rand meiner Hose, der unangenehm über die offene Wunde scheuert.
Mit einem Ächzen stehe ich auf und folge Lars in den kühlen Flur. Er wartet in der Küche auf mich.
„Cola?“
Ich nehme ihm das Glas ab. „Ja, klar. Danke.“
Ich trinke es leer und unterdrücke im letzten Moment ein lautes Rülpsen. Lars sieht es mir an und grinst!
Ich bin verlegen und starre auf den Fußboden. Kann ich mich denn nicht einigermaßen normal verhalten?
„Los, komm mit ins Bad. Sonst blutest du noch den ganzen Boden voll ...“
Ich folge ihm ins Badezimmer und setze mich auf den Wannenrand. Lars kramt in einem riesigen Spiegelschrank herum.
„So, hier ist Desinfektionsspray und Pflaster. Brauchst du sonst noch was?“
„Keine Ahnung“, zucke ich mit den Schultern.
„Zieh mal die Socke aus; ich glaube, wir müssen das erstmal abwaschen!“
Ich mache, was er sagt. Seine Nähe verwirrt mich. Ich wünsche mir, dass ich immer so mit ihm im Badezimmer sitzen kann. Was für ein absurder Gedanke!
Lars packt mich an den Schultern und dreht mich so, dass ich die Beine in die Badewanne stellen kann. Seine Berührung hat mich überrascht, kalt erwischt sozusagen. Ich spüre seine Hände noch, als er schon dabei ist, das Wasser aufzudrehen.
Entweder ich habe einen Dachschaden von dem Sturz bekommen, oder ich träume das alles, denke ich. So langsam bin ich doch sonst nicht!
„Ich glaub, so geht’s ...“ Er beginnt vorsichtig, das Blut von meinem Bein zu spülen. Das alles ist schrecklich ... schön. Ich kann gar nicht begreifen, dass er das macht! Vielleicht will er Arzt oder Krankenpfleger werden und übt schon mal an mir. In meinem Kopf geht’s drunter und drüber.
Er ist so dicht neben mir, dass ich die feinen Härchen auf seinem sonnengebräunten Arm sehe. Das macht mich so nervös, dass ich laut schlucke. Er krempelt mein Hosenbein noch ein wenig weiter nach oben, und berührt dabei meine Schenkelinnenseiten. Ich muß mich zusammenreißen. Mit dem frischen Waschlappen macht er sich daran, vorsichtig das Blut um die Verletzung abzutupfen.
Das Wasser ist lauwarm, trotzdem

bekomme ich eine Gänsehaut, und ein Zittern läuft durch meinen Körper.
„Alles okay?“, fragt Lars.
Ich nicke schwach.
Bevor er auch noch mein Bein abtrocknet, nehme ich ihm das Handtuch weg. Ich bin verlegen und so erregt, dass mir nichts passendes einfällt, was ich sagen könnte. Was, wenn er meine Erektion bemerkt?
Während ich mein Bein abtrockne, drücke ich meinen Arm gegen den Schoß und versuche, an die Mathehausaufgaben zu denken. Dann drehe ich mich wieder zurück, so dass ich mit den Füßen auf den weißen Fliesen stehe.
Lars hockt sich vor mich. NEIN, denke ich. Ich hätte fast eine Hand ausgestreckt, um seinen kräftigen, goldschimmernden Rücken zu berühren, um ihn an mich zu drücken. Sein Anblick treibt mir den Schweiß auf die Stirn. Er ist so schön, und zu allem Überfluss fällt mir ein, dass ich an ihn denken musste, als ich es mir gestern gemacht habe.
So eine Scheiße, ich wusste, dass ich nicht hätte mitgehen dürfen! Lange halte ich es nicht mehr aus.
Lars sprüht mein Knie mit dem Desinfektionsspray ein. Ich sehe das, merke es aber nicht. Ich bin so verwirrt, dass mir die trotzdem Tränen in die Augen steigen.
Er sieht mich irritiert an. „Brennt es oder hab ich dir wehgetan?“
Ich schüttele verbissen den Kopf und presse ein „Geht schon!“ heraus. Ich werde mich nicht noch mehr blamieren! Klar tut er mir weh ... ich bin verknallt in ihn! Huh? Ja, verdammt noch mal, genauso ist das! Und das darf ich ihm nicht sagen und schon gar nicht zeigen!
„Hey, ist doch gar nicht so wild“, sagt er beruhigend und unterbricht damit meinen inneren Monolog.
Super, jetzt denkt er auch noch, ich bin eine Memme und heule wegen einem aufgeschlagenen Knie. Mann, schlimmer kann es kaum noch kommen!
Er klebt mir supervorsichtig ein großes Pflaster auf das Knie, und als er es an den Seiten andrückt, streichen seine Fingerspitzen an meinen Kniekehlen entlang.
Jetzt muss ich sterben, denke ich. Das Gefühl seiner Finger auf meiner Haut ist unbeschreiblich. Es schießt hoch bis in mein Gehirn, rollt sich dann langsam an meiner Wirbelsäule entlang nach unten und endet ziemlich genau in der Mitte meines Körpers ... doch natürlich sterbe ich nicht. Etwas an mir richtet sich wieder auf.
Weiß er, was er damit anrichtet? Ist das vielleicht ein Spiel? Um nicht zu keuchen, zwinge ich mich, ganz ruhig zu atmen. F***! Es hätte doch sicher gereicht, Lars weiterhin anzuhimmeln! Es war doch schön, im Unterricht seinen Rücken anzustarren, seinen schmalen Nacken. Aber nein! Ich muss mich in seinem Badezimmer von ihm verarzten lassen und meine Gefühle unter Kontrolle bekommen.
„Sag mal, besonders gesprächig bist du wohl nicht“, sagt Lars und steht langsam auf.
Ich sehe, wie sich seine Bauchmuskeln anspannen. Ich will da nicht hinschauen – tue es aber trotzdem.
„Meine Socken“, sage ich intelligent und starre auf die beiden leblosen, ehemals weißen Objekte auf dem Fußboden.
Lars schaut mich an, dann die Socken und prustet laut los!
„Die sind tot! Leider ... Wenn du möchtest, beerdigen wir sie. – Ich kann dir aber welche von mir geben.“
Toll! Er macht sich über mich lustig!

Aber ich kann es ihm nicht verdenken ... Ich habe das Gefühl, mich wie ein Volltrottel zu benehmen. Erstaunlich, dass ich überhaupt noch in der Lage bin zu sprechen.
Vorsichtig stehe ich auf. Mein Knie brennt höllisch!
„Ich hol dir noch ein Coldpack für die Beule". Oh Gott, er hat sie bemerkt!
Als Lars sich umdrehen will, brennt bei mir die Sicherung durch. Ich halte ihn fest.
Überrascht sieht er mich an.
„Was ist?"
„Ich weiß nicht", flüstere ich.
Wir stehen voreinander, Lars zieht die Augenbrauen hoch.
Ich kann nicht mehr klar denken, setze alles auf eine Karte. UND WENN ICH ES MEIN GANZES LEBEN LANG BEREUEN MUSS ... Ich beuge mich nach vorn und küsse ihn direkt auf seine vollen Lippen. Sie sind weich und kühl und schmecken nach MEHR.
Lars ist verblüfft. Er fixiert mich durchdringend, dann legt sich ein Lächeln auf sein Gesicht.
Ich schäme mich zu Tode.
„Danke."
„Ich hätte dir das Pflaster auch so gegeben", grinst er schließlich.
Ich muss ebenfalls grinsen ... er ist nicht sauer auf mich! Kann das wirklich sein? Ich weiß noch immer nicht, was er denkt. Aber er hat mir keine geklebt, und er schmeißt mich nicht raus. Stattdessen fragt er mich, ob ich nicht noch bleiben möchte. Klar möchte ich ... und wie!
Mal sehen, wie das weitergeht. Aber eines ist sicher – ich werde ihm nicht erzählen, warum ich gegen die Laterne gebrettert bin! Zumindest heute noch nicht ...

Kingdome 19

IT WAS DESTINY

STEFAN
ZEH

Markus Baaken

Auf dem Fahrrad

Mein Schließmuskel sitzt am rechten Fleck. Das spüre ich deutlich, weil ich auf dem Fahrrad nach Hause fahre. Letzte Nacht war ich Sklave in jemandes Haus. Wir hatten uns am Nachmittag im Friedrichshain verabredet, waren uns zuvor zweimal begegnet. Hier rauchten wir zuerst einen Joint. Dann forderte er mich geradeheraus auf, mich auszuziehen. Er sei ziemlich voyeuristisch drauf, meinte er, als ob es einer Erklärung bedurft hätte. Sebastian hatte einen großen Schwanz und konnte hübsch gemein gucken. Das wußte ich schon. So zog ich mein T-Shirt aus, meine Stiefel und dann ließ ich die Hose herunter. Ich hatte einen Ständer und es war mir egal, dass wir uns in der Öffentlichkeit von schwulen Cruisern befanden. Dann öffnete mir Sebastian den Zugang zu seinem Schwanz und ich senkte meinen Schädel um sein Glied. Mein großer Mann steckte einen trockenen Finger in meinen Arsch. Er mag es, wenn er seinem Spielzeug weh tut.

Einmal schon hatten wir es getrieben, neulich über Nacht. Er referierte seinerzeit unablässig, dass er eigentlich beim Sex wesentlich härter wäre. Das nächste Mal würden wir es zu seinen Bedingungen treiben. Er ließ keinen Zweifel in mir aufkommen. Ein fettschwänziger, arroganter Mann, so, wie ich es mag.

Heute war ich spitz gewesen. Darum hatte ich ihn angerufen. Er schien von der gleichen Umtriebigkeit organisiert, wie ich an diesem Tag. Dieses mal war also das nächste Mal. Ich war bereit, mich in ihn hinein zu ordnen. Wir würden die Sprache der Sexualität dazu nutzen. Ich hoffte, ich dürfte am Ende kommen und wusste, dass es kein Ende geben kann. Nun lutschte ich zum Auftakt schon mal seinen Schwanz. Er sah dabei furchteinflößend aus. Er schob weiter meinen Schädel über seine Eichel und hieß mich seinen Schwanz tief in meinen Rachen stecken. Das kann ich recht gut. Noch hatte ich keine Angst, daß er mich verletzen würde.

Dann fragt er nach Kondomen. Mein Beherrscher möchte mich mitten auf einer Innenstadtwiese ficken und er fragt nur nach den Hilfsmitteln. Ich habe kein Gleitgel dabei und fühle mich darüber erleichtert. Er beschließt, mich mitzunehmen, zu ihm. Dort würde ich sein Sklave sein, verdeutlicht er noch einmal. Es verlangt ihn nach Schlägen manchmal, nur selten nach Ficken, weiß ich. Er wird permanent die Kontrolle über mein weh leidendes Wimmern haben. Er mag es, wenn seine Sexhure schreit vor Schmerzen. Ich bin etwas unsicher, recht unerfahren, sage aber „ja“. Zeit habe ich bis morgen früh um zehn Uhr, sage ich wahrheitsgemäß. Experimente habe ich lange schon nicht mehr gemacht.

Ich habe einen erregten Schwanz, als ich bald darauf im Supermarkt das Abendessen einkaufe, das ich später bereiten soll. Sebastian ist ein schöner Mann. Ich mag es, wenn ich sexuell benutzt werde, runtergeputzt, missbraucht. Das erspart eigenes Nachdenken und ebensolchen Willen.

Als ich seine Wohnung betrete, bleibt lange keine Zeit zum Tüten auspacken. Sofort schlägt er mich ins Gesicht, schiebt mir eine Hand ins Maul und knetet mir brutal die Eier. Ich muss mich ausziehen. Er hat etwas Bequemes angezogen, was ich geil finde. Eine schwarze lange Adidassporthose. Ich bin hier, um Sex zu haben. An den Eiern bin ich empfindlich.
Ich baue immer wieder Joints, bekomme selten die Hälfte ab. Ich darf einen halben Kaffee trinken. Danach nur noch die Pisse des Mannes direkt aus seinem Schwanz. Er fotografiert mich mit seiner Digitalkamera. Immer wieder. Wenn ich Schmerzen im Gesicht zeige, vor allem. Er fragt mich, wie ich ihn nennen mag. Ich entscheide, dass er mir Sir sein wird. Er fragt mich, ob ich sein Sperma fressen möchte. Er erklärt, er sei negativ, weiß es aber nicht ganz aktuell. Ich überlege lange und sage „Ja, ich möchte, Sir“. Dann fickt er fast sofort in mein Maul. Er stößt seinen Schwanz fett in meine Fresse und ich würge ab und zu. Das gefällt ihm. Ich werde immer willenloser bei dem Gedanken, dass von jetzt an früher oder später Sperma in meinem Rachen landen wird. Ich hoffe, früher.
Aber er unterbricht und befiehlt mir Liegestützen. Er legt deren Zahl auf 100 fest. Das ist zuviel, viel zuviel. Ich bin auch Mensch. Alles darunter bekomme ich als Schlag auf den nackten Hintern. Sein herausragendes Hirn meint, dass ich zwanzig schaffe. Mein ertüchtigter Körper tippt insgeheim auf 37 und wird genau diesen Wert auch erreichen. Daraus werden 63 Schläge mit einem Ledergürtel. Ich winde mich während der Prozedur gewaltig. Mag keine Schläge und meine Handgelenke sind zusammengebunden. Ich will natürlich mehr aushalten, als ich üblicherweise verkrafte. Dazu ist so ein Rollenspiel gedacht. Das Undenkbare einfach tun. Ich laviere schon jetzt an den Grenzen.
Nach dem Gürtelschlagen sinke ich in mir zusammen. Er dreht mich um. Ich liege jetzt auf meinem roten, warmen Arsch und er stopft mir sein Gerät wieder ins Maul. Das ist hammerhart und er beginnt sofort, in meine Fresse zu ficken. Ich versuche, ihm in die Augen zu schauen. Das macht ihn an. Mich auch. Ich würge ein wenig. Das macht ihn noch mehr an. Er drückt mir die Kehle zu, ich kann kaum atmen und dann spüre ich seinen Saft hinten in meinem Rachen. Sebastian hat mein Maul vollgefickt. Ich schmecke sein Sperma am Zapfen. Ich bin rattengeil. Ich habe äußerst selten so engen Kontakt mit dem Ejakulat eines anderen Mannes. Ich fühle mich benutzt, billig, als Fickloch missbraucht. Geil. Mein Schwanz ist derselben Ansicht. Ich habe einen Halbsteifen. Mein Sir hat ihn weggepackt, bevor er anfing, mich zu lieben. Er steckte ihn gleich nach meiner Ankunft in ein gebogenes kurzes Rohr und machte es mit einem Ring um meine Eier fest. Es ist schwer, der Schwanz ist nicht zu erreichen. Es verhindert, dass ich mich wichsen kann, überhaupt eine richtige Latte kriegen kann. Als er es umlegte, stelle er süffisant fest, dass ich einen winzigen Schwanz hätte. Er hat damit nicht unrecht. Wenn ich mich schäme, habe ich besonders gerne Erektionen.
Der Abend ist inzwischen völlig meinem Sir gewidmet. Da ist keine Nummer mehr, die ich noch anrufen müsste, keine Information von draußen, die ich jetzt noch bräuchte. Da ist nur der liebevolle Klang der harten Stimme eines Mannes, der mich jetzt durch eine Ledermaske

Raymond Angeles

anspricht. Er schlägt auf meinen Schädel, während er in meinen Mund pisst. Er würde mich verprügeln, wenn ich etwas vergießen würde. Ich darf ihm manchmal an den Schwanz, ohne fürs Nicht-Fragen gleich bestraft zu werden. Ich muss diese Momente abpassen, mag nicht jedes Mal fragen, wenn ich Ruhe an seinem Glied suche.
Als ihm langweilig zu werden droht, stürzt er auf mich zu. Ohne Vorwarnung schiebt er mir dabei einen Dildo in den After. Das brennt wie Sau, es reißt alle Schleimhäute nach innen, in mein Loch hinein. Ich bin ein aufgespießter Schlachtochse. Ich brülle naturgemäß wie am Spieß. Das animiert ihn, weiterzumachen. Er fickt meinen Arsch mit einem Stück kalten Gummis. Ich schreie noch immer, kann gar nicht anders. Ich halte das nicht aus. Ich möchte aufgeben. Da ist gar kein Sicherheitswort ausgemacht, muss ich feststellen und ich kann keine Wörter finden, welche nicht die Situation in Gefahr brächten. Ich schreie einfach weiter, weiter, immer weiter.
Wieder findet Sebastian das geil. Sein Schwanz ist fest, als er ihn in mein Maul stößt. Jetzt fickt er wenigstens mein Loch nicht weiter mit dem Dildo. Dann schiebt er mir seinen Schwanz in mein Arschloch. Ich bin am Verzweifeln. Ich versuche, weiter durchzuhalten. Weiter, weiter, immer weiter.

Das Laken hält nicht durch, ist voller Scheiße aus meinem schmerzenden Loch. Ich muss es abziehen und mich spülen gehen. Für ihn. Er macht immer mehr Fotos, ich diene mich in ihn hinein. Versorge ihn mit Marihuana, mit Kaffee und Cola-light. Er präsentiert mir ab und zu fertige Kopien der gerade entstehenden Bilder. Er hat jetzt etwas in der Hand gegen mich. Und etwas zwischen den Beinen für mich hat er auch.
Immer wieder steckt er mir seinen Schwanz ins Maul. Ich bin froh, dass er daran Spaß hat. Er hat einige andere Sklaven und ich weiß nicht, wie. Ich bin heute seiner. Ich habe mich als seinen Besitz erklärt, für die ganze Nacht bis morgen um zehn Uhr früh. Das sind noch rund zwölf Stunden. Wieder ejakuliert mein Beherrscher in meinen Rachenraum. Wieder verdrehe ich die Augen dabei, schmecke den Engelsaft aus dem Teufelschwanz. Er sagt, ich hätte einen Minischwanz. Er hat immer recht.
Nach dem Essen wird er ruhiger, möchte fernsehen. Ich soll dabei zärtlich zu ihm sein, mich an ihn schmiegen. Mit meinem zerstoßenen Loch, mit dem roten Hintern, mit den heißen Wangen. Ich tue das, werde müde über die Ausstrahlung. Dann kiffen wir mehr und er holt die Frischhaltefolie, die ich kaufen musste. Er packt mich darin ein. Ich bin klaustrophob. Meine Erklärung nutzt mir nichts. Er hat mir wieder die Ledermaske übergezurrt Ich bin bewegungsunfähig, trotzdem stehe ich noch auf dem Fußboden. Ich drohe zu kippen. Das ist mir ein vertrautes Gefühl. Er beginnt mich in den Bauch zu boxen. Das macht mich an, mein Schwanz wird größer oder er versucht es wenigstens, scheitert am keuschheitsgeknickten Stahlrohr und beginnt, zu schwer zu werden. Er legt mich auf sein Bett, dann findet er ein Loch über meiner Möse und penetriert mich erneut mit dem Dildo. Ich brülle in die Maske, er heischt mich an. Ich sage Klaustrophobie und er erklärt mir, dass wir die jetzt gemeinsam überwinden werden. Ich bin da nicht sicher, versuche es auszuhalten, kämpfe gegen Panik. Ein ungleicher Kampf ist das. Ich bin kurz vor einem Abbruch, mag nur noch, dass es vorbei ist. Ich schreie etwas mehr, als ich wirklich muss. Das verschafft mir Reserve. Dann fickt er seinen Schwanz in das Plastegeschöpf, das einmal ich war. Er keucht seinen Saft in das Kondom. Ich hoffe zumindest, er benutzt eines. Sehen kann ich nichts. Aber er ist schnell fertig. Ich liege in meinem Schweiß, als er mich endlich aufschneidet. Tropfen gehen vom Schädel ab. Ich bitte um Bier, um Joint, um Zigarette. Die Zigarette verweigert er. Das gefällt mir.
Weder kann ich mich berühren noch will ich das. Ich will alle Kraft für ihn behalten. Ich bin gewöhnlich zickig nach dem Abspritzen. Das habe ich ihm zu meiner eigenen Sicherheit gesagt. Ganz am Anfang war das. Das ist lange her. Jetzt bin ich Diener für seine Gelüste. Er verprügelt mein Gesicht mit seinem Schwanz und macht davon eine Aufnahme. Ich darf ein paar Kopien haben, wenn ich noch einmal mit ihm schlafe. Er redet viel über die Zukunft. Ich glaube nicht an die Zukunft. Das behalte ich für mich.
Er hat ein Gerät, mit dem er meine Kiefer aufspreizen kann. Dann fickt er in mein offenstehendes Gesicht, zwischen die Stege des Apparates und meine Zähne stellen keine Gefahr dar. Er fickt fester in meinen Mund und irgendwann spüre ich seinen Männersaft erneut auf meiner Zunge, in der Kehle, in meinem Sklaven-

körper. Ich gewöhne mich allmählich an seinen Geschmack, werde immer mehr davon abhängig gemacht. Er kann jede Stunde einmal abspritzen, wie es scheint. Das ist gut so.
Aber auch er wird allmählich müde. Seine Bewegungen werden sparsamer, seine Forderungen seltener. Dann zündet er eine Kerze an und ich werde erfahren, was heißer Wachs auf der Haut bedeutet. Ich habe schon öfter Männer mit Heißwachs bearbeitet. Nie aber ließ ich es andersherum geschehen. Er beginnt mit der rechten Brustwarze. Es tut gehörig weh. Er wechselt die Seite und immer wieder zurück. Ich stöhne laut dabei, manchmal schreie ich spitz. Er geht über meinen Bauch, und an den Innenseiten der Oberschenkel kocht er mich klein. Ich brülle wieder, kann auch jetzt nicht an mich halten. Durchhalten, denke ich, während ich Wachs auf den Schaft bekomme. Er träufelt etwas auf meine Eichel und ich winde mich. Er macht weiter an den Schenkeln und ich vergehe vor Schmerz. Den schwitze ich aus mir heraus. Irgendwann, viel zu spät erst, hört er auf. Er bindet mich zur Nacht und ich muss seine Füße in mein Maul stecken, während er einschläft. Natürlich tue ich das.
Er wollte mich ficken, wenn ich eingeschlafen wäre. Aber er hat nicht. Ich erwache morgens, als er gerade eine Socke in mein Maul stopft. Ich schreie sofort, weil er meine Lippen dabei verletzt. Eine ist jetzt aufgerissen. Er schert sich nicht darum. Er hat eine Latte. Er dreht mich schnell um und fickt mich von hinten. Diesmal will er abspritzen, denke ich und verhalte mich still. Vielleicht zu still, weil er bald die Lust verliert und mir seinen Schwanz einmal mehr ins blutende Maul steckt. Er wirft mir vor, dass ich mich verletzt hätte. Das ist ungerecht und geil. Wieder fickt er mein Gesicht und ich bekomme noch einmal sein Sperma zu essen.
Dann erlaubt er mir zu kommen. Ich soll auf seine Stiefel spritzen und sie hinterher ablecken.
So knie ich breitbeinig auf dem Holzfußboden. Ich trage noch die Gelenkfesseln an den Händen von der Nacht. Ich hatte sie vor dem Körper tragen dürfen und dafür versprechen müssen, nicht meinen Schwanz zu fassen. Ich habe ihn nicht angefasst, bin folgsam gewesen. Ich reibe an meinem Schwanz. Er steht. Ich wichse ihn, während mir Sebastian auf seinem Bett liegend zusieht. Er beschimpft mich dabei. Er sagt, was ich bin. Das regt mich an und ich spritze bald ab. Ein paar satte Schübe Sklavensoße spritzen aus mir raus und ich senke den Schädel danach und befreie mit der Zunge die Stiefel davon. Er fotografiert. Er dokumentiert auch, wie ich den Fußboden auflecke. Ich hatte etwas verspritzt, ich dumme Sau. Er quält mich nicht weiter. Das gefällt mir. Wir lächeln uns an. Es ist zehn Uhr. Ich muss gehen.
Draußen prüfe ich die Mitteilungen, die über Nacht auf meiner mailbox angekommen sind. Ich rauche eine Zigarette, ohne um Erlaubnis bitten zu müssen. Ich steige auf mein Rad und spüre deutlich, wohinein ich letzte Nacht gefickt wurde. Die Straßen erscheinen mir weiter heute früh, ich schwebe über sie hinweg.
Ein unbestimmtes Lächeln ziert mein Gesicht. Ich atme die Luft, von Friedrichshain nach Kreuzberg, sauge Gerüche, die mir wohl sind. Berlin erscheint mir voller Liebe heute.
Ich muss ihn wiedersehen.

Volker Rudolph

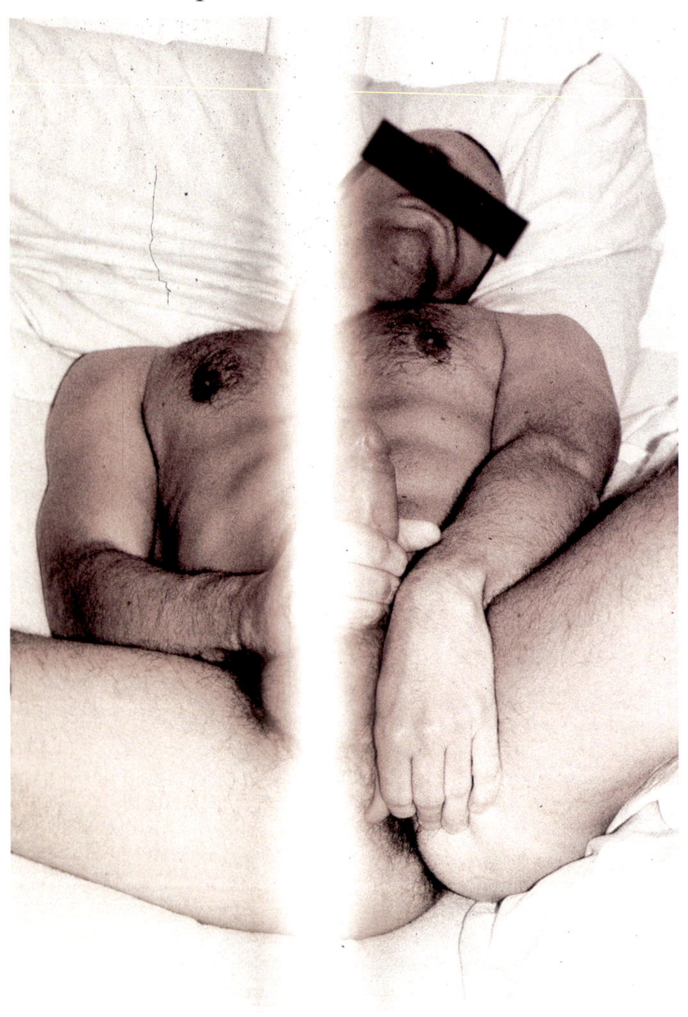

Stefan Zeh

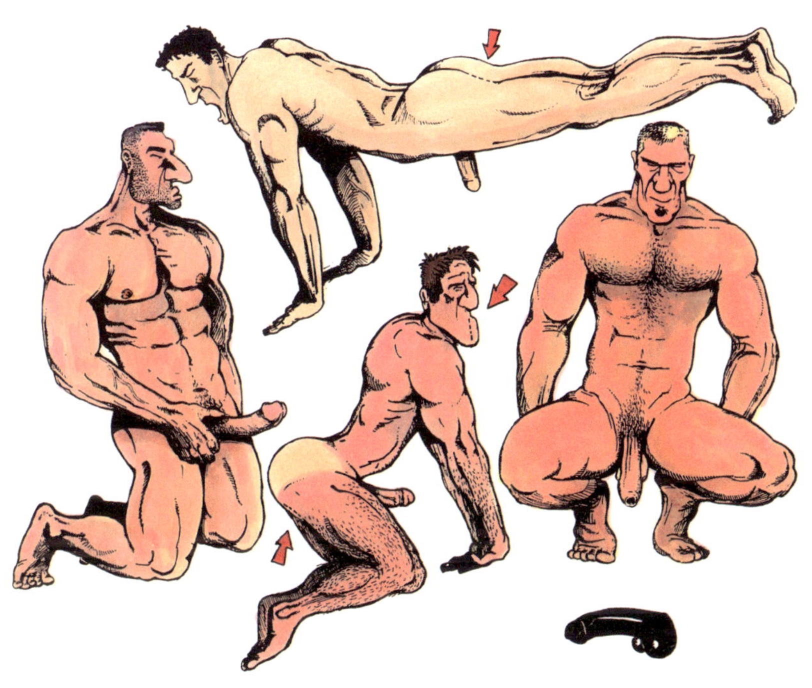

So heiß kann's auch bald bei dir zuhause zugehen!
Dazu mußt du bloß
1. die Figuren sorgfältig ausschneiden und
2. deren Körperöffnungen [bei der Lokalisation helfen Dir die roten Pfeile] an der gestrichelten Linie entlang aufschneiden.
Und dann heißt es:
'Stecken bis der Klebstoff kommt!'
[Übrigens: Hübsch auch als Mobile ...]
Dies ist nur eine von unzähligen Variationen, die es zu entdecken gilt!
β 97
Stefan Zeh

Ono-Lwudwig.de

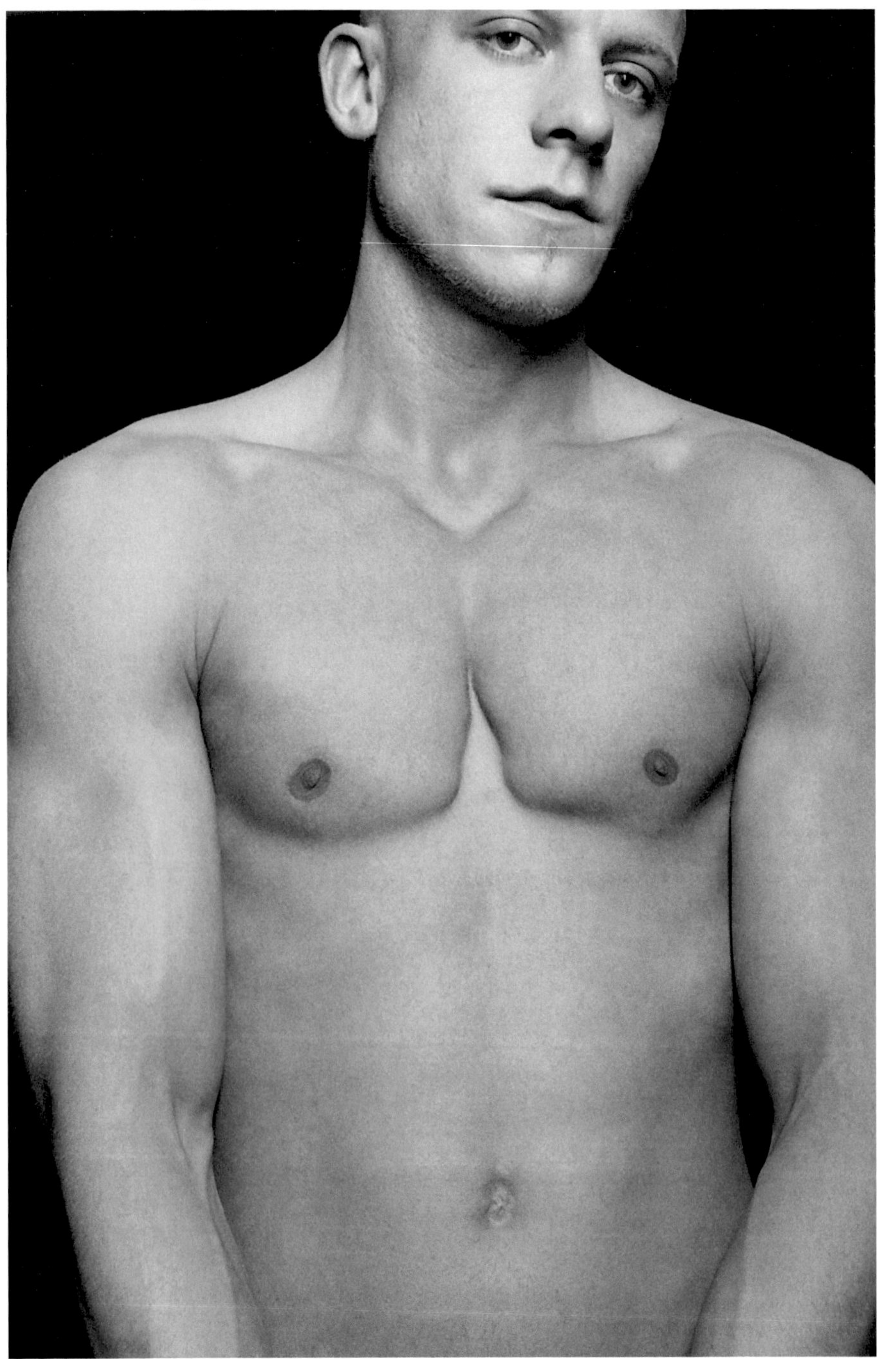

Mirko Wachter

Tatort-Melodie

„Hi ..."
Irre. Seine Stimme klingt einfach irre. Noch viel erotischer, als ich sie mir vorgestellt habe. Dunkel. Ein bisschen rau. Teufel! Ich kann nur hoffen, dass mir niemand, und erst recht nicht er, meine Gedanken ansieht.
„Hi", erwidere ich und bleibe in meiner Warteposition. Ich bin sowieso viel zu aufgeregt, als dass mir etwas Sinnvolles einfiele.
„Darf ich dir einen ausgeben? Was trinkst du?", fragt er, wirft seine schwarze Mähne zurück und schiebt sich auf den Barhocker neben mir. „Darf ich mich zu dir setzen?", fügt er hinzu, als er seinen kleinen knackigen Hintern in den hellen Jeans auf dem Sitz zurechtgerückt hat.
„Oh, nimm doch Platz, tu dir keinen Zwang an." Wider Willen muss ich grinsen. ‚Entwaffnet!', denke ich. ‚Der hatte leichtes Spiel mit dir, Dan!'
Seit Tagen kommt er regelmäßig abends ins „Silver". Genauso lange beobachte ich ihn schon, wie er alle Blicke auf sich zieht, wie er sie alle der Reihe nach um den Finger wickelt, einfach so mit seinem Raubtiergang und seinen dunklen Augen, wenn er die Kneipe betritt, die Blicke schweifen lässt und sich dann allein in der hintersten Ecke an die Theke stellt, ein Bier ordert und alle abblitzen lässt, die es wagen, ihn anzumachen. Und wie er dann, ohne sein Glas ausgetrunken zu haben, wieder geht:, Nichts los hier, wechseln wir die Jagdgründe, genau das drückt seine arrogante Haltung aus. Dabei treibt sich immer ein ganzer Haufen süßer, sexbesessener Kerls hier rum. Er aber scheint ganz besonders wählerisch zu sein.
Gestern abend bin ich ihm gefolgt, als er das „Silver" verließ. Ich habe mir ein Herz gefasst und bin ihm nachgegangen. Doch als ich aus der Kneipe trat, konnte ich ihn nicht mehr entdecken.
Und heute kam er herein, gewohnt schön wie eine Fata Morgana, seine Augen machen die übliche Runde und ... heute blieben sie hängen, und das ausgerechnet an mir. Raubtiergang. In meine Richtung! Ein verhaltenes Lächeln auf seinen Lippen, das mir einen Alarm durch Herz und Lenden jagt. Ich kann es nicht fassen, auch jetzt nicht, da er längst neben mir sitzt und mich anblickt und ...
„Ich heiße Patrick", eröffnet er mir. Er spricht ziemlich leise, ich muss ihm meine ganze Aufmerksamkeit widmen, wenn ich ihn verstehen will. Gebannt hänge ich an seinen Lippen.
„Magst du was trinken? Vielleicht mal was anderes als Selters?" Diese Stimme! Ich nicke, obwohl ich jetzt eigentlich gar keinen Alkohol trinken möchte. Es ist 22 Uhr, aber für mich hat die Nacht erst begonnen. Wenn ich jetzt schon mit Bier anfange, stehe ich die kommenden Stunden nicht durch ... bin ja noch nicht ganz nüchtern von gestern. Und ich muss morgen früh wieder zeitig aus den Federn. Kein leichter Job: Universitätsassistent und Call-Boy, und Letzteres inzwischen sieben Tage die Woche.
Fakt ist, dass ich auch in Anbetracht großzügigster Freier noch eine geraume

Zeit brauchen werde, bis ich meine Schulden abbezahlt habe. Bei Vulcano, dem Halsabschneider, kann man sich schnell und unbürokratisch ein paar Tausender besorgen, doch genauso schnell kann man auch einen Unfall erleiden oder Ähnliches, sollte man sich bei der Rückzahlung säumig zeigen. Aber ich bin pleite, und er will Scheine sehen, und so zwingt er mich, für ihn auf den Strich zu gehen. Und wenn er mir auch süffisant versichert, ich sei sein bestes Pferd im Stall, er höre nur Gutes über mich von den Kunden, so könnte es doch passieren, dass ich ein totes Pferd bin, wenn ich es wagen sollte, aus der Reihe zu tanzen. So etwas kann er gar nicht leiden. Dabei vermag ihm niemand etwas nachzuweisen.

„Okay, ein Pils“, willige ich ein, nachdem ich energisch alle trüben Gedanken verscheucht habe. Ein Pils ist kein Pils. Und dieser attraktive Typ sitzt neben mir ... ob ich etwas mit ihm trinken möchte. Wie könnte ich es ihm abschlagen?
„Daniel“, sage ich und nicke ihm zu, wobei ich verschweige, was ich am liebsten sagen würde: ‚Kein Bier, keine Umstände, komm einfach zur Sache! Ich will dich! Jetzt gleich!‘
Ohne hinzuschauen, ruft er dem Wirt über die Schulter zu: „Zwei Pils, bitte!“ Und dann. sieht er mich an, direkt und klar; sein ganzer Körper drückt aus, was er will, und dass er weiß, er wird es kriegen. Mir ist flau wie beim ersten Mal, als ich den Versuch gewagt hatte, mir vorsichtig und auch nur probeweise einzugestehen, schwul zu sein.
Seine Hand, streicht über meine Wange, und ich fühle eine unglaubliche Wärme. Dabei sind seine Finger angenehm kühl..Für einen Moment, lehne ich meinen Kopf gegen seine Handfläche, schmiege mich an. Seine Finger erreichen mein Ohr, fahren sanft die Windungen entlang, ein kurzer Druck, ein sanftes Bohren in der Öffnung, uh ... ich schließe die Augen ... und schon hat er seine Hand wieder weggezogen. Greift nach dem Pils, und hebt mir das Glas entgegen. „Ich mag dich!“, sagt er ernst. Ehe ich mein Glas fassen kann, macht er schon einen langen, durstigen Zug.
Ich komme mir dämlich vor, wie ich da sitze, ihn anlächle und alle Wörter vergessen habe, die mir sonst so zahlreich und mühelos über die Lippen kommen. Wie mache ich ihm klar, dass ich mir im Moment keine Gefühle leisten kann? Jetzt wäre es an der Zeit, ihm zu sagen, dass ich nicht hier bin, um gemocht zu werden, sondern nur, um mich kaufen zu lassen. Doch das will ich nicht. Und dann sagt er etwas, und ich blinzele fassungslos durch die wabernden Zigarettenrauchschwaden. Hat sein Finger auf seiner Rundreise durch meine Ohrmuschel mein Gehör verzaubert, und ich verstehe jetzt nur, was ich hören möchte?
„Wieviel für die ganze Nacht, Daniel? Ich hoffe, ich kann mir dich leisten“, hat er gefragt.
Mir bleibt die Luft weg, und ich lausche seinen Worten nach. Ich schöpfe gerade so viel Atem, dass ich ihm antworten kann. Die Versuchung ist groß, ihm zu sagen, dass ich es für ihn umsonst mache, dass ich so scharf auf ihn bin, dass ich am liebsten ihn bezahlen würde, nur um noch einmal seinen Wahnsinnsfinger in meinem Ohr zu spüren. Aber das. geht jetzt nicht, da er mir selber das Geschäft angeboten hat. Ich darf Vulcano nicht vergessen.
Patrick pfeift leise durch die Zähne, als er die Summe hört. Für einen Moment

fürchte ich den üblichen taxierenden Blick der Kunden, fürchte, er wird mich ablehnen. Oder lachen. Oder sonst etwas tun, das mich am Boden zerschmettern würde. Aber,er nickt und sagt leise: „Das ist ein fairer Preis. Können wir zu dir gehen?"
Mitten in mein Nicken hinein läutet sein Handy - die Tatort-Titelmelodie, dramatisch und irgendwie passend.
Patrick lauscht ins Telefon, und seine Augenbrauen ziehen sich zusammen. Ich ahne schon, was kommt, als er mit bedächtigem Zeigefingerdruck das Handy ausschaltet und es wie im Zeitlupentempo wegsteckt.
„Entschuldige bitte! Ich muss noch mal weg!"
Meine Enttäuschung ist grenzenlos. Ich will ihn, und er will mich auch. Und er will dafür bezahlen. Und nun scheint nichts mehr daraus zu werden. Er wird mich mit einem Ständer und weichen Knien zurücklassen. Am liebsten hätte ich geheult.
„Daniel?" Er fasst nach meiner Schulter. „Gibst du mir deine Adresse? Ich hoffe, ich kann in etwa einer Stunde bei dir sein ..."
Ich nicke, viel zu hastig.,

Mann, ich habe selten so gute Laune gehabt! Während ich im Laufschritt zwischen ein paar Autos die Straße überquere, kann ich kaum an mich

Anja Müller

halten und pfeife leise vor mich hin. Er hat versprochen, zu mir zu kommen!
Kaum war er aus dem „Silver" verschwunden - nicht ohne einen kurzen, aber bemerkenswerten Abschiedskuss, der den Pudding in meinen Knien fast vollständig verflüssigt hat - habe ich den beiden Typen, die mich für diese Nacht gebucht hatten, telefonisch abgesagt. Sollen sie sich selber einen runterholen.
Es könne eine Stunde dauern oder anderthalb, hat Patrick gemeint, aber ich habe mein Bier in einem Zug ausgetrunken und bin losgerannt. Ich muss aufräumen, denke ich, und eine Flasche Wein kalt stellen und Bier ... keine Ahnung, was er trinkt.
Ich warte nicht auf den Lift und stürme die sechs Treppen zu meiner Wohnung hinauf. Auf meinem Stockwerk herrscht Dunkelheit – wohl wieder die Birne kaputt. Ich nehme mir vor, sie gleich selbst auszutauschen, denn Patrick soll mich nicht suchen müssen! Der Wohnungsschlüssel gleitet wie von selbst ins Loch. In dem Moment, als ich meine Wohnungstür aufstoße, spüre ich einen heftigen Schlag zwischen meinen Schulterblättern. Mit einem von der Überraschung gedämpften Aufschrei fliege ich

Wolfgang Schultheiss

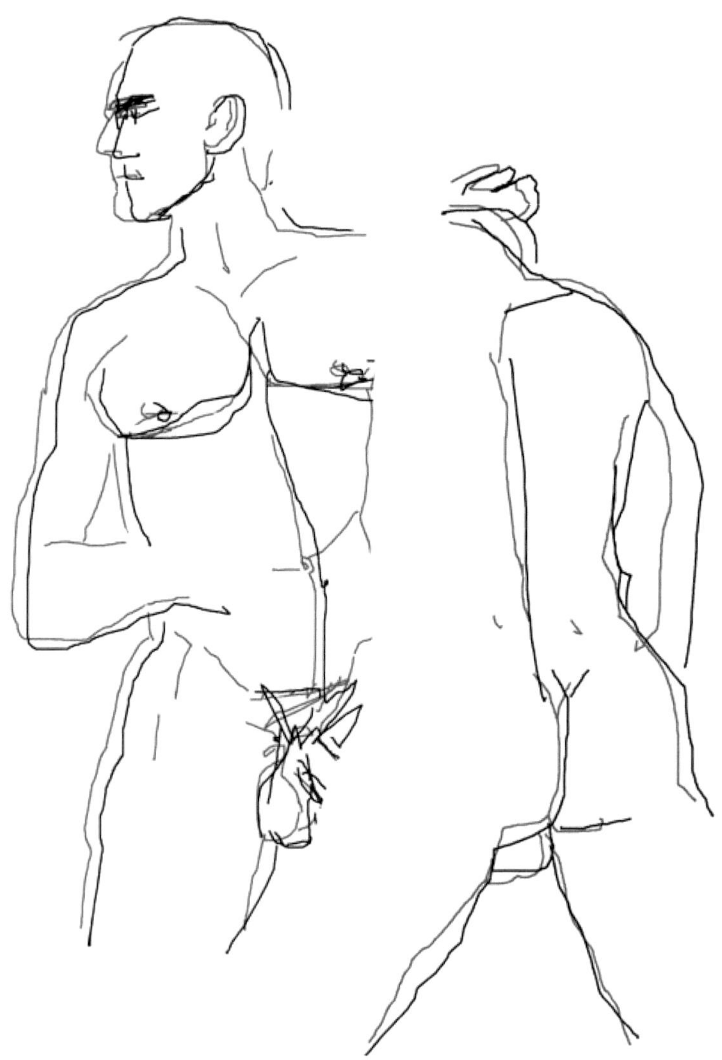

der Länge nach in meinen Flur und pralle mit dem Kopf gegen die Wohnzimmertür. Licht flammt auf.

Jetzt erkenne ich zwei dunkle Gestalten mit Motorradmützen über den Köpfen. Eine von ihnen beugt sich über mich, packt mich am T-Shirt und zieht mich hoch. Bevor ich reagieren kann, lässt mich ein Schlag gegen die Schläfe Sternchen sehen. Ein weiterer Hieb trifft mich in den Magen.. Ich gehe zu Boden. Dort versuche ich mich zusammenzurollen,

doch ein derber Tritt klappt mich auf wie ein Taschenmesser.
„Das reicht!“, höre ich wie durch Watte. Ich spüre, wie mein Kopf an den Haaren hochgerissen wird. Ein Gesicht erscheint vor meinem, aber ich sehe es nicht richtig, erkenne nur Augen, mehr als zwei, es können auch drei oder vier sein, ein, zwei Münder, ein heller ... Fleck ... und ... Eine Ohrfeige holt mich in die Wirklichkeit.
„Vulcano schickt dir herzliche Grüße“, säuselt jemand an meinem Ohr, das noch vor ganz kurzer Zeit so zärtlich liebkost worden ist und nun schmerzt, als sei es zu seiner doppelten Größe angeschwollen. „Und eine kleine Erinnerung, dass du ihm noch etwas schuldest. Er lässt höflich anfragen, wann du zu zahlen gedenkst. Du bist zwei Tage überfällig.“
Das stimmt ja nun überhaupt nicht! Wenn die wüssten, wie genau ich mir jeden einzelnen Zahlungstermin merke! Aber hier nützen keine Diskussionen.
„Außerdem lässt er fragen, wie du in deiner Situation deine Dates absagen kannst.“
Wieder antworte ich nicht, denn nicht nur die Schmerzen, sondern auch der Schreck darüber, dass er das innerhalb so kurzer Zeit erfahren konnte, verschlagen mir die Sprache. Die Typen bestehen nicht auf einer Antwort. Zwei, drei letzte Tritte, halbherzig nur, denn ihr Mütchen scheint gekühlt, verlassen sie meine Wohnung. Ich registriere noch, dass sie sich nicht die Mühe machen, die Tür hinter sich zuzuziehen, dann ...

... dann verliere ich den Überblick. Die Stimme, die dicht an meinem Ohr beruhigende Töne raunt, passt nicht so recht zu der unfreundlichen Behandlung, die ich eben erfahren habe. Mühsam versuche ich, die Lider aufzubekommen. Mein Blick fällt auf die weißen Raufasertapeten meiner Flurwände, weiter hinten sehe ich die geschlossene Wohnungstür. Nun nehme ich auch die Hände wahr, die mich festhalten, und versuche sie wegzustoßen. Die Kerle sind also wiedergekommen! Meine hektischen Kopfbewegungen verursachen mir neue Schmerzen.
„Ruhig! Ruhig! Daniel, ich bin es, Patrick! Was haben sie mit dir gemacht?“
Patricks Gesicht ist über mir. Seine braunen Augen sehen mich sanft und besorgt an. Ich versuche, ihn anzulächeln, aber mein Kiefer schmerzt so sehr, dass ich es besser wieder lasse. Wir sitzen auf den Dielen im Flur, das heißt, er sitzt, ich liege mit dem Kopf in seinem Schoß. Als meine Gedanken so weit gekommen sind, kehrt wieder ein wenig Leben in mich. Zumindest in meinen Unterleib. Ich wünschte mir, mein Hinterkopf könne Hände ausfahren, Fühler, mit denen sie betasten, streicheln könnten, worauf ich liege.
Irgendwer stößt einen zitternden Seufzer aus. Das muss wohl ich gewesen sein, denn über Patricks Gesicht zieht ein belustigtes Lächeln. „Au!“, sagt er plötzlich, und ich merke, dass ich meinen Kopf ein wenig zu fest an seinen Schwanz gedrückt habe. „Gut“, sagt er, „du lebst noch. Wer hat dich so zugerichtet?“
Während ich mit seiner Hilfe aufstehe, erzähle ich ihm von meinen Schulden. Sicher nichts, was man dem Kerl, den man gerade kennen gelernt hat und von dem man sich schon mehr erhofft als einen One-Night-Stand, als Erstes auf die Nase binden muss. Aber ich bin noch ziemlich verwirrt, und er ist so um mich besorgt, fast liebevoll, und ... Was sagt er da?

Bert A.

„Daniel! Sei still!“ Seine Stimme ist jetzt sehr eindringlich. „Bevor du weiter redest, müssen wir etwas klar stellen, und ich versichere dir, dass ich es ehrlich meine.“ Er nimmt mein Gesicht zwischen beide Hände, ganz vorsichtig, aber es schmerzt trotzdem.
„Ich mag dich sehr, Daniel!“, sagt er. „Du sollst still sein! Und: Ich bin bei der Kripo. Doch bitte glaube mir! Ich wollte dich nicht benutzen! Wir haben gerade Vulcano festgenommen. Er ist ein Wucherer, ein Zuhälter, und er wird schon lange wegen Rauschgifthandel und grober Körperverletzung gesucht. Vielleicht gehen sogar zwei Morde auf sein Konto. Aber wir brauchen noch mehr Beweise. Ich war als verdeckter Ermittler im ‚Silver‘. Dort erfuhr ich, dass du mit Vulcano in Verbindung stehst. Und es passte mir gar nicht, dass du mir sofort gefallen hast. Vom ersten Abend an. Du solltest Zeuge der Anklage werden und nicht meine Gefühle in Aufruhr bringen. Ich habe mich zurückhalten müssen, aber länger ging es nicht. Ich will dich! Und dann passiert diese Scheiße ... Also ... ich ... nicht, dass du denkst, ich habe dich ins offene Messer laufen lassen ... es war nicht klar ... Ach, was red‘ ich denn? Aber so war es!“
Patrick drückt mich an sich, was meinen Rippen, die einige Tritte abbekommen haben, nicht so gut gefällt, aber mein Schwanz steht wie eine Eins, trotz der Schmerzen. „Ich bin froh, dass du mir nicht böse bist“, lacht er leise, als er meinen Ständer spürt.
Ich weiß nicht genau, ob ich wirklich nicht „böse“ bin, wie er sagt. Ich bin durcheinander, das würde es eher treffen. Aber eines weiß ich, egal, ob er die Wahrheit sagt oder nicht, nämlich dass er mir immer besser gefällt.

„Ich bin also dein Lieblingszeuge?!“
„Ja, du wirst auch noch aussagen müssen, später, im Präsidium. Aber meinst du nicht auch, dass es hier im Flur etwas ungemütlich ist?“
Er nimmt mich zärtlich in die Arme, und das Gefühl, von Patrick gehalten zu werden, lässt mich alles andere vergessen und auch meine Lebensgeister neu erwachen.
Um ihm zu zeigen, dass ich bereit bin, schiebe ich ihn in mein Schlafzimmer. Vor dem Bett bleiben wir stehen. Patricks Mund legt sich auf meinen, seine Zunge stößt fordernd gegen meine Lippen, leckt daran, schiebt sich dazwischen. Ich dränge meine Zunge gegen seine, umkreise sie und spiele mit ihr, und wir lassen uns gemeinsam nach hinten aufs Bett fallen. Er liegt halb unter mir, mein Knie zwischen seinen Beinen, die er mir bereitwillig geöffnet hat. Ich gleite mit meiner Zunge an seinem Hals entlang, lecke und knabbere an seinem Adamsapfel. Seine Hand wühlt sich in meine Haare. Mit der anderen zieht er eilig sein Hemd aus. Gleich darauf zerrt er mir das T-Shirt vom Körper.
.„Au“, schreie ich, „du musst ganz zart mit mir umgehen. Ich bin zwar ein harter Mann, aber auch harte Männer haben, wenn sie zusammengeschlagen worden sind, das Recht auf eine schonende Behandlung. Und jetzt lass‘ die Hosen runter!“
„Entschuldige!“, flüstert er und küsst mich sanft auf das geschwollene Ohr. „Aber zuerst lass‘ ich mal deine Hosen runter“, grinst er und zieht mich vorsichtig in die Höhe.
‚Wie schön er ist!‘, denke ich, als wir endlich nackt voreinander stehen. Ich drehe ihn mit dem Rücken zu mir, und während ich seinen Nacken küsse, lasse

ich meine Hände zu seinen Hüften wandern, packe sie fest und ziehe seinen Hintern gegen meinen Schwanz, der sich prall und hart gegen ihn drängt. Ich knie mich hin, mein Mund wandert tiefer, die Wirbelsäule abwärts, bis ich schließlich die kleine Vertiefung über seiner Spalte erreicht habe. Ich fasse um ihn herum, streichele seinen aufgerichteten Schwanz, ganz sachte nur. Er vibriert leicht unter meiner Berührung. Ich konzentriere mich ganz auf diesen fremden, geilen Körper, so dass ich kaum noch meine Schmerzen wahrnehme.
Meine Finger gleiten zu seinem kleinen harten Arsch zurück, den er mir lüstern entgegenstreckt, als ich seine Backen leicht auseinanderziehe. Eilig spreizt er die Beine, beugt sich weiter nach vorn. Meine Zunge bohrt sich schließlich tief in seine Öffnung hinein. Mein Kiefer protestiert zwar, aber ich spüre, wie sehr Patrick gefällt, was ich tue, also verbeiße ich mir die Schmerzen. Fasziniert lausche ich seinem leisen Stöhnen.
Nur schwer kann ich mich von ihm lösen, aber das KY und die Gummis liegen nicht in Reichweite. Als ich zurückkehre, empfängt mich sein leidenschaftlicher Blick, seine Brust hebt und senkt sich atemlos, und ich nehme schnell unser Spiel wieder auf. Seine Bewegungen werden jetzt fordernder. Ich merke, er will etwas Härteres als meine Zunge.
Ich schmiere meine Finger mit dem Gel ein und lasse sie in die Ritze zum Loch gleiten. Sanft streiche ich einige Male darüber und necke ihn mit der Fingerkuppe, bis Patrick mir seinen Hintern entgegenstreckt. Da dringe ich mit dem Finger in sein Loch ein. Die Vorfreude lässt meinen Schwanz einen aufgeregten Hüpfer tun, während ich den Finger bedächtig hin und her bewege. Patricks Loch weitet sich, so dass auch der zweite und dann der dritte Finger geschmeidig rein und raus gleiten. Der sanfte Druck gegen die gewisse Stelle lässt eine Gänsehaut auf seinem Rücken entstehen, und ich kann gar nicht anders, als seinen Körper mit meinen Lippen zu berühren. Meine Küsse fliegen über ihn wie die Schmetterlinge in meinem Bauch.
„Du bist besser als all meine Träume“, seufzt er, und drückt genau das aus, was ich auch empfinde. „Du machst mich wahnsinnig“, flüstere ich ihm zu.
Unvermittelt ziehe ich meine Finger aus ihm zurück, streife mir ein Kondom über den harten Schwanz und gebe ordentlich KY drauf. Ich schiebe ihn zwischen seine Arschbacken und stoße mein Becken kurz und auffordernd gegen ihn. Er streckt sich mir weit entgegen, bis mein Schwanz in ihn eingedrungen ist.
„Gefällt dir das?“, frage ich wissend.
„JAAAAAAA ...“, ächzt er, und ich meine fast, sein Lächeln vor mir zu sehen, seine Lippen, und wie seine Zungenspitze sie blitzschnell befeuchtet.
Als ich seine Stimme höre, sehe ich ihn wieder, wie er im „Silver“ mit seinem Raubtiergang auf mich zukommt und „Hi“ sagt: Mit der selben Tonlage, nur viel leiser als eben.
Einen Augenblick lang melden sich meine geprellten Rippen mit giftigem Stechen, aber sie lassen sich wieder beruhigen, indem ich mich für einen Moment auf meine Atmung konzentriere. Dann richte ich meine Aufmerksamkeit wieder ganz auf das, was zwischen uns abgeht. Unter seinen Schulterblättern haben sich winzige Schweißtröpfchen gebildet. Als ich mich vorbeuge, um sie aufzulecken, spüre ich meinen Schwanz in ihm noch intensiver, fühle mich fest umschlossen ... fühle ich mich gut. ...

Oh, Patrick! Du bist genau der, den ich brauche!
Meine Beckenbewegungen werden schneller. Patrick antwortet mit seinem Körper. Immer wieder kommt er mir entgegen. Es ist fantastisch, es ist so, wie ich es lange nicht mehr gehabt habe. Vielleicht noch nie.
Ich merke deutlich, dass Patrick genau wie ich nahe daran ist, zu kommen, dass er jetzt den finalen Stoß erwartet, aber ich will diesen Rausch verlängern. Mit einem Ruck ziehe ich meinen Schwanz heraus. Ich drehe Patrick zu mir um und küsse ihn, sage ihm, dass ich nicht kommen möchte, weil dann alles vorbei wäre.
„Schschsch." Patrick drückt mich fest an sich. Dann lässt er seine Hände über meinen Rücken wandern, über die Schulterblätter zur Brust. Erst sind es die Finger, nun seine Zunge, die meine Nippel sanft umspielen. Er leckt und küsst sich so bis zu meinem Schwanz herunter. Seine Zärtlichkeiten lösen wohlige Schauder in mir aus. Ich ziehe Patrick hoch, bis er wieder vor mir steht, seinen Steifen an meinen Bauch gedrückt.
Nun knie ich mich vor ihn, umschließe seinen Schwanz mit meinen Lippen und lasse meine Zunge um seine pralle Eichel kreisen, meine Finger kneten seine Hoden. Ein Zittern durchläuft seinen Körper, seine Hände umfassen meinen Kopf, und ich spüre wieder dieses unvergleichliche Gefühl, das sein Finger in meinem Ohr hervorruft. Er schiebt seinen Schwanz in meinem Rachen vor und zurück. Mit der Zunge treibe ich ihn voran. Kurz bevor eine Fontäne Sperma aus ihm spritzt, zieht er seinen Schwanz aus meinem Mund und ergießt sich auf meiner Brust.
Ich lasse mich auf das Bett sinken und ziehe Patrick auf mich. Wir liegen eng umschlungen, Haut an Haut, ein prickelndes und gleichzeitig so harmonisches Miteinander, wie ich es noch nie erlebt habe.
Tataaaa!
Ich kann's nicht glauben: Schon wieder schreckt uns die Tatort-Melodie aus unseren Träumen. Sie kommt gedämpft, aber hartnäckig, und wird immer lauter, lässt sich nicht ignorieren, auch wenn wir es versuchen. Schließlich krabbelt Patrick aus dem Bett.
„Ich bin noch im Dienst", erklärt er mir schuldbewusst.
Er taumelt ein bisschen, als er nach seiner Jeans langt, die mit meiner Jeans eine Liaison auf dem Schlafzimmerboden eingegangen ist. Fluchend kramt er sein Handy aus der Tasche. Einen Moment lang denke ich, er wolle das Gespräch einfach wegdrücken. Ich sehe es seinem Gesicht an. Aber ich kann ihn verstehen, als er es nicht tut. Während er spricht, schaut er lächelnd zum Bett herüber, zu mir ...
„Nein, Chef! Der Zeuge ist nicht zu Hause. Aber ich bin zuversichtlich, dass wir morgen mit seiner Hilfe den Fall Vulcano abschließen können. Ich mach' jetzt auch Schluss für heute ... Gute Nacht, Chef! Ja, danke, die werde ich bestimmt haben."
Ach, wie liebe ich seine Lippen! Und ganz besonders jetzt, da sie sich mir so verheißungsvoll lächelnd nähern!

Markus Sauer

Dietmar F. König

Rinaldo Hopf

Axel Schock

Küssen verboten?

„Der Film soll angeblich von Homosexuellen handeln, und man sieht nicht einmal, dass sich die Jungs küssen. Was ist das?“ (Jean Renoir über Alfred Hitchcocks „Cocktail für eine Leiche“)

Die Kamera ist alles andere als zurückhaltend: Der Arsch, groß und behaart, ist leinwandfüllend im Bild. Zwei gestandene bärtige, kräftige Männer liegen schnaubend, stöhnend, küssend übereinander. Nach dem Schnitt wird ein Kondom über den steifen Schwanz gerollt und lässig das Gleitgel aus der Flasche in die Hand gespritzt. Miguel Albaladejos Film „Cachorro“ (2004) kennt keine Umschweife, keine verlegendes Herumgedruckse, sondern kommt direkt zur Sache. Der Vorspann ist noch nicht einmal zu Ende, sehen wir die beiden Männer bereits ficken. Dann erst tritt überraschend mit Jose Luis Garcia-Perez ein dritter Mann ins Schlafzimmer, der eigentliche Held des Films und erklärt den Dreier für beendet: Keine Zeit mehr für eine weitere Runde im Bett, er muss zur Arbeit in seine Zahnarztpraxis. „Cachorro“ (Bear Cub) ist der jüngste Film des in seiner Heimat nach einigen kinder- und familientauglichen Spielfilmen als neue Hoffnung des spanischen Films gefeierten Regisseurs. Auch seine Geschichte von Pedro, dessen wohlgeordnetes Leben zwischen Arztpraxis und Darkroom durcheinander gerät, als er für seinen kleinen Neffen sorgen muss, benutzt herkömmliche Erzählweisen, um mit einer ausgewogenen Mischung aus Humor, Drama und Sentimentalität beim Zuschauer Sympathien und Mitgefühl zu wecken. Ein Feelgood-Film also für die ganze Familie. Fast. Wäre da nicht die kleine beiläufige Tatsache, dass allenthalben unser Held den Hormonhaushalt in der Sauna oder beim nächtlichen Cruisen unter abgelegenen Brücken in Ordnung bringt.

„Cachorro“ ist in mehrfacher Hinsicht bemerkenswert. Zum einen, weil er der erste Spielfilm weltweit sein dürfte, der in der schwulen Bärenszene spielt, also keine gut gebauten und wohltrainierten, mainstream-kompatiblen Schönlinge als Identifikationsfiguren hat. Zum anderen, weil er trotz seiner aufs breitere Publikum zielenden Erzählweise den Sex seiner schwulen, promisk lebenden Hauptfigur unspektakulär, realistisch, aber auch keineswegs schamhaft darstellt.

Wäre ein solcher Film derzeit von einem deutschen Regisseur vorstellbar? Eine schwule Geschichte, die dem Sex – dramaturgisch richtig und wichtig – eine bedeutende Stellung einräumt und zugleich ein breites Publikum anvisiert? Wahrscheinlich ist derlei momentan nur in Filmländern wie Spanien (siehe der frühe Pedró Almodóvar) oder Israel (wie Eytan Fox mit „Yossi & Yagger“, 2003 und „Walking on Water“, 2004) möglich. In Ländern also, die sich (noch) in einer künstlerischen Aufbruchsstimmung befinden und sich die Regisseure mit

anarchischer Energie oder schlicht mit ausreichend Gelassenheit über mögliche moralische Grenzen hinwegsetzen.
Der Alltag im gegenwärtigen Filmgeschäft sieht nämlich international zumeist ganz anders aus; von der Filmgeschichte ganz zu schweigen. Schwule Männer, die Sex haben, die ihre Leidenschaft nicht nur verbal äußern oder durch dezente Berührungen andeuten, deren Lippen sich tatsächlich zu einem Kuss berühren und die Kamera in solchen Momenten

nicht gleich abblendet – solche Filme sind zwar nicht unbedingt selten, aber sie entstammen weitgehend aus dem Independent-Bereich (wie Gregg Arakis „The Living End", 1991) und „Wally Whites „Lie down with dogs", 1994) oder dem, was einst Underground war – etwa Lothar Lamberts „1 Berlin-Harlem" (1974) und Curt McDowell „Thundercrack" (1975).

Wenn Bruce LaBruce in „Super 8 ½"(1994) und „Hustler White" (1996) Männer zum sexuellen Nahkampf übergehen lässt oder in „The Raspberry Reich" (2004) gleich Pornodarsteller castet, um „echten" Sex im Film zu haben, ist damit jedem Produzenten von vornherein klar, dass das Werk wohl kaum im regulären Programm eines CinemaxX-Kinos laufen wird.

Sobald vom Regisseur und/oder Produzenten ein größeres Publikum angezielt wird, beginnt die Zensur und Selbstzensur – auch noch im dritten, bisweilen Dank Homoehe und schwulen Bürgermeistern als so homofreundlich apostrophiertem Jahrtausend.

Bis in die frühen achtziger Jahre hinein musste der schwule Mann sich ansehen, wie er auf der Leinwand konsequent miss- oder verachtet wurde. Denunziert als larmoyantes Weichei ohne Mumm in den Knochen, als depressives, selbsthassendes Psychowrack, als gesellschaftsschädigender Irrtum der Natur, als grelle, letztlich aber harmlose Tunte oder als einzig auf seine krank- und triebhafte Sexualität

Regisseure wie Rosa von Praunheim, viel mehr noch aber Frank Ripploh mit „Taxi zum Klo" (1980) reagierten mit einem provokativen Gegenbild. Die Botschaft war klar und deutlich: Wir sind anders. Die dargestellte Realität war ungeschönt und ließ nichts aus. Nicht den hemmungslosen Sex mit mehr als nur einem Partner, nicht all die „schmutzigen" Sexualpraktiken. Dass gerade „Taxi zum Klo" dennoch ein großer Publikumserfolg wurde – trotz Golden Shower und Klappensex - war dabei sicherlich für alle Beteiligten eine Überraschung. Filme, wie dieser waren jedoch eine Ausnahme. In den achtziger Jahren arbeiteten Regisseure vor allem daran, das Bild des Homosexuellen im Kino zu korrigieren. Der schwule Mann war nicht mehr Monster, sondern Mensch. Intelligent und sympathisch, eloquent und gut aussehend, liebenswert - und bindungsfähig. Klassische Beispiele hierfür lieferte vor allem das New Britisch Cinema etwa mit Stephen Frears „Mein wunderbarer Waschsalon" (1986), der die Liebesgeschichte zwischen einem blondierten britischen Punk und dem Sohn eines pakistanischen Einwanderers wie eine ganz gewöhnliche Lovestory inszenierte. Doch ob „My beautiful Laundrette", Ang Lees „Das Hochzeitsbankett" (1993) oder „Erdbeer und Schokolade" (1993) von Tomás Gutiérrez Alea und Juan Carlos Tabío – die breite Akzeptanz beim Publikum bezahlen die schwulen Helden dieser Geschichten mit sexueller Enthaltsamkeit.

Zwar erzählen diese Filme immer wieder von Toleranz und Gleichbehandlung gegenüber der heterosexuellen, gesellschaftlichen Mehrheit – auf der Leinwand aber müssen sich die schwulen Paare mit Händchenhalten begnügen oder sich schamhaft die Decke über den vermutlich nackten Unterleib ziehen, während sich gleichzeitig ihre heterosexuellen Mitstreiter vor der Kamera hemmungslos ihren Leidenschaften hingeben können. Nicht etwa, dass schwule

Charaktere immer gleich Sexmaschinen sein müssten, ein so genannter schwuler Film automatisch nacktes Fleisch und eine explizite Rammelei präsentieren müsste – aber die Zurückhaltung mit der längst nicht nur im bekanntlich prüden Hollywood Erotik zwischen Männern inszeniert wird, ist mehr als augenscheinlich und fällt immer dann gerade besonders auf, wenn ein Film einmal sich diesem Tabu widersetzt. Geradezu absurd wird es, wie beispielsweise in „Before Night Falls“ (2000), der Filmbiografie über den kubanischen Schriftsteller Reinaldo Arenas. Seine dem Film zugrunde liegenden Autobiografie ist in weiten Teilen nicht nur die Reflexion einer politischen und künstlerischen, sondern auch insbesondere sexuellen Entwicklung. Ausufernde sexuelle Kontakte als Form der Selbstvergewisserung, Cruising als Lebensinhalt. In Julian Schnabels Film wird dies allenfalls stichwortartig behauptet, das eine oder andere Mal ein Flirt gezeigt, mehr nicht. Indem er Arenas' sexuelles Leben fast gänzlich ausblendet, wollte Schnabel wohl verhindern, dass die lasterhafte Ausschweifungen die Leistung als Schriftsteller überschatten könnte. Dass dies allerdings einer Verleugnung gleichkommt und Arenas damit posthum im Grunde ein weiteres Mal wegen seiner Homosexualität an den Pranger gestellt wird, ist Schnabel offensichtlich nie in den Sinn gekommen.

Bedenken haben die Regisseure und Produzenten dabei längst nicht nur bei Szenen, in denen wirklich nackte Männerhaut gezeigt oder sexuelle Aktivitäten zwischen den Jungs zumindest angedeutet werden soll. Je mehr bereits bei einer Produktion an eine globale Vermarktung gedacht wird und die unterschiedlichen Toleranzgrenzen verschiedener Nationalitäten berücksichtigt werden, desto asexueller werden die schwulen Charaktere. Die Toleranz und der gesellschaftliche Fortschritt erschöpfen sich meist schon darin, dass sie überhaupt als sichtbar erkennbare Homosexuelle ein Leben auf der Leinwand erblicken dürfen.

Am Beliebtesten ist (insbesondere in Hollywood) die schwule Nebenfigur mit Charme, Witz und Esprit, die aber bitte bitte bitte über keinerlei Privatleben, schon gar nicht erotischer Art verfügen darf. „No Sex please, they're gays“. Paradebeispiel: Rupert Everett in „Die Hochzeit meines besten Freundes“ (1997).

Mit der Angst im Nacken, den Zuschauer durch eventuell anstößig empfundene Szenen zu vergraulen, wird allerdings nicht nur die schwule Erotik gekillt, sondern zu oft auch jegliche direkte Abbildung schwuler Nähe, Liebe und Zärtlichkeit. Die Jungs und Männer mögen sich zwar tief in die Augen schauen, durch Worte und Taten sich ihrer Liebe versichern, sie vielleicht auch durch eine Umarmung zum Ausdruck bringen, dann aber ist Schluss. Die (vermutete) Abscheu des heterosexuellen Mannes, mann-männliche Zärtlichkeiten auf der Leinwand ertragen zu müssen, hat auch den Kuss zwischen Schwulen zu einer Besonderheit im Kino (und auch im Fernsehen) werden lassen.

In „Philadelphia“ (1993) beispielsweise wird er den Liebenden (Tom Hanks und Antonio Banderas) lediglich ein einziges gegönnt. Jedoch gilt dieser dem Sterbenden, ist ein Akt des Mitleids und nicht des erotischen Begehrens. Das Drehbuch hatte zwarauch einen weiteren Kuss vorgesehen, diesmal einen leidenschaftlichen, doch der fiel dem Schnitt zum

Opfer. Man wollte das Publikum nicht überfordern, verteidigte sich Regisseur Jonathan Demme später.

Diese Form von Prüderie ist auch noch in jüngsten Filmen noch zu erleben, selbst wenn Schwule an der Produktion beteiligt sind. Nehmen wir mal „Party Monster" (2003), den biografischen Spielfilm über den berühmt-berüchtigten Partymacher Michael Alig im New York der Achtziger Jahre. Knappe zwei Stunden sehen wir junge Menschen, bisweilen noch ziemlich minderjährig, wie sie alle erdenklichen Arten von Drogen zu sich nehmen und sich als Folge davon nicht immer kinderprogrammtauglich benehmen. Als dann aber Alig (Macaulay Culkin) seinen Liebsten küssen will, verschwindet das Paar in einem Müllcontainer. Noch bevor sich ihre Lippen berühren, ist der Deckel zu und das Kinopublikum von einem vermutlich erschreckenden Anblick bewahrt.

Der Kuss zweier Männer als deutliches Zeichen von Intimität und Zuneigung war und ist noch immer ein Tabu im kommerziellen Film. Die Filmgeschichte kennt genügend Beispiele. Als John Schlesinger in „Sunday, Bloody Sunday" (1971) erstmals einen Kuss zweier Schwuler (Peter Finch und Murray Head) als Moment der Liebesbezeugung und nicht als Schockmittel einsetzte, erregte er damit bei Kritiker wie beim Publikum Aufsehen – und Empörung. Shirley Bassey, eine Freundin Peter Finchs, gab der britischen Presse zu Protokoll, ihr sei es bei der Kinovorführung nach dieser Szene übel geworden. Finch sah sich bemüßigt klarzustellen, dass ihm das ganze alles andere als Spaß gemacht habe: „Ich schloss die Augen und dachte an England."

In Sidney Lumets Krimi „Das Mörderspiel" (1982) ist der Kuss zwischen Michael Caine und Christopher Reeve eine Schlüsselszene. Schon bei den Testvorführungen in Denver reagierte das Publikum mit Buhrufen und die „Times" meldete dies auf der Titelseite. Der Film wurde ein Flop. "Wir sprachen später vom *‚Zehn-Millionen-Dollar-Kuss'* wegen des geschätzten Einnahmeverlustes", witzelte später Christopher Reeve. Als Will Smith zu Beginn seiner Karriere in „Das Leben – Ein Sechserpack", (1993) einen schwulen Callboy spielte, verweigerte er bei den Dreharbeiten sicherheitshalber die zuvor vereinbarte Kussszene. Vielleicht aus Angst, eines Tages mit dieser Jugendsünde konfrontiert zu werden. Vielleicht auch aus Ekel wie sein Kollege Leonardo DiCaprio als Rimbaud in „Total Eclipse" (1995): „Ich mag es eigentlich nicht, Männer zu küssen. Wir haben unsere Lippen trockengerieben. Ich wollte das hygienisch haben und keinen Speichel austauschen. Danach haben wir beide noch Alkohol getrunken." Soviel innere Überwindung wäre doch eigentlich eine Oscar-Nominierung wert gewesen…

„Total Eclipse" wurde nicht gerade ein Welterfolg. Vielleicht wegen des Kusses; vielleicht auch nur, weil der Film schlicht langweilig war. Wie weit sich Männerküsse und konkrete schwule Sexsituationen auch heute noch den Kassenerfolg eines Films negativ beeinflussen, vermag niemand wirklich zu sagen. Dennoch handeln Drehbuchautoren und Regisseure weiter in vorauseilendem Gehorsam und nehmen damit in Kauf, am Ende nicht nur das heterosexuelle Publikum vergrault, sondern zudem das schwule verärgert zu haben. Auch Miguel Albaladejo musste seinem Produzenten zusichern, den Film auf Wunsch von ausländischen Verleihern die Sexszenen zu schneiden. Bereits jetzt steht fest, dass „Cachorro" in den USA und Kanada nur in einer „bereinigten" Fassung in die Kinos kommen wird – als kastriertes Kunstwerk.

Markus Baaken

Volker Rudolph

Thorsten Wiesner

Heiße Schokolade

(für Fred)

Es wird die letzte Party sein in diesem Dezember. Noch knapp vier Stunden, dann beginnt ein neues Jahr. Noch sieben Minuten, oder sechs, dann bin ich da. Straßenlaternen ragen groß und grau aus aufgetürmten Schneehaufen. Ich binde meinen Schal fester, ziehe die Mütze tiefer in die Stirn und spüre den kalten Wind auf den Wangen.
Noch drei Minuten, vielleicht auch zwei. Ich blicke auf den Boden, setze einen Fuß vor den andern, der Schnee knirscht unter meinen Schuhen. Heute Abend werde ich zum ersten Mal Lars sehen. Wir kennen uns bisher nur vom Telefon. Ich zähle die Treppenstufen rückwärts. Gleich wird mir Daniel die Tür öffnen, sein Lächeln wird mir entgegenfliegen und seine Worte „Du bist zu spät", wie so oft schon.
„Hallo Thorsten, schön Dich zu sehen", ruft es mir entgegen.
Daniel umarmt mich und bittet mich hinein. Er nimmt mir die Jacke und den Sekt ab, stellt mir einige neue Gesichter vor und schon ist er wieder verschwunden. Aus der Masse heraus bewegt sich jemand direkt auf mich zu. Es ist Claudia. Drei Jahre lang hat sie mit Daniel zusammen in dieser WG gewohnt. Vor zwei Monaten ist sie mit ihrem Freund zusammen gezogen. Wir wechseln ein paar Worte, dann winkt sie jemandem zu. Ein brauner Haarschopf überragt die Menge und kommt auf uns zu.
Jetzt stehen wir uns also zum ersten Mal gegenüber. Irgendwie ist es ein sonderbares Gefühl. Spannend und unsicher zugleich. Ich blicke in seine Augen, er schaut mich an. Dann geben wir uns die Hand, ziehen uns aber im selben Moment aufeinander zu, um den anderen zu umarmen. Wir grinsen uns an. „Hey, Thorsten, schön Dich zu sehen!" „Schön *Dich* zu sehen, Lars!" Mehr sagen wir nicht. Erst mal. Claudia umarmt uns und mit einem sanften Schubs befördert sie uns in Richtung Sofa. „Was möchtest Du trinken?" fragt sie mich. „Heiße Schokolade?" Ich nicke und schaue die ganze Zeit Lars an. Er sieht noch hübscher aus, als er sich am Telefon beschrieben hat. Seine braunen Augen strahlen mich an. Ich fühle mich ein wenig unsicher. Bin ich ihm zu nah oder sitze ich zu weit weg? Das Blau seiner Jeans wirkt ein wenig verwaschen, beinahe alt. Ist es aber nicht. Er hat sie zu Weihnachten geschenkt bekommen, erzählt er mir.
Das Hemd ist schon alt. Das verblichene Nadelstreifenmuster spielt mit seiner braun gebrannten Haut. Die Ärmel hat er umgeschlagen. Wie gerne würde ich jetzt die Härchen auf seiner Haut berühren, wie gerne ihn in die Arme nehmen...
„Oje", kommt es von Lars. „Du hast ja ganz kalte Hände!" Ich spüre seine warme Hand in meiner. Mein Herz beginnt, schneller zu schlagen. „Ich bin mit dem Bus gekommen!" „Und zu Fuß. Du Armer, wärm Dich erst mal auf! Hier, bitte!" Claudia gibt mir den Kakao. Ich versuche, einen Schluck zu nehmen, zu heiß.

Martina Minette Dreier

Lars schaut mich an, schaut tief in mich hinein. „Schön, dass du da bist", sagt er zu mir. Er hält immer noch meine Hand, versucht, mich zu wärmen. Seine Stimme hat mich sofort gefesselt. Ruhig und warm und irgendwie vertraut. Es ist immer ein komisches Gefühl gewesen, mit Lars zu sprechen, ohne sein Bild vor Augen zu haben. Als wir das erste Mal miteinander telefonierten, habe ich geglaubt, ich hätte mich verwählt und legte einfach auf.

Kurze Zeit später rief mich Lars zurück. „Entschuldigung, Du bist Thorsten, Daniels bester Freund, stimmt's?"
Ich bejahte und fragte, wer er denn sei. Lars stellte sich als Daniels neuer Mitbewohner vor und meinte, dass Daniel gerade nicht zu Hause sei, ob der später zurückrufen solle.
Ich brachte nur ein holperiges *Ja* hervor, wunderte mich, dass ich so leicht aus den Fugen geriet und schwieg Lars an. Er brach das Eis, machte einen Scherz, ein,

zwei Worte, ich weiß nicht mehr genau, was er sagte, aber ich spürte sofort: Wir waren uns nah.
Sekunden verstrichen. Sekunden ohne peinliches Schweigen und irgendwie fühlte ich Vertrautheit zwischen uns.
Ich beschrieb Lars, wie ich aussah und er erzählte mir von seinen braunen Haaren, seinen dunklen Augen und der Narbe auf seiner Stirn. Bald telefonierten wir öfter als Daniel und ich.
Lars und ich lagen nächtelang wach. Wir schauten am Telefon gemeinsam fern, hörten zusammen Musik und ich wünschte mir nichts mehr, als bei ihm zu sein. Wir erzählten uns, dass wir beide zugezogen waren, stellten dem anderen Fragen und erfuhren so immer mehr von einander. Manchmal saß ich auf meiner Fensterbank und schaute hinaus in die Nacht. Ich berichtete von meinem letzten Urlaub und erzählte ihm von meinem Lieblingsfilm. Lars schwärmte für die gleichen Schauspieler wie ich. Wir lachten in den Hörer und ich malte in Gedanken seine Lippen, stellte mir vor, wie eine Strähne in seine Stirn fällt und wünschte mir, ich könnte ihn berühren. Bestimmt hat er Grübchen, wenn er lacht, dachte ich.
„Ich sitze gerade auf dem Balkon, hörst Du die Straßenbahn?“ kam es von ihm. „Ich sitze oft abends auf dem Balkon, da kann man so schön nachdenken.“
Ich dachte an ihn, an den Balkon und das Licht in seinem Zimmer, das bis spät in die Nacht brannte. Dachte an seine Lippen, die jetzt so weit weg waren und nur ein kaltes Stück Plastik vom Telefonhörer seine Wange berührte. Davon erzählte ich ihm. Und ich erzählte ihm auch, dass ich von ihm geträumt hatte. Teilte ihm meine Gedanken mit und meinen Wunsch, ihn mal zu treffen. Lars gab vor, sehr beschäftigt zu sein und sprach von seinem Job. Ich hatte ebenfalls wenig Zeit, musste zur Uni und viel lernen. Aber vielleicht hatten wir beide ganz einfach nur Angst. Angst um die Aufgabe dieser Telefonaffäre. Da war die Unsicherheit vor einer möglichen Enttäuschung, wenn man sich tatsächlich begegnet. Wir sprachen nicht mehr darüber. Irgendwann würden wir voreinander stehen, es würde sich einfach ergeben.

„Wie sieht dein Traumtyp aus?“ fragte mich Lars. Ich verschluckte mich an einem englischen Weingummi, das ich gerade im Mund hatte. Unsere Gespräche wurden immer intimer, intensiver und vertrauter. Bald kannten wir einander fast so gut, wie uns selbst.
„Ich wär jetzt gern bei Dir“, flüsterte er in den Hörer. „Ich muss morgen früh raus,“ gab ich zurück. „Studieren kann ganz schön nervend sein!“ Die Uhr auf dem Nachttisch war auf sechs Uhr gestellt. Noch drei Stunden Schlaf. „Komm vorbei! Ich würd Dich gern in meinen Armen halten und...“ Wie schön wäre es, jetzt in Lars’ Umarmung einzuschlafen. „Jetzt wird nicht geschlafen!“ unterbrach er mich und grinste in den Hörer. „Ich würde Dir den Nacken massieren und Deine Haut berühren. Den Wein, den wir getrunken hätten, möchte ich Dir von deinen Lippen küssen. Ich möchte dich spüren, möchte fühlen, dass du *da* bist, möchte Dir ganz, ganz nah sein!“
Bald erzählten wir uns jeden Abend solche Einschlafgeschichten, wie wir sie nannten. Mir fehlte richtig was, als er zu Weihnachten bei seinen Eltern war und mich nicht anrufen konnte.

Wir haben uns so zueinander gedreht, dass wir uns in die Augen sehen können. Ich beobachte ihn. Sein Gesichtszüge wirken weich und ausgeglichen, er hat tatsächlich Grübchen, wenn er lacht. Die Narbe auf seiner Stirn hat Lars aus dem Kindergarten, erzählt er mir. Ich finde sie süß irgendwie. Sie gibt dem Gesicht etwas Markantes, Besonderes. Ich würde sie gern berühren, mit meinem Finger darüber fahren...

„Möchtet ihr was essen?“ Claudia beugt sich über die Sofalehne, streift ihre dunkelblonden Haare hinter das Ohr und schaut uns fragend an. „Nun lass die beiden doch mal! Sie werden sich schon melden, wenn sie was wollen, oder?“ Halit, ihr Freund, grinst uns an und mit einem Augenzwinkern zieht er Claudia beiseite.

Unter dem schwarzen Hemd zeichnet sich ein trainierter Oberkörper ab. Die obersten Knöpfe sind offen. Ich wünschte mir, wir wären allein Ich würde ihm durch die Haare streichen, den Duft seiner Haut in mir aufsaugen und mein Gesicht würde sich langsam seinem nähern. Meine Lippen würden seine Haut berühren, dabei würde ich seinen Namen in sein Ohr flüstern. Ich hätte Lust, Lars das Hemd aufzuknöpfen, meine Hand auf seine Brust zu legen, jeden Muskeln zu fühlen, während er ein- und ausatmet. Vielleicht würden meine Finger dann tiefer wandern. Ich stelle mir vor, wie sie sich einen Weg über seine erhitze Haut bahnen, den Bauchnabel umkreisen, weiter wandern und tiefer gehen. Ich möchte ihn küssen, seine warmen, weichen Lippen auf meinen spüren. Leidenschaftlich würden sich unsere Zungen berühren, würden den Mund des anderen erforschen. Dann würde ich vielleicht den Weg meiner Hände mit meiner Zunge nach fahren. Zuerst den Hals entlang, ganz langsam. Ich würde seine Brustwarzen schmecken, über seine warme Haut gleiten und die Bauchmuskeln spüren. Vielleicht wandere ich noch tiefer, löse seinen Gürtel, öffne die Knöpfe seiner Jeans, um dann...

„Hallo! Thorsten!“ Ich erwache aus meinen Gedanken. „Was?“ frage ich und er muss schmunzeln. „Kommst Du mit nach draußen? Ich will eine rauchen gehen!“ „Okay“, antworte ich. Lars öffnet die Balkontür, geht nach draußen und ich sehe sein Feuerzeug aufflammen. Dunkelheit umgibt uns. Im Schein der Straßenlaterne kann man die Schneeflocken fallen sehen. Von irgendwoher blinkt regelmäßig ein orangefarbenes Licht auf. Ein Streuwagen bahnt sich den Weg durch die zugeschneiten Straßen.
Lars setzt sich auf die steinerne Balkonbrüstung mir gegenüber. Er schaut mich an und bläst den Zigarettenrauch in den schwarzen Himmel. Für diesen Moment sind wir allein. Die Geräusche der anderen dringen nur noch verzerrt durch die Tür.
Ich betrachte sein Gesicht, seine vollen Lippen, die den Rauch ausblasen, seine Augen, die mich anschauen. Jetzt sind wir alleine, denke ich. Das ist *die* Chance! Ich bewege mich auf ihn zu, schaue ihn an und stelle mich dabei sehr ungeschickt an. Die Sektflaschen auf dem Balkon habe ich nicht gesehen und stolpere darüber, falle fast hin. Dabei schütte ich mir den halben Kakao über die Hand. Lars bricht in Lachen aus, dann schaut er mich besorgt an. „Hast du dir weh getan?“ will er wissen. „Nein“, antworte ich. „War ja nicht mehr heiß. Ich bin

schon ein Trottel!" „Aber ein lieber!" Lars macht einen Satz vom Geländer auf mich zu und steht mir gegenüber. Uns trennt ein halber Meter, vielleicht auch weniger. Ich versinke in seinen braunen Augen. Sein Atem steigt silberweiß vor mir in die Dezembernacht auf, sein Lächeln ist ganz nah.
"Du hast ja immer noch kalte Hände", höre ich ihn flüstern und spüre die Wärme seiner Haut zwischen meinen Fingern, die von der heißen Schokolade ganz klebrig sind.
Ich weiß nicht, ob ich die kalten Hände der Jahreszeit oder Lars zu verdanken habe. Hier draußen mit ihm allein bin ich noch nervöser als gerade eben auf dem Sofa.
Lars zieht meine Hand zu sich ran, öffnet seine Lippen und behutsam nimmt er einen Finger von mir, führt ihn ganz nah an seinen Mund, und seine Zunge gleitet sanft über meine Fingerspitze. Ich bekomme eine Gänsehaut. Mein Herz schlägt schneller. Es ist ein wohlig warmes Gefühl, das in mir aufsteigt. Mein Finger zwischen seinen Lippen. Lars hat die Augen geschlossen und nun ist mein Finger ganz in seinem Mund verschwunden. Er leckt die Schokolade vom Finger und bewegt meine Hand ganz vorsichtig, zieht den Finger aus dem Mund und blickt in meine Augen. Seine Lippen sind so nah, daß ich seinen warmen Atem in meinem Gesicht spüre. Lars' Augen erhellen den nachtdunklen Himmel.
„Schade um den Kakao", murmelt er mir ins Ohr und ich muss lachen. Sein Atem kitzelt mich. „Ja, schade um den Kakao!" Wir grinsen uns an. Er nimmt meine Hand und führt mich hinein ins Warme, zu den anderen.

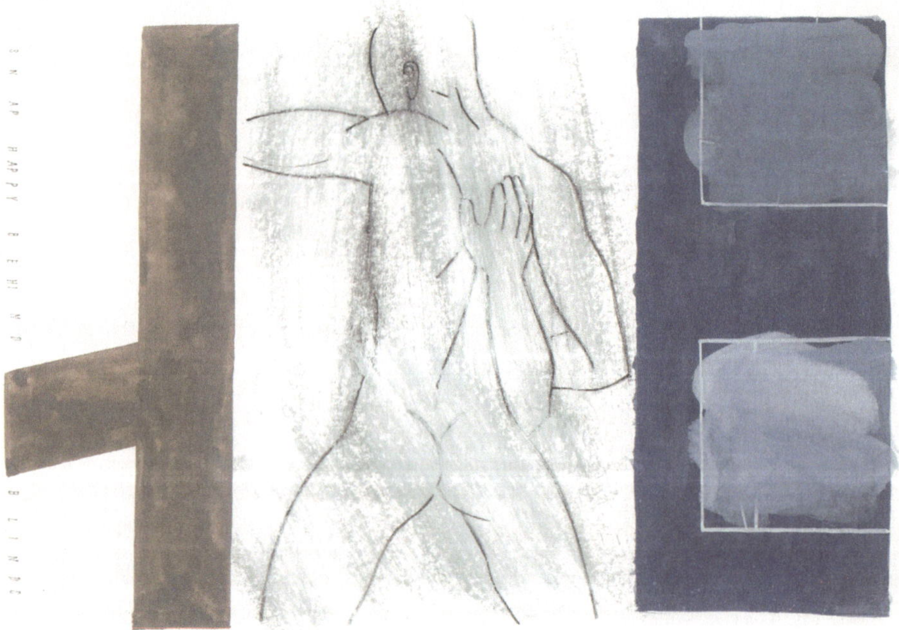

Ole P. Bremer

Ole P. Bremer

Rune

Andreas Diesel

WÖRTER GEGEN EINSAMKEIT

Dein Bild wird schwach und unscharf,
Verliert Farben, Schatten und Kontraste
Im feuchten Nebel von Horizont und Stadt.
Dein Mund verliert sein blaues Lied,
Die Augen weit von mir entfernt.
Meine Ohren hören kein Wort von dir,
Ich kann deinen Speichel nicht mehr
schmecken
Und dein Salz nicht mehr riechen.
Kälte kriecht in die alten Laken,
Die Sonne reißt an den Vorhängen.
Keine Haut und keine Haare hier,
Die Nähe hat sich selbst entstellt,
Und die Geräusche umstellen mich.
Geräusche, die ich nur hören kann,
Wenn du nicht bei mir bist.
Draußen geht ein selbstmörderischer Wind.

Heinrich 770

Markus Baaken

Spritzen, im Arsch?

„Na ja“, meinte er unbestimmt, sich dem Gesundheitsrisiko dieser Fragestellung durchaus bewusst. Es folgten Bemerkungen über die sich verändernde Mode, die weiter reichten, als Platz auf dem Planeten ist. Obwohl ich über alles im Bilde war, wollte ich mich zwingen Aufmerksamkeit zu simulieren. Ich wollte ihn noch vögeln. Deshalb hatte wir uns in dieses Gespräch vertieft. Deshalb riss ich die Augen auf, als er erzählte, dass man inzwischen neidisch sein könnte auf die Positiven, weil die alles schlucken können, was ein Mann aus sich herauslässt. Sie können sich außerdem herrlich nackt in die Ärsche vögeln. Ich applaudierte zu dieser Erklärung. Er fühlte sich daraufhin ermuntert, mich weiter vollzutexten. Ich nahm ihn unterdessen in Augenschein.
Er sah in den Werten meines Beuterasters sehr knackig aus. Ich bedauerte, dass niemand Bekanntes in der Nähe war, der meine Wahl wertgeschätzt hätte. Aber auf diese Weise brauchte ich nur für ihn zu spielen. Er hatte eine erkennbare Buchtung im Schritt, ich vermutete einen 2x ist-Slip vor halbsteifem, rasiertem Penis.

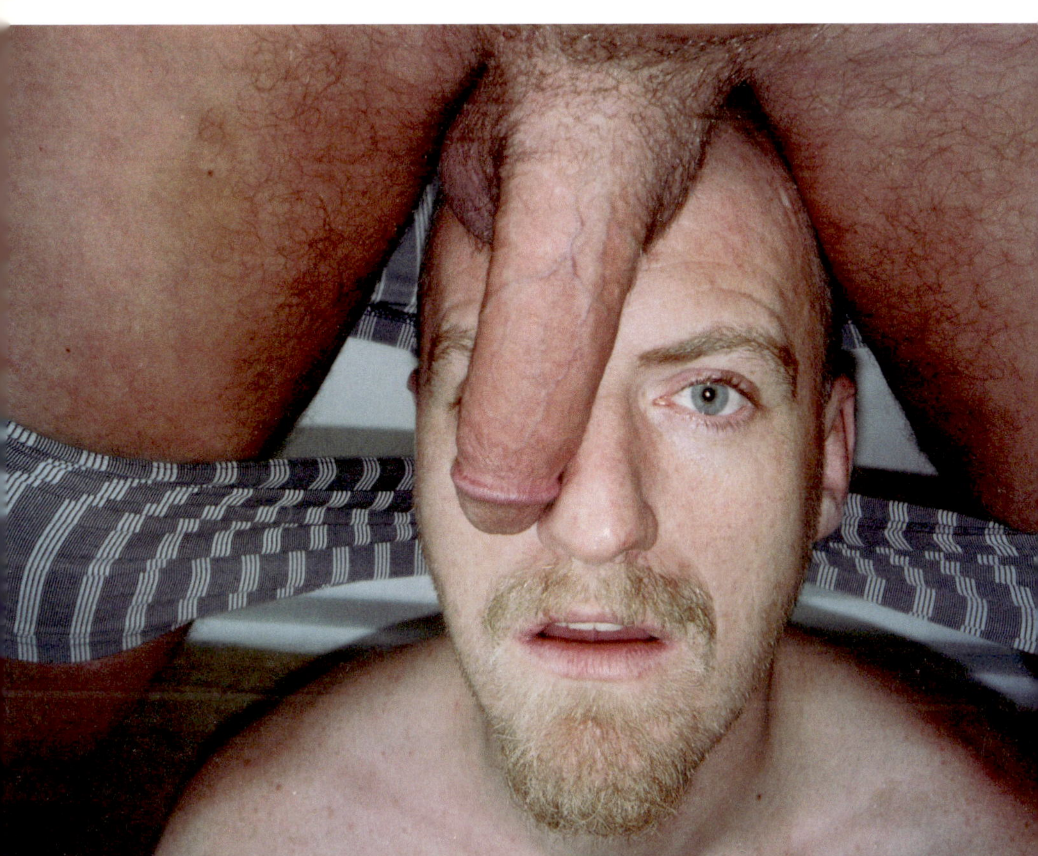

Er sah wie ein Automechaniker aus und eigentlich benahm er sich auch so. Er hatte angedeutet, dass morgen Vollmond sei und sein Bett leer heute. Seitdem strichte ich um ihn herum, hatte ein alkoholisches Getränk beschafft und ließ meine Pupillen regelmäßige Vulkanausbrüche vortäuschen. Er trug eine fette Lederhose und ein weißes Hemd, dass zur Befreiung von Brusthaaren geöffnet war. Er war so groß wie ich, so breit wie ich, aber in keiner Weise blond.
„Na ja“, sagte ich erneut vor mich hin und hatte Glück, das es zufällig in seine Erläuterungen passte. Spritzen im Arsch wäre das geilste für ihn, obwohl ihm das als Negativem nur selten passierte, weil er keinen Bock auf eine Infektion hätte.
„Au prima“, hörte ich mein Schandmaul sagen. „Ich bin auch negativ.“
Dann verbrachte ich die nächste halbe Stunde mit inneren Ausflüchten. Wie könnte ich dem Kerl, diesem gut gebauten Saftarsch mit prallem Gehänge und den hübschesten Brusthaaren der Welt erklären, dass ich einen Präser zwischen uns schieben will? Ich überlegte hin und her und betrachtete ihn immer aufgeregter. Nach siebenundzwanzig Minuten gab ich meine safer-sex-Allüren auf. Er zahlte unser Taxi.
Bei ihm angelangt kamen wir ziemlich sofort zur Sache, die sich beinahe als üppiger herausstellte, als ich ohnehin vermutet hatte. Ich begann einen recht kurzen Kampf gegen Minderwertigkeitskomplexe und siegte nach drei Minuten. Dann waren wir beide nackt und es entschied sich naturgemäß, dass er mich wie seine Frau behandeln würde. Außerdem war er Manns genug, noch Getränke herbeizuschleppen und mich zu massieren. Es ist angenehm, wenn es ein Vorspiel gibt. Dann schob er sich mit Gewalt auf mich drauf und wir knutschten noch eine Ewigkeit, bevor er mich fickte.
Zuerst fickte er in mein Maul. Als er ordentlich heiß war, rotzte er in meine Arschritze und setzte seinen Schwanz in mich rein, doggy style. Er fickte siebenunddreißig Minuten in verschiedenen Stellungen. Dann verharrte er zum Samenerguss in meinen Enddarm und ich konnte beinahe die pumpenden Samenstränge fühlen. Er hatte mich voll gefickt und ich wichste jetzt mein Sperma vor mich auf das Laken. Ich war froh, dass es vorbei war, war ehrlich erledigt und ordentlich bedient worden. Ich begann sofort, mir Sorgen zu machen. Was, wenn er die Unwahrheit gesagt hatte? Was, wenn er noch nicht einmal selbst von einer Neuinfektion wüsste? Ich war früher katholisch.
Zwei Wochen darauf sitze ich im Wartezimmer. Ich fand einen verkrusteten Rand um den Ausgang meiner juckenden Harnröhre. Meine Halslymphe sind geschwollen und welche an einer Stelle, der ich gar keine zugetraut hätte. Ich denke an HIV und vermute unschuldige Syphilis.
Vier Tage lang denke ich über Bestattungszeremonien nach, dann ist klar, dass HIV nicht beteiligt ist. Die Syphilis kriege ich gleichzeitig mit zwei Minimoralpredigten diagnostiziert. Dann erhalte ich zwei Spritzen, in den Arsch. Mir fällt auf, dass die Symptombekämpfung genauso funktioniert, wie die Symptomerlangung. Schon wieder Spritzen im Arsch. Hört das denn nie auf?

Antony Rizzi

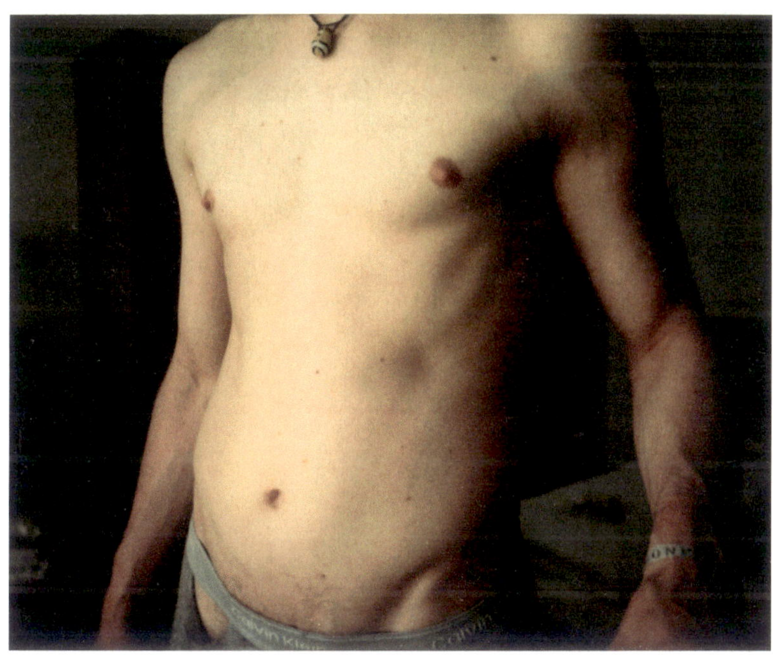

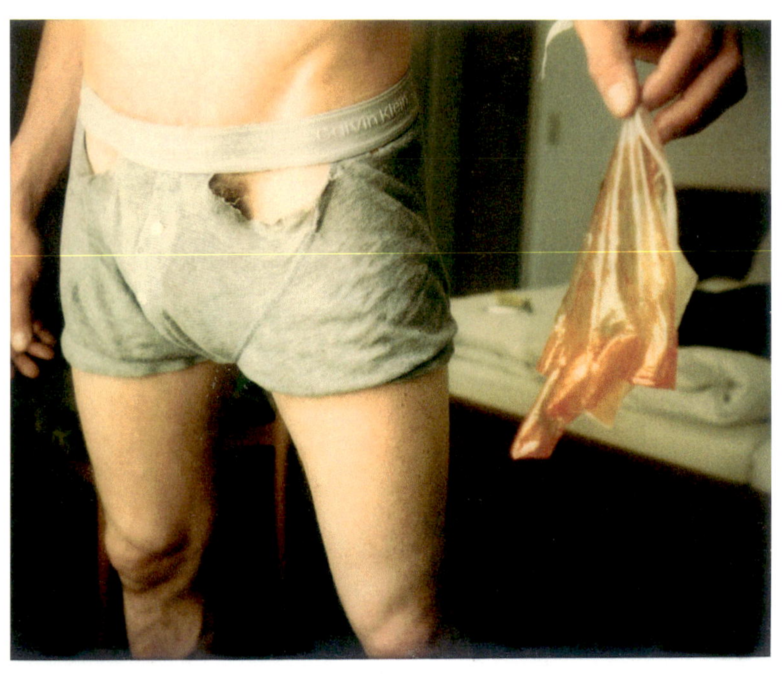
Calvin Klein

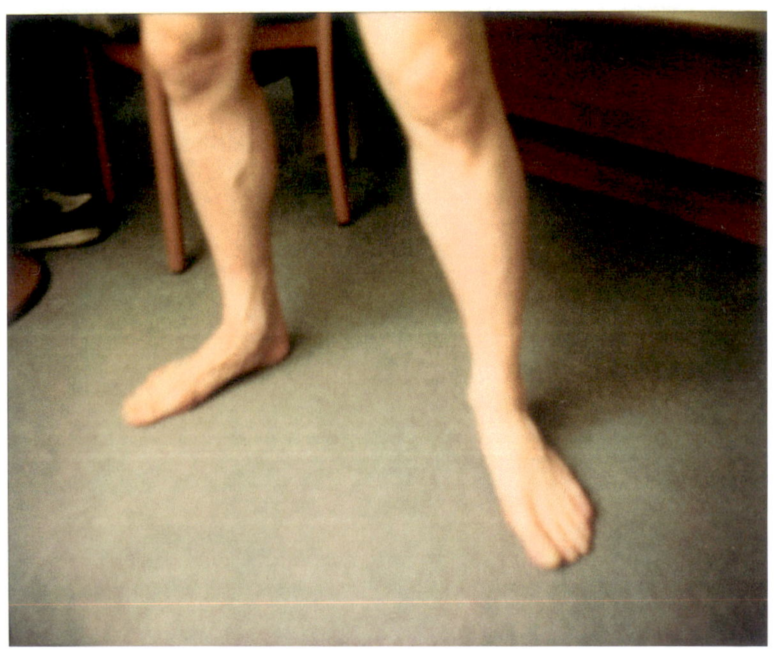

Simon Froehling

Geschichte für den Nächsten

Ich bin ihm nicht gefolgt. Soviel müssen Sie mir glauben, sonst kommen wir mit dieser Geschichte nirgends hin. Wie ich ihm also nicht gefolgt bin, und er mir auch nicht, tauschten wir Blicke in der Straßenbahn, Sie kennen das bestimmt bestens. Schließlich stiegen wir an der selben Haltestelle aus, fischten in den Hosentaschen nach Zigaretten, das Feuerzeug, was weiß ich, fanden nichts, klemmten fest mit unseren Händen in verschiedenen Taschen. Und wie die Straßenbahn davon fuhr, war es offensichtlich, dass er in die eine und ich in die andere Richtung musste. Wir traten einen Schritt auf einander zu, aber gerade als er etwas sagen wollte, legte ich ihm meinen Zeigefinger über die Lippen und dann meinen ganzen Mund: Nur nicht hören, wie er ein anderer wird.

Für mich sah er aus wie ein DJ, dann wie ein Balletttänzer, ein Bauarbeiter, Bube und Hure zugleich, wie er sich bücken muss über der Sofalehne bei mir zu Hause und es ist nicht mehr die Kälte, die ihn schaudert. Er sträubt sich nur leicht, will stöhnen, etwas sagen, bestimmt nicht schreien, und ich presse meine flache Hand über seinen Mund – nur nichts sagen – und drücke seinen ganzen Kopf nach hinten, damit er den Arsch ordentlich in die Höhe reckt und begreift. Begreift mit durchgedrücktem Rücken und wir bald, sehr bald schlafen können.

Am nächsten Morgen lag ein Zettel auf meinem Küchentisch: Er sei zur Arbeit gegangen. Und eine Adresse, ganz in der Nähe, aber von der Haltestelle aus gesehen in die andere Richtung. Und eine Uhrzeit. Bitte.

Er trug noch dieselben Kleider und auch die Turnschuhe vom Vorabend. Kleider, wie sie jeder trägt, der in einer Großstadt wohnt und zuerst aussieht wie ein DJ. Über seinen Mund klebte ein breiter Streifen schwarzen Klebebands.

Er führte mich ins Badezimmer, wo ein Bartschneider und eine Rasierklinge auf dem Klodeckel bereit lagen. Ohne, dass ich etwas gesagt hatte, zog er sich aus und kniete sich vor dem Wannenrand hin, Kopf über die Wanne gebeugt. Ich strich ihm vom Nacken her über die Wirbelsäure, nur mit einem Finger und ganz langsam, so dass ihn erneut schauderte. Es war, als setzte meine Fingerkuppe eine gespeicherte Erinnerung in seiner Haut frei. Ich zog meinen Mantel aus und setzte mich ganz dicht neben seinen Kopf an den Wannenrand. Er legte seinen Nacken leicht schief und strich mir mit der Wange über den Oberschenkel. Seine Stoppeln knisterten auf meiner Jeans.

Er sah aus wie ein Sohn, ein Rekrut, ein Sklave, wie er mit beiden Händen seine Backen spreizt und mir die Ritze präsentiert, damit ich mit der Rasierklinge ganz nahe ran kann und ihm ein wenig Blut, ganz wenig Blut, am Bein entlang auf den hellgrau gekachelten Boden rinnt und es aussieht wie eine Naht, an der ich ihn aufreißen könnte, damit sein Innerstes mir vor die Füße falle.

Am nächsten Tag erschien ich zur selben Zeit bei ihm zu Hause. Ich klingelte nicht, die Türe war nicht abgeschlossen. Er wartete nackt in einer Ecke des Wohnzimmers. Nur sein Mund war wieder mit einem Streifen Klebeband bedeckt. Er wartete neben der Heizung, an deren Rohre er Fuß- und Handfesseln befestigt hatte. Als ich eintrat, wollte er sich mit dem Rücken zu mir vor die Heizung stellen, doch ich packte ihn an den Schultern und drückte ihm gleichzeitig ein Knie in die Magengegend, so dass er zu Boden sank. Und da lag und ich über ihm und keine Fesseln mehr brauchte.

Er sah aus wie ein erledigtes Tier und ich der Jäger und dann sah er aus wie ich, der in ihn eindringt mit einem einzigen Stoss und nur ein kleines bisschen Spucke und meinen Rhythmus finde und nach einer Weile seine Hände loslasse, und er weiß, was er will, weil er meine eigenen Hände nimmt und sie sich um den Nacken legt, so um den Nacken legt, dass meine Daumen auf seinem Adamsapfel ruhen und sich meine Finger in seinem Nacken festkrallen können und er zu mir emporschaut und nicht blinzelt, nicht blinzelt, einfach nicht blinzelt. Und ich zudrücke.

Wie einer zuerst zuckt und dann rot und später blau wird im Gesicht, das, meine sehr verehrten Herren, lesen Sie bitte woanders nach.

Antony Rizzi

Markus Sauer

Text- uud BildautorInnen

Angeles, Raymond - S. 31, 34f, 40, 53, 141ff, 243
Wahlberliner und freier Fotograf aus San Francisco; regelmäßige Pressearbeiten in Stadt- und Szenemagazinen; mehrfach platziert beim Mannsbilder Gay Photo Award; diverse Ausstellungen
www.angel-eyes.de , raymond.angeles.@berlin.de
A., Bert - Titelbilder; S. 9, 256f, 298
lebt in Berlin
Baaken, Markus - S. 37ff, 161, 168f, 172ff, 208ff, 241ff, 271, 285
*1966 in Geldern, Politologie, Kabarett, Hurerei, Altenpflege, lebt überwiegend in Berlin;
www.baaken.com
Berndl, Klaus - S. 92
*1966; Promotion in Geschichte, Martha Saalfeld Preis 2001, an DER Gegenwart komplett desinteressiert. Veröffentlichungen: *Alfred Biolek-Szenenwechsel* (Biographie). Beiträge u.a. zum Schwulen und Heimlichen Auge, Konkursbücher *Alter* und *Haut*. *Im Stroh* ist ausgekoppelt aus *Feindberührung*, MännerschwarmSkript, Berndl@arcor.de
Berr, Annette - S. 196f
*1963 in Berlin; freischaffende Künstlerin, Schwerpunkt Wort: gesungen und geschrieben. Veröffentlichungen: 4 Bücher (Romane, Erzählungen, Gedichte) sowie 6 Musik-CDs; diverse Beiträge in Anthologien und auf Samplern; zahlreiche Bühnenprogramme; Teilnahme an Kulturspektakeln zwischen Graz und New York; Gedichte aus dem aktuellen Band *Ein Wimpernschlag, der Fallbeil ist,* konkursbuch; inrudow@web.de
BlnGay34; - S. 140
bln@vorsicht-scharf.de
Bremer, Ole P. - S. 102f, 192ff, 278ff
*1957 in Denmark, lives in Copenhagen and works as a graphic designer; photos, drawings & gouache paintings; www.olebremerp.dk, genveje@yahoo.de
Burtscher, Christoph - S. 93, 154ff
*1965 in Österreich, Studium der Psychologie und der Vergleichenden Literaturwissenschaft, lebt seit 1993 in Berlin; Ausstellungen u. a. im Schwulen Museum Berlin *Es kann sein, dass ich Fieber habe... Eine Annäherung an ein Leben mit HIV*; s. „Mein schwules Auge 1" und im Center for Cultural Decontamination in Belgrad *Arbeiten an einem Wunder*; www.ch-burtscher.de
Claus, Andy - S. 30ff, 137ff
*in kleinem Ort am Mittelrhein; Verlagsarbeit und redaktionelle Internetarbeit; diverse Veröffentlichungen von Kurzgeschichten und Artikeln in Zeitschriften, politische und sozialkritische Studien; Romane: *Masken aus Glas*; *Herbstgewitter*; *Sascha - Das Ende der Unschuld*, alle Himmelstürmer;
www.andy-claus.de
Diesel, Andreas - S. 282
*1976 in Saarbrücken, lebt in Berlin; diverse Veröffentlichungen in Zeitschriften; *Spiegelschatten*, (Kurzgeschichten), Verlag Helga Schneidewind, mehrere Gedichtbände im Selbstverlag; Beiträge zu Anthologien; Übersetzertätigkeit; Mitarbeit an Kulturmagazinen; derzeitiges Hauptthemengebiet: Musikjournalismus; dieselan@web.de
Dreier, Martina-Minette - S. 136, 214, 275
lebt und arbeitet als Malerin in Berlin;
www.doinggender.de
Drobek-Truesdale, Felix - S. 10ff
*1970 in Wismar; lebt in Potsdam, Beruf: Arzt; Berufung: Fotograf; Projekt: *Manopoly.com-the beauty of being male*; zwei Preise beim Gay Photo Award 2003; Veröffentlichungen: *NAKED,* feierabend verlag, 2004; www.manopoly.com,
contact@manopoly.de
Fathom, Max - S. 170, 172ff, 176ff
I`m originally from Austin, Texas. But now call Hawaii my home. Like most photographers I love capturing the moment that reminds us life is unfathomable and amazing. Erotic photography is ... well tricky, because you have to be there AND involved. To capture that without losing the intimacy is truly rewarding; maxfathom@lycos.com
Froehling, Simon - S. 290f
*1978 Schweiz, lebt in Zürich; Veröffentlichungen in Literaturmagazinen, Anthologien, u.a. *Entwürfe* und im Querverlag, Berlin; Hörspiel *Das Telefonmassaker*, März 2002, SWR 2; Inszenierungen im Fabriktheater Zürich und mit Jugendlichen am Schauspielhaus Zürich; 2003/04 Stipendiat des Dramenprozessors (CH-Förderprogramm f. Nachwuchsdramatiker); info@simonfroehling.ch
Haun, Matthias - S. 212f
*1959, lebt in Bremen; Kunststudium; arbeitete als Sozialpädagoge und Kulturorganisatior; freier Fotograf der Agentur apply design group, Hannover; Mitglied der Gruppe punctum; künstlerische Arbeit im Bereich Malerei, Grafik und Installation; Einzel- und Gruppenausstellungen; matthias.haun@gmx.de
Heider, Carsten - S. 51f
Dipl. Psychologe, 1996 - 1999 Chefredakteur des Magazins „sergej"; danach leitender Redakteur beim Berliner Verlag; seit 2001 freier Journalist für ZDF, FAZ, Sächsische und Berliner Zeitung sowie verschiedene Magazine und Verlage; Betreuung der Reiseseiten beim Magazin MATE;
www.carstenheider.de
Heinrich 770 - S. 284f
*1966 in Hannover, lebt in Berlin, Free-Styler;

Credo: Das Leben ist eine Vorstellung und ich geh hin!; michael@heinrich-selbst.de

Hintermann, Gerhard - S. 36
*1966 in Zürich, Koch, Arbeit in der Fliegerei, in der Psychiatrie, beim Arbeitsamt und in der Galerie Schedler in Zürich, lebt als freier Fotograf in Zürich; hinge@datacomm.ch

Hopf, Rinaldo - S. 6, 26f, 42f, 264
*1955, Maler und Fotograf, lebt in Berlin; Internationale Austellungen und Publikationen, Buch mit erotischen Portraits *subversiv*, konkursbuch, 2004; www.rinaldohopf.com

Ikert, Wolfgang - S. 220f
*1938 in Berlin; war Herrenmaßschneider, Chemiefacharbeiter, Vertreter, Schuh- und Modeverkäufer, Mitglied diverser namhafter Berliner Chöre, im Ausstellungsteam der BAH; jetzt Arbeit als freiberuflicher Fotograf, Plakatdesigner, Vorleser, Modell und Verleger des Zwischenbereiche Verlags; Mitglied der Gruppe „dreiplusgast" (Projekt HEIMAT) www.zwischenbereiche-verlag.com

Ismann, Clemens - S. 22ff, 175, 199ff
*1945, Programmierer, lebt in Bonn; Veröffentlichungen: *Der Goldesel* (Geschichten), *Das Landei* (Roman); beide Verlag rosa Winkel; S*ehnsucht nach Poel*, (Geschichten), Scheunen-Verlag; *Wechsel-Jahr* (Geschichten); Bruno Gmünder; www.clemens-ismann.de

Kingdome 19 Photographics - S. 117ff, 236ff
internationale Bildbände: *Euros Edition: 7*, Bruno Gmünder Verlag, *2 Omen*, *Exposition: 3 - The Black Models*; *Arrested*, Janssen; DVD: *behind closed doors - the making of Arrested*; neuer Bildband bei Bruno Gmünder Verlag 2004, www.kingdome19.de, kingdome19@aol.com

Klaus, Daniel - S.215ff
*1972 in Wiesbaden; Studium der Evangelische Theologie, seit 1996 in Berlin, freier Autor; 2000 Walter-Serner-Preis; 2003 Literaturförderpreis Ruhrgebiet; 2004 Alfred-Döblin-Stipendium der Berliner Akademie der Künste. Veröffentlichungen in Literaturzeitschriften, Anthologien und Tageszeitungen, u.a. in: macondo, erostepost, Zeichen & Wunder, Maja, Lima, Knaur-Verlag, Stuttgarter Zeitung und junge welt; www.danielklaus.com.

Koenig, Dietmar F. - S. 25, 55f, 262f, 297
performing artist / photographer / yoga instructor; my gratitude to Fernando, Charles, Galistéo, Kenn, Nickola,& Christopher Love; thanks for sharing your divine presence with me; dietmar_f_koenig@web.de

Kraushaar, Elmar - S. 127ff
*1950, Journalist und Autor, lebt in Berlin.; letzte Buchveröffentlichung: *Der homosexuelle Mann*, Bibliothek rosa Winkel im MännerschwarmSkript Verlag; ekraushaar@gmx.de

Kull, Heidi - S. 113
lebt und arbeitet als Illustratorin in Berlin, www.heidikull.de

Leidig, Jörg - S. 154ff
*1967, Kunsthistoriker, Studium der Soziologie und Religionswissenschaft, arbeitet als Kurator und wissenschaftlicher Mitarbeiter im Schwulen Museum Berlin; kunstsammlung@schwulesmuseum.de

Dirk Ludigs - S. 121ff
39, Redakteur für Radio, TV, Zeitungen und Zeitschriften; Veröffentlichung dreier Bücher; Pornoregisseur; hat früher mal seinen Arsch verkauft; Chefredakteur von DU&ICH; Hauptthema: Sex und Gesellschaft; redaktion@du-und-ich.net

Ludwig, Ono - S. 225, 250
„Ich bin Kunstfotograf. Mein wichtigstes Thema ist immer der Mensch im Mittelpunkt. Mich fordern experimentelles Arbeiten und themenorientierte Projektentwicklung heraus. Meine künstlerischen Fotoarbeiten sind sehr vielschichtig." www.ono-ludwig.de

luettmatten - S. 230f
lebt Berlin, luettmatten@freenet.de

Marber, Andreas - S. 79ff
*1961, Dramaturg und Autor; Stücke: Die Nazisirene, *Der Lockruf der Bahnhofsmission verhallt ungehört :Wir erliegen den Versuchungen der Arbeitslosenunterstützung, Die Lügen der Papageien, Das sind sie schon gewesen die besseren Tage, Rimbaud in Eisenhüttenstadt*; Erzählband *Verlorne Unschuld, d*Männerschwarm-Skript, andreas_marber@yahoo.de

Marduk, Baphomet - S. 97ff, 161ff
lebt in Köln, diverse ehrenamtliche und soziale Tätigkeiten, versteht sich als Romancier; www.baphomet-marduk@satyr-verlag.de

Mindt, Thomas - S. 58ff
diverse Veröffentlichungen in Anthologien und eigene Bücher: *Ein heißer Sommer, Abenteuer in Amerika*, beide TSM Media; *Tobi – In geheimer Mission, Tobi – Tödliche Umarmung*, beide Himmelstürmer Verlag; *Naturtalente*, Bruno Gmünder Verlag; www.Thomas-Mindt.de

Moraghan, Wayne - S. 44, 152f, 220, 283
London based artist; studied design at The London College Of Fashion; after several successful years in the business he has branched out into illustration and is now much happier scribbling away and reading comics; waynemoraghan@aol.com

Moricz, Tamas - S. 109f, 124f, 140, 160f, 222f
dancer / artist; works as a dancer with Ballett Frankfurt and exhibits his photography and art-

work; butzy@mac.com

Müller, Anja - S. 23, 84ff, 101, 103f, 114, 120, 163, 196f, 253
*1971 in Berlin, freie Fotografin für Portrait, Akt, Mode etc.; diverse Ausstellungen und Veröffentlichungen; Mitherausgeberin, Fotografin und Autorin von *Schöner Kommen - Das Lesbensexbuch*, Querverlag; vier eigene s/w-Fotobände, 2004 Farbbildband *...aller Liebe Anfang*; alle konkursbuch; www.anja-mueller-fotografie.de

Nathschläger, Peter - S. 13ff
*1966; seit neun Jahren in Wien mit Lebensgefährten Richard; Arbeit als System Engineer für großen Breitbandanbieter; Veröffentlichungen: *Alles besser*, (Gedichte), Männerschwarm; in Anthologie zum Thema: Hundert Jahre schwule Literatur in Wien; *Männer mag man eben*, Löcker Verlag, in Anthologien: *Der Schöne Mann ist tot*; Männerschwarm; *Gay Universum*, Himmelstürmer; Roman: *Mark singt*, Herbst 2004, Himmelstürmer; www.lostrecords.org

Neuner, Florian - S. 188ff
*1972 in Wels, lebt in Berlin; Mitherausgeber von »perspektive. hefte für zeitgenössische literatur«; demnächst erscheint bei Ritter *Jena Paradies*; www.perspektive.at, florian.neuner@snafu.de

Ramezani, Ramin - S. 134f
*1969 in Teheran (Iran); Mediendesigner und Produzent u.a. bei Sat1; raminramezani@gmx.de

Rizzi, Anthony - S.28f, 169, 287ff
dancer and performance artist since 1985 with William Forsythe at the Frankfurt Ballett; started to show his visual artwork 1999 at the opening of the Frankfurter Kunstverein with the film *Mary Brown*

Rhys Beck, Simon - S. 231ff
*1975, Studium Erziehungswissenschaft / Soziologie, arbeitet im sozialpädagogischen Bereich; Veröffentlichungen: 6 Romane im düster-phantastischen bzw. Mystery-Bereich, Kurzgeschichten in diversen Anthologien und Magazinen; simonrhysbeck@deadsoft.de

Rudolph, Volker - S. 66f, 209f, 246f, 272f
32, Fotograf in Nürnberg, Fotos in analog und digital; seit vier Jahren „Schweinskram de luxe" auf seiner Homepage www.pornohorst.de

Sauer, Markus - S. 41, 77, 126, 221, 261, 292
*1963 in Aschaffenburg; Designstudium; arbeitet in der Werbung; seit 1983 regelmäßig Ausstellungen mit erotischer Männerfotografie und Malerei, Portraits, Blumen, Landschaften und Computerbilder. Beiträge in *Mein heimliches Auge 15/ 16* und *Mein schwules Auge 1*

Schmacks, Achim - S. 56ff, 100
seit 1996 freischaffend in Fotografie und Malerei, Farbkonzept "retro"; nationale und internationale Ausstellungen, Kunstevents und Publikationen; seit 2002 Arbeiten zum Thema „Mann"; www.farbfoehn.de , achimschmacks@farbfoehn.de

Schmidt, Daniel - S. 65, 123, 217
Berliner Bärchen und Nachwuchskünstler; der brandenburgischen Provinz entflohen und in Berlin auf der Suche nach kreativen Herausforderungen; steht auf „echte Kerle" mit Charme und Humor; Anhänger der Graffitie- und Comickunst; Schmidt-daniel@gmx.net

Schock, Axel - S. 265ff
*1965 in Neckarbischofsheim, lebt und arbeitet als Kulturjournalist und Publizist in Berlin und Braunschweig; letzte Veröffentlichungen *Out im Kino. Das lesbisch-schwule Filmlexikon; Out! 750 berühmte Lesben, Schwule und Bisexuelle*, beide Querverlag;

Schultheiss, Wolfgang - S. 99, 224, 254
*1957 in Sonneberg, Thüringen. Dipl.Designer, Grafiker, Projekte der Innenarchitektur, Kommunikationsdesign, künstlerische Grafik; lebt in Berlin; Wsz_id@web.de; www.w-schultheiss.de

Schwarzman, Wolf - S. 68ff
29, fotografiert seit 1997; diverse Ausstellungen in Baden-Württemberg, erfolgreiche Teilnahmen an Fotowettbewerben; bundesweite Veröffentlichungen in Tageszeitungen und Sportmagazinen; yourman1@gmx.de

Skylark, Justin C. - S. 70ff
*1975 in Kiel, schreibt seit 1998 Romane, Kurzgeschichten und Gedichte; Veröffentlichungen beim deadsoft verlag: *Craig's little Dawn; Träume... alles anders; Szandor's Erbe;* Kurzgeschichten in den Anthologien*: 2 men kissing; Love an other demons; La methode; Webstories;* www.webstories.cc, www.erozuna.de, www.gay Station.de, www.ew-buch.de; www.ubooks.de; www.deadsoft.de, www.j.c.skylark.beep.de

Stead, Mike - S. 47, 164ff
With my work I invite the viewer on a journey to catharsis. I illustrate my psyche and emotions onto the canvas with most of my characters being nude to amplify the intimacy I want with my audience. My view of the world is coloured by my experiences and I dare the viewer to relish the pain and the ecstasy, the horror and my daily triumphs; mikesbliss@lycos.co.uk

Steglich, Goestav Dirk - S. 130f, 198f
Berlin, Fotograf / Foto-Designer, diverse Veröffentlichungen, Mannsbilder Fotowettbewerb 2003, goestav@gmx.de

Stressenreuter, Jan - S. 145ff
*1961, lebt und arbeitet in Köln. Veröffentlichun-

gen: *Love to love you, Baby*; *Ihn halten, wenn er fällt*, beide Querverlag, sowie Beiträge in verschiedenen Anthologien; www.stressenreuter.de

Tingler, Philipp - S. 45f
*1970 in Berlin (West); Studium der Wirtschaftswissenschaften und Philosophie; Hochbegabten-Stipendium; Fotomodell; Doktorarbeit über den Einfluss des transzendentalen Idealismus auf das Werk Thomas Manns; WiMi am Institut für Wirtschaftsforschung in Zürich; journalistische Praktika beim WDR und den Magazinen *Max; Tempo*; Beiträge u.a. für das Schweizer Radio und Fernsehen DRS, *Das Magazin*, *Facts*, diverse Züricher Zeitungen, *Zoo; Glamour; Neon;* nominiert für den Ingeborg-Bachmann-Preis 2001; Ehrengabe des Kantons Zürich für Literatur 2001; Romane: *Hübsche Versuche*; *Ich bin ein Profi*; www.philipptingler.com

Trostdorf, Mathias - S. 3, 20f, 203, 218f
*in Mecklenburg, seit 1987 in Berlin; freier Fotograf; Mitherausgeber *Mein Schwules Auge 1*, www.MathiasTrostdorf.de, mathias.trostdorf@gmx.de

Tschiche, Peter - S. 108ff
*1961 in Schulenburg an der Leine; seit 1990 in Hamburg, bis April 2004 Berater und Supervisor im Magnus Hirschfeld Centrum; seit den 80ern grafische Arbeiten; seit den 90ern als Peter Primmich mit eigenen Liedern auf der Bühne; diverse Veröffentlichungen von Romanen und Erzählungen seit 1995 bei MännerschwarmSkript, rororo und Querverlag; tschiche@gmx.de

Tüngler, Bodo - S. 48f, 96, 226ff
*in Stendal, seit 1984 in Westberlin; Studium der Zahnmedizin; Zahnarzt bis 1999; seit 1999 ausschließlich Fotograf und Maler; Aufenthalte auf Kuba und Studium der digital art und Siebdruck an der Kunstschule „San Alejandro" in Havanna; diverse Ausstellungen in Berlin, Hamburg und Wien; www.bodot.de

Wachter, Mirko - S. 251ff
lebt in Frankfurt/Main; Arbeit als Lektorin; redaktionelle Betreuung diverser Science-Fiction-Online-Newsletter, Veröffentlichung eines Science-Fiction-Kinderbuches; derzeit Arbeit an Vampirroman; bejotffm@t-online.de

Weeber, Jochen - S. 7ff
*1971, lebt als freiberuflicher Autor in Reutlingen, bis 1999 überwiegend Gedichte, ab 2000 Kurzgeschichten, ein Hörspiel und ein Roman, der nicht fertig werden will, Stipendiat des Esslinger Bahnwärter, Buch: *Wieder mal Usbekistan*, Fußballfan, Morgenmuffel und Akkordeonspieler; www.jochenweeber.de

Weinberg, Jonathan – S. 4f, 39
Künstler und Kunstgeschichtler, lebt in Ridgefield; Buchpublikationen über Queer-Art: "*Speaking for Vice: Homosexuality in the Art of Charles Demuth, Marsden Hartley and the First American Avant-Garde*, Yale University Press. In Vorbereitung: *Male Desire: the Homoerotic and Masculinity in American A*rt, Abrams-Verlag.
www.jonathanweinberg.com

West, Jo - . 204ff
Amateur mit Schwerpunkt Portrait- und Architekturfotografie; „Bei der Portraitfotografie fasziniert mich die Darstellung männlicher Schönheit. Ich beobachte und versuche den entscheidenden Moment einer Ansicht zu erwischen, den mir das Model schenkt. Es entscheidet selbst, was es zeigen will oder was verborgen bleiben soll. Ich liebe es, mit Streiflicht zu arbeiten, da die Effekte von Licht und Schatten den Körper zu modellieren scheinen, eine große Plastizität entsteht." ; www.jowest.de.vu

Wick, Annabelle - S. 134f
*1967, Promotion Producerin und Dipl. Medienwissenschaftlerin, lebt in Berlin; war Programmgestalterin bei den Lesbisch-Schwulen Filmtagen Hamburg; Filme: *Schwules Leben für Anfänger; I'm so excited*; Annabelle_Wick@web.de

Wiesner, Thorsten - S. 124f, 274ff
*1978 in Unna, NRW, Zivildienst beim Ambulanten Pflegedienst der AIDS-Hilfe Düsseldorf, Ausbildung zum Reiseverkehrskaufmann, seit 2003 in Berlin: Studium zum Gebärdensprachdolmetscher, Veröffentlichungen: *Ich hasse Berlin im Juli* in der Anthologie *Der schöne Mann ist tot*, MännerschwarmSkript; Gedicht -*9*- in den Septembertexten von www.textgalerie.de; wiesnerth@gmx.de

von Agoston, Alexander - S. 78ff, 180ff
*1962 in Kassel, aufgewachsen in Weimar, Mitglied der deutschen Bundesmarine und Arbeit auf Trossschiff; seit Ende 1982 in Berlin; Studium Bauingenieurswesen, Geschichte und Kunstgeschichte, Arbeit für das Deutsche Historische Museum in Berlin; autodidaktisches Studium der Malerei; erste Ausstellung an der FBK Berlin, 1984; vertreten duch Galerie Mesaoo Wrede, Hamburg und Kunstbehandlung, München; Erzählungen und Kurzgeschichten, Lesungen im Rahmen von Salons zu Ausstellungen. www.alexandervonagoston.de

Zeh, Stefan - S. 33, 240, 248f
35, gebürtiger Wolfsburger; lebt in Berlin; seit 1995 Veröffentlichung schwuler Comics, u.a. Männer aktuell, Sergej Berlin; GAB Magazin und Sergej München; Illustrationen für z.B. Finanztest, Stadtzeitungen, Snax Club; Comicband *Kurzgeschor'n;* Heinz und Horst Media; comiczeh@web.de

Zett, Leonard - S.50
www. Janssenbooks.co.za; janssen@iafrica.com

Dietmar F. König

Bert A.